Monika Hürlimann

MARTA
Heimat in Polen, Deutschland
und in der Schweiz

*Für Dagmar O., meine erste Lehrerin in Deutschland,
mittlerweile eine liebe und wichtige Freundin für mich.
Sie hat immer an mich geglaubt.*

Monika Hürlimann

MARTA
Heimat in Polen, Deutschland
und in der Schweiz

ANTHEA
VERLAG

© **2020 by ANTHEA VERLAG**
Hubertusstr. 14, 10365 Berlin
Tel: 030/ 993 9316
Fax: 030/ 994 01888
e-Mail: info@anthea-verlag.de
Verlagsleitung: DETLEF W. STEIN

www.anthea-verlag.de

Ein Verlag in der ANTHEA VERLAGSGRUPPE.

www.anthea-verlagsgruppe.de

Satz: Paul Richter
Korrektur: Thomas Richter
Coverfoto und Fotorechte: © 2020 by Andreas Hürlimann (www.steinsichten.ch)
Umschlagsgestaltung: Stefan Zimmermann

ISBN 978-3-89998-361-6

1. Der Aufbruch (Ende April 1984, Polen)

„Übermorgen fahren wir nach Deutschland", sagte Mutter. „Für immer."
Marta verspürte einen eigenartigen Knoten hinter der Brust. Ihr Zwillingsbruder Tomek öffnete weit den Mund.
„Nach Deutschland? Warum? ... Für immer?", fragte Marta.
„Es ist illegal. Kein Wort zu niemandem!"
„Aber ...?" In Martas Kopf rasten so viele Gedanken, dass sie sich nicht auf einen einzelnen konzentrieren konnte.
„Sonst lande ich im Gefängnis, und du, Marta, darfst nicht ins Lyzeum und wirst nie Medizin studieren", betonte Mutter. „Am Montag geht ihr zur Schule und ich zur Arbeit. Wie üblich."
„Aber ..."
Mutter hob den Blick von dem erdbraunen Spannteppich und sah die Zwillinge kurz mit ihren himmelblauen Augen an. „Ihr teilt euch ein Gepäckstück." Dann holte sie von draußen aus dem Hausflur ein Monster von einem Koffer und stellte ihn mitten ins Wohnzimmer. „Dieses hier."
Ein Wunder, dass er nicht schon geklaut wurde, schoss es Marta durch den Kopf.
„Ich gehe Gassi mit Joka", sagte Mutter, rief die Hündin und ließ die Wohnungstür hinter sich zuknallen.
Eisige Stille umhüllte das Sofa, auf dem Marta und Tomek saßen. Er stützte seine Ellbogen auf die Knie und kaute an seiner Faust herum. Kalter Schweiß bedeckte Martas Rücken. Obwohl sie knapp fünfzehn war, fühlte sie sich hilflos wie ein Kind. *Ist das Ganze ein makabrer Scherz? Was, wenn ich nicht mitwill?*
„Wusstest du davon?", fragte Tomek.
„Nein." *Warum hat sie uns nicht eingeweiht?*

„Hat das mit den Kommunisten zu tun?"
„Tomek! Hast du in der Schule irgendwas Gefährliches gesagt?!", fuhr Marta auf.
„Nein! Was denkst du von mir?"
Sie blieb merkwürdig verunsichert. Tomek verschwand wortlos in der Küche, in deren Nische sein Bett stand, während sie sich die vielen Bücher im Regal anschaute. Sie war immer stolz darauf, dass sie nicht wie andere Leute lauter unnütze Kristallvasen hatten. *Ich nehme alles mit, was ich habe: den Rock, Hose, Unterhose, zwei Paar Socken, zwei T-Shirts, den Pulli, die drei Hemden, und die Strumpfhose mit den reparierten Laufmaschen. Und Bücher. Wenn ich darf.*

Die Zwillinge waren noch nie im Ausland gewesen. Es hieß, im Westen herrsche Freiheit und alles sei besser. *Aber wie soll ich mich verständigen? Ich kann doch nur Schulrussisch. Und Joka? Mutter hätte uns einweihen müssen, dann hätte ich Deutsch gelernt!* Sie wusste zwar nicht woher, aber Mutter beherrschte diese Sprache fließend.
Marta beschloss in die Badewanne zu gehen, ohne auf Mutter und die Hündin zu warten. Aus dem Schaum formte sie erdachte Lebensmittel und blies in die Masse, bis sie sich auflöste. In ihrem Kopf schwirrte das Wort ‚bunt' umher. In Polen waren die Dinge zumeist grau, braun, außer vielleicht Obst oder Gemüse. Was hieß das aber: Alles besser? Konnte man äußern, was man dachte, egal wo und zu wem? Lag in Deutschland endlich ein Stück Fleisch auf dem Teller - nur für Marta allein? Vor ihrem geistigen Auge türmten sich Berge aus Bratwürsten, Schweinerippen, Krakauern und ihren geliebten geräucherten Kabanossis. Sie konnte sie förmlich riechen, frisch und nicht

mehrfach ausgekocht, um das Aroma an andere Nahrungsmittel abzugeben. *Drüben trägt man sicher warme Winterstiefel, Sommersandalen und die Häuser sind hell angestrichen. Und die Sportschuhe haben vorne keine Löcher für die größer gewordenen Zehen. Musste man im Westen auch Schlange stehen, um einzukaufen?*

Bei den Danutowskis wurde es stiller als sonst. Niemand redete, das Radio war schon lange kaputt. Die Zwillinge wussten, dass Fragenstellen unerwünscht war. Ihre Mutter arbeitete viel und hatte sie als Babys in die Krippe, später in den Kindergarten oder in die Obhut von Freunden und Bekannten gegeben. Ihren Vater kannten sie nicht einmal von Fotos. So waren sie angepasst und nicht ungehorsam wie ihre Mitschüler.
In der ersten Nacht nach Mutters Eröffnung, dass sie fortgehen würden, träumte Marta von Büchern in übermannshohen Gestellen. Was gab es Schöneres!? Seit Langem wurde in Polen kaum etwas gedruckt. Am Ende des Schuljahres verkaufte man seine Lehrbücher an jüngere Schüler und erwarb die neuen von älteren. Ihre Leseleidenschaft stillte Marta in Bibliotheken. Sie hatte eine Hassliebe entwickelt für die in braunes Packpapier eingefassten Bände. Sie rochen modrig, waren abgegriffen, vergilbt, die Eselsohren und Fettflecken nervten – und gleichzeitig machten sie sie glücklich.
Am nächsten Tag, am Sonntag, schlief Tomek bis zum Mittag, und Mutter hatte Dienst im Internat. Marta hatte normalerweise zwar keine Mühe mit Mutters geistig behinderten Schützlingen, aber gerade jetzt wäre sie lieber als Familie zusammen gewesen. Sie besuchte die Messe, und obwohl ihr die Religion nicht viel sagte, fühlte es sich überraschend richtig an. Auf ei-

nem langen Spaziergang mit Joka überlegte sie, wie sie sich am Montag nach der Schule von ihren Freunden verabschieden würde. Kaum jemand besaß zuhause ein Telefon, also würde sie sie spontan am Spätnachmittag besuchen. Weil es verboten war und damit Tomek auf keine dummen Gedanken kam, erzählte sie ihm nichts davon.

Bevor sie ihre Kofferhälfte packte, begann sie, vieles aus ihrem Zimmer wegzuwerfen. Einzig alle Polnisch- und Mathe-Hefte verschnürte sie fein säuberlich, denn sie wollte sie unbedingt behalten. Denn sie war stolz auf die gelösten Aufgaben und auf die Aufsätze über die vielfältigen Themen und hoffte, sie irgendwann wieder in den Händen halten zu können.

Mutter kehrte spät abends nach Hause zurück und tat, als wäre alles wie immer. Sie fragte nicht einmal, ob sie zu Abend gegessen hatten.

In der zweiten Nacht, bevor sie ein letztes Mal in Breslau zur Schule gehen würden, konnte Marta kaum schlafen. Erfolglos versuchte sie, die unbekannte Zukunft vor ihrem geistigen Auge zu entwerfen.

Am Montagmorgen, dem 30. April 1984, stand sie müde auf. Um in der Schule nicht aufzufallen, meldete sie sich im Polnisch-Unterricht freiwillig, ihr Referat gleich nächste Woche zu halten. Danach konnte sie ihren Mitschülern nicht mehr in die Augen sehen. Nach der Schule spazierte sie ein letztes Mal durch ihre geliebte Altstadt und gab sämtliche Bücher an ihre drei Lieblingsbibliotheken zurück.

Dann betrat sie den Block, in dem viele Schüler aus ihrer Klasse wohnten. Als Erstes wollte sie sich von ihrem besten Freund Adam verabschieden. Als sie langsam in den siebten Stock hinaufstieg, nahm sie bewusst den vertrauten Geruch nach angesäuertem Kohl auf. Normalerweise lief sie so schnell es ging, um ihm zu entgehen.

Mit klopfendem Herzen klingelte sie an der vergilbten Spanplattentür.

„Komm raus, die Sonne lacht", sagte sie, als Adam sie wie immer mit ausfahrendem Arm hineinlassen wollte. Ihr war eher nach Heulen zumute.

Sie liefen in Richtung Freibad, in dem gewöhnlich die halbe Klasse ihre Ferien verbrachte. Die Hecke um den Spielplatz kam ihr heute eigenartig dunkel vor, die Gehwegplatten auffallend uneben und schmutzig.

„Du bist so schweigsam. Was ist los mit dir?", fragte er.

„Ich muss dir etwas unheimlich Wichtiges sagen", hauchte Marta beinahe stimmlos und räusperte sich. Die Sonne spiegelte sich in einem Fenster und blendete sie. Ihre Anspannung war kaum auszuhalten.

„Schieß los!"

„Es betrifft mich und meine Zukunft."

„Geht's um das Lyzeum?"

„Du kannst es unmöglich erraten."

„Du, du redest so komisch."

„Niemand darf etwas davon erfahren."

„Wovon?"

„Adam, du musst unbedingt dichthalten ... Versprichst du mir das?"

Er blieb stehen und sah sie an. „Na klar, auf mich ist Verlass."

„Du, ich meine es todernst. In unserer politischen Situation müssen wir einander vertrauen." Sie setzte sich wieder in Bewegung.

„Nun sag's endlich! Was darf ich niemandem verraten?"
„Heute Abend werden Tomek, Mutter und ich ausreisen", würgte sie mühsam hervor. Sie, die normalerweise um kein Wort verlegen war. „Illegal. Für immer." Ihr Mund war noch nie trockener gewesen.
Sie beschleunigten das Tempo.
Adam hielt Marta am Arm zurück, sodass sie sich zu ihm umdrehen musste und stehen blieb. Er schaute sie durch seine dicken Brillengläser durchdringend an.
„Ich werde dich verlieren?" Die beiden kannten die Gedanken des andern, lachten zusammen über die dümmsten Witze, darum wusste sie, was er dachte und fühlte. „Und was ist mit dem Schachspiel? Und den Büchern, die wir zusammen lesen?", rief er und rüttelte sie an den Schultern.
Marta versuchte seinem Blick auszuweichen und wandte sich ab, um weiter zu laufen. Plötzlich schämte sie sich. *Ich verlasse mein Land, als würde es sich nicht mehr lohnen, gegen die Kommunisten zu kämpfen. Ich bin ein Feigling.* Es überkam sie ein fremdartiges Gefühl. Aber noch schlimmer war, dass sie sich gleichzeitig auf die unbekannte Zukunft, auf die verschiedenen Möglichkeiten im Leben freute. „Du musst es für dich behalten, versprichst du mir das?"
Adam schaute sie von der Seite an und schwieg. Sie wartete mit einem mulmigen Gefühl im Bauch.
„Na klar. Ich weiß von nichts", bestätigte er schließlich.
Sie umarmten sich das erste Mal überhaupt und schworen, sich zu schreiben obwohl sie ahnten, dass es unrealistisch war im kommunistischen Polen.
Marta hatte nicht den Mut, Adam in die Augen zu schauen. Sie fasste seinen Oberarm, drückte ihn leicht und wandte sich ab.

„Bitte geh alleine nach Hause. Ich bleibe noch hier." Er sollte ihre Berührtheit lieber nicht sehen.

Sie lief weiter, bis sie sich mutig genug fühlte, um ihre beste Freundin Zosia aufzusuchen. Also betrat sie erneut das nach Sauerkraut riechende Treppenhaus und klingelte. Die beiden setzten sich aufs Sofa, und Marta druckste herum, bis sie es endlich aussprechen konnte. Schweigend umarmten sie sich.
Zosia sagte: „Aber bald haben wir die Aufnahmeprüfungen für das Bio-Chemie-Lyzeum! Wir wollen Medizin studieren. Hast du das vergessen?"
„Mutter hat uns vor vollendete Tatsachen gestellt. Ich hab keine Wahl", rechtfertigte Marta sich. „Du musst es für dich behalten, hörst du?"
Sie fühlte sich wie jemand, der wider Willen Unrechtes tut und sich dafür verantworten muss. Eine fremde Empfindung. Schweigend umarmte sie Zosia und verließ ihre Wohnung.

Danach rannte Marta förmlich nach Hause, um ihre geliebte Hündin zu holen. Die schwarze Mischlingsdame war üblicherweise quirlig und fröhlich. Doch bei diesem besonderen Spaziergang lief sie steif umher, entfernte sich nicht allzu weit und schaute häufiger als sonst zu ihr hinauf, als ahnte sie etwas.

Wieder Zuhause, gesellte Marta sich zu Tomek und Mutter aufs Sofa. Sie aßen Käsebrote und starrten wortlos auf den Koffer und Mutters Reisetasche, die wie verwurzelt in dem erdbraunen Spannteppich wirkten.
Es dämmerte schon, als die Bukowskis kamen. Es war ihre Familie, auch wenn sie nicht blutsverwandt miteinander wa-

ren. Martas Patenonkel Marcin und seine hochschwangere Frau Donata schienen bestens informiert, nur ihre achtjährige Tochter Agata begriff nicht, was vor sich ging.
„Zwillinge", sagte Marcin streng. „Es ist wichtig: Im neuen Reisepass heißt ihr Kapowski, wie euer Vater. Prägt euch das gut ein."
Tomek und Marta schauten einander entgeistert an. Das erste Mal hörten sie etwas von ihrem Vater und jetzt hatte er einen Namen.

Die Bukowskis begleiteten die Danutowskis zu dem weißen Auto, mit dem der unbekannte Mann sie in das unbekannte Land, in die unbekannte Zukunft bringen sollte. Joka! Marta küsste und drückte ihr geliebtes Tier so fest, dass es zu bellen anfing. Erschrocken ließ sie die sonst brave Hündin los. Erst als Marta zu schluchzen anfing – auch das vollkommen ungewöhnlich – merkte sie, dass sie neben all den anderen aufregenden Gefühlen traurig war.
„Bis zur Grenze musst du dich aber beruhigen", sagte Tante Donata, als sie Marta umarmte. „Es steht viel auf dem Spiel. Keiner darf weinen oder traurig wirken. Auf keinen Fall ungefragt reden. Wir kümmern uns um Joka, versprochen. Es wird alles gut werden."
Onkel Marcin drückte seine Hand auf Martas linke Schulter. Sie war nun zu alt, um auf dem Kopf gestreichelt zu werden. Donata drückte Tomek an ihre Brust. Mutter nahm Platz auf dem Beifahrersitz, die Zwillinge auf der Rückbank. Marta war es peinlich, dass sie sich nicht im Griff hatte.

Während der nächtlichen Autofahrt blieben alle wach und schwiegen. Nicht einmal das Radio lief. Die vorbeiziehende Landschaft war in Dunkelheit getaucht. Marta starrte auf den Fahrer, den sie für sich ‚Drachen' nannte. Er war weder mager noch dick, sein adrett gebügeltes, dunkles Hemd passte zur beigefarbenen Hose, sein Hinterkopf mit den leicht gräulichen, blonden Haaren kam ihr eigenartig vor. Bukowskis' Schinkenbrötchen schmeckten herrlich – wie die Heimat, die sie gerade verließen. Mutter bot dem ‚Drachen' davon an, und Marta staunte, dass er keinen eigenen Proviant mithatte.

Als sie an der DDR-Grenze ankamen, weinte sie nicht mehr, sondern saß steif und innerlich leer auf ihrem Sitz. Tomek blieb ruhig, was sie verwunderte. Wortlos zeigte der Fahrer ihre gefälschten Pässe und beantwortete einsilbig zwei Fragen der Beamten, deren prüfende Blicke schwer auszuhalten waren. Ihr Gepäck wurde nicht durchsucht. Während Marta alles rätselhaft vorkam, schien es für die anderen wie ein eingeübter Sketch abzulaufen. Sie kamen an Karl-Marx-Stadt vorbei. *Merkwürdig, dass eine ganze Stadt nach einem Mann benannt ist, der für mich der Inbegriff des Bösen ist.*

An der Grenze zur Bundesrepublik Deutschland zeigte Mutter nur kurz zwei Blätter, und sie wurden durchgewinkt.

Sie waren im Westen.

Im Morgengrauen erreichten sie Friedland bei Göttingen. Marta hatte noch nie so saubere Straßen gesehen. *Sie sind ja gar nicht bunt!* Wortlos ließ der ‚Drache' sie mitsamt Gepäck an einem gelben Gebäude aussteigen und fuhr weg.

Es empfing sie eine schlanke, gepflegte, etwas unterkühlte Mitarbeiterin des Auffanglagers für Aussiedler. Es ärgerte Marta, dass sie die Sprache nicht verstand, während Mutter keine Probleme zu haben schien. Die Frau führte sie in ein Zimmer in einer der vielen länglichen Baracken. Es roch nach Putzmitteln, die gelblichen Wände waren kahl, ihr dürftiges Gepäck landete neben den zwei Etagenbetten. Einen Tisch oder Schrank gab es nicht. Die Frau legte eine mit Formularen gefüllte Mappe auf einen der vier Stühle und überließ sie ihrem Schicksal. Keiner redete, alles fühlte sich fremd an. Ohne auszupacken legten die Danutowskis sich in ihrer Reisekleidung hin und schliefen bis in den Nachmittag hinein.

Hungrig wachte Marta auf - Mutter und Tomek rührten sich nicht. Sie nahm das vorletzte Brötchen aus ihrem Proviant und schlich sich nach draußen, froh, an diesem ersten Tag im sagenumwobenen Westen allein die Gegend erkunden zu können.

Die Straßen waren menschenleer. Marta staunte, denn sie hatte am Tag der Arbeit Demonstrationen erwartet. Wie sie es gehasst hatte, die nach strengen Vorgaben angefertigten Transparente und rote Papierfahnen zu schwenken und gute Miene zu dem absurden Zirkus zu machen. Aus Angst vor schlimmen Folgen hatte sie mitgemacht, statt auszuschlafen.

Nachdem sie eine Weile herumgelaufen war, ohne eine Menschenseele zu erblicken, kehrte sie zurück ins Zimmer. Mutter und Tomek waren wach, also gingen die Danutowskis in den geräumigen, nahezu leeren Speisesaal. Das gratis Abendessen schmeckte seltsam steril, sättigte aber gut. Wie üblich stellten die Kinder keine Fragen.

Am zweiten Mai ging Marta nach dem Frühstück in den Supermarkt gegenüber dem Lager. Nur alles anschauen, sagte sie sich; sie hatte schließlich kein Geld. Und sie brauchte nichts. Beim Abendessen gestern hatte sogar eine ganze Wurst in der Linsensuppe geschwommen. In Breslau hatte es höchstens alle zwei Wochen eine für drei Personen gegeben, und das erst nach stundenlangem Schlangestehen. Zu ihrem Erstaunen waren die blitzeblanken Schaufenster mit farbenfreudigen Plakaten beklebt, die Tür öffnete und schloss sich ungewohnt lautlos. Drinnen traf Marta buchstäblich der Schlag. Ihr Kopf dröhnte und sie begann zu schwitzen. Niemand stand an, die Frau an der Kasse begrüßte sie – das hatte sie noch nie erlebt. In einem breiten Kühlabteil erblickte Marta bunte Joghurtbecher mit mannigfaltigen Geschmacksrichtungen: Himbeere, Erdbeere, Heidelbeere! Ordentlich aufgereiht, und von allem unerwartet viele. Ihr wurde schwindlig. Sie entdeckte schön verpackte Milch, Butter, Käse. Und in einem anderen Regal lagen Salamis und unterschiedliche Schinkensorten. Die hauchdünnen Scheiben waren sorgfältig fächerförmig übereinandergelegt. *Fein geschnittene Wurstwaren?!* Sie kniff sich in die linke Hand und spürte es. *Oh, Realität!* Um nichts zu verpassen, versuchte sie ihren Blick systematisch schweifen zu lassen. Und sie wollte sich alle deutschen Wörter für die Lebensmittel merken. Aber es waren viel zu viele. Es gab mehrere Sorten Schokolade, Eier, sogar Strumpfhosen und Zigaretten. Was war nun richtig: Dass es in Polen schwer war, solche Dinge zu ergattern, vielleicht, um bescheiden zu bleiben? Oder dass hier alles einfach da war und man das Problem hatte, zwischen gelb und blau zu wählen? ... *Was ist das!?* Sie hielt die Luft an. *Gewaschene und polierte Früchte? Irrsinnig!* Und dann: *Bananen!!!*

Martas Herz hämmerte kräftig in ihrer Brust. Blitzartig fasste sie einen äußerst dringenden Entschluss, und rannte wie der Blitz hinaus.

Sie fand Mutter im Verwaltungsgebäude, wo sie in einem schmalen Gang mit Dokumenten auf dem Schoß saß.

„Im Laden gibt's Bananen!", japste sie atemlos in Mutters Ohr und stammelte aufgeregt: „Ich möchte soooo gern eine essen! Nur eine! Eine Einzige! Kannst du mir bitte Geld dafür geben?"

„Bananen?", fragte Mutter.

Marta nickte heftig und trippelte mit den Beinen.

„Was kosten die denn?"

Marta schluckte. In der Aufregung hatte sie nicht auf den Preis geschaut. „Ich ... weiß nicht."

Mutter seufzte, fingerte in ihrer Hosentasche ungelenk eine fremde, recht schwere Münze heraus.

„Hier, vielleicht genügt das."

Mit einer D-Mark in der Hand eilte Marta zurück in das Geschäft und kaufte sich die erste Banane in ihrem Leben. Sie nahm sich vor, die Frucht abseits des Lagergeländes schön langsam zu verspeisen. Aber als sie nach draußen gelangte, warf sie alle Vorsätze über Bord und schälte ihren Schatz. Auf der Stelle. Gierig schnupperte sie an der weichen, gelblich-braunen, vanilleartigen Banane. Das erste Stückchen schmeckte mild, süß, geradezu himmlisch. *Schön langsam essen*, ermahnte sie sich. Der Genuss verstärkte sich deutlich, wenn sie vor dem Schlucken durch die Nase einatmete. Die braunen Stellen zergingen leicht auf der Zunge und waren am leckersten.

Den ganzen Nachmittag und Abend blieb Marta wie berauscht von ihrer einzigartigen Bananenerfahrung. Sie erzählte sonst niemandem davon.

Mutter verschwand vormittags im Verwaltungsgebäude, nachmittags saß sie im Foyer und rauchte eine Zigarette nach der anderen. Die Zwillinge spielten Federball vor dem Lager. Marta ging hinaus auf die Straße, wo sie deutsche Kinder nach der Schule auf dem Heimweg sah. Als zwei Jugendliche in ihrer Nähe stehen blieben, schaute sie sie freundlich an und sagte: „Gute Tak..."
Der eine blonde, kräftigere Junge lächelte sie an und zeigte auf die Badmintonschläger, die sie vom Aufenthaltsraum ausgeliehen hatte. Sie gab ihm wortlos einen und sie begannen zu spielen. Der andere schaute ihnen zu. Zwischendurch blickte Marta auf die Seite, wo er seinen Schulranzen hingelegt hatte. Denn dieser kam ihr bunt und gigantisch vor, anders als die Polnischen.
Wenn der Ball nicht so flog, wie sie wollten, lachten alle drei.
„Jörg", rief der blonde Junge, als er sich nach dem Ball bückte.
„Jo?", fragte Marta verunsichert, weil sie weder verstand, worum es ging, noch wie dieses Wort genau ausgesprochen wird.
„Nicht jo, Jörg, J ö r g, ich heiße Jörg", sagte er lachend und zeigte auf seine Brust.
„Ah, Marta, gute Tak!". Sie vermied es, den merkwürdigen Buchstaben, das komische ‚ö', das es im Polnischen nicht gibt, zu wiederholen. Stattdessen blickte sie fragend den anderen Jungen an.
„Matthias", sagte dieser und übernahm den Schläger von Jörg.

Bei uns gibt es normale Namen, die hier kann ich nicht mal aussprechen, geschweige denn mir merken, dachte Marta und nickte in seine Richtung. *Dabei muss ich möglichst alles gut lernen!* Als der Ballwechsel schleppend wurde, hörten sie auf zu spielen.

„… klasa?", fragte Marta die beiden.

„Ich gehe in die sechste Klasse", antwortete Matthias.

„Ich in die siebte", sagte Jörg.

Marta nahm ihre Finger zur Hilfe: „Eis, zwei, …"

„Nein. Eins, zwei, drei, vier, fünf, sechs, sieben …", setzte Matthias an und lachte laut. *Was ist daran komisch? Ich kanns nicht gut. Also noch mal.*

„Acht klasa", sagte Marta und zeigte auf sich.

„Achte Klasse. Echt klasse", meinte Jörg und musterte sie von Kopf bis Fuß.

„Echt klasse", wiederholte Marta und die beiden Jungen kringelten sich vor Lachen. *Was haben die? Meine Hose ist zwar etwas kurz, aber sauber!*

Als Matthias sich beruhigt hatte, schaute er auf die Uhr, hob seine ebenfalls bunte Schultasche von der Straße und rief: „Tschüss, bis morgen."

Jörg folgte ihm und winkte zum Abschied.

„Tschus", plapperte Marta unbeirrt nach, denn sie wollte ihre Zukunft möglichst schnell selbst anpacken. Zwar fühlte sich das Ganze holprig an, aber sie gab ihr Bestes. Die Jungs lachten, drehten sich aber nicht mehr zu ihr um.

Wieder im Zimmer nahm Marta das winzige, in eine Hand passende Wörterbuch und schlug Vokabeln nach, die sie am nächsten Tag im Gespräch mit den Jungs benutzen wollte.

Beim Abendbrot in der Kantine schwiegen alle wie so oft. Seit Mutters denkwürdigem Satz ‚Übermorgen fahren wir nach Deutschland' rasten in Martas Kopf ungeordnete Gedanken, die sich mit einer unheimlichen Leere abwechselten. Dabei wollte sie sich auf die neuen deutschen Wörter konzentrieren. Sie behielt alles für sich, um Mutter nicht zu beunruhigen.
Die Zwillinge berichteten beim Tee vom Federballspielen, als Mutter in Richtung Tür blickte und sagte:
„Morgen reisen wir weiter. Nach Norddeutschland."
„Ist das weit?", fragte Tomek und richtete sich auf.
„Einige Stunden Zugfahrt."
„Warum fahren wir da hin?", wollte Marta wissen.
„Eure Großtante Elisabeth lebt dort, die Stadt heißt Kiel."
„Haben wir eine Tante?", rief Marta. Von Angehörigen war zuvor nie die Rede gewesen. *Mutter ist doch als Waisenkind im Heim aufgewachsen. Deswegen sind die Bukowskis unsere Familie, obwohl wir nicht blutsverwandt sind. Merkwürdig.*
„Packt euren Koffer. Ich muss noch etwas erledigen. Heute gehen wir früh schlafen", sagte Mutter und verließ die Kantine.
Marta schaute ihr nach, sah ihren plumpen Gang, ihre mollige Figur, ihre kurzen, dichten, schwarzen Haare, um die sie sie immer beneidete.

2. Ringen nach Luft (2011, Deutschland)

Tomek öffnete Mutters Wohnung in Kiel-Elmschen-hagen, und Marta und ihr Mann Patrik folgten ihm.
Erwartungsgemäß sah es unordentlich aus: Überall lag benutztes Geschirr, im trüben Wasser des Aquariums trieben zwei aufgeblähte Fische und man stolperte über Kabel und Schläuche. Der Fernseher lief, auf dem Sofa stapelten sich Bücher.
Sie kam Marta fremd vor, diese nach Luft schnappende ältere, dickliche Frau mit vergrößernder Brille und dem schütteren, grauen Haar. Wenn sie meine Patientin wäre, dachte Marta, hätte ich sofort angefangen, professionell zu handeln. Doch bei Mutters Anblick war sie unfähig, das Richtige zu tun.
„Bleib sitzen, wir kommen zurecht", sagte Marta trocken, als sie das Wohnzimmer betraten.
Patrik küsste seine Schwiegermutter auf die Wange und verschwand in der winzigen Küche, um Tee zu kochen. Tomek setzte sich aufs Sofa. Marta blieb neben dem wuchtigen Sauerstoffapparat stehen. Eingeschaltet surrte er ähnlich, wie eine alte Spülmaschine. Aber das war er nicht. Schläuche schlängelten sich daraus hervor und lagen ungeordnet auf dem Boden. Zu ihrer eigenen Überraschung wühlte es Marta auf, mit anzusehen, wie Mutter schwer nach Luft schnappte und hechelte.
„Heute kann ich besonders schlecht atmen ...", japste Mutter.
Der Schlauch mit dem lebensrettenden Gas, der in ihren Nasenlöchern stecken sollte, lag auf dem schmutzigen Teppich.
Wie kann sie nur.
„Hier, nimm das!", sagte Marta und gab Mutter das Ende des Kunststoffröhrchens.
„Ich brauch das nicht."

„Ich denke, doch. Jetzt schalten wir das ein, damit du besser Luft holen kannst."
„Ach wo! Es ist bloß das Asthma!"
„Für die Nacht hat sie ein Gerät mit einer Maske, aber sie vergisst meistens, es anzuschließen", warf Tomek ein. *Ist klar, weil das Gehirn zu wenig Sauerstoff erhält ... Auch eine Demenz wäre möglich.* Marta schwieg lieber, weil es ihren Bruder sicher verletzt hätte. *Die erwarten wohl, dass ich alles richte, was sie haben schleifen lassen. Aber Mutter hört ja noch weniger auf mich als auf ihn.*
Als Tomek zum ersten Mal in der Schweiz angerufen und Marta gebeten hatte, wegen Mutter nach Kiel zu kommen, hatte sie schon über schlimme Atemprobleme geklagt. Klar, nach jahrzehntelangem Rauchen. Ursprünglich hatte sie nicht fahren wollen. Mutter war ihr fremd geblieben, rätselhaft, unnahbar. Marta hatte sich vor ihrem eigenen Ekel und peinlicher Nähe gefürchtet. Dank ihrem Ehemann war sie nun hier. *Und ich will Tomek mit unserer alten Mutter helfen. Ja, ich will es wirklich.*

„Johanna, schau' her", sagte Patrik zu Martas Mutter. Er hatte sich neben sie gesetzt, um ihr zu erklären, wie sie per Internet telefonieren konnte. Denn beim normalen Telefon vergaß Mutter, den Hörer aufzulegen, oder drückte die falschen Tasten. Sie hatten extra einen ausgemusterten Computer aus Patriks Arztpraxis mitgebracht. „Zuerst bedienst du den Knopf hier, dann diesen hier, und schon hören und sehen wir uns auf dem Bildschirm."
Nach drei vergeblichen Versuchen zeigte Patrik Johanna ein Blatt Papier. „Guck mal, hier steht alles drauf!"

Mutter wirkte zerstreut und desinteressiert.
„Wir müssen wohl aufgeben", sagte er zu Marta, die seine Geduld bewunderte.
„Sieht so aus."
Da sitzt sie, meine eigene Mutter: Gleichgültig, beinahe abwesend, gerade einmal siebzig und verdummt. Dabei war sie früher immer ausgeglichen gewesen.
Marta seufzte. „Komm, wir fahren in die Stadt und kaufen ein Telefon mit großen Tasten. Tomek, bleibst du solange hier?"
Er nickte und befestigte erneut Mutters Nasensonde.
Marta und Patrik verließen erleichtert die Wohnung.

Später bestellten sie sich bei Tomek Pizza, und Marta freute es, dass er sich in guter psychischer Verfassung zu befinden schien. Er erzählte, dass er nur noch selten kiffte, regelmäßig arbeitete und Sport trieb. Sie zeigten ihm das neu erstandene Gerät für Mutter.
„Super, die großen Tasten", meinte er.
„Wir installieren es morgen, bevor wir nach Hamburg zum Flughafen fahren", beschloss Patrik.
„Gut, denn ich muss arbeiten."
„Ich bin dankbar, dass du Mutter so gut umsorgst", sagte Marta.
„Es ist nicht so einfach, wie du denkst. Sie macht mir dauernd Vorwürfe", sagte Tomek ein wenig hilflos. Er wirkte bekümmert.
„Und wieso?", fragte Patrik.
„Keine Ahnung. Ich besuche sie täglich, bringe mal eine Suppe oder wasche ihre Kleidung, vor allem Unterwäsche – sie duscht kaum..."

„Sie scheint nicht mehr zu lesen", stellte Marta fest.
„Dafür läuft den ganzen Tag der Fernseher", fügte Tomek hinzu.
„Und kann nicht einmal zwei Knöpfe am Computer bedienen", sagte Patrik.
„Mir gefällt die Atemnot nicht", warf Marta ein.
Tomek lachte auf. „Sie geht nicht zum Arzt."
„Dann muss der Arzt eben zu ihr kommen", beschloss sie. „Ich kümmere mich morgen darum."
„Hoffentlich bewirkst du etwas. Denn das ist ja sehr schlimm", meinte Patrik.

Gleich am nächsten Morgen rief Marta Mutters Hausarzt an. Schon nach wenigen Sätzen warf sie das Mobiltelefon wütend aufs Sofa. „Das ist ja nicht zu glauben!", schnaubte sie.
„Was?", fragte Patrik.
„Der Arzt macht keine Hausbesuche, man muss zu ihm gehen, wenn man ihn braucht."
„Das ist ein dicker Hund." Patrik schüttelte ungläubig den Kopf. Auch er war Arzt und engagierte sich für seine Patienten.
„Hoffentlich schafft Tomek es, sie in die Praxis zu bringen."
Womöglich ist es nicht nur Asthma, sondern sogar eine COPD. Der ständige Sauerstoffmangel würde die Vergesslichkeit und Depression erklären. Marta hatte das Gefühl, sie müsste mehr für Mutter tun, aber sie bezweifelte, eine Beziehung zu ihr aufbauen zu können. Sie übernahm lieber die Finanzen, die sie von der Schweiz aus regeln würde.

Einige Wochen später joggte Marta am Dorfrand und beobachtete den über ihrem Kopf kreisenden Bussard, als ihr wieder

einmal bewusst wurde, wie fantastisch die Schweiz mit ihren Bergen, Wiesen, Seen und Wäldern war. Sie fühlte sich sehr privilegiert, in diesem Land, in einem der alten, gepflegten Dörfer zu wohnen. *Ich kann einfach rauslaufen und in der Natur sein.*
Zurück zuhause sah sie auf dem Weg zur Dusche, dass der Anrufbeantworter rot leuchtete. Auf dem Display erschien Tomeks Nummer. Hm, was ist los, fragte sie sich.
„Mutter ist in der Uniklinik! Es ist schlimm", schnaubte ihr Bruder.
„Erzähl!"
„Sie hat so schwer geatmet am Telefon, geröchelt, sag' ich dir, ich hab nur ‚Krankenhaus' verstanden. Bin mit dem Taxi zu ihr. Sie war fast blau im Gesicht! Unterwegs hat sie auf einmal aufgehört zu atmen. Sie lebte nicht mehr, Marta! Ich dachte, sie stirbt!"
Etwas hinter Martas Brustbein zog sich zusammen. *So tapfer. Er hat nicht einmal daran gedacht, die Ambulanz zu rufen, sondern ist sofort zu ihr.*
„Warum hast du keinen Krankenwagen ..." Marta hielt inne. Das war jetzt egal. „Ich nehme den nächsten Flieger."

Sie eilte durch die grell beleuchteten, unendlich langen Gänge des Kieler Krankenhauses. Mutter sah bleich aus, lag halb aufrecht im Bett und starrte vor sich hin, als Marta klopfte und ihren Kopf hineinschob.
„Einen Moment bitte", sagte ein Arzt, der gerade mit Mutter sprach.
Marta zog sich zurück und wartete auf dem Flur. Sie würde gleich Fragen stellen.

Als der Arzt aus dem Zimmer kam, stellte sie sich vor, und er erklärte:
„Ihre Mutter hat das Sauerstoffgerät zu wenig genutzt und hat darum eine schwere Lungenentzündung bekommen. Leider nimmt sie die Situation nicht ernst."
„Ich befürchte, dass sie zeitweise recht vergesslich ist. Je nach Belüftungssituation."
„So entsteht ein Teufelskreis, genau."
Ich muss es mit Tomek besprechen, das kann niemand mehr verantworten.

Tomek ließ Marta Platz nehmen, als sie bei ihm eintraf und begab sich in die Küchennische. Sie erblickte den mit Zigarettenkippen, Feuerzeugen, altem Brot und Münzen vollgestellten Tisch und legte herumliegende Kleider zu Seite, um sich aufs Sofa setzen zu können. *Kommt mir bekannt vor.* Routiniert schob Tomek mit einem Unterarm die Sachen auf der Tischplatte zur Seite und stellte zwei Gläser hin. „Der Tee kommt gleich."
„Wir können es nicht verantworten, dass Mutter erneut fast erstickt", begann Marta, ohne abzuwarten.
„Kann das wieder passieren?"
„Du hast doch auch mit dem Arzt gesprochen."
Er stand auf und schnappte sich eine Scheibe Brot aus dem Schrank und legte sie auf die ebenfalls sehr belegte Küchenplatte. Dann strich er sie bedächtig mit viel zu weicher Butter und schleckte sich die Finger ab. Er sah Marta nicht an, als er fragte.
„Was sollen wir tun?"
„Sie kann nicht mehr nach Hause, Tomek."

„Aber ich bin ja für sie da", rief er und warf das Messer auf die Ablage.

„Sie schafft es nicht mehr allein. Sobald sie zu Hause ist, werden wir sie nicht davon überzeugen können, freiwillig in ein Heim zu gehen. Bekanntlich ‚fehlt' ihr ja nichts."

Tomek nahm einen Bissen von seinem Brot, drehte sich zu Marta, und sagte laut schmatzend: „Ich kann täglich für sie kochen und weiterhin waschen."

„Du ... Dieser Gedanke tut mir doch auch weh." Vergeblich suchte sie seinen Blick.

Er schluckte laut und biss noch mal in sein Brot. „Ich kann das. Wie die letzten Monate auch."

„Wir müssen vernünftig sein. Sie versteht das leider nicht. Es wird einfacher für sie sein, direkt vom Krankenhaus ins Heim zu gehen. Glaub mir."

„Aber sie will nun mal nach Hause!", rief Tomek und schlug mit der flachen Hand auf die Platte.

Marta fuhr erschrocken auf. „Und was ist mir dir? Willst du bei ihr einziehen und sie umsorgen? Tag und Nacht? Denn das braucht sie: Vollzeitpflege! Das ist zu viel, auch für dich!", sagte sie ärgerlich. Doch dann verrauchte die Wut sofort wieder. Für einen Moment hatte sie das Bedürfnis, ihren Zwillingsbruder in den Arm zu nehmen. Sie war dankbar für alles, was er für Mutter tat und wie er es anstellte. Aber sie rührte sich nicht, denn sie umarmten sich nie. Sie war noch nicht so weit, ihm die schlimmen Dinge in der Kindheit und Jugend zu verzeihen.

„Der Sozialdienst hilft uns, die Dinge zu organisieren", sagte Marta müde. „Jetzt können wir sagen, die Ärzte haben uns zu diesem Schritt geraten, begreifst du das?"

Erwartungsgemäß kam Mutter das Heimzimmer fremd vor, sie fand sich nicht auf der Abteilung zurecht, geschweige denn in der Parkanlage. Es war zu kompliziert für sie, sich in ihrem Zimmer Kaffee zuzubereiten. Dauernd fragte sie nach ihrer Wohnung. Marta blieb ohnmächtig und sprachlos, und Tomek stritt mit ihr ständig um Kleinigkeiten, als die beiden die wenigen Habseligkeiten ins Heimzimmer transportierten oder einen Sessel für Mutter kauften. Einmal war er drauf und dran, den Sessel gegen Martas Mietwagen zu schleudern vor lauter Wut und Ohnmacht. Aber es gab keine bessere Lösung.

Abends berichtete sie Patrik am Telefon über die Situation.
„Wenn sie über längere Zeit Sauerstoff bekommen hat, wirkt sie rege und konzentriert. Bald findet sie, dass sie keinen Schlauch in der Nase braucht, da sie ja ‚nur' Asthma hat. Und dann verschlechtert sich wieder alles."
„Je nach Sauerstoffversorgung, das ist klar", sagte ihr Mann.
„Es ist das einzig Richtige, sie im Heim zu wissen."
„Ja, klar, aber es ist so seltsam und beängstigend. Und Tomek..."
„Soll ich mal mit ihm reden?", fragte Patrik, und Marta hörte die Zärtlichkeit in seiner Stimme.
„Das ist lieb. Vielleicht später. Übrigens, das Gericht setzt mich morgen als Mutters Betreuerin ein, für die Finanzen, Entscheidungen über ihre medizinische Behandlung und ihren Aufenthaltsort. Tomek... kommt dafür ja leider nicht in Frage."
„Das ist heftig. Aber niemand ist besser dafür geeignet als du."
„Hm. Ich konnte Tomek nur mit Mühe überzeugen, die Wohnung aufzulösen."
„Lass ihm Zeit."

Die Entrümpelungsfirma brauchte einen ganzen Tag, um die Wohnung – bis auf das Aquarium – leer zu räumen. Marta goss dessen Inhalt in die WC-Schüssel, woraufhin Tomek einen Schreianfall bekam, weil er die zwei am Beckenrand klebenden Fische entdeckt hatte. Erst bei der dritten Pizza konnte er darüber lachen.

Seit dem pendelte Marta oft zwischen Kiel und der Schweiz. Mutters Zustand verschlechterte sich in Wellen, die langsam und kraftvoll an die Zwillinge heran rollten. Ein halbes Jahr später musste Marta einem Luftröhrenschnitt zustimmen, wodurch Mutter dauerhaft beatmet wurde und deswegen in eine andere, darauf spezialisierte Pflegeeinrichtung verlegt werden musste.
Marta übernachtete jeweils bei Erika Rentsch, ihrer ehemaligen, ersten Lehrerin in Deutschland, und deren Mann Christian, wenn sie Mutter im Heim besuchte. In all den Jahren hatten sie immer den Kontakt gepflegt. Nach dem Abitur durfte sie zu ihnen ‚du' sagen, was sie sehr stolz machte. Tagsüber ging sie ins Heim zu Mutter, und in den Nächten wälzte sie sich im Bett im Haus der Menschen, von denen sie wünschte, sie wären ihre Eltern gewesen. Nicht selbstständig atmen und schlucken zu können muss schrecklich sein, dachte sie. Hoffentlich quält sie sich nicht lange. Ich muss mit Tomek die Kremation besprechen, und dass wir Intensivbehandlungen und lebenserhaltende Maßnahmen ablehnen. Er muss jetzt stark sein.
Es war wie damals nach der Herz-Bypass-Operation. Nur jetzt war es endgültig. *Jetzt bin ich die Angehörige, die Tochter, nicht Ärztin oder Krankenschwester. Und darum will ich nicht*

mehr, dass mir die Pflegerin diesen Ausschlag an Mutters Innenschenkeln zeigt. Es ist zu viel für mich.

Im neuen Heim zeigte sich Mutter von unbekannten Seiten. Oft thronte sie wie eine Prinzessin auf ihrem Bett und schäkerte stumm, aber ausreichend verständlich mit dem Pflegepersonal. Ihre Stimmung hatte sich gebessert, sie schien weniger mit ihrem Schicksal zu hadern, als Marta befürchtet hatte. Die Körperpflege ließ sie von keinem Mann durchführen, auch die Bettpfanne sollten ihr ausschließlich weibliche Pflegekräfte bringen. Mutter wendete sich deutlich ab oder blickte abwertend, sobald ein Pfleger ihr Zimmer betrat. Nur wenn Tomek kam, strahlte sie ihn freudig an. Er blieb den ganzen Tag.

Obwohl sie Mutter nur alle paar Wochen besuchte, konnte Marta nicht das tun, was von ihr erwartet wurde. Trotz des schlechten Gewissens ging es nicht anders.

Schon das Heimgebäude ließ bei ihr Widerwillen und Freude zugleich aufkommen. Was sie im Heim erlebte, sollte Martas Inneres nicht erreichen. Ihre Haut fühlte sich dick und prallelastisch an, wie die eines Nilpferdes. Emotional erstarrt flößte sie Mutter schluckweise Kaffee ein und achtete darauf, keinen Kuchen in Sichtweite zu haben. Zur Ablenkung zeigte sie ihr irgendwelche Fotos oder fuhr sie im Rollstuhl herum. Alle begrüßten sie ausnehmend freundlich, und sie fühlte sich wie eine ferngesteuerte Puppe. Im Stationszimmer labten sich die Schwestern am Kuchen, den sie ihnen mitgebracht hatte. Zurück lächeln, winken, gut gemacht! Und weiter geht's.

Die meiste Zeit verbrachte Marta nicht bei Mutter, sondern in den vielen Läden in Kiel. Uninteressiert schaute sie sich irgendwelche Waren an, die sie nicht benötigte und nicht kaufte und wechselte in das nächste Geschäft. Abends traf sie Tomek und fuhr dann nach Felde, wo sie den Tag mit Erika und Christian ausklingen ließ und sich auf das spätabendliche Telefonat mit Patrik freute. Um einschlafen zu können, verschob sie virtuelle Blöcke auf einer Spiel-App auf dem Mobiltelefon. Der zweite Tag glich dem davor, und nach dem Dritten hatte sie es hinter sich und flog zurück in die Schweiz.

3. Breslau (1973, Polen)

„Sie fuchtelt mit ihren Armen und hüpft auf dem Stuhl wie ein Affe!", flüsterte Marta lachend in Izas Ohr. Es war inzwischen Abend geworden, als die beiden knapp fünfjährigen im Kindergarten mit Klötzchen spielten, während die Erzieherin fernsah. Marta erntete einen entsetzten Blick und eisiges Schweigen. Aber es ist so, dachte sie trotzig. Ihr war langweilig, sie wäre lieber bei Oma und Opa gewesen. Tomek döste in einer Ecke. Sie warf einen finsteren Blick auf die Erzieherin. *Die kann doch jetzt nicht Fußball gucken, Mutter macht das ja auch nicht, wenn sie im Internat arbeitet. Wieso ist Iza so ernst? Es sah doch wirklich lustig aus, wie die Erzieherin die ganze Zeit ihre Arme herumwarf und wie ein Gaul wieherte.*
Von da an musste Marta immer neben ihrer erzwungenen Freundin sitzen, mit ihr spielen und ihr sogar ihren bunten, duftenden, chinesischen Radiergummi ‚schenken'. Denn sie wollte um jeden Preis verhindern, dass die Erzieherin von der Sache mit dem Affen erfahren und sie bestrafen würde. Dabei hatte sie die Hexe, wie sie Iza im Stillen zu nennen begann, schon vorher nicht gemocht. Marta hoffte, dass die Hexe die Erpressung irgendwann langweilen würde, aber leider schienen ihr die Privilegien zu gefallen. Marta begann die Geschichte sehr zu belasten. Als Iza ihr eines Tages auch noch den dritten duftenden Radiergummi abknöpfen wollte, hielt sie es nicht mehr aus und zischte der Erpresserin ins Ohr.
„Lass mich endlich in Ruhe."
„Hä?"
„Erzähl' es der Erzieherin!"
„Was soll ich ihr denn sagen?", fragte Iza verwundert.

„Tu' nicht so scheinheilig – das mit dem Affen natürlich!"
Iza zog die Augenbrauen hoch, drehte sich schwungvoll um und entfernte sich wortlos.
„So", machte Marta, stemmte die Hände in die Seiten und streckte die Zunge raus. Das hatte gut getan. Dann kroch ein seltsames Gefühl in ihren Magen. Was, wenn sie jetzt Ärger bekam? Trotzdem! Ab jetzt würde sie nur noch mit Kindern spielen, die sie mochte. Zum Beispiel mit Bogdan, der ein Stockwerk tiefer schräg unter den Bukowskis wohnte.

„Nimm noch mehr, du isst sie doch so gern!", sagte Bogdans Mutter und schöpfte Marta noch mal von der Suppe auf den Teller. Mutter arbeitete bis in die späten Abendstunden, Tomek war mit Tante Alina, Mutters bester Freundin, im Zoo, und Marta verbrachte die Zeit bei ihrem Kindergartenfreund. Bei ihnen war es behaglich.
„Danke", antwortete Marta, um höflich zu sein. Sie mochte diese merkwürdige, gesalzene Milchsuppe mit Kartoffeln und Nudeln nicht. Lieber aß sie Hefekuchen oder Knödel, die Bogdans Mutter machte.
„Hoffentlich legst du etwas zu."
Marta rang sich ein Lächeln ab. „Ja."
Kein Wunder, dass die alle so dick sind. Die essen nie Gemüse.
„Gehen wir." Bogdan zupfte Marta, die mit ihrer Suppe kämpfte, am Ärmel. In seinen zwei recht großen Zimmern, die er als Einzelkind bewohnte, stolperte man oft über seine vielen Plastikautos, Schwerter und Legosteine. Sie war froh, dass sie einen Grund hatte, vom Tisch aufzustehen. In jedem Fall war sie lieber bei dem dicklichen Jungen mit den schweißigen Händen als im Aufenthaltsraum oder in der kalten Wohnung. Bei ihm

war es sauber und roch nach Milch und Hefeteig. Sie half ihm bei den Hausaufgaben und sie spielten zusammen. Seine Eltern waren mit Abstand die ältesten von allen, sogar noch älter als Mutter, die die Zwillinge mit dreißig bekommen hatte. Sein Vater stand kurz vor der Pensionierung, seine Mutter war schon gut fünfzig und arbeitete nicht.

Nach dem Essen räumte Bogdans Mutter die Küche auf und putzte die Wohnung, zumeist in einer viel zu kurzen Polyesterschürze. Sie sammelte schwere Kristallvasen, die in der Wohnwand auf gehäkelten weißen Spitzenunterlagen standen. Oft polierte sie sie und betrachtete sie ehrfürchtig. Bücher gab es dort keine. Marta wusch sich gern in der Küche die Hände, weil sie dann auf die mit vergorener Milch gefüllten faustgroßen Baumwollsäckchen tippte, die an der Spüle hingen. Mit Wonne schleckte sie die frische Molke ab, die von ihm herunter tropfte und freute sich auf den Quark, der daraus entstehen würde.

Bogdans Vater verfolgte täglich die Resultate aktueller Fußballmatchs. Marta sah im gern zu, wenn er bei der Lotto-Zahlenziehung im Fernsehen angespannt auf die Richtigen hoffte. Jetzt legte er den Suppenlöffel weg und las mit ernster Miene die Zeitung, ähnlich wie Opa. *Bei uns gibt es keine festgelegten Gewohnheiten.*

Nicht nur dies unterschied sie von ihrem Zuhause. Nachdem Mutter zum ersten Mal bei Bogdans Eltern zum Kaffee eingeladen war, wurde Marta klar, dass sie selbst bis auf Mutters Freundin Alina nie Besuch empfingen.

Sie dachte an ihre Wohnung, deren einziges Familienzimmer so anders aussah als alle anderen, die sie schon mal besucht hatte. Weil es unordentlich und im Winter kalt war, nahm sie lieber keine Kinder mit zu sich nach Hause. Zudem stellte Mutter oft überraschend die Möbel um. Hin und wieder fanden die Zwillinge am Nachmittag einen völlig anderen Raum vor als es noch am Morgen gewesen war. Marta hätte lieber eine Ecke für sich gehabt, die immer gleich blieb, wie es bei den Bukowskis oder bei Bogdan war.

Als Alleinerziehende arbeitete Mutter immerzu, weshalb die Zwillinge nach dem Kindergarten selbstständig in die Wohnung zurückkehrten. Die knapp fünfjährige Marta hatte den Schlüssel um ihren Hals gehängt, damit er nicht verloren ging. Sie öffnete die breite Spanplattentür, deren mehrschichtige rostbraune Lackfarbe abblätterte. Modriger Geruch stach ihr in die Nase. Sie hasste den schweren, ewig schmutzigen Vorhang, der die Toilette vom Flur abtrennte. Als sie kurz die Küche betrat, um sich einen Apfel zu holen, bekam sie Angst vor den Ratten, die in den Rohren der Badewanne raschelten. Nur laufendes Wasser konnte die Tiere verscheuchen.
Furchtbar kalte Luftmassen kamen ihr entgegen, als Marta in das einzige Zimmer ging, dessen Kachelofen nur abends angefeuert wurde. Ihren Rucksack lehnte sie an ihr Bett und blieb vor der hohen und sehr breiten Wohnzimmerwand, ihrem Lieblingsmöbelstück stehen. Hinter den rotschwarzen Schiebetüren aus Glas wartete ein heilloses Durcheinander aus Büchern auf sie. Wenn man die Scheiben öffnete, fielen die Bände krachend heraus. Nur dieses eine, beständige Chaos zu Hause mochte Marta. Tomek und ihr standen je eine der drei breiten Schubladen zur freien Verfügung – eine Art Heiligtum. Sie bewahrte dort ihre Zeichnungen, Buntstifte, Gummibälle sowie Schokolade auf, die sie sich über die ganze Woche einteilte. Ihr Bruder vertilgte seine Süßigkeiten stets sofort und bediente sich

dann bei ihren, was sie zur Weißglut trieb. Aber Mutter reagierte nicht auf ihre Beschwerden. Beim Einschlafen starrte Marta die floralen Stuckaturen an der Decke an und malte sich gute Giganten und zottige Riesentiere aus.

Die Kapuzenjacke verfügte über eine große Tasche, in die Marta rasch ein frisches Unterhemd hineinstopfte. Ohne sich darum zu kümmern, wie es aussah, zog sie ihren Bademantel darüber an und wickelte den Schal enger um den Hals. Mit Schwung warf sie sich ein Frotteetuch über die Schulter, biss in den Apfel und schloss die Tür von außen zu, indem sie den Schlüssel sorgfältig zweimal und in beiden Schlössern umdrehte. Andere Leute schützten sich mit mehreren Schlössern und dicken Gittern vor den Fenstern und vor der Tür vor Einbrechern, nicht so die Danutowskis. Marta lief rasch über den staubigen Innenhof in das siebenstöckige Mehrfamilienhaus, um zu Oma und Opa Bukowski zu gelangen. Obwohl nicht blutsverwandt, waren sie ihre Familie, und im Winter badeten die Zwillinge bei den Bukowskis, weil es bei ihnen zu Hause zu kalt war.
Am liebsten ging Marta allein dorthin, weil sie sich dann wie eine Prinzessin fühlte. Sie betrat das Treppenhaus und atmete durch den Mund, weil es entsetzlich nach feuchter, verschimmelter Luft, nach Erbrochenem von Betrunkenen, Hundekot und Katzenurin stank. Die schwachen Glühbirnen fehlten, sodass sie über verstreute Kohle auf dem Teppich aus Zigarettenkippen stolperte, die die Bewohner in Eimern vom Keller hinauf in ihre Wohnungen trugen. Geräuschvoll stolperte sie über einen metallenen Gegenstand, wohl einen Teil des Briefkastens und erschrak, obwohl sie all das kannte.

Gedankenversunken ließ sie ihre Hand auf dem breiten Holzgeländer entlanggleiten, während sie sich schon in der Badewanne voller Schaum sah. Plötzlich lief eine dunkelbraune Ratte mit ihrem langen, fleischigen Schwanz über ihren Handrücken und die Brüstung hinauf. Marta quiekte kurz vor Schreck. Sie war zwar nicht ängstlich, aber es kam unerwartet. So schnell wie noch nie rannte sie die restlichen vier Stockwerke hinauf und klingelte stürmisch. Oma öffnete die Tür und sah die keuchende Marta mit aufgerissenen Augen.

„Meine Kleine, was ist mit dir?"

„Eine fette ... Glitschige .... Ratte ... Auf meiner Hand ..." Stammelte sie, nah am Weinen.

„Meine Marta!" Oma umarmte sie fest und lange, was sie rasch beruhigte.

Bei ihnen war es schön warm, im knapp beleuchteten Flur roch es nach alten Büchern, und die Möbel standen dort, wo ihr Platz seit jeher war. Als sie sich beruhigt hatte, legte Marta Oma das Frotteetuch in die Hände und wartete auf das vertraute Schmunzeln. Da waren sie, Omas kleine, aufmerksame Augen, die sich ulkig verengten, wenn sie lächelte. Und die kesse Haarlocke auf der Stirn. Marta zog den Bademantel und die Kapuzenjacke aus und betrat das geräumige Altbauzimmer. Oma ging in die Küche, um Wasser in die Wanne einlaufen zu lassen. In der Mitte thronte Martas geliebter, wuchtiger Mahagonitisch, auf dem Teegläser standen und Bücher lagen. Es waren alle da: Der hinter einer aufgeschlagenen Zeitung kaum sichtbare Opa, die Bukowski-Kinder, die fünfundzwanzigjährige Helenka, die am liebsten auf dem Sofa saß und bei der Begrüßung Martas Pullover liebevoll zurechtzupfte, das machte nur sie so, und ihr vier Jahre jüngerer Bruder Marcin, Martas

stämmiger Patenonkel. Er schlürfte laut seinen Tee, stellte das Glas ab, streichelte mit seiner warmen Hand Martas Kopf und fragte, wie sie den Tag verbracht hatte. Das machte auch nur er so, und sie liebte es. Sie fand es lustig, dass seine Augen denen der Oma glichen, obwohl er ein Mann war.
Marta zog mit den Fingern die feinen Schwünge der Schnitzereien auf den Stuhllehnen nach und wünschte sich, dieser gemütliche und lieb gewonnene Moment würde nicht mehr aufhören. Dann kam Oma ins Zimmer und sagte:
„Bitte, dein Tee. Möchtest du was essen?" Marta verneinte nur aus Höflichkeit, denn nirgendwo anders gab es bessere Brötchen mit Butter und Schinken. Aber sie kam, um zu baden, und man soll sich zu benehmen wissen.

Die Bukowski-Kinder holten die Zwillinge oft vom Kindergarten ab und nahmen sie zu sich nach Hause mit. Manchmal durften Tomek und Marta das grüne, schummrige Durchgangszimmer in Beschlag nehmen. Aus dem Tisch, den Stühlen, dem Schlafsofa sowie alten Vorhängen und Decken konstruierten sie Burgen, Häuser, Schlösser und Verstecke. Gräben mit erdachtem Wasser umringten die Festungsanlagen. Marta fungierte als Burgprinzessin oder edler Ritter, Tomek mimte die Magd. Hoch zu Ross begab sie sich auf einem Stuhl zu den anderen Edelmännern, um sie mit einem Regenschirm, den sie als Schwert einsetzte, zu unterstützen. Wenn sie weniger Zeit hatten, spielten sie Indianer oder mimten wilde Cowboys, die sich mit Revolvern, das heißt großen Löffeln, duellierten. In friedlichen Zeiten sprangen sie im Schlafzimmer der Großeltern auf dem uralten, durchgelegenen Ehebett mit dem aufwendig geschnitzten Rahmen herum. Gegenüber dem Bett lehnte ein mannshoher Mahagoni-Spiegel, in dem sie sich beim Springen sehen konnten, was ihr Vergnügen enorm steigerte. Sie rivalisierten um die größte Höhe oder die besten Figuren, bis das Spiel irgendwann von den Erwachsenen beendet wurde. Oder aber sie kämmten sich vor dem Spiegel mit Omas Haarbürste, oder probierten sämtliche Schuhe an. Tomek studierte zudem die unmöglichsten Grimassen mit passenden Gesten ein, worin er unerreichter Meister war. Oft zog er Helenkas Kleider an und sie bürstete seinen wallenden Schopf und schminkte seine Augenlider, Lippen und die Pausbacken. Die anschließende Vorführung sorgte für viel Gelächter. Marta beneidete Tomek zwar um diese Darbietung, aber so bunt angemalt gefiel er ihr ganz und gar nicht.

Die Erinnerung an die Ratte im Treppenhaus verflog vollends, als Marta mit dem Tee im Bauch ins warme Wasser stieg. Sie summte und formte Kuchen und Türme aus dem vielen Schaum und stellte sofort wieder neue auf, sobald die Bläschen wie welke Blumen in sich zusammensanken. Wenn Oma nicht mit dem ausgebreiteten Tuch die Küche betreten hätte, wäre Marta eine Ewigkeit im sich abkühlenden Wasser geblieben.

„So, raus mit dir!" Oma half ihr, die vielen Kleiderschichten anzuziehen.

Als Marta sich von allen verabschiedete, sagte Marcin:

„Ich begleite dich nach Hause!"

„Ich kenne den Weg, danke!", entgegnete Marta stolz.

„Hm, du hast wie immer deinen Kopf. Aber geh' wenigstens außen 'rum."

„Aber das ist doch viel zu weit!"

„Marta, Marta, was sollen wir mit dir tun?" Ihr Patenonkel strich ihr über den Kopf und lächelte breit.

Halb Breslau erfrischte sich in Freibädern in den heißen Sommermonaten. Mutter ging gern mit den Zwillingen in die Olympia-Anlage, weil sie sich in der Nähe ihres Internats befand. An einem besonders sonnigen Tag ließen sie sich nicht planlos irgendwo nieder, sondern kreisten zunächst auf dem Rasen herum, bis Mutter sich an eine vertrauenswürdig wirkende, ältere Frau wandte:

„Wären Sie so freundlich und würden ein Auge auf meine Zwillinge werfen?", fragte sie, während sie eine Decke, Badetücher und Proviant auf den Rasen in ihrer Nähe legte.

„Wenn sie brav sind", antwortete diese, von ihrem Buch heraufblickend.

„Sie machen keine Dummheiten", versprach Mutter und ging.
Von da an hatten Marta und Tomek öfter solche ‚Rasen-Eltern'. Die Zwillinge nutzten schamlos aus, dass sich die Leute selten für sie interessierten, und hielten sich die meiste Zeit im Wasser auf. Sie konnten wie ein Hund paddeln und ging deshalb nicht unter. Marta saß aber auch gern am Beckenrand und schaute auf die glitzernde, unruhige und in der Sonne funkelnde Oberfläche. Für sie waren es Sterne, die tagsüber herunter kamen auf die Erde und die Menschen beobachteten.
Wenn die Tore des Freibades schlossen, fuhren die beiden zwei Stationen mit der Straßenbahn in Mutters Internat und kehrten abends mit ihr zurück nach Hause. Mutter schien es zu genügen, ihre Kinder gesund zu sehen, und so fragte sie nicht, was die beiden getrieben hatten. Bogdans Mutter hingegen war entsetzt, als Marta ihr wie selbstverständlich davon erzählte.

„Dass sie keine Angst um euch hat?", fragte sie sorgenvoll.

*

Kurz vor ihrem fünften Geburtstag legte Marta Mutter eines ihrer Lieblingskinderbücher auf den Schoß.
„Ich kann lesen wie die älteren Kinder und Erwachsenen!", verkündete sie stolz.
„Aber das lernt man erst in der Schule."
„Ich habe es mir selbst beigebracht", sagte Marta und nahm das Buch. „Ich lese dir die Elefanten-Geschichte vor", erklärte sie und begann, laut zu buchstabieren. Holprig, beinahe stotternd schaffte sie die ersten drei Sätze.
„Das ist sehr gut, Marta", sagte Mutter staunend. „Aber du kennst den Text ja auswendig."
„Ja, darum konnte ich damit Lesen lernen. Ich kann das!"
„Okay, versuche mal das." Mutter kramte in der Wohnwand ein dickes Buch hervor, was eine Lawine anderer Bücher nach sich zog. Langsam, nahezu richtig, buchstabierte Marta die unbekannte Prosa.
„Das war schon nicht schlecht." Mutter lächelte stolz, wie man es selten bei ihr sah.
„Darf ich schon in die erste Klasse gehen?", fragte Marta.
„Warte, ich will dir die Kindheit nicht verkürzen."
„Aber ..."
„Nein, Marta. Du kommst wie vorgesehen in die Schule, nicht früher."
Mutter, so schwankend wie sie sonst im Alltag war, blieb bei ihrer Entscheidung. *Sie will sicher keinen Unterschied zwischen Tomek und mir machen. Immer muss es um ihn gehen!*

Die schwere Tür knarrte lauter als üblich, als Mutter die Wohnung betrat. Die siebenjährigen Zwillinge kannten alle Mädchen aus der Gruppe jugendlicher, geistig leicht behinderter

Mädchen, die Mutter als Sonderschulpädagogin im Internat betreute. Diesmal kam aber das erste Mal die jüngste von ihnen.

„Wir haben Besuch! Begrüßt Kinga schön", rief Mutter laut und bugsierte eine breite Tasche ins Zimmer.

„Wir bauen eine Burg aus Klötzchen. Machst du mit?", fragte Marta lächelnd und machte Platz neben sich auf dem Teppichboden.

Kingas Augen leuchteten auf, und sie griff nach einigen Klötzchen, die sie zu den bestehenden zu legen begann. Mutter ließ die Kinder allein.

Tomek sprang auf, holte sich ein Miniatur-Auto und machte wilde Motorengeräusche nach, während er es um die Burg herumfahren ließ. Man hörte das Badewasser einlaufen. *Wie müssen sich die anderen fühlen, die nicht zu den Auserwählten gehören? Wieso macht Mutter das? Und was ist mit uns? Genügt es nicht, dass sie sich für Kriegsversehrte einsetzt?*

Mutter kam ins Zimmer, reichte den Kindern belegte Brote und Tee und machte die Betten. Marta genoss die friedliche Stimmung, und sie freute sich schon darauf, noch lange nach dem Lichterlöschen zu kichern, bevor die Erschöpfung überhandnahm. Zuerst badete der Gast, danach Marta, später Tomek. Auf dem Weg zur Küche, wo die Badewanne stand, sah sie Kinga: in ihrem allerliebsten Pyjama aus bunt gestreiftem, anschmiegsamem, wenn auch ausgeleiertem und verblichenen Frottee-Jersey. Ein heißer Stich traf sie mitten ins Herz. Marta liebte ihn besonders wegen seiner Kapuze, die sie sich über die nassen Haare ziehen konnte.

Wortlos stieg sie ins Wasser, doch der viele Schaum vermochte nicht, sie von ihren dunklen Gedanken abzulenken. *Mutter hat ihn ihr gegeben, ohne mich zu fragen! Wie kann sie nur!* Es gab kein Kichern an diesem Abend. *Ich verstecke den Pyjama nächstes Mal.* Nach langer Zeit schlief sie endlich ein.

„Deine Lehrerin hat dich gelobt", sagte Mutter zu Marta, die ungeduldig auf ihren Bericht von der Elternversammlung gewartet hatte. Schon nach drei Schulwochen war Martas Begeisterung über das Rechnen und Malen verflogen. Schreiben und lesen konnte sie ja. Jetzt gab es nichts Neues mehr für sie.
„Und? Will sie mich in die Zweite versetzen?"
„Ich will das aber nicht."
Marta schwitzte. *Warum nur?*
„Zeit für mein Käffchen", verkündete Mutter und begann ihr Ritual, bei dem die Zwillinge sie auf keinen Fall stören durften. Sie brühte sich einen türkischen Kaffee, wie sie ihn nannte, indem sie das gemahlene Kaffeepulver direkt in dem dünnwandigen, henkellosen Glas mit kochendem Wasser übergoss. Mutter rührte bedächtig das braune Gebräu und wartete, bis sich die Körnchen am Boden abgesetzt hatten. Dann schob sie ihren knallroten 1960er-Jahre Kunstledersessel vor das Aquarium, zog die Schuhe aus und setzte sich mit einer angezündeten Zigarette und dem Kaffee hin. Marta mochte diesen intensiven Geruch, der sich dann ausbreitete, nicht.
Abwechselnd rauchend und schlürfend saß Mutter vor dem Aquarium und beobachtete die Guppys. In der Stille blubberte einzig die Luftpumpe im Wasser. *Wie langweilig, die sehen alle gleich aus.*

Nach dem ersten Glas goss Mutter den Kaffeesatz noch mal und später noch mal auf, rührte mit geschlossenen Augen die jetzt nur noch hellbraune Flüssigkeit.
„Die Schule ist langweilig, die zweite Klasse ist sicher interessanter", sagte Marta in die Stille hinein. Sie riskierte, Mutter zu stören. Der Preis dafür könnte sein, dass sie ignoriert würde. Aber es war wichtig.
Mutter behielt die Augen geschlossen. „Ich will dir die Kindheit nicht verkürzen."
Diesen Spruch kannte Marta auswendig.
Sie nahm allen Mut zusammen: „Aber sogar die Lehrerin sieht mich eine Klasse höher. Ich koche immer Tee für sie und gieße die Pflanzen, während die anderen Aufgaben machen."
„Warte, bis es so weit ist."
„Aber Arletta, vom Block gegenüber hat vor einer Woche in die Zweite gewechselt!"
„Du bist nicht sie. Du gehst normal zur Schule."
„Aber es ist schrecklich!"
„Nein." Noch immer hatte Mutter die Augen nicht geöffnet, sah weder Marta noch ihre Fische an.
„Ich muss mich oft während des Unterrichts um den verwöhnten Sohn der Lehrerin kümmern. Er ist kindisch und kann sich nicht selbst beschäftigen!"
Mutter schwieg und wandte sich dem Aquarium zu. Marta wusste, dass es vorbei war, also kuschelte sie sich an Joka.

An diesem Samstag hätte Marta lieber ausgeschlafen, aber Mutter musste arbeiten und nahm die Zwillinge mit. Noch etwas müde saß sie in der Straßenbahn und dachte, dass es doch keine schlechte Idee war, mit ins Internat zu kommen. Sie hätte in die Tagesstätte der Schule gehen können, die Kindern von alleinstehenden Eltern bis zur dritten Klasse offenstand. Und Marta mochte die Mädchen aus der Gruppe im Internat.

„Guck mal, man schreibt diese Zahl genau unter der ersten und zählt so von oben nach unten zusammen. Du beginnst mit der hinteren Zahl und schreibst das Resultat direkt darunter. Und schon ist die Aufgabe gelöst", erklärte Marta der dreizehnjährigen Kinga. „Versuch du mal. Schön langsam."

Das Mädchen schaffte es dann schließlich, und Marta fand es schön, wie stolz es dreinblickte.

Es war herrliches Wetter, also ging die Gruppe nach dem Mittagessen nach draußen. Man spielte Volleyball oder Badminton. Als es Marta langweilig wurde, suchte sie Mutter. Es überraschte sie nicht, zu sehen, wie sie an der Längsseite des Gebäudes kniend die Rosen schnitt und sich mit den zerkratzten Händen den Schweiß von der Stirn wischte.

„Tun die Kratzer weh?"

„Ach wo!" Sie hob welke Blätter vom Boden. „Es kommt ja von meinen geliebten Rosen."

„Klar", murmelte Marta enttäuscht. Wie gern hätte sie von Mutter gezeigt bekommen, wie man Rosen pflegte oder ihr von der Schule erzählt.

Abends gingen sie zu Fuß nach Hause, weil es angenehm sommerlich und noch hell war. Auf dem Weg klingelte Mutter spontan bei ihrer Freundin Alina, bei der die Zwillinge so manches Wochenende oder Feiertage verbrachten. Nachdem Tante Alina bekanntlich für ihre rechtzeitige Geburt gesorgt hatte, gehörte sie ein wenig zu der Danutowski-Familie.

„Kommt rein in die gute Stube! Wer hat Lust auf Tee?", begrüßte sie die Überraschungsgäste.

„Wohl wir alle, denk' ich", sagte Mutter und nahm auf dem Sofa Platz.

Marta fühlte sich wohl in Tante Alinas winziger, über alle Massen vollgestellter, sauberer Wohnung, deren Boden mit mehreren Teppichen übereinander bedeckt war. Im Gegensatz zu Mutter pflegte ihre Freundin sich aufwendig – sie schminkte sich, toupierte ihre blondierten Haare und drehte sich passend zu ihrer Leibesfülle dicke Locken. Sie cremte ihr Gesicht sorgfältig ein und benutzte ein Deo sowie ein Parfum. Der tiefe Ausschnitt bot freien Blick auf ihren imposanten Busen, an den sie die Kinder bei der Begrüßung heranzog. Sie trug nie Hosen – unter dem knielangen Rock lugten ihre stämmigen Waden hervor. Weit und breit war sie die einzige Person, die sich ihre Zehennägel lackierte. Manchmal bekam sie Atemnot und musste sich etwas in den Mund sprühen.
„Das sind die Asthmamedikamente, die machen fett", sagte sie und schüttelte kummervoll den Kopf.

„Tomek, was hast du heute so gemacht?", fragte Tante Alina.
„Ach, nichts weiter. Wir waren bei den Mädchen", antwortete er unbeteiligt.
„Im Internat", präsizierte Marta. Sie hoffte, man würde sie auch nach ihrem Tag fragen.
„Bei dem Wetter hat meine Gruppe draußen Ball gespielt", sagte Mutter heiter.
„Ich habe den Mädchen mit Mathe geholfen", ergänzte Marta.
„Das ist wunderbar. Du hast eine gute Tochter", meinte Tante Alina.

„Alle Kinder sind gleich. Da mache ich keinen Unterschied, wie du weißt, ist das meine erzieherische Methode", verkündete Mutter mit einem nicht überhörbaren Stolz.
Marta schluckte schwer und brachte ihr leeres Teeglas in die Küche. *Ihre Rosen hat sie auch lieber als mich.*

Kurz darauf stellte Alina als Erstes Blumen auf das breite Fensterbrett in Mutters Küche, als sie die Danutowskis besuchte.
„Sie verschönern diesen öden Raum, meine Liebe", sagte sie zu Mutter. Als einige Blätter auf den Boden fielen, bückte sie sich, um sie aufzusammeln. Plötzlich schrie sie auf: „Was ist das?!" Sie zeigte auf den mausgrauen Pilz, der größer als eine Kohleschaufel war. Marta kannte ihn gut, sie hatte zugesehen, wie er größer und größer geworden war.
„Ach, das wächst schon lange dort", erklärte Mutter unaufgeregt und setzte Teewasser auf.
„Aber was ist das?"
„Schimmel."
„Das ist ja schrecklich!", rief Alina mit Pathos.
„Ach wo!"
„Hör' mal, so geht das nicht!"
„Na ja. Lassen wir das."
„Denk' an die Kinder! Du musst dich beschweren!", schnaubte Alina.
„Meinst du? Ich weiß nicht ..."
Erst, nachdem das Thema mehrmals angesprochen worden war, ging Mutter endlich zur Hausverwaltung. Aber sie wurde unverrichteter Dinge weggeschickt.
„Die glauben mir nicht", erzählte sie ihrer Freundin.
„Hast du's genau erklärt?"

„Ja. Ich denke, ich lass' es lieber."
„Joanna, du musst Druck machen!"
„Aber wie?"
„Zeig' ihnen das Monster."
„Sie kommen doch nicht in die Wohnung!"
„Lass' dir etwas einfallen. Denk' an die Kinder!"
Mutter nahm das pflanzliche Ungeheuer unter dem Fenster von der Wand ab und wickelte ihn mitsamt der Schaufel in Plastikfolie ein. Die stinkende Staubwolke ließ Marta husten.
Mit dem Ungeheuer unter dem Arm ging Mutter erneut zur Hausverwaltung. Als sie nach Hause kam, erzählte sie mit Stolz erfüllt, wie sie den 60 cm breiten und 20 cm hohen, grauen Riesenpilz auf den Schreibtisch der Sachbearbeiterin gelegt hatte.
„Was fällt Ihnen ein! Das stinkt! Nehmen Sie das sofort weg! ... Was ist das überhaupt?", schrie diese und schoss von ihrem Stuhl hoch.
„Diesen Pilz habe ich frisch unter meinem Küchenfenster geerntet!", erklärte Mutter ruhig.
Alle Mitarbeiter versammelten sich um das Ungetüm und schauten es angewidert an.
„Weg damit! Hören Sie? Was wollen Sie?", fragte der Chef der Verwaltung.
„Meine Kinder sind dauernd krank. Es muss etwas passieren", sagte Mutter.
Acht Wochen später zogen die Danutowskis für eineinhalb Jahre in eine Ersatzwohnung um, was im Kommunismus an Zauberei grenzte.

Tante Alinas Mutter, die sie Oma Antonina nannten, lebte auf dem Land. Marta wollte Oma gar nicht mehr aus der Umarmung lösen, wenn sie sich in Breslau begrüßten, denn die alte Frau nahm nur selten den mühsamen Weg in die Stadt auf sich. Sie war verwitwet und arbeitete mit ihren gut siebzig Jahren immer noch täglich in einer Gärtnerei und Marta betrachtete mit Bewunderung ihre rauen, sehnigen Hände mit den dicken Venen, die sich über den merkwürdig verformten Knochen vorwölbten. Es störte sie nicht, wenn die zerborstene Haut mit dicken, von Erde dunkel gefärbten, etwas spitzen Furchen zwischen ihren Haaren stecken blieben, wenn die alte Frau ihren Kopf mit diesen Händen streichelte. Oma Antonina wusste zauberhafte Geschichten zum Besten zu geben, denen Marta aufmerksam zuhörte. Nur ihre Erzählungen vermochten sie in ihren Bann zu ziehen, nicht aber all die Märchen, die sie früher im Kindergarten und später in Radiosendungen hörte oder in Büchern lesen konnte. Irgendwie verwandelte sich das Zimmer dann immer in eine Höhle oder einen dunklen Wald oder eine Steinhütte oder einen tiefen See mit unbekannten Gestalten, an deren Leben und Abenteuern man teilnahm, sobald man sich auf sie eingelassen hatte.

Als Marta neun Jahre alt wurde, erlaubte Mutter ihr, in den Sommerferien das erste Mal ganz allein für zehn Tage zu Oma Antonina zu fahren. Sie war schon einige Tage vorher dermaßen aufgeregt, dass sie nur noch davon sprach und sich ausmalte, wie dort abends bei Kerzenlicht die Märchenwelt wieder Einzug halten würde.
Während Oma im Garten arbeitete, schlief Marta aus, las viel, wärmte sich mittags das Essen vom Vortag auf und hatte sonst

keine weiteren Pflichten. Sie spazierte im Dorf herum und half Oma in der Küche. Mindestens einmal täglich näherte sie sich der riesigen Gärtnerei und winkte lebhaft aus der Ferne, sobald sie die meist über einem Salatfeld gebückte Oma Antonina erspähte. Sie konnte es kaum abwarten, bis es Abend wurde und das einfache, aber warme, aus frischen Zutaten gekochte Gericht verspeist wurde. Denn anschließend nahm Oma Marta mit zu Frau Zofia, ihrer Freundin, die quer über den Dorfplatz wohnte, bei der es Tee und selbst gebackene Plätzchen gab. Die beiden alten Frauen warfen ihre Gesichter in interessante Falten, keine solchen, die nach Sorgen aussahen, nein, solche, die wehmütig und verklärt wirkten. Freundschaft seit den nicht immer einfachen Kindertagen zwischen den beiden Weltkriegen war es, die die beiden verband, und es wurde zur Tradition, Geschichten aus dieser Zeit heraufzubeschwören. Wenn Oma Antonina die Details schmückte und verschönerte, korrigierte Frau Zofia sie umgehend mit ernster Miene. Oma zwinkerte dann Marta zu. Na klar, man sollte sich an Fakten halten, aber nachher, zuhause, da geht es richtig los, dachte das Mädchen und schmunzelte. Exakt nach dem letzten Schluck Tee stand Oma auf, stellte ihr Glas in die Spüle, umarmte ihre Freundin schweigend und verließ die Wohnung. Marta machte einen höflichen Knicks, lächelte, bedankte sich. Sie ließ sich Zeit dabei, denn sie wusste, dass es sich nicht ziemte, sich zu beeilen, zumal sie gleich ohnehin atemlos über den Platz rennen würde, sobald sie Frau Sofias Wohnungstür hinter sich geschlossen hatte. Oma brühte noch einen Tee, einen Schlummer-Märchen-Trunk, wie sie zu sagen pflegte, ließ Marta einige Kerzen anzünden, löschte das Licht und begann, eine ihrer zauberhaften Geschichten zu erzählen. Marta liebte alles an dieser nicht alltäglichen Situation, sie bekam heiße Ohren beim Zuhören und der Tee wurde allmählich kalt, so sehr vergaß sie die Dinge um sich herum.

Wenn Marta am nächsten Tag aufwachte, war sie allein, denn Oma war schon bei der Arbeit. Sie brühte sich einen Tee und ging damit zurück ins Bett, von dem aus sie die ganze kleine Wohnung überblicken konnte. Als sie am sechsten Morgen noch nicht ganz wach die Möbel, den Boden, die Fenster anschaute, fiel ihr in dem grellen Morgenlicht auf, dass Omas Wohnung schmuddelig war, der Tisch wohl klebrige Flecken hatte, die Gläser nicht brillant, sondern voller Fingerabdrücke waren. Plötzlich wurden ihr die Unterschiede und Gemeinsamkeiten zu ihrem Zuhause klar. Bei ihnen war es sowohl unaufgeräumt als auch schmutzig, bei Oma Antonina stand zwar alles an seinem Platz, war aber schmuddelig, irgendwie nicht ganz sauber oder poliert. Das Mädchen stand energisch auf, zog sich an, aß hastig ein Stück Brot und begann, sämtliches Geschirr gründlich abzuwaschen. Gegen Mittag gönnte sie sich eine Pause mit Tee und aufgewärmten Bohnen von gestern und setzte dann ihr Werk fort. Diesmal nahm sie sich die Küchenschubladen vor und hörte erst auf, kurz bevor Oma am Abend nach Hause kam. Erschöpft versank sie im Sessel und versuchte, ein Kreuzworträtsel zu lösen.

Oma stellte die schwere Einkaufstasche auf den Tisch, ließ sich schwer auf den Stuhl plumpsen, strahlte sie an und fragte: „So ein schöner Tag heute, aber du hast mich nicht im Garten besucht. Bist du nicht spazieren gewesen?"

„Oh, ja! Das heißt nein, entschuldige bitte, ich habe mich soooo in die Rätsel vertieft!"

„Schon gut, habe mich nur gewundert. Hast du Lust auf Blumenkohl? Und Rühreier? Tomaten?"
„Oh, ja! Ja! Mit Paniermehl und Butter drüber? Oh ja!", rief Marta begeistert und erleichtert, denn sie hatte ein schlechtes Gewissen, weil sie Oma nicht besucht hatte.

Am nächsten Tag fuhr Marta fort mit dem Putzen, diesmal kamen die Toilette und der Boden und das Küchenfenster dran. Sie ging aber auch raus, um zu spazieren und Oma zu winken. Abends half sie beim Kochen, die beiden besuchten Frau Zofia und genossen später das Zusammensein bei Kerzenlicht und magischen Geschichten.

Kurz vor Martas Abreise kamen zwei Enkel – beides Jungen, zwei und drei Jahre älter als Marta – für zwei Tage zu Besuch. Zu dritt plauderten sie über die Schule und Fußball, und die Jungs fragten eher beiläufig, womit Marta sich die Zeit vertrieb, während Oma arbeitete. So zeigte sie ihnen ihre Bücher, Kreuzworträtsel, erzählte von ihren Spaziergängen im Dorf und erwähnte auch die Putzresultate. Die beiden nickten anerkennend, als Oma gerade Äpfel und Plätzchen auftischte, sich ebenfalls umschaute und Marta lobend über das Haar strich. Die saubere Wohnung schien ihr zu gefallen. Zufrieden, stolz und mit einer Prise Wehmut fuhr Marta nach Hause.

Im Spätsommer, als Mutter mit Marta und Tomek wieder einmal zu Fuß vom Internat, wo sie arbeitete, nach Hause ging, beschloss sie spontan, bei Tante Alina vorbeizuschauen.

„Oh ja!", riefen die Zwillinge einstimmig und liefen los, um Sturm zu klingeln. Nach der wie immer sehr herzlichen Begrüßung begann Tomek rasch, mit seinem Spielzeugauto auf dem Teppich zu kurven, und Mutter ließ sich zufrieden in den einzigen Sessel fallen. Marta half Tante Alina in der Küche. Als sie gerade den Tisch für den Tee deckte, sagte Mutters Freundin zu ihr: „Du hattest kein Recht, Oma Antonina vor den Augen ihrer Enkel schlecht zu machen!"

„Was hab' ich denn getan?", fragte Marta ahnungslos. Sie wurde noch nie so angefaucht. Sie hatte Oma Antonina doch so gern!

„Natürlich ist es sauber bei ihr! Du hast sie nicht vor dem Schmutz gerettet!" Das war erst der Anfang, und eine ganze Tirade an Vorwürfen ging über Marta nieder. Noch nie hatte jemand so mit ihr geschimpft. Marta fühlte einen dicken Knoten hinter dem Brustbein. Langsam begriff sie, worum es ging.

„Ich wollte mich nicht rühmen, sondern nur zeigen, was ich bei Oma Antonina gemacht hatte ... Als Dank für ihre Gastfreundschaft. Das ist alles." *Oh, das gibt's ja gar nicht, Tomek guckt mitfühlend!*

„Die Jungs haben sich schlecht gefühlt, nachdem du ihre Oma als schmutzig hingestellt hast. Das geht nicht", rief Alina.

Marta fand keine Worte. *Wieso sagt Mutter nichts dazu?*

4. Die Gene (1989, Polen)

Die Geschenke kaufte Marta mit dem Geld, das sie im letzten Schuljahr vor dem Abitur an den Wochenenden als Schwesternhelferin verdient hatte. Sie hatte es sich versprochen: Eines Tages wirst du deine Geburtsstadt wiedersehen. Je schlechter es ihr ging, desto wichtiger war es gewesen, solche Gedanken zu hegen. Fünf Jahre war es her, seit sie aus Polen geflohen waren. Lang genug, um ihr Land mit kalkulierbarem Risiko zu besuchen. Aber sie machte sich auch Sorgen, weil in ihrem deutschen Reisepass Mutters polnischer Name: Danutowski stand. Man hatte diverse Geschichten gehört – von Internierung bis Folter, wenn es den Grenzbeamten beliebte. *Was ist besser: Mich als Deutsche, als Polin oder als beides auszugeben?*
Schwer bepackt fuhr sie mit dem Zug von Kiel über Hamburg nach Berlin, wo sie nach Breslau umsteigen sollte. Statt zu lesen, dachte sie an ihr früheres Leben in Polen. Ihr Waggon wurde an einen anderen Zug angeschlossen, sodass sie in Berlin sitzen bleiben konnte. Auf dem Bahnsteig bemerkte sie auf einmal viele Uniformierte. Kalter Schweiß rann Marta den Rücken herunter, sogar in den Kniekehlen wurde es feucht. Plötzlich war sie wieder da, die Angst. *Nachdem ich in Deutschland fünf Jahre brauchte, um mich nicht schon bei bloßem Anblick von Polizisten zu fürchten. Und jetzt? Alles umsonst. Gefühle kann man nicht löschen. Oder vergessen. Ich muss stark sein.*
Nach einer gefühlten Ewigkeit betraten die Grenzsoldaten das Abteil. Keiner der sechs Fahrgäste bewegte sich, Marta erstarrte förmlich auf ihrem Sitz. Ihre Anspannung fühlte sich an wie ein schwerer, rauer Stoff auf nackter Haut. Man hörte nur Atemgeräusche. *Soll ich ihnen in die Augen schauen oder ihrem Blick*

ausweichen? Sie entschied sich für das Zweite und guckte aus dem Fenster. Sie sah Uniformierte, die mit Taschenlampen unter die Wagen leuchteten und mit Eisenstangen auf die Verbindungsträger klopften. Mehrere Deutsche Schäferhunde wurden mit sichtbarem Krafteinsatz im Zaum gehalten, während sie alles eifrig beschnupperten.

Nach knapp zwei Stunden fuhr der Zug los. Die Passagiere schienen sich zu entspannen. Erst dann traute Marta sich, ihren Proviant zu essen. An der polnischen Grenze wiederholte sich der Vorgang. Und wieder kam die Angst, obwohl sie dieses Mal weniger Grenzsoldaten und Hunde sah. *Verschwindet dieses furchtbare Gefühl nie mehr?*

Die Uniformierten betraten den Zug.

„Was führen Sie mit?", fragten sie die Reisenden auf Deutsch.

„Eine Stange Zigaretten und eine Flasche Wodka", gaben die anderen fünf Passagiere nacheinander gleichlautend an. *Das sind wohl die erlaubten Mengen.*

„Und Sie, junge Dame?"

„Weder noch." *Bitte lasst mich in Ruhe.*

Einer der Beamten zog ein merkwürdiges Werkzeug hervor und schraubte damit geschickt die Deckenverkleidung des Abteils ab. Zu Martas Erstaunen fielen daraus mehrere Großpackungen Zigaretten auf einmal herunter.

„Alle raus!", bellte der eine Grenzsoldat. Sein Kollege und er riefen danach die auf dem Bahnsteig versammelten Fahrgäste einzeln in das Abteil, um sie zu verhören und zu durchsuchen. Ein Mann wurde nach dieser Prozedur abgeführt. Martas Körper verspannte sich immer mehr, als sie sich an die im Gleichschritt marschierenden Sicherheitseinheiten auf den Breslauer Straßen erinnerte, als Ende 1981 das Kriegsrecht verhängt wurde. Vor ihrem geistigen Auge sah sie Gefolterte. *Das war früher, jetzt ist alles anders.*

Man ließ Marta in Ruhe. Sie erinnerte sich an die Flucht, an ihre enorme Anspannung an den beiden Grenzen. Die Soldaten verließen den Zug, der daraufhin endlich weiterfuhr.

Marta beruhigte sich langsam, tauchte den Blick in die vorbeiziehende Landschaft ein und ihre Gedanken in die Vergangenheit. Das polnische Volk hatte sich gegen die Miliz aufgelehnt. Sie erinnerte sich an die von Knallkörpern und Resten von Transparenten verunreinigten Straßen in der Breslauer Altstadt, noch bevor die Fußgänger alles zertrampelt haben würden. Der Geruch der eigenartig veränderten Luft stieg ihr in die Nase. Man gab Acht, nicht auf angekohlte Dinge zu treten, weil man nicht sicher sein konnte, dass das Teil nicht explodierte. Im Winter hinderten diese Abfälle einen am Ausrutschen auf dem Eis. In jedem Fall aber vermochte erst der Regen, die Luft nach den Krawallen zu reinigen.

Als sich der Zug dann unverkennbar ihrer Heimatstadt näherte, verschwanden die Erinnerungen an den Kriegszustand, an die allgegenwärtige Angst, an verprügelte Demonstranten.

Von Weitem schon erkannte Marta auf dem Bahnsteig ihren Patenonkel Marcin an seiner Bärenstatur. Aus dem Fenster lehnend winkte sie ihm freudig mit beiden Armen, reichte ihm ihren schweren Rucksack und hüpfte aus dem Zug. Stumm umarmten sie sich und sie streichelte seinen wallenden Vollbart, wie sie es als kleines Mädchen tat. Der Bahnhof erinnerte sie an die langen Nachtfahrten an die Ostsee zum Pfadfinderlager. Wie früher war es jetzt heiß, die Schuhabsätze versanken im weich gewordenen, minderwertig asphaltierten Belag. Es roch nach Schmutz, rostendem Metall, Schmiermittel, nach Schweiß, Gemüse und welken Blumen. Es war Martas Heimat. Marcin und sie fuhren mit der neuen, leise gleitenden Straßenbahn, in der farbenfroh gekleidete Passagiere saßen. Elegante Frauen trugen Röcke und Taschen, anders als in Deutschland. Unerwartet viele Autos rauschten vorbei, und die meisten waren ausländische Marken. Marta konnte nicht abwarten, die Bukowskis zu sehen.

„Erinnerst du dich an unser Geheimnis? Das mit meinem Vater?", flüsterte sie ihrem Patenonkel ins Ohr. Als Marcin die Danutowskis ein Jahr nach ihrer Emigration in Kiel besucht hatte, hatten die beiden abgemacht, dass er ihr helfen würde, ihn ausfindig zu machen. Wenn sie irgendwann gefahrlos in ihre Heimat fahren könnte.

„Klar. Wir haben uns schon etwas überlegt. Möglich, dass es nicht soooo einfach wird."

Ihr alter Wohnblock erschien Marta bei weitem nicht mehr so imposant wie früher und der Lift wirkte schlicht schäbig. Umso mehr, als dass das Gebäude damals ‚Dolarowiec' genannt wurde, weil man die Wohnungen angeblich ausschließlich mit Devisen zahlen musste. Nach ihrer Ausreise war Marcin mit seiner Familie, also die damals hochschwangere Tante Donata und Tochter Agata, in die Wohnung der Danutowskis eingezogen. Und sie hatten die Hündin Joka ‚in Pflege' genommen. Kurz darauf kam Konrad zur Welt, den Mutter überaus gern in den Sommerferien bei sich in Kiel verhätschelte. Als Donata Marta an der Tür sah, juchzte sie und schloss sie in die Arme. Sie wirkte frisch und glücklich wie nur sie es konnte und genau das hatte Marta vermisst. Die inzwischen jugendliche Cousine Agata war noch in der Schule, der kleine Konrad im Schwimmkurs. In Martas früherer Wohnung standen nun unbekannte Möbel und es roch anders. In ihrer Erinnerung war alles wesentlich größer. Einzig in ihrem alten Zimmer, das jetzt Agata bewohnte, stand ihr damaliges Bett. Den stattlichen Rucksack quetschte sie zwischen den Schreibtisch und das Fenster, die Geschenke wollte sie den Bukowskis erst geben, wenn alle da waren. So betrat sie das Wohnzimmer mit leeren Händen. Sie wusste, dass sie nichts mitbringen musste. Donata hatte Martas geliebte Berliner Pfannkuchen und Michałki – eine Art Pralinen – sowie die obligaten ‚Kuh'-Bonbons aus Karamell serviert. Marcin saß am Tisch und kippte gerade Unmengen von Zucker in seinen Tee. Marta gesellte sich dazu, und es machte sich ein Glücksgefühl in ihr breit, als sie ihn schlürfen hörte. *Wie früher.* Donata hielt eine schmale, längliche Schachtel in der Hand, als sie sich zu ihnen setzte. Sie legte das dunkelblau verpackte Geschenk vor Martas Teller und begann wortlos, einen Pfannkuchen zu essen.

„Machen wir es kurz – das ist für dich. Und keine Widerrede", sagte Marcin ernst.

„Aber ... Ich hab' doch nichts erwartet!", rief Marta verlegen.

„Wirklich?", fragte Marcin.

„Nein, natürlich nicht!"

„Ich meine, etwas von früher."

Früher? Ich weiß von nichts. Sie sollen mir doch nichts schenken, ich lebe jetzt im Westen.

„Es existiert nicht mehr", sagte Donata leise.

„Ich verstehe nicht." Marta schüttelte den Kopf.

„Ich habe sie weggeschmissen", hauchte Marcin und senkte den Blick.

„Sie?"
„Deine Schulhefte."
„Ah, stimmt! ... Ich habe damals nur diese Hefte fein säuberlich zusammengebunden."
„Eben, Marta. Als wir die Wohnung übernommen haben, habe ich alles, wirklich alles weggeworfen."
Marta kämpfte mit Tränen. Wie gern hätte sie ihre Aufsätze noch mal gelesen. Sie hatte sie in einer sehr wichtigen Zeit geschrieben. Und ausgerechnet ihr Patenonkel hatte das nicht erkannt.
„Ich geh' mir die Hände waschen", verkündete sie und verließ das Zimmer. *Ein Stück meiner Vergangenheit, ein einmaliges Zeugnis meiner Jugend. Alles weg.* Als sie sich erneut an den Tisch setzte, stand Donata auf, umarmte sie fest und drückte ihr die Schachtel in die Hand.
„Für dich. Damit viel Neues entstehen kann."
Es war ein echter Parker-Füller, der statt Patronen eine Vorrichtung zum Aufziehen der Tinte hatte. Die silberne Feder hatte eine feine Spitze und glänzte edel. Wieder brannten Martas Augen, diesmal vor Rührung.
„Der ist ja tausend Mal besser und schöner als mein Schulfüller! Der schreibt furchtbar dick und rau. Herzlichen Dank!", rief Marta und umarmte zuerst Donata und Marcin. Ihre Freude war echt, aber sie konnte die verlorenen Hefte dennoch nicht vergessen.
„Marta, auch für uns war es hart, als ihr emigriert seid. Wir haben überlegt, ob es ein Fehler war, euch in die Ungewissheit zu schicken. Und uns gefragt, wie es mit der Sprache geht, ob sich Tomek zurechtfindet und Joanna eine Arbeit bekommt. Fragen über Fragen", erinnerte sich Marcin und schlürfte seinen Tee.

„Wenn es mir nicht gut ging, habe ich mir ausgemalt, wie es gewesen wäre, wenn ich in Polen geblieben wäre. Ich hab' damals gedacht, dass ich bei Oma und Opa gewohnt hätte." Marta konnte jetzt aus wohltuender Distanz berichten, und sie spürte, dass sie nicht mehr das Patenkind war, sondern eine junge Erwachsene. „Das hast du mir nicht erzählt, als ich euch in Kiel besucht habe", bemerkte Marcin.

„Das hätte nichts geändert", antwortete Marta und schickte ein Lächeln hinterher.

„Stimmt. Wir haben uns immer klar gemacht, dass wir eure Zukunft nicht beeinflussen können und dass alles gut werden würde. Aber uns saß der Vorwurf im Nacken, dass wir eure Mutter bei den illegalen Pässen und dem geschmierten Schlepper unterstützt haben", sagte Donata.

Marta verschluckte sich beinahe. „Oh, das wusste ich nicht!"

„Joanna hätte es wohl kaum alleine geschafft."

„Wie gut, dass das alles hinter uns liegt! Am Anfang in Deutschland habe ich versucht, mich jeweils auf den nächsten Tag zu konzentrieren. Aber ich habe immer an ein Wiedersehen in Breslau geglaubt."

„Und so ist es ja auch gekommen." Donata strahlte und hielt Marta die Pralinen hin. „Morgen habe ich frei und begleite dich zum Einwohnermeldeamt, um die Adresse deines Vaters herauszubekommen."

„Super! Welche Dokumente brauch' ich dafür?", fragte Marta.

„Den Reisepass. Und möglicherweise müssen wir zuerst deine Geburtsurkunde beantragen, auf der der Name deines Vaters steht."

Schwierige, kaum zu beantwortende oder unangenehme Fragen seitens der Beamten hatte sie erwartet. Zu ihrem Erstaunen aber hatte Marta rasch die aktuelle Anschrift und Telefonnummer ihres Vaters erhalten. Sie mochte sich gar nicht erst ausmalen, wie ihr zumute gewesen wäre, wenn sie keine Auskunft bekommen hätte.

Donata musste noch etwas in der Stadt erledigen, also fuhr Marta allein mit der Straßenbahn nach Hause, wo Marcin Kartoffeln kochte. Der mehlige Duft stieg ihr in die Nase. Bevor sie ihm in der Küche zur Hand ging, wollte sie zuerst versuchen, ihren Vater zu erreichen. So rief sie ‚Hallo' in die angelehnte Tür, nahm das Telefon und setzte sich damit auf das Sofa. Mit klopfendem Herzen tippte sie die Nummer ein, die sie beim Meldeamt bekommen hatte. *Wie soll ich ihn anreden? Wohl nicht ‚Vater'.* Der Wählton drang in jeden Winkel ihres Körpers ein.

„Hallo?", meldete sich eine Männerstimme.

„Guten Tag, hier ist ... Hm ... Hm ... Marta. Wer ist am Apparat?"

„Kapowski."

„Gabriel Kapowski?"

„Das bin ich."

Marta räusperte sich. „Meine Mutter heißt Joanna. Sie hat Zwillinge, Tomek und mich ... Ich bin Ihre Tochter."

Es herrschte eine eigenartige Stille.

„Hm, möglich ... Wo bist du?"

„Na hier, in Breslau."

„Lebt ihr nicht in Deutschland?" *Er weiß von unserer Emigration!*

„Doch, ja, immer noch. Ich bin gerade zu Besuch hier, und möchte Sie gern treffen", sagte sie hastig.
Am anderen Ende wurde es wieder still. „Weder Mutter noch Tomek wissen davon ... Wären Sie bereit dazu?"
„Hm ... Ich weiß nicht. ... Warum nicht? Ja ... ja ... doch!"
Marcin zeigte stumm mit beiden Händen auf den Boden und das Zimmer. Marta verstand seinen Vorschlag. Sie verabredete sich mit ihrem Vater in drei Tagen zum Abendessen in Donata und Marcins Wohnung, und legte zitternd den Hörer auf. *Wie überlebe ich das bloß? Das kann man doch nicht aushalten, so plötzlich seinen Vater zu sehen.*
„Gut gemacht!", sagte ihr Patenonkel. „Bevor du nervös wirst, kannst du dich an die Salatsoße machen."

Beschwingt eilte Marta zur Oma und zum Opa. Es duftete nach Vanille, als sie die bekannte, aber mittlerweile hell erleuchtete und saubere Treppe hinaufstieg. Keine Ratten weit und breit.
Wie hatte sie sich gefreut, die beiden in die Arme zu schließen! Es fühlte sich noch schöner an, als Marcin nach einem Jahr in Kiel wiederzusehen und ihre geliebte Hündin Joka erneut zu streicheln. Bei Oma und Opa schien die Zeit stehen geblieben zu sein. Die ihr so vertraute Altbauwohnung roch etwas modrig, schien aber mitsamt dem Mobiliar genau wie früher zu sein. Auch der Flur war wie damals schwach beleuchtet und wegen der hohen Decken wirkte er geheimnisvoll. Vom Wohnzimmerfenster aus blickte Marta still auf das unermüdliche Treiben auf dem Marktplatz und erinnerte sich an die rätselhaften Waagen mit gusseisernen Gewichten. Sie hörte fast die rostbraun oder weiß gefiederten Hühner, die auf ihr Lebensende warteten. Und hinter dem Platz sah sie ihre erste Schule, an

deren fensterloser Ziegelsteinwand sie mit den Jungen Fußball gespielt hatte.

„Ich kaufe immer noch das Gemüse und Obst dort unten. Aber bald fahren die Bagger auf", sagte Opa.

„Dieser Ort bedeutet mir viel ... In der Stadt hab' ich viele neue Gebäude und renovierte Fassaden gesehen. Schön, wie sich alles entwickelt", sagte Marta.

Bevor sie zur Küche ging, stellte sich Oma kurz zu ihnen. „Ja, sogar die Gesetze sind neu. Ich bessere die Rente auf, indem ich im Schlachthaus die Fleischqualität aus tiermedizinischer Sicht kontrolliere. Seit einem Jahr gelten strengere Vorschriften."

„Ich kann mir vorstellen, dass in Deutschland und Polen vieles einander ähnlicher wird. Aber der Fortschritt dürfte im Westen breiter verfügbar sein. Das merke ich bei der Arbeit als Schwesternhelferin", meinte Marta.

Opa nickte. „Es braucht noch lange, bis überall in Europa dieselben Verhältnisse herrschen." So selbstverständlich wie früher ging Marta in die Küche und setzte Wasser auf. Aus dem Augenwinkel sah sie gehörig dampfende Knödel, die Oma gerade aus dem Topf schöpfte und auf einen Teller legte. Sie begoss sie mit zerlassener Butter und überreichte Marta die Delikatesse. „Ich habe sie extra für dich gemacht, meine Kleine."

„Boah! Es ist ewig her, dass ich welche gegessen habe!" Marta drückte Oma einen Kuss auf die Wange und ging mit ihrem Lieblingsessen ins Wohnzimmer, wo sie an ihrem vertrauten Mahagonitisch Platz nahm. Zimt, Zucker und Gläser standen schon dort. Oma brachte einen Krug mit heißem Tee und schenkte allen davon ein. Inzwischen hatte Opa Marta schon in tiefe Gespräche verwickelt, er wollte vor allem wissen, wie die Deutschen mit ihrer Nazi-Vergangenheit umgingen und wie sie

Polen sahen. Oma gesellte sich dazu und fragte mehr nach Tomek und Mutter. Schließlich sagte sie:
„Wir hatten Angst um euch nach eurer Ausreise, vor allem in der ersten Zeit, als wir keine Nachrichten von euch hatten."
„Wir sind zäh. Mutter konnte ja schon deutsch und alles war von Anfang an bestens organisiert." *Ja keine Rührung zeigen!*
„Zum Glück ist alles gut geworden. Joanna, eure Mutter hat immer zu uns gehört."
„Wie ist sie überhaupt früher zu euch gekommen?", fragte Marta dankbar für den Themenwechsel.
Oma griff nach der Teekanne und schenkte Marta nach. „Meine Schwester war Erzieherin im Waisenhaus, und einer ihrer Schützlinge war eure Mutter, die wegen ihrer besonderen Vergangenheit auffiel. Eines Tages, es war 1954, haben die beiden uns besucht. Und Joanna hatte rasch einen guten Draht zu Helenka, die damals fünf war."
„Und dann?", fragte Marta. Sie umschloss das Teeglas mit ihren Händen. Sie liebte die polnische Version von Mutters Vornamen, wenn die beiden „nn" einzeln ausgesprochen wurden und kein „h" dazwischen war. Das klang für sie schöner als das deutsche ‚Johanna', bei dem das „h" deutlich hervorsticht.
„Weil Joanna schon fünfzehn war, haben ihr die Betreuer rasch erlaubt, uns allein zu besuchen. Sie kam immer häufiger zu uns. Wir konnten uns auf sie verlassen und ihr bald unsere Kinder anvertrauen. Sie holte sie vom Kindergarten ab, ging mit ihnen in den Zoo oder ist mit ihnen Schlitten gefahren. 1956 machte Joanna das Abitur und wurde aus dem Waisenhaus entlassen. Sie hat ein Zimmer schräg gegenüber von uns bezogen und war aus unserem Leben nicht mehr wegzudenken. Vor allem, nachdem sie Helenka gerettet hatte." „Gerettet?"

„Ja. Als Helenka sieben war, picknickten die beiden an der Oder. Statt weiter mit Puppen zu spielen, ist die Kleine ans steile Ufer gelaufen, um die Füße ins Wasser zu tauchen. Sie ist schnell in die Tiefe gerutscht und Joanna hat sie gerettet", erzählte Oma.
„Wow, das war sicher ein bedeutendes Erlebnis für alle."
„Natürlich, klar."
„Und was hatte es auf sich mit ihrer speziellen Vergangenheit?", fragte Marta.
„Na ja, sie war im Heim immer das ‚besondere' Kind."
„Warum?"
„1940 versteckten ihre Eltern im damals polnischen Lemberg Juden vor den Nazis. Nachdem dies aufgeflogen war, hat man ihren Vater erschossen, und die zweijährige Joanna zusammen mit ihrer Mutter ins Konzentrationslager Auschwitz gebracht", sagte Opa.
Marta nickte. „Ich kenne nur Andeutungen darüber."
„Es hieß, man hätte deiner Mutter eine Häftlingsnummer auf den Oberschenkel tätowiert und ihre Mutter getötet", fügte Oma hinzu.
„Ja, davon hab' ich gehört."
„Joanna wurde in Auschwitz operativ ein künstlicher Darmausgang in die Bauchdecke verlegt, angeblich im Rahmen von Experimenten. Wir haben nie erfahren, wie die Kleine das Konzentrationslager verlassen konnte", erzählte Oma weiter.
„Wie kam sie ins Waisenhaus nach Breslau?"
„Keine Ahnung. Ihre mäßigen Schulnoten jedenfalls erklärte man mit ihrer schlechten Gesundheit."
Marta spießte den letzten Knödel auf die Gabel auf. *Das könnte Mutters schweigsame Unnahbarkeit erklären.*

„Wir haben nicht gefragt – sie gehörte irgendwann zu uns."
„Und auch wir Zwillinge!"
„Genau", sagte Oma und lächelte. Marta strahlte. *Es ist eindeutig möglich, eine Familie zu haben, ohne verwandt zu sein. Es gibt keine besseren Großeltern als die Bukowskis. Und meine Mutter war immer eine merkwürdige, ‚besondere' Person. Besser, ich bohre nicht weiter nach.*

Statt die Straßenbahn zu Marcin und Donata zu nehmen, flanierte Marta durch die ihr früher vertraute Altstadt. Sie bewunderte die aufwendig renovierten Häuserzeilen und das hochwertige mittelalterlich wirkende Kopfsteinpflaster. Nun lief man nicht mehr wie früher Gefahr, in Hundekot zu treten oder sich den Fuß zu verstauchen. Die neuen Gebäude passten gut zu den Altehrwürdigen. In den überdachten Straßenbahnhaltestellen hingen Fahrpläne, und man sah viele großformatige Plakate. *Wie im Westen.*

Marcin ließ die Stehlampe gegen die Decke leuchten, als sie es sich abends auf dem Sofa gemütlich gemacht hatten bei Tee und einem Berg Michałki. Sie saßen entlang der Wand des schlauchartigen Zimmers, was Marta etwas belustigte. Agata war beim Basketballtraining. Es fühlte sich an, als wäre die Zeit stehen geblieben. Einzig die Themen unterschieden sich jetzt von den Früheren. Marta erwähnte die allgegenwärtigen Restaurierungen in der Stadt, die Reklamen, saubere Straßen. „Bestimmt gibt es in allen Bereichen Neuerungen", sagte sie.
„Wir haben anlässlich der Papstbesuche mächtig investiert, vor allem vor seinem dritten Auftritt 1987", sagte Donata.

„Ich staune über die vielen Autos. Verdient man jetzt mehr als früher?"

„Ja, schon, aber die meisten Wagen sind über Kredite finanziert", sagte Marcin.

„Das find' ich bedenklich. In Deutschland kursieren Sprüche, wie ‚heute gestohlen, morgen in Polen'. Stimmt es, dass die Kriminalitätsrate drastisch angestiegen ist?"

„Schwer zu sagen. Ich habe nichts gemerkt. Mich interessieren positive Veränderungen, also zum Beispiel das breitere und kritischere kulturelle Angebot", antwortete Donata.

„Kann ich bestätigen, sie geht dauernd in Ausstellungen oder ins Theater", sagte Marcin lächelnd.

Donata nahm das Stichwort dankbar auf. „Das ist eine gute Idee! Wollen wir zusammen eine Aufführung besuchen?"

„Sehr gern!", rief Marta.

„Okay! Ich besorge die Karten. Nimm noch Michałki!"

Marta nahm gleich zwei davon und sagte: „So lecker! Das letzte Mal habe ich vor mehr als zehn Jahren davon gegessen. Dann kam die schlimme Zeit, die Lebensmittelrationierung, die Angst. Unvergesslich... Es hat sich viel verändert."

„Ja, und gewisse Dinge oder Ereignisse wird es nie mehr geben ... Kennst du eigentlich die Milchanekdote?", fragte Marcin.

„Flüchtig." Marta war froh um den Themenwechsel.

„Wir alle haben ja bei euch Zwillingen Dienst geschoben, aber ich als Gymnasiast hatte mehr Zeit und war dein Pate, also kam ich häufiger dran. Und wie alle wissen, liebe ich Milch – in jeder Form und zu jeder Tageszeit."

„Klar!"

„Ich hab euch Flaschennahrung aus Milchpulver zubereitet und dabei den einen oder anderen Esslöffel davon selbst genascht,

aber nicht angerührt, trocken. Es ist so lecker, wenn sich das im Mund auflöst ... Eines Tages war der Geschmack aber ganz anders und die Masse hat meinen Gaumen zugeklebt."
Marta machte ein fragendes Gesicht. „Aha? Und wie kam das?"
„Deine Mutter hatte als Scherz Mehl in die Milchbüchse gefüllt. Natürlich war ich zu stolz, um mich zu beschweren. Nach dem nächsten Mal bei euch fragte sie mich, wie mein Dienst bei euch war, und da antwortete ich: ‚Klebrig! Ziemlich klebrig!' Seit dem hat bei euch kein Milchpulver mehr gefehlt."
Alle lachten herzhaft.

Dann aber seufzte Donata, legte ihre Hände auf den Bauch und sagte:
„Vielleicht wäre eine Milchdiät die Lösung?"
„Gibt's das überhaupt?", fragte Marta erheitert.
„Ich habe die letzte Zeit zugenommen."
„Ich find', du siehst gut aus, früher warst du mager."
„Aber ich fühle mich nicht wohl. Die vielen Michałki sind schuld."
„Ich helfe dir, ich esse alle auf, die da sind", bot Marta an.
„Da fällt mir ein, Marcin, weißt du noch, wie es rauskam, dass Joanna schwanger war?"
„Ähnlich wie dein Problem mit dem Gewicht, glaube ich. Sie fragte meine Mutter, warum ihr morgens übel war", sagte er.
„Hatte sie keine Ahnung?" Marta schmunzelte. *Warum wundert mich das?*
„Sie war zwar mollig, aber meine Mutter glaubte, eine größere Wölbung unter Joannas Pullover zu sehen. Und dann war alles schnell klar", erzählte Marcin.

„Na ja, noch lustiger war die Geschichte eurer Geburt", sagte Donata und nahm einen Schluck Tee.
„Erzähl!", bat Marta sie und richtete sich auf.
„Joannas Freundin Alina hat sie uns erzählt. Etwa so: Am herrlichen Morgen des 30. Mai 1969 schlenderte eure hochschwangere Mutter mit Alina durch den Botanischen Garten in Breslau und beklagte sich über schlechten Schlaf.
„Warum?", fragte Alina.
„Die Wehen werden stärker."
„Wann hast du den Termin in der Klinik für die Entbindung?"
„Termin?", antwortete Joanna überrascht.
„Du hast doch Narbenverwachsungen im Bauch, du brauchst einen Kaiserschnitt!"
„Ja, ja, du hast recht. Vielleicht gehe ich morgen ins Krankenhaus?"
„Vielleicht!? Hast du dich wieder um nichts gekümmert? Also, wir kaufen den besten Wodka und einen hübschen Blumenstrauß. Du steckst eine ansehnliche Summe in einen Briefumschlag und bittest deinen Gynäkologen um eine Klinikeinweisung", klärte Alina sie auf.
„Aber das ist ja Bestechung!", rief Mutter entsetzt.
„So geht das. Es funktioniert nur so. Denke an dein Kind!"

Mit einem Fahrschein zur Entbindung ausgestattet suchte Joanna ihren Arzt auf und landete eine Stunde später in der Klinik. Man steckte ihr eine Infusion und ließ sie fasten, um am nächsten Tag den Kaiserschnitt vornehmen zu können.
Und als alles vorbei war, sagte die Hebamme, „Gute Frau! Gratulation!", und legte zwei Neugeborene in den Arm der verdutzten Mutter. „Ein Junge und ein Mädchen!"

Zwei Kinder?! Dabei hieß es ja, sie könne wegen der Verwachsungen nach den Bauchoperationen gar nicht erst schwanger werden! Schweigend betrachtete sie die Kleinen und schloss die Augen, um für einen Moment nur für sich zu sein.

„Das passt zu Mutter", sagte Marta und lächelte. „Sie macht oft Dinge, die unmöglich erscheinen."
„Tomek hat bei der Geburt fast ein Kilo mehr gewogen als du, ein Wonneproppen", erzählte Donata weiter. „Seine großen braunen Augen, die üppigen Haare und die rosigen Pausbacken entzückten alle. Na ja, du warst untergewichtig, hattest ein fliehendes Kinn und eine hervorstehende Stirn. Der spärliche, dunkle Flaum auf deinem Kopf hat sich erst nach drei Jahren zu einer Naturkrause entwickelt. Joanna hat erzählt, dass sie beim ersten Anblick deiner dünnen, leicht violetten Arme erschrocken war. Aber du hast mit deinen braunen Knopfaugen von Anfang an neugierig in die Welt geschaut."
Marta nickte, ging aber lieber nicht darauf ein. Es war nicht neu für sie, dass Tomek der Liebling vom Dienst gewesen war.
„Das muss enorm stressig gewesen sein, plötzlich zwei Kinder …", sagte sie.
„Ja, Joanna brauchte Hilfe. Wenn einer von euch schrie, lag der andere gerade friedlich. Sobald Ruhe eingekehrt war, benötigte der andere etwas, also frische Windeln oder hatte Bauchweh, Hunger, Durst. Das hielt jeden eurer Betreuer auf Trab, glaub' mir", sagte Marcin.
„Eure mollige Mutter schob täglich bis zum Spätherbst den breiten Kinderwagen umher, am liebsten im Botanischen Garten, im Zoo oder im Szczytnicki-Park. Außer Baumwollwindeln und Flaschen hatte sie einen Schraubenschlüssel dabei, um die

lockeren Räder zu befestigen. Besonders auf Kieswegen lösten sie sich oft, es war schrecklich, sag' ich dir, vor allem bei Schnee. Der Wagen war ja zu breit für die Straßenbahn", erzählte Donata.
„Wir können uns glücklich schätzen, euch zur Familie zu haben", sagte Marta aufgewühlt. „So, zu lange gesessen! Wer dreht mal draußen eine Runde mit mir?"
„Höchste Zeit, die Beine zu vertreten. Genug Süßes für heute."
Marcin sprang fast jugendlich vom Sofa.
„Ich frage mich, ob alle meine Mitschüler von früher noch bei ihren Eltern leben", sagte Marta zu ihm, als sie an dem Block vorbeiliefen, in dem früher ihr bester Freund Adam, seine Zwillingsschwester Ewa und ihre Freundin Zosia gewohnt hatten.
„Wohl die meisten, sofern sie hier studieren."
„Ich versuche morgen, meine früheren Freunde zu erreichen."
„Gute Idee."
„Du, etwas anderes – weißt du noch, als du die ganze Familie fotografiert hast?"
„Natürlich! Das Schwierigste war, zuerst alle zusammen zu bekommen."
„Mich faszinierte am meisten die Dunkelkammer, die du in der winzigen Toilette eingerichtet hast."
„Das war mir klar. Aber es war schlicht zu eng für zwei Personen und die vielen Behälter mit Chemikalien."
„Nachdem du das rote Lämpchen eingedreht hast und in dem Kämmerlein verschwunden warst, konnte ich es kaum aushalten vor Neugier. Ich hab's dir übel genommen, dass ich nicht rein durfte."
„Immerhin hast du mir geholfen, die nassen Fotos auf der langen Wäscheleine in der Küche aufzuhängen."

„Das stimmt. Es hat mich verrückt gemacht, nicht zu wissen, wie die Bilder auf das Papier kommen."
„Schön spannend, he?", sagte Marcin und lächelte breit.
„Vielleicht lerne ich später auch, zu fotografieren."

Der Himmel war hellblau, als Marta mit Donata zur Hala Targowa fuhr. Diese am Eingang zur Kathedraleninsel stehende Markthalle ist ein Denkmal deutscher Ingenieurskunst in puncto Industriebauten von 1906, das Marta schon als kleines Mädchen kannte. Damals war sie bezaubert von der Fülle der dort dargebotenen Waren, von falschem, glitzerndem Schmuck über lebende Hühner bis zu Ledertaschen und Obst. Der merkwürdige Geruch von früher hielt sich auch jetzt, zwar abgeschwächt, in der Luft. Dieses Mal verkauften mehrheitlich Russen und Zigeuner allerlei Dinge, die man in Polen nicht kaufen konnte. Marta erspähte einen imposanten russischen Samowar, den sie angesichts des Spottpreises ohne zu zögern gekauft hatte. Erschöpft ließen sich Donata und Marta in einer traditionellen Milchbar im benachbarten Universitätsviertel nieder und vertilgten Berge von Pierogi. Anschließend drückte Marta ihrer Tante den Samowar in die Arme, mit der Bitte, ihn nach Hause zu nehmen, und besuchte frühere Freunde und Nachbarn. Sie pilgerte zu ihnen mit ihren Geschenken aus Kiel und genoss das Gefühl, willkommen zu sein. Außerdem war sie froh darüber, dass diese Besuche ihr die Zeit bis zum Treffen mit ihrem Vater verkürzen würden. Martas Lieblingsgerichte wurden aufgetischt, die traditionellen Pierogi, also mit wunderbaren Dingen gefüllte Teigtaschen, Knödel, Mohnkuchen und Bigos. Dazu gab es Schwarztee in den typischen henkellosen Gläsern. Es wäre unschicklich gewesen, nichts zu essen, obwohl

Marta bei jeder Familie, die sie besuchte, mit vollem Tisch empfangen wurde.

Marta war untröstlich, dass ihre wichtigsten früheren Freunde aus der Schule gerade nicht da waren. In Polen begann man das vierjährige Lyzeum nach der achtjährigen Grundschule, in Deutschland begann das Gymnasium früher und dauerte ein Jahr länger. Deshalb studierte Adam schon in Warschau Schauspiel, und Ewa und Zosia Medizin in Posen.

Einzig ihr Kindergartenfreund Bogdan war da. Er war mit siebzehn Vater geworden und musste mit Einverständnis seiner Eltern heiraten. Als Familie wohnte er in seinen zwei Zimmern, die Marta so gut kannte. Er hatte das Technikum vorzeitig abgebrochen und handelte mit ominösen Dingen. Seine gealterte Mutter bedauerte laut, dass Marta nicht gemäß ihrem Wunsch ihre Schwiegertochter geworden war.

Alle Aufmerksamkeit richtete sich auf den Gast, der mit den eigenen Fragen warten musste.

„Hast du einen Kassettenrekorder?", wollte Bogdan wissen.

„Einen kleinen."

„Wie viel Paar Jeans hast du?"

„Zwei. Vom Ausverkauf."

„Hast du den Führerschein? Habt ihr ein Auto? Oder ein Motorrad?"

Was, sind solche Dinge wichtig? Sie verneinte die Fragen mit einem Kopfschütteln. „Ich fahre mit dem Fahrrad und kaufe lieber Bücher als Klamotten. Jetzt, nach dem Abitur werde ich bald Medizin studieren."

Es wirkt wohl hochnäsig, im Westen zu leben und zu behaupten, Materielles sei nicht von Bedeutung. Aber ich kann mich nicht verstellen!

„Das wolltest du schon immer!", sagte Bogdans Vater und nickte zufrieden und schenkte dem Gast Tee nach.

Allein im Treppenhaus atmete Marta durch und lief hinunter. *Meine Familie stellt ganz andere Fragen. Sie interessieren sich für uns und nicht dafür, was wir besitzen. Schon eher, was man so liest.* Sie schmunzelte innerlich und nahm die Straßenbahn zu den Bukowskis.
Zuhause traf sie ihre Cousine Agata. Sie trug einen bunten Trainingsanzug.
„Schule fertig für heute?", fragte Marta sie auf dem Weg in die Küche.
„Endlich, ich hab's fast nicht mehr ausgehalten", schnaubte die Jugendliche.
„Was nehmt ihr gerade durch?"
„Normalkram, alles, was in der siebten Klasse so dran ist."
„Müsst ihr eine Uniform tragen?"
„Seit mindestens drei Jahren nicht mehr. Bisher hat niemand wegen meiner Klamotten gemeckert", sagte Agata.
„Das wäre zu meiner Zeit undenkbar gewesen. In Deutschland ist es auch egal, was man trägt. Und was ist mit anderen Dingen? Besuchst du den Katechismus-Unterricht?"
Agata schwang sich auf die Arbeitsplatte und landete mit dem Gesäß exakt zwischen dem Brotkorb und der Spüle.
„Am liebsten würde ich nicht hingehen." Sie öffnete den Hahn und spielte mit dem Zeigefinger mit dem Wasserstrahl. „Aber kurz nach eurer Emigration wurde Religion Schulfach. Zuerst nur freiwillig, aber inzwischen gehört es zum Lehrplan und man wird darin benotet."

Marta hielt ihr den Kessel hin und sagte: „Fülle ihn ordentlich, damit es für einen ganzen Krug Tee reicht. Hm, früher wurde die Religion strikt von Schule und Beruf getrennt."
„Die Kirche spürt man jetzt überall."
„Ja, sogar manche Straßen heißen jetzt anders", sagte Marta.
„Ja, kommunistische Straßennamen wurden in ihre früheren oder in religiöse Namen umgetauft." Agata stellte sich den gefüllten Kessel auf den Schoß.
Marta seufzte und streckte ihre Hand aus. „Gib ihn mir. Und sonst?"
„Es wird wohl einen katholischen Radiosender geben."
„Wofür das?"
„Für Gottesdienste und Politik."
Ist mein Land im Begriff, vom Regen in die Traufe zu kommen? „Na, das werden wir ja sehen. Derweil trinken wir Tee, einverstanden?", schlug Marta vor, als Donata die Wohnung betrat.
„Oh, du bist da, Gott sei Dank!", rief sie beschwingt.
„Agata rettet mich gerade vor kompletter Langeweile. Nimmst du einen Schluck?"
„Nein, danke. Wir gehen in fünfzehn Minuten."
„Ich mach' mich rasch frisch", sagte Marta.

Das Theaterstück war eine Satire zu aktuellen politischen Themen, und Marta konnte der Aufführung nicht gut folgen, da sie dauernd an das morgige Treffen mit ihrem Vater denken musste. Nervös fragte sie sich, wie er aussieht und vor allem ob sie nicht zu viel erwartete von ihrem ersten Treffen. *Was ist, wenn er unnahbar ist, wie Mutter, oder ungepflegt? Und was ist, wenn ich Sachen erfahre, die mir nicht gefallen? ... Das Thea-*

ter, hm, ich kenne all diese Leute aus der polnischen Politik nicht. Sie erinnerte sich lebhaft daran, wie sehr man sich früher sogar in der Schule vorsehen musste, um nicht etwas zu äußern, was als antikommunistisch hätte interpretiert werden können. Seit der Emigration wurde Marta recht apolitisch verglichen mit ihrer frühen Jugend in Polen, als das Kriegsrecht verhängt wurde. Aber Donata amüsierte sich prächtig und Marta genoss es, sie so ausgelassen zu erleben.

Am nächsten Tag, abends um sieben Uhr klingelte es, und da es Martas Gast war, der wie verabredet pünktlich an der Tür erschien, sprang sie auf, um zu öffnen. Seit sie zusammen mit Donata zu kochen begannen, konnte sie nicht mehr ruhig stehen und es rutschten ihr Topflappen und ein Messer aus der Hand. Vor ihr stand ein mittelgroßer, schlanker, frisch rasierter Mittfünfziger. Der braune Anzug mit dem weißen Hemd und der beigen Krawatte passte gut zu seinen braunen Augen und Haaren. *Dieser gut aussehende Mann soll mein Vater sein? Tomek hat auch solche Geheimratsecken.*
In deutscher Manier gab Marta ihm die Hand und stellte ihm die Bukowskis vor. Sie nahmen Platz am festlich gedeckten Tisch. Agata hatte keine Ahnung, wer da zu Besuch war.
Bei belanglosen Themen wirkte der Gast ruhig und zurückhaltend.
„Bist du Sternzeichen Fische?", fragte Marta.
„Nein, Wassermann, warum?" Alle schauten sie erstaunt an.
„Ah, nur so." *Also denkt Mutter nicht an ihn, wenn sie sich mit Fischen abgibt oder das Horoskop liest. Ich möchte aber mehr wissen, warum erzählt er nichts über früher?*

„Wie war das, als wir auf die Welt gekommen sind?", fragte Marta und trank ihren ganzen Tee auf einmal aus.

„Joanna wollte nichts von mir wissen. Kurz vor eurer Geburt habe ich eine Frau kennengelernt." Ihr Vater rutschte auf dem Stuhl.

„Hast du uns also nie betreut?" *Das ist ja der Hammer!*

„Joanna wollte gar keinen Kontakt." Er senkte kurz den Kopf und fuhr fort: „Ich habe geheiratet, aber erst fünf Jahre später haben wir eine Tochter und zwei Jahre danach einen Sohn bekommen." Er räusperte sich.

„Aha.", sagte Marta. *Dachte ich mir. Mutter ist zwar lange tolerant, aber in speziellen Situationen kann sie radikal sein.*

„Nachdem meine Frau gestorben ist, habe ich drei Jahre lang alleine für meine Kinder gesorgt."

„Das muss hart gewesen sein", sagte Marta höflich. *Mutters Leben ist mit Zwillingen bestimmt noch schwieriger gewesen. Ich hätte aber gern so einen familienorientierten Vater gehabt.*

„Ja, aber die Kinder sind tapfer und seit kurzer Zeit habe ich eine Partnerin. Wie ist es denn euch ergangen?"

„Mutter hat in Deutschland keine Arbeit in ihrem Beruf bekommen. Finanziell geht es uns nicht so gut. Seit ich volljährig bin, arbeite ich neben der Schule als Pflegehilfe. Für meine Ausgaben und für das Medizinstudium. Ich hoffe, dass es in wenigen Wochen losgeht damit."

„Du willst Ärztin werden? Das ist großartig! Deine Halbschwester Beata will Krankenschwester werden", sagte ihr Vater.

„Was für ein Zufall! Schön! Tomek ist Metallfachmann und arbeitet mit Präzisionsmaschinen. Ich glaub' aber, dass ihn vor allem interessiert, dass seine Firma Pistolen und Gewehre herstellt …"

„Noch ein Zufall: Dein Halbbruder Darek ist handwerklich begabt und will das Technikum besuchen."
„Echt? Sind die beiden auch sportlich? Tomek trainiert seit Jahren die koreanische Kampfsportart Tae-Kwon-Do. Nach dem schwarzen Gürtel hat er schon zwei Dan erreicht. Für seine vielen Medaillen und Pokale braucht er immer mehr Regale."
„Und Darek stemmt wettkampfmäßig Gewichte."
„Und Beata?"
„Sie war lange Kunstturnerin. Seit dem letzten, unerfreulichen Trainerwechsel ist sie Synchronschwimmerin. Treibst du auch Sport?"
„Ja, ich bewege mich gern. Ich habe intensiv Volleyball gespielt, ich jogge und schwimme gern."
„Das ist toll", sagte ihr Vater.
Außer Mutter sind alle sportlich. Was kommt noch von ihm? Wie gern hätte ich einen Vater gehabt. Einen, der sich für meine Hobbys interessiert, für Gerechtigkeit sorgt und mir das Fahrradfahren und Schwimmen beibringt. Der stolz auf mich ist, die Zeugnisse würdigt, mit uns ins Grüne fährt, lustige Ideen hat und beim Abschlussball mit Mutter tanzt ...

„Das ist toll, Marta", wiederholte ihr Vater, „und ich genieße die Sommerabende oft im Garten." Er führte dabei seine linke Hand, also mehr den Mittel- und Ringfinger zur Schläfe. Für einen ultrakurzen Moment schloss er halb die Augen, als würde er das Gesagte betonen und gleichzeitig aber darüber nachdenken wollen.
Oh, das gibts ja nicht! Diese Handbewegung macht nur Tomek, niemand anders! Die gleiche Kopfform, das Gesicht,

die braunen Augen mit den ausgeprägten Lidern, die Helenka, Marcins ältere Schwester, bei Tomek so gern geschminkt hat, als er klein war ... Sie besann sich auf die Situation und beschloss, lieber nicht zu fragen, ob er ein Aquarium hatte oder einen Teich.

Ihr Vater blickte auf die Uhr.

Donata fragte, wer mehr Nachtisch oder Tee wollte, aber der Gast stand vom Tisch auf. Beim Abschied umarmte er unbeholfen die steif stehende Marta und rang ihr das Versprechen ab, dass sie miteinander in Kontakt bleiben würden. Aber sie bezweifelte, ob sie es wirklich wollte. Unerwartet beschlich sie ein seltsam trauriges Gefühl, als sie die Tür hinter ihm schloss.

Statt beim Aufräumen zu helfen, schloss sie sich für längere Zeit im Bad ein und summte eine vertraute Melodie von Chopin. Das half ein wenig gegen ihre Anspannung. Sie war froh, dass Marcin und Donata sie in Ruhe ließen. *Er ist es wirklich. Wie wäre unser Leben verlaufen, wenn er bei Mutter geblieben wäre? Kann man vergangene Zeit nachholen? Brauche ich ihn überhaupt noch?* Sie atmete tief durch. *Es ist müßig, das zu fragen. Ich erzähle Mutter nichts davon. Schließlich hat sie nie etwas über unseren Vater berichtet. Wer weiß denn schon, was zwischen den beiden vorgefallen ist. Außerdem kann man es ja nicht mehr rückgängig machen.* Trotzdem fragte Marta sich: Hat er um uns gekämpft? Oder einfach aufgegeben? Ist er ein Feigling? *Doof, dass ich so wenig gefragt habe. Ich hab' ja jedes Recht auf der Erde, diese Dinge zu wissen!*

Wie hatte Marta Helenka vermisst, die Informatikerin mit dem trockenen Humor, ähnlich wie ihr Bruder Marcin. Sie kam übers Wochenende aus Warschau, um Marta zu treffen. Es

rührte Marta zu merken, wie wichtig sie den Bukowskis war. Um länger mit ihr zusammen sein zu können, zog Marta für eine Nacht zu Oma und Opa, wo auch Helenka unterkam.
Sie war vermutlich die einzige Person auf der Welt, der Mutter sich gefühlsmäßig nah fühlte. Beide waren verschlossen, wenn es um persönliche Dinge ging, und sie verstanden sich ohne Worte. Aber das begriff Marta erst allmählich. Bis spät in die Nacht hinein saßen die beiden im Pyjama am Mahagonitisch und unterhielten sich.
„Bald fahre ich nach Kiel, zu meiner Joanna. Ich freue mich schon unheimlich auf unsere Grillabende in ihrem Schrebergarten, meine Vormittage am Strand oder beim Stadtbummel, wie letztes Jahr. Vielleicht finde ich schöne Schuhe – meine Sammlung ist nämlich bei Weitem nicht komplett", sagte Helenka.
„Ja, Mutter und Tomek können es auch kaum abwarten. Und ich finde es schön, dass du nach Breslau gekommen bist. So sind meine Bukowskis komplett bei meinem ersten Besuch in der Heimat."
„Wir sind soooo froh, dass letzten Endes alles gut gegangen ist mit euch."
„Wir auch. Für niemanden war es einfach ... Übrigens hab ich vorgestern meinen Vater kennengelernt."
„Höchste Zeit!", sagte Helenka. „Deine Mutter hat ihn nie vorgestellt, nicht einmal von ihm erzählt."
„Ja. Ich hab mir das schon lange gewünscht. Sehen, spüren, wie der eigene Vater ist. Als Mensch, als Berufstätiger, als Vater. Das war einzigartig. Die Realität ist aber anders, als die Vorstellung und die Wünsche."
„Und wie ist er so?"

„Ich find' ihn nett. Und seine zwei Kinder haben ähnliche Interessen wie wir und sind auch sportlich. Und: Tomek ähnelt ihm wie ein Ei dem anderen. Das ist schier unglaublich!"
„Und du?"
„Ich habe seine dunkelbraune Augenfarbe."
„Dachte ich mir. Hast du sonst noch etwas erfahren?"
„Nein, ich hatte nicht den Mut, die wichtigen Fragen zu stellen."
„Wenigstens hast du den ersten Schritt gemacht."
„Er hat kurz nach unserer Geburt geheiratet."
„Das habe ich irgendwie mitbekommen."
„War das mit Mutter nur eine Affäre?" Marta warf ihre Stirn in Falten und schaute die Tischplatte besonders intensiv an.
„Das weiß niemand. Joanna ging es vor allem um euch. Sie hatte ja diese Narbenverwachsungen im Bauch nach den Operationen im Konzentrationslager, es hieß, sie könne keine Kinder kriegen. Und dann wurde sie überraschend schwanger."
„Wahnsinn. Aber als Alleinerziehende ..."
„Dein Vater wollte damals möglicherweise keine Familie gründen."
Oder nicht mit Mutter. „Eben, ich habe nicht einmal das gefragt." Marta rieb die Handflächen an ihren Schenkeln.
„Vielleicht später."
„Bin nicht sicher, ob ich ihn so schnell wieder treffen möchte."
„Und wann erzählst du Tomek davon?"
„Im Moment nicht. Ich will nicht, dass er sich Mutter gegenüber verplappert und sie mir das übel nimmt."
„Da könntest du recht haben", stimmte Helenka zu und klopfte leise mit den Fingerspitzen auf den Tisch.
„Eben. Und er hat mir nie gesagt, dass er unseren Vater kennenlernen will."

„Er ist ganz anders als du."
„Ja, unnahbar, wie Mutter."
„Ja ..." Helenka wirkte plötzlich nachdenklich. Sie stand auf und legte sich eine Strickjacke über die Schultern. „Du, etwas ganz anderes: Hast du jemals vermutet, dass eure Mutter älter sein könnte?"
„Wie meinst du das?", fragte Marta verstört.
„Älter, als wir alle glauben", präzisierte Helenka.
„Wie kommst du denn darauf?", fragte Marta verwundert.
Helenka zuckte die Achseln. „Nur so. Vielleicht ist was dran?"
„Ich weiß nicht ... Sie hat immer älter ausgesehen als alle anderen Mütter. Schon im Kindergarten hab' ich mich dafür geschämt. ... Warum fragst du?"
„Na ja, ich hatte es früher manchmal gedacht. Ich kenne sie, seit ich fünf war, und natürlich kam sie mir damals unendlich alt vor. Sie war angeblich fünfzehn, aber mein Gefühl sagte mir, dass etwas nicht stimmt."
„Hast du sie nie gefragt?" Marta zitterte am ganzen Körper.
Helenka lachte kurz auf. „Sie ist verschlossen. Aber jetzt bist du alt genug für solche Fragen."
Das stachelte Martas Neugier an. „Wenn ich so überlege ... Nach unserem Umzug in die neue Wohnung, das war 1979, bekam sie keine Menstruation mehr, mit vierzig. Das weiß ich noch genau."
„Interessant ...", sagte Helenka.
„Ja, und sogar ich fand es damals ungewöhnlich."
„Hm ... Ist dir noch mehr aufgefallen?"
„Ich muss nachdenken ... Okay, noch etwas: Welche Farbe hatten Mutters Haare?"
„Schwarz, ist doch klar."

„Komisch, sie hat mir mal erzählt, dass sie bis zur Pubertät blond war. Ihr Bukowskis habt auch zuerst helle und später dunkle Haare, wie viele Leute. Aber wenn das stimmt, muss Mutter älter gewesen sein als fünfzehn, als du sie kennengelernt hast!" Marta stand auf, schnappte sich die grüne Wolldecke, die auf einem verwaisten Stuhl lag und hüllte sich darin ein, obwohl sie einen dicken Pyjama anhatte.

„Wo du das sagst ... Ich erinnere mich, als Joanna mich einmal gekämmt hat, da hat sie erzählt, dass sie früher wie ich helle Haare hatte! Und ich habe gestaunt, weil ich sie immer mit dunklen Haaren kannte. Das ist spannend! ... Fällt dir noch mehr ein?"

Marta schüttelte den Kopf und gähnte. „Nein, beim besten Willen nicht. Zumindest heute nicht mehr. Ich gehe besser schlafen", sagte sie und stand auf. „Gute Nacht."

Sie war müde, aber die Ruhe kam noch lange nicht, dazu war sie zu aufgewühlt. *Ist an Helenkas Theorie etwas dran? Als würde es nicht genügen, den eigenen Vater kennenzulernen. Nur Mutter kennt die Wahrheit.*

*

Der nahezu leere Kieler Bahnhof drohte Martas schwungvolle Stimmung zu vermiesen, der minimal beleuchtete Bus nach Elmschenhagen ebenfalls. Es gab viel zu erzählen von ihrem allerersten Besuch in Breslau nach ihrer Emigration vor fünf Jahren.

„Hallo!", rief sie in die Wohnung hinein. Joka wedelte mit dem Schwanz und schmiegte sich an ihre Beine.

„Marta?" Mutters Stimme klang gleichgültig.

Sie stellte zuerst ihren Rucksack ins Zimmer und streichelte die Hündin, während sie auf das Wasser für den Tee wartete. *Sie nimmt sicher auch einen Schluck.*

„Hier, bitte." Marta stellte die gefüllten Gläser hin, schob Münzen, Bücher und Socken auf die Seite des Sofas und nahm erschöpft Platz. Mutter legte ihr Buch auf den Boden und zündete sich eine Zigarette an.

„Wie war es?"

„Es war schön, die Bukowskis und die Stadt zu sehen."

„Wie geht es ihnen?"

„Einigermaßen: Oma hat Parkinson bekommen und verträgt die Medikamente nicht so gut. Opa hat einen Herzinfarkt überstanden und achtet seitdem auf seine Linie. Donata und Marcin geht's prächtig, der kleine Konrad will wieder mal zu dir kommen, Agata scheint eher eine Null-Bock-Schülerin zu sein."

„Und Bogdan?"

„Er ist jung Vater geworden und wohnt bei seinen inzwischen alten Eltern."

„Er hatte alles andere als die Schule im Kopf."

„Ähnlich wie Tomek."

„Und was hört man sonst?"

„Die Stadt wirkt westlich – überall Werbung, neue Autos, elegante Leute, alles irgendwie locker. Und: Helenka kann es fast nicht abwarten, zu uns zu kommen."

„Ja, ich freue mich auch schon auf die Abende im Garten."

„Ich glaub', es ist wahnsinnig wichtig für sie."

„Ja ... übrigens, hier ist Post für dich."

Mutter gab ihr einen unscheinbaren Brief. Aus Düsseldorf.

Mit zitternden Händen öffnete Marta den grauen Umschlag. Die ZVS, also die Zentralstelle für Vergabe von Studienplätzen teilte ihr mit, dass sie einen Platz an der Medizinischen Fakultät der Freien Universität zu Berlin bekommen hatte. Immer noch zitternd reichte sie Mutter den Brief. „Lies das! Ist das nicht wunderbar?"
Mutter richtete sich auf. „Nicht in Kiel?", fragte sie verwundert.
„In Berlin. Das hat das Amt entschieden. Für alle in ganz Deutschland." *Warum ist sie so überrascht? Sie hat nie gesagt, dass ich hier studieren soll. Ich finanziere sowieso alles selbst. Nach dem Medizinertest habe ich ihr ja erklärt, dass man sich nur bei der ZVS bewerben kann, nicht direkt an der Uni. ... Aber stimmt schon, ich habe ich verschwiegen, dass ich nicht gerade Kiel als Wunschort angegeben hatte. Mann, hab' ich ein Glück gehabt!* „Die Anmeldefrist läuft in zwei Tagen ab. Gleich morgen früh muss ich hinfahren."
„Kann ich noch ein Glas Tee bekommen?" Mutters Stimme klang dumpf.
Schweigend schenkte Marta Tee ein und ging mit Joka nach draußen. Als sie eine Weile mit dem Brief in der Hand herum hüpfte, schaute die Hündin sie verwundert an. *Ich darf ja nichts vergessen! Ausweis, das Abiturzeugnis, Testresultate, Bankkarte, Bargeld, Schreibblock, was noch? Brauche ich länger als einen Tag? Wohnung? Wo kann ich mich informieren? ... Ich muss alles richtig machen ... Endlich studieren!*

Nach einer unruhigen Nacht fuhr Marta nach Berlin und schrieb sich ein. Das Semester hatte schon begonnen, sodass sie erst im Herbst starten durfte. Das gab ihr Zeit, um eine Unterkunft zu suchen, was wegen der grotesken Wohnungsnot ein

Segen war. Wohnheime waren verpflichtet, für solche Spezialfälle wie der Ihre Zimmer freizuhalten und sie ließ sich auf die Warteliste setzen. Sie nahm sich vor, bald wieder dorthin zu fahren, um sich in der Fachbibliothek umzuschauen, günstige Läden zu suchen. Sie musste sich in Krankenhäusern bewerben, um während des Studiums als Pflegehelferin arbeiten zu können.

Zurück in Kiel sagte sie möglichst viele Dienste in der Uniklinik zu, bevor sie später das Studium beginnen würde. Und dann kam der Ausflug nach Fehmarn, den ihr Heike Hansen zum zwanzigsten Geburtstag geschenkt hatte. Marta hatte sich mit der Schwester ihrer ersten Lehrerin in Deutschland, Frau Rentsch, angefreundet und durfte sie jetzt, nach dem Abitur, duzen, was sie sehr stolz machte.

Heike holte sie morgens zuhause ab und obwohl sich immens auf den gemeinsamen Tag gefreut hatte, fiel es Marta schwer, die Wohnung zu verlassen.

„Was ist los?", fragte Heike, als sie bei der Begrüßung Martas langes Gesicht sah.

„Joka geht's nicht so gut. Ihre Nase ist warm und trocken, sie fiebert seit einer Woche und kann nur mühsam schlucken."

„Ist sie krank?", fragte Heike und zog die Tür hinter sich zu.

Marta nickte. „Wir tragen sie hinaus zum Gassi gehen, weil sie keine Kraft hat."

„Was meint denn der Tierarzt? Eure Hündin hat schon so viel überstanden. Seien wir mal zuversichtlich."

„Sie ist schon etwa neunzehn. Wir müssen sie wohl bald einschläfern lassen."

„Das tut mir leid. Komm, unser Ausflug lenkt dich ein wenig ab", versuchte Heike sie zu trösten.

Mit den Fahrrädern auf der Heckklappe des Autos fuhren sie los und sprachen unterwegs viel über Martas Zukunft in Berlin und ihre Pläne. Marta war noch nie auf der Ostsee-Insel gewesen, deren berühmte 900 Meter lange Brücke man schon von Weitem sah. Sie radelten und kämpften mit dem Wind, was für ihre ältere Freundin ein Vergnügen und für Marta das unvermeidliche Übel im Norden war. Ein friedliches Naturschutzgebiet begrüßte sie mit unzähligen Wasservögeln. Marta fühlte sich wie in den Ferien, obwohl es nur ein einziger Tag war.

Mittags saßen sie im Windschatten und die Sonne streichelte ihre Gesichter, während sie frischen Fisch mit Salzkartoffeln und Spinat aßen. Zum Nachtisch wählte Marta Mango-Eis, Heike begnügte sich mit einem Kaffee. Als sie wieder das Studentenleben thematisierten, erzählte Heike zum ersten Mal von persönlichen Dingen.

„Die Freiheit – weg von Zuhause zu sein – hat mir am meisten gefallen. Und ich konnte endlich die ewigen Gespräche beim Frühstück über Sartre und den Existenzialismus hinter mir lassen."

„Mir hätten solche Themen gefallen", sagte Marta.

„Mein Vater ließ keine Gelegenheit aus, um über Philosophie zu reden. Schrecklich." Heike zog an ihrer Zigarette.

„Es hört sich komisch an, aber ich freue mich auf die Fächer im Studium. Und natürlich auf die Großstadt. Und schon auch darauf, nicht mehr zuhause zu wohnen. Ich kann mir vorstellen, dass die Freiheit, über sich selbst zu entscheiden mit einer gehörigen Verantwortung verbunden ist. Ich kann faul herumsitzen oder aber zwar unliebsame, aber wichtige Dinge tun.

„Absolut. Aber man muss es nicht zu verbissen sehen."
„Vielleicht. Aber ich kann nicht anders."
„Wenn man dich kennt, glaubt man dir das. Ich hatte es aber einfacher, weil ich mich nicht selbst finanzieren musste."
„Das macht mir nichts aus, ich hab' ja schon während der Schule gearbeitet. Was ich nicht abschätzen kann, ist der Studienumfang und der Zeitbedarf fürs Lernen."
„Du bist fleißig und weißt, was du willst. Das klappt sicher."
Auf dem Weg zurück kreisten Martas Gedanken ständig um Berlin und sie spürte Neugier und eine gewisse Nervosität. *Wie fühlt sich das an, zu studieren?*

Als sie abends die Wohnung betrat, merkte sie sofort, dass etwas anders war als sonst. Mutter saß stocksteif in ihrem Sessel.
„Joka ist gestorben", sagte sie, ohne Marta anzusehen.
„Einfach so?", fragte Marta mit rauer Stimme. Ihr Körper verkrampfte sich plötzlich.
„Sie hat aufgehört zu atmen."
„Endlich. Gut für sie ... Wo ist sie jetzt?"
„Tomek hat sie im Garten vergraben."

Marta erinnerte sich noch genau, wie Joka zu ihnen gekommen war. Die knapp fünf Jahre alten Zwillinge bemerkten auf dem Weg zum Kindergarten, dass eine mittelgroße Hündin sie hin und zurück nach Hause begleitete. Sie schaute sie aufmerksam mit ihren braunen Augen an, wedelte mit dem langen Schwanz, verhielt sich aber nie aufdringlich. Ihr schwarzes, leicht gelocktes Fell war auffallend schmutzig. Da das Tier immer wieder auftauchte, erzählten sie Mutter davon.
„Wem gehört sie?"

„Keine Ahnung. Sie ist mager und schmutzig. Und sie weicht nicht von unserer Seite."
„Vielleicht ist sie vor der Tür?", fragte Mutter und ging hinaus.
Die Kinder rannten ihr hinterher, aber die Hündin war nicht da. Marta war untröstlich.
„Wir zeigen sie dir morgen!", versprach sie und hoffte, dass das Tier nicht plötzlich weg war.
Am nächsten Tag brachten sie es mit nach Hause. Mutter schaute die Hündin an und streichelte sie, was diese zu genießen schien. Das Tier verschlang so hastig ein Stück Butterbrot, wie Marta es noch nie gesehen hatte.
„Wir zeigen sie Oma, sie ist ja Tierärztin. Aber wir müssen trotzdem den Besitzer suchen", beschloss Mutter.
„Darf ich mitkommen?" Marta wollte bei allem mit dabei sein. Und Tomek machte, was sie tat.
„Natürlich, wir gehen alle", sagte Mutter.
„Sie heißt Joka", stellte Marta klar.
„Joka?", fragte Tomek.
„Joka?", wiederholte Mutter.
„Joka.", bestätigte Marta.
Mutter fütterte die Hündin mit Rühreiern und breitete für sie eine Wolldecke neben dem Kachelofen aus. Als die Zwillinge am nächsten Tag aus dem Kindergarten kamen, war das Tier schon frisch gebadet – dabei wäre Marta so gerne dabei gewesen! Auf dem Weg in die Tierklinik brauchten sie keine Leine, denn Joka gehorchte einfach. Es war fast unheimlich. Sie ließ alles problemlos über sich ergehen. Oma berührte sie zunächst sanft, wog und maß sie, untersuchte ihre Augen, Nase, Ohren und Pfoten sowie den Bauch. Sie beurteilte die Zähne und die

Zunge und streichelte sie noch einmal. Marta hoffte, dass alles in Ordnung war und dass sie die Hündin behalten durften.
„Sie ist zwar unterernährt, scheint aber soweit gesund zu sein. Sie ist so ungefähr viereinhalb Jahre alt", verkündete Oma.
„Dürfen wir sie jetzt zu uns nehmen?", platzte es aus Marta heraus.
„Ich impfe sie noch – ihr könnt für sie sorgen, solange wir den Besitzer suchen."
„Aber sie ist uns zugelaufen, hungrig und schmutzig. Sie hat kein Zuhause!", riefen die Zwillinge fast unisono.
„Trotzdem. Sie kann nicht einfach bei euch bleiben. So, und jetzt raus mit euch", sagte Oma und umarmte die Kinder.
Einige Tage später wurde klar, dass niemand die Hündin vermisste. Mutter, Tomek und Marta teilten die Gassi Gänge unter sich auf, und Mutter kochte ihr das Fressen.
Joka führte Befehle korrekt aus und tat nichts, was sie nicht durfte, bellte auch nicht. Sobald sie Wasser erblickte, war sie nicht mehr zu halten – sie tauchte die Pfoten in jede Pfütze und sprang in die Oder, um die weit geworfenen Holzstöcke ans Ufer zu bringen. Sie vergötterte Bälle jeglicher Größe, wedelte freudig mit dem Schwanz, bettelte nie und wenn Marta traurig war, kam Joka unaufgefordert zu ihr. Bald fühlte es sich an, als wäre sie schon immer bei ihnen gewesen.

Und nun war sie nicht mehr da. Marta setzte sich in ihrem Zimmer auf die Bettkante und starrte auf den hellen Flokati-Teppich, den sie von Heike bekommen hatte, als die Danutowskis in diese, ihre erste Wohnung in Deutschland einzogen. Ihre Vernunft hatte mit Jokas Tod gerechnet, nicht aber ihre Seele, für die jetzt etwas Unvorstellbares eingetreten war. Ihre

tierische Schwester war nicht mehr da. Eine unsichtbare Wunde brannte in ihr, als sie sich ein Bad einlaufen ließ. Wie gern hätte sie ihre geliebte Hündin noch gestreichelt und das Gesicht in ihrem Fell vergraben. Das letzte Mal. *Aber vielleicht ist es besser so, ich hab' mich heute Morgen von ihr verabschiedet. Ich muss mich jetzt auf Berlin konzentrieren.*
Marta legte sich in die Wanne und schluchzte bitterlich, bis das Badewasser kalt wurde. Sie hoffte, dass niemand es mitbekam. Man weint doch nicht wegen eines Tieres.

5. Berlin (1990, Deutschland)

Wegen terminlicher Probleme wichtiger Politiker wurde der 3. Oktober 1990 als Tag für die offizielle Wiedervereinigung der beiden deutschen Staaten ausgewählt und gleichzeitig zum Nationalfeiertag erkoren. Am Abend des zweiten Oktober 1990 zog Marta es vor, in der herbstlichen Dämmerung allein zu sein. Sie feierte still den historischen Moment ihrer neuen Heimat und den Beginn der nächsten persönlichen Ära. Sie bereitete sich einen üppigen Salat mit Käsewürfeln zu und schaltete den Samowar ein. Sie setzte sie sich in ihrem Zimmer auf den Fenstersims und genoss die besondere Stimmung. Zum Nachtisch löffelte sie Nutella direkt aus dem Glas und hörte gebannt Radio, wo Interviews mit diversen Politikern und Bürgern live übertragen wurden. Unzählige Menschen versammelten sich am Brandenburger Tor. Um Mitternacht verkündete Bundespräsident Richard von Weizsäcker, dass Deutschland wieder vereint war. Die DDR war der Bundesrepublik beigetreten und hörte auf zu existieren. *Dabei hatten doch noch ein Jahr zuvor linke Westdeutsche die Wiedervereinigung als nicht mehr realistisch bezeichnet. Magisch. Unaussprechlich. Millionen Menschen waren nach einer vierzigjährigen, künstlichen, politisch bedingten Trennung ein Volk in einem Land. Unbeschreiblich ergreifend.*
Martas Gedanken gingen auf einmal zurück in die Zeit vor einigen Wochen, als sie sich an der Uni eingeschrieben, und dann ihren ersten Ausflug nach Ostberlin unternommen hatte. Zuerst tauschte sie Geld um, und der erstaunlich günstige Kurs wurde noch dadurch verdeutlicht, dass die aluminiumartigen Ost-Mark-Münzen merkwürdig leicht waren, als hätten sie ei-

nen sehr geringen Wert. Sie erinnerte sich an den umgekehrten Fall, als Mutter ihr in Friedland eine D-Mark gab, damit sie sich ihre erste Banane kaufen konnte. Diese unbekannte Münze kam ihr damals schwer vor. Der berühmte Alexanderplatz erschlug sie beinahe mit seiner offenen Größe. Zusammen mit dem unglaublich hohen Fernsehturm entstand ein Eindruck von Majestät und Prunk, obwohl die grauen Gehwegplatten uneben und schmutzig waren. Die Passanten erschienen ihr bleich, ärmlich, irgendwie kränklich und sie fragte sich, ob es wirklich ein und dasselbe Berlin war, das in ihren Augen, bis dahin wenigstens, eine Art Pendant zu New York oder London war. Also Metropolen, in denen alles möglich ist, sofern man sich genügend ins Zeug legt. Also die Stadt, in der sie nun ihr langersehntes Studium beginnen würde. Aber dieser erste Eindruck vom Ostteil dieses berühmten Ortes schien unpassend, sie hoffte fast, es wäre nur ein makabrer Traum. Marta fühlte sich plötzlich ein wenig wie in Polen, sogar im U-Bahnhof Alexanderplatz roch es vertraut, aber eben ganz anders als im Westen. Was gab es noch für Unterschiede zu entdecken zwischen Ost und West, was hatte die Mauer bewirkt, hatte sie die Menschen auch innerlich verändert? Waren das die verschiedenen Welten, die Marta sich damals vorzustellen versuchte, nachdem Mutter die bevorstehende Emigration nach Deutschland angekündigt hatte? Alles wäre besser und alles würde bunt aussehen, hatte sie sich ausgemalt. Und trotz dieser Verlockungen, die noch keine Entsprechung hatten, war sie damals überzeugt, dass Polen ihre Heimat war und darum alles gut war, wie es war, wenn auch mehrheitlich grau. In der Zwischenzeit war ihr auch Deutschland lieb und teuer geworden, und ebenso vertraut. Es hatte sich nicht als bunt und besser entpuppt, sondern als anders. Und nun, fünf Jahre nachdem sie Polen verlassen hatte, kam ihr Ostberlin unerwartet heimatlich vor. Tief ergriffen von den widersprüchlichen Gefühlen betrat sie eine Buchhandlung mit vergilbten, sehr günstigen Taschenbüchern ihr unbekannter Autoren, und dort roch es angenehm vertraut, diesmal aber wie in jedem Buchladen. Marta leistete sich danach in einem Café einen Tee und zwei Berliner Pfannkuchen und staunte, dass sie das immer noch recht viele Geld an diesem Nachmittag wohl nicht ganz ausgeben konnte. Das war seltsam. Ein plötzlich aufkommendes Hungergefühl ließ Martas Gedanken zurückgleiten zu ihrem Zimmer im Wohnheim. Sie realisierte, dass mit der Wiedervereinigung der beiden deutschen Staaten gerade Wichtigeres passierte als Lust auf Gebäck. Sie schüttelte den Kopf. *Die können daraus unmöglich einen Beitritt der DDR machen! Das ist doch eine demonstrative Geringschätzung!*

Es duftete lieblich nach gedämpftem Reis, wenn Marta morgens die Gemeinschaftsküche des Studentenwohnheims betrat. *Gewöhnungsbedürftig, aber nicht unangenehm.* Die fünf Reiskocher auf dem Fensterbrett ließen sie täglich aufs Neue schmunzeln. Ihre asiatischen Mitbewohner vertrugen Milchprodukte und Weizen schlecht und wichen deshalb auf ihr vertrautes Essen aus.

Das Studentendorf Schlachtensee lag im Südwesten Berlins, und die Gegend war viel ruhiger und grüner, als Marta es sich vorgestellt hatte. Wenn sie auf dem Weg zur Uni die Clay-Allee entlang radelte, sah sie oft den gelben Schulbus der Amerikaner. Nach dem Zweiten Weltkrieg hatten sie diesen Teil der Stadt zugesprochen bekommen, als die Siegermächte alles unter sich aufgeteilt hatten. Die USA unterhielten dort ein Krankenhaus, eine Kirche, den Radiosender RIAS und eigene Schulen, und viele Familien wohnten in der schönen Siedlung gegenüber ihrem Heim. Abends spazierte Marta gern in dieser andersartigen Welt und fragte sich, ob sie als Ärztin ähnlich leben würde.

Ihre eigenen vier Wände waren gerade mal zehn Quadratmeter groß, und sie war die einzige Frau unter elf Bewohnern: Drei Deutsche, zwei Kameruner, drei Chinesen, ein Japaner und ein Südkoreaner teilten sich die Küche und das Bad. Ihr Abteil im Küchenregal füllte Marta mit Müsli, Schwarzbrot, Nudeln, Reis, Haselnüssen, Heidelbeerkonfitüre, Milch und Käse, im Kühlschrank Paprikaschoten, Möhren, Rote-Beete. Und endlich war sie stolze Besitzerin eines eigenen Nutella-Gläschens. Kein Tomek, der mit einem Löffel in besorgniserregendem Tempo das Familien-Nutella verspeiste und keine Mutter, die das duldete! Für Sandwiches und Früchte kaufte sie sich eine Tupper-Dose, die in ihren Rucksack passte. Das war günstiger, als in der Mensa zu essen.

Das eher dunkle Eckzimmer bescherte Marta eine ungeahnte Ruhe. Die schlichte Ordnung und Sauberkeit, die sie gern hielt, trugen auch dazu bei. Der Schreibtisch stand am schattigen Fenster, an der Wand über dem schmalen, harten Bett hingen Regale. Sie stellte drei Gedichtbände hinein und ließ den restlichen Platz für Fachbücher frei. Ihre persönliche Bibliothek lagerte zwischenzeitlich bei Heike in Felde. Die beiden hatten sich trotz des Altersunterschieds angefreundet. „Man kann nie wissen", hatte sie gemeint, als sie Marta zum Studienbeginn eine bauchige Fünf-Liter-Weißweinflasche in einem Bastkorb geschenkt hatte. Dabei hatte Marta bis dato erst dreimal in ihrem Leben an einem Weinglas genippt ... Aus Platzgründen stellte sie den Wein in den Kleiderschrank und vergaß ihn. Ihr russischer Samowar, den sie in der Markthalle in Breslau gekauft hatte, thronte auf einem aus Kartons gebastelten Ehrenplatz an der Wand. Zu den verschiedensten Tages- und Nachtzeiten brühte Marta sich den unverzichtbaren Schwarztee und manchmal auch, wenn einer ihrer Mitbewohner Kummer hatte.

Das war erfrischend, fand sie, als sie sich nach der Dusche abtrocknete. Just in diesem Moment betrat Kurt, Martas Zimmernachbar, mit einem Badetuch um die Hüften und einer Shampooflasche in der Hand das Gemeinschaftsbad. „Schichtwechsel!", sagte er und wartete geduldig, bis Marta ihre Utensilien weggeräumt hatte. Sie hatte schon vorher die Zähne geputzt und würde normalerweise gleich in ihr Zimmer gehen, aber sie freute sich, ausgerechnet Kurt zu treffen. Er war bodenständig und zupackend, was ihr gefiel.
„Puh", machte sie und schüttelte sich.
„Was ist?", fragte Kurt.
„Na ja, das ist schon heftig."
„He?"
„Andere Länder, andere Sitten", sagte Marta und begann, ihre langen Haare zu kämmen.
„Wovon sprichst du?"
„Hast du den Gestank neulich nicht mitbekommen? Bei unseren beiden Kamerunern gab es Affenfleisch zu essen!"
Kurt lachte auf. „Nein. Aber du magst recht haben, die Küche riecht neuerdings ein wenig modrig."

„Ich interessiere mich für fremde Kulturen und andersartige Essgewohnheiten, unübliche Heilmethoden, aber Suppe aus beinahe Verwandten?!"
„Das klingt sehr sonderbar. Und der Geruch erst."
„Stell' dir vor, sie wollten mich etwas probieren lassen, aber René hat's vergessen ... Ehrlich, ich wüsste nicht, wie ich höflich ablehnen sollte."
„Stimmt, das wäre eine echte Herausforderung. Zum Glück war ich nicht da", sagte Kurt.
Wir sind auf einer Wellenlänge. Schön.
„Ja, du sagst es." Sie schaute ihn im Spiegel an. *Er wirkt nicht in Eile.*
„Ähm ... etwas anderes. Du liest, glaub' ich, viel."
„Ja, so oft wie möglich."
„Ich hab' da ein Problem."
„Mit dem Lesen?!"
„Nein, sondern mit einem Fach, mit Biochemie. Ich begreife nicht, was in dem Buch steht."
„Da kann ich dir nicht helfen, ich bin überhaupt nicht naturwissenschaftlich orientiert."
„Ich verzweifle bald. Dabei hab' ich sonst keine Schwierigkeiten."
„Vielleicht versuchst du es mit laut und langsam Lesen?"
Marta zuckte mit den Achseln. „Hm."
Kurt schlüpfte aus seinen Sandalen. „Also mir hilft es bei mittelhochdeutschen Texten."
„Oh je, plagst du dich freiwillig mit sowas herum?", fragte sie ungläubig.
„Das ist ein Vergnügen ... aber nicht jedermanns Sache."

„Ich muss Biochemie unbedingt nicht nur einfach bestehen, sondern wirklich begreifen, weil darauf Pharmakologie basiert. Aber okay, ich probier's."
Kurt zögerte einen Augenblick, zog die Sandalen wieder an, blickte zu Marta und sagte: „Ich kenne da ein Hilfsmittel, komm mit."
„Aber die Dusche ..."
„Die kann warten." Er lächelte sanft.
Sie betraten zusammen die inzwischen leere Küche.
„Ja, da hilft nur ein Stück Brot mit selbst gemachter Konfitüre von meiner Tante." Kurt nahm das Glas aus dem Regal und stellte es auf den Tisch. „Nimm etwas davon, hier ist Brot." Er schob ihr das halbgefüllte Glas über den Tisch.
Marta lachte und entspannte sich für einen Augenblick.

Doch das Problem begann, ihr den Schlaf zu rauben, und sie überlegte sogar, ob sie etwas anderes studieren sollte, aber das kam für sie eigentlich nicht infrage. An einem Nachmittag saß sie nach einem Seminar bei ihrem anderen Nachbarn, dem Kommilitonen Sven – während er ihnen gerade Tee machte, blickte sie eher zufällig in sein Biochemiebuch. Das besorgniserregend dicke Werk war von einem anderen Autor als Martas Buch, und aus dem Amerikanischen übersetzt. Sie schlug das Kapitel mit dem Zitrat-Zyklus, ihrer Achillesferse, auf... und konnte den Text begreifen! „Das ist es!", rief sie. „Dieser Band rettet mein Leben!"
Sven warf einen Blick auf das Buch. „Ja, der Stil des Autors entscheidet", pflichtete er ihr bei. Er war vier Jahre älter und hatte nach dem Abitur zunächst eine Ausbildung zum Hörakustiker

gemacht. Später wollte er Facharzt für Hals-Nasen-Ohren-Heilkunde werden.
Martas Herz klopfte immer schneller, sie ließ den Tee stehen und packte hastig ihre Sachen.
„Ich muss dringend in die Buchhandlung gehen, das verstehst du doch? Bis morgen!", rief sie und ließ den verdutzten Sven zurück.
Egal wie viel zusätzliche Schichten in der Pflege das bedeutet, ich muss es haben. Das Darlehen, das sie aufgrund von Mutters Arbeitslosigkeit erhielt, deckte zwei Drittel der Zimmermiete. Weil die Bücher in den Bibliotheken oft veraltet oder vergriffen waren, musste Marta ohnehin welche kaufen.
Die halbe Nacht verbrachte sie dann mit ihrem neu erstandenen Super-Lehrbuch.

„Oh, sorry, sorry!" Taemin Yuns Stimme klang erschrocken, als er die Zimmertür von außen zuknallte.
„Kein Problem, komm doch rein!", riefen Marta und Kurt unisono, aber die Schritte entfernten sich schnell.
„Oh je! Wir haben unseren Japaner vergrault!", sagte Marta.
„Nur, weil ich deinen Rücken massiert habe?", wunderte sich Kurt.
Aus dem Nachbarzimmer kamen eindeutige Laute: Erst das Kichern einer Frau, dann verhaltenes Grunzen, das bald in rhythmisches Quietschen eines alten Bettgestells überging. Sven, Martas Schürzenjäger-Kommilitone war mal wieder bei der Sache.
„Kann sein ... Ich hatte schon länger das Gefühl, dass er in mich verliebt sein könnte. Vor allem neulich. Er ist von einer Versammlung der Friedrich-Ebert-Stipendiaten zurückgekom-

men. Im Anzug. Ich glaub', er wollte sich so schick zeigen", mutmaßte Marta. Sie hob die Arme und streckte ihre Muskeln.
„Lassen wir's für heute. Vielen Dank trotzdem, ich habe das sehr genossen", meinte sie und zog ihr T-Shirt an.
„Jederzeit wieder!", sagte Kurt lächelnd.
„Hörst du die beiden nebenan auch?"
Er grinste. „Ja. Ganz schön oft dafür, dass sie eigentlich verheiratet ist."
„Oh, das wusste ich nicht!"
Kurt zwinkerte Marta zu. „Das Wohnheim steckt voll allgemein bekannter Geheimnisse. Vermutlich gehören wir beide nun ebenso dazu. Ich wette, dass Taemin Yun glaubt, dass wir ein Pärchen sind."
„Ja ...", murmelte Marta nachdenklich.
Er berührte sie am Arm und sie sah ihm in die Augen.
„Und? Hat er recht?", fragte Kurt.
„Hm, ich bin mir nicht sicher."
„Schließ deine Augen und fühle", sagte er und tippte mit dem Finger auf ihre Lippen.
Marta lächelte und ließ es zu, dass er sie zum ersten Mal küsste.

Kurt studierte nicht, sondern machte das Abitur auf zweitem Bildungsweg nach, wofür er von Westdeutschland nach Berlin umgezogen war. Sein muskulöser Körper zeugte eindeutig von körperlicher Arbeit, die John-Lennon-Brille hingegen verlieh ihm ein intellektuelles Aussehen. Marta gefiel, dass er ganze neun Jahre älter war, viel las und über den Staat und die Menschen sinnierte. Sie half ihm in Mathematik und Physik, und er revanchierte sich mit einem warmen Essen dafür – unspektakulär, aber besser als ihre eigenen Kochkünste oder diejenigen ihrer Mutter.

Eines Tages saßen sie auf seinem Bett, tranken Tee und lasen, als Kurt merkte, dass sie schon länger mit einem leeren Blick den Schrank anstarrte.

„Wo bist du gerade?", fragte er.

„Hier und da."

„Natürlich musst du es mir nicht sagen. Aber ich würd's gerne wissen."

„Ich dachte an dich, an deinen Werdegang."

„Ups! Das hätte ich am wenigsten erwartet."

„Deine Geschichte erinnert mich an den Helden in ‚Martin Eden' von Jack London. Ich bewundere deine Zielstrebigkeit, Kurt. Schließlich kommt es nicht alle Tage vor, dass aus einem Handwerker ein Student wird."

„Ich kenne das Buch nicht. Aber auch du hast schon viel erlebt, und du weißt, was du willst."

Er hat recht, dachte sie verwundert und fühlte plötzlich eine neue Verbundenheit mit ihm.

„Was planst du eigentlich nach dem Abitur?", fragte sie.

„Ich möchte Philosophie und deutsche Literatur studieren."

„Und was kann man beruflich damit anfangen? Das ist ja so ganz anders als Handwerk."

„Ich weiß es noch nicht."

„Mir würde es Angst machen, nicht zu wissen, wie es nachher weitergeht."

„Wir sind nun mal unterschiedlich gestrickt. Im schlimmsten Fall kann ich als Fliesenleger, Dachdecker oder Kellner arbeiten."

„Das stimmt natürlich. Ich mach' ja auch verschiedene Jobs, solange ich noch keine Ärztin bin."
Kurt nahm ihr das Buch aus der Hand und legte es zusammen mit seinem auf den Boden. Dann lächelte er, breitete seine Arme aus und sagte:
„Du wirst eine wundervolle Ärztin sein."

Martas Wangen fühlten sich plötzlich warm und so eigenartig an, dass sie ihm einen intensiven Kuss gab, um seinem Blick auszuweichen. Ihre Hände tasteten über seine muskulöse Brust, die Schultern, schließlich den Rücken und dann nahm sie sich ihn, diesen richtig männlichen Mann.

*

„Hast du heute keinen Besuch?", fragte die Oma der Bettnachbarin im Krankenhaus.
„Mutter arbeitet, sie kommt aber nächstes Mal", antwortete die vierjährige Marta.
„Und dein Vater?"
„Ich hab' keinen Vater."
Betretenes Schweigen. *Kann man mich nicht einfach in Ruhe lassen?* Schlimm genug, dass die anderen Kinder Süßigkeiten oder Spielzeug bekamen. Aber die mitleidigen Blicke waren unerträglicher. *Hoffentlich gibt's eine Beschäftigung für mich im Stationszimmer.*
Seit Kurzem durfte nur sie den Schwestern helfen, und es machte ihr Spaß, aus einer Watterolle daumendicke Kugeln zu wickeln, die als Tupfer bei Spritzen und Blutentnahmen dien-

ten. Sie war stolz und froh, dass man sie sogar eine Vitrine aufräumen ließ, bis die letzten Besucher gegangen waren.

Diesmal hatte es besonders übel angefangen. Vor lauter Schmerzen in den entzündeten Mandeln konnte Marta nicht einmal trinken, und das hohe Fieber schwächte sie. Als dann noch die Knie weh taten und ihre Finger anschwollen, brachte Mutter sie in die Poliklinik. Dort kannte man die Zwillinge, weil sie oft krank waren.
„Wo tut's weh?", wollte die in Martas Augen alterslose Ärztin wissen. *Sie fragt mich zuerst!*
„Überall, aber am schlimmsten sind die Knie, die sind rot und ich kann kaum laufen. Sogar in der Nacht tun sie weh. Und die Finger und der Hals, und mir ist immer so kalt!"
„Arme Maus. Und was sagt die Mama?" Die Ärztin drehte sich zu Mutter.
„Ja, das ist es. Sie ist schwach und fiebert seit Tagen."
„Lass mich mal sehen", sagte die Ärztin zu Marta und begann mit der Untersuchung.
Die Gänsehaut vom kalten Stethoskop musste sein. *Was hört sie denn da? Was bedeutet das?* Es wurde auf die Rippen geklopft, die Arme hoch und zur Seite gehoben und der Kopf nach allen Richtungen bewegt. Danach folgte das Herausstrecken der Zunge mit dem „aaaa"-Sagen. Später tasteten die Hände der Ärztin behutsam den Bauch ab, wobei es manchmal schmerzhaft war. Marta wollte wissen, wie Medikamente wirken, und sie malte sich aus, wie die Tabletten im Magen in winzige Kügelchen zerfielen und zur kranken Region gelangten. *Wenn ich groß bin, will ich auch erkennen können, was jemandem fehlt. Ich will Medikamente verordnen,* beschloss sie und

sah der Ärztin ungeduldig zu, wie sie ihre Brille aufsetzte und etwas in ein riesiges Heft hineinschrieb. Dann blickte sie Mutter und Marta ernst an und sagte:

„Es ist das Rheumatische Fieber. Ich behalte dich hier, Mäuschen."

Wochenlang lag Marta schwach im Bett, hing am Tropf und schlief viel. Erst als es ihr besser ging, begann sie, sich für die anderen sieben Kinder in ihrem Zimmer zu interessieren.

Nichts fand Marta schlimm im Krankenhaus, nicht einmal das Blutabnehmen. Einzig zweimal in der Woche quälte sie sich: Sie sah die Menschentraube vor dem Haupteingang und hoffte, nicht schon wieder die Einzige ohne Besuch zu sein. Mit dicken Filzüberziehern über ihren Schuhen und kuttenähnlichen, hellblauen Gewändern über ihrer Kleidung betraten die Angehörigen die Station. Mutter kam zumeist nur sonntags zu ihr, weil sie unter der Woche bis einundzwanzig Uhr arbeitete. So saß Marta alleine auf ihrem Bett und gab vor, dringend etwas lesen zu müssen. Oder sie half den Schwestern.

An Heiligabend füllten außerordentlich viele Besucher die Säle und brachten den Patienten Geschenke. Aber Mutter kam nicht. *Tomek wird von Tante Alina verwöhnt. Und ich?* Sie beschäftigte sich eifrig mit ihren winzigen, dichten Raupenlinien, mit denen sie karierte Blätter ausfüllte. In jeder Zeile brachte sie zwei ‚Schnürchen' unter, deren unterschiedliche Länge das Bild von echten Wörtern nachahmte. Sie stellte sich vor, schon richtig schreiben zu können. Später, als alle schlafen gehen sollten, betrat eine Krankenschwester das Zimmer und flüsterte:

„Marta, komm mit!"
„Ich bin müde." Das Weinen hatte ihr einiges abverlangt.
„Du hast Besuch!"
„Wirklich?", fragte sie sehr verwundert und eilte hinaus.
Der lange Korridor vor dem Haupteingang der Station war schon abgedunkelt. Neugierig schaute sie zur Treppe und erblickte hinter der Glastür eine dunkle Gestalt. Es war Mutter – sie war dick in ihren braunen Wintermantel eingepackt, auf ihrem Haar schmolzen Schneeflocken. Ohne den Besucherüberwurf und Schuhstulpen durfte sie die Station nicht betreten, sodass Marta zu ihr ging. Wortlos lächelte sie ihre Tochter an und umarmte sie fest. Marta spürte die durchdringende Kälte des Mantels, Mutters weichen Bauch und ihre kräftigen Arme. Ihre Wangen wurden warm von Tränen und sie merkte erst anschließend, dass ihr Pyjama feucht davon war.
„Der Weihnachtsmann lässt dir das bringen", sagte Mutter.
„Ich bekomme etwas?", rief sie überrascht.
In dem Paket lagen braune Winterstiefel. *Für mich!* „Da ist ja Fell drin!", flüsterte sie atemlos.
„Zieh sie an!", ermuntere Mutter sie.
Die Schuhe waren zu groß, damit sie sie möglichst lange tragen konnte. Mit den nackten Füßen spürte sie den weichen Fellersatz, der einen guten Schutz vor Kälte und Nässe versprach.
„Es sind die besten von der gaaaanzen Welt!", sagte Marta leise und schmiegte sich an Mutters kalten Mantel.

Die Krankenschwester öffnete die Zimmertür und schob einen fürchterlich quietschenden Stahlwagen hinein. In seiner Mitte thronte ein Bunsenbrenner, umgeben von Türmen von Watte-

bäuschchen, Pinzetten und den kugelrunden Gläsern mit einer daumendicken Öffnung.
„Was ist das?"
„Eine Schröpfkur."
„Komischer Name. Wofür denn?"
„Das hilft, das Rheuma zu vertreiben", erklärte die Schwester.
„Aber es geht mir schon besser. Und die Spritzen sind schlimm genug."
„Leg' dich ohne Pyjamaoberteil auf den Bauch. Du musst jetzt tapfer sein."
Marta sah aus dem Augenwinkel, wie neugierige Kinder mit der Nase an der Glastür klebten, und machte eine Fratze. Die Schwester rieb den Rücken mit kalten und nassen, nach Alkohol stinkenden Tupfern ab und setzte über der Flamme erhitzte Schröpfgläschen darauf. Es roch nach Spiritus und verbranntem Gummi und das verstärkte noch die komischen Empfindungen auf Martas Haut.
„Es zieht irgendwie heiß und brennt. Und kribbelt", beklagte sie sich.
„Unter dem Gläschen ist weniger Luft als im Zimmer, darum. Ich komme nachher wieder", erklärte die Schwester und verließ sie für eine Stunde.
Danach zeigte Marta den anderen Kindern stolz die perfekt runden, feuerroten Male auf ihrem Rücken.

Kurz darauf musste Marta einen langen Schlauch aus ziegelrotem, elastischem, stinkendem Gummi schlucken. Aus der Magensonde tropfte eine zähe Flüssigkeit in auf dem Boden stehende Reagenzgläschen. Von Zeit zu Zeit zog die Schwester das Instrument ein Stück weit heraus, was einen üblen Geschmack

im Mund verursachte. Regelmäßig wurde das äußere Ende des Schlauchs in das nächste, leere Gefäß umgesteckt, bis alle voll waren. Die anfangs grünlich-braune Flüssigkeit verfärbte sich langsam gelblich, bis sie schließlich weißlich-milchig und durchsichtig wurde. Die Schwester erklärte Marta, aus welchen Organen es herausfloss. Später erzählte Marta Oma mit roten Wangen davon: „Der Schlauch saß im Fingerdarm und in einer Blase! Die Farben waren ganz komisch! Dann wurde er in einen Darm für dünne Menschen geschoben und alles wurde grünlich."
„Das ist aber spannend! Du warst ganz tapfer, meine Kleine", sagte Oma und umarmte sie. Der unangenehme, sauer-salzig-fade Geschmack nach der Entfernung der Sonde war endgültig vergessen.

*

1991. Im Frühling suchten Kurt und Marta eine gemeinsame Bleibe, was wegen der argen Wohnungsnot nur mit Tricks möglich war. Am besten besetzte man mitten in der Nacht eine Telefonzelle und rief den Vermieter sofort nach dem Erscheinen des Inserates an. Medizinstudenten hatten gute Chancen auf einen Mietvertrag, Juristen hingegen miserable. Marta und Kurt hatten Glück, dank Svens weitläufiger Beziehungen. Die Wohnung befand sich im Nordwestberliner Stadtteil Wedding, der zur französischen Zone gehörte. Die Fenster gingen auf die unendlich lange, laute und oft verstopfte Müller-Straße hinaus, die zum Flughafen Tegel führte.

Es war eine Zwei-Zimmer-Altbaubude im fünften Stock, und seit Ende des Zweiten Weltkriegs hatte eine Frau allein darin gewohnt. Jetzt war sie mit über 90 Jahren gestorben.
An den Wänden klebten bis zu fünf Schichten Zeitungen, die offensichtlich als Tapete und Dämmmaterial dienten. Es erinnerte Marta an ihre feuchte und kalte Bleibe in ihrer Kindheit. Die Kachelöfen waren verstopft, und der Schornsteinfeger konnte erst nächsten Frühling kommen. Kurt nahm das kleinere, sie das größere Zimmer, und sie beschlossen, zunächst die Wände, Decken und den Boden zu renovieren und die löchrige Badewanne zu ersetzen, und den Rest nach dem Einzug abzuschließen.
Es lief Popmusik, Marta lackierte gerade einen Fensterrahmen in der Küche und Kurt verputzte die hohe Decke im Zimmer. Dann hörte sie ein lautes, dumpfes Geräusch und seinen durchdringenden Schrei:
„Hiilfeee!"
Sie warf den Pinsel in die Dose und rannte zu ihm. Er krümmte sich am Boden, seine Füße steckten in den Leitersprossen und der Kopf mitsamt Brille war mit grauem Pulver bedeckt. Der halbflüssige Putz floss aus dem umgekippten Eimer auf den Dielenboden. Marta staunte, wie viele morsche Bretter und Stroh von der Decke heruntergerasselt waren. „Kannst du dich bewegen?"
Kurt richtete sich auf, nickte und schaute sich um. „Siehst du die Spachtelkelle irgendwo?"
„Nein. Aber ich bin froh, dass dir nichts passiert ist. Komm, entspanne dich, essen wir erst mal was. Hast du Lust auf Tortellini?" Marta lächelte und hoffte, ihre Sorgenfalten zu verber-

gen. *Kann er das überhaupt? ... Ein Fachmann wäre unbezahlbar.*

Nach dem Imbiss nahm er eine andere Kelle und stieg mit einer Taschenlampe bewaffnet auf die Leiter. Sein Kopf und Oberkörper verschwanden im Deckenloch und man sah nur die Beine auf den unteren Sprossen.
„Da oben sieht's leer aus", befand er fachmännisch. „Reichst du mir den Putz?"
Als sie den Eimer holte, schaute Kurt von der Leiter aus auf die Straße und lachte plötzlich: „Sieh' mal, die Kelle wollte sich davon machen! Sie steckt im Fensterrahmen!"
„Zum Glück ist sie nicht jemandem auf den Kopf gefallen!"
Sie lachten, und statt weiter zu lackieren, sah Marta ihm gespannt zu, bis sie sicher war, dass er die Decke tatsächlich selbst flicken konnte.

Kurz vor dem dritten Semester fuhr Marta das erste Mal seit Studienbeginn nach Kiel. Sie rief Mutter nur alle paar Monate an, mehr aus Pflichtgefühl als aus einem Bedürfnis heraus. Es freute sie, dass sie inzwischen einige Freundinnen, zumeist Nachbarinnen des Schrebergartens, kennengelernt hatte. Mit einigem Erstaunen erfuhr sie, dass sie wegen dieser Kontakte sogar den Gottesdienst besuchte, obwohl sie keine gläubige Katholikin war.
Nach Jokas Tod hatte sich Mutter einen Kater aus dem Heim geholt. Marta nahm es ihr übel. Sie fand, dass damit die Ehre ihrer Hündin getreten wurde. Tomek, der Kater, das Aquarium und der Schrebergarten waren ihr Ein und Alles, Martas Studium wurde nicht thematisiert. Also besuchte sie ihre ehemalige

Dorfschullehrerin Erika und ihre Schwester Heike am Westensee, ging täglich schwimmen, traf ihre Schulfreundinnen, oder schlenderte ohne Geld im Portemonnaie durch die Stadt. *Müsste ich mich nicht anders benehmen als Tochter?* Ihre Kommilitonen erzählten von ihren Besuchen bei den Eltern, den Familiendiskussionen, lobten das gute Essen. *Und wir? Wir sind, glaub' ich, ziemlich komisch. Vielleicht koche ich heute für uns.*
Gesagt, getan, suchte sie den Blumenkohl im Kühlschrank. Vergeblich. *Der muss dort sein!*
„Ich kann ihn nicht finden!"
„Guck' noch mal", antwortete Mutter.
Sie fand alles Mögliche, nur nicht das, was sie suchte.
„Ich sehe ihn nicht ... Moment ... Doch!"
Sie nahm eine in Zeitungspapier gepackte Kugel aus dem Kühlschrank, wickelte sie vorsichtig aus ... Und ließ sie angewidert zu Boden fallen.
„Mutter! Ich fass' es nicht! Das ist ... Das ist eine Schildkröte! Das kannst du doch nicht tun, das Tier braucht Sauerstoff. Du hast sie umgebracht!"
„Ich helfe nur nach – im Garten ist es zu warm und im Kühlschrank kann sie ihren Winterschlaf halten", sagte Mutter und blieb auf dem Sessel sitzen.
Marta schüttelte den Kopf. „Ich möchte nicht wissen, was du noch für wundersame Sachen im Kühlschrank hast." *Bald bin ich bei mir zu Hause, dort herrscht weder ein furchtbares Durcheinander noch Schmutz.*

In Berlin begrüßte Kurt Marta einen Nanometer kühler, als sie erwartet hatte. *Ich bin vermutlich übermüdet.* Er berichtete

von den restlichen Arbeiten in der Wohnung, in die sie in wenigen Tagen gemeinsam umziehen wollten.
Der Sex fühlte sich anders an als sonst, sie wusste aber nicht, warum.
„Geht's dir gut?", fragte sie ihn danach.
„Klar, besonders jetzt, da du wieder da bist", antwortete er und küsste sie.
„Was lief sonst noch in den letzten Tagen?" Sie richtete sich auf und bedeckte ihre nackten Schultern mit der Decke.
„Nichts Spezielles."
Er schaute an ihrem Ohr vorbei, sein Gesichtsausdruck kam ihr verändert vor. Sie neigte nicht zu Misstrauen, aber plötzlich wusste sie es:
„Es gab eine Andere", sagte Marta. Sie erschrak vor sich selbst. Wollte sie das wirklich wissen? Was, wenn es stimmte?
„Wie kommst du denn darauf?"
Denkt er, dass ich hysterisch und eifersüchtig bin? Sie schluckte. Sie musste es wissen. Bevor sie mit ihm in eine Wohnung zog. Sie würde nicht mit einem Mann zusammenleben, der ihr schwerwiegende Dinge vorenthielt. „Stimmt es?", fragte sie langsam und leise.
„Da war nichts."
Marta atmete tief durch. „Hör' mal, ich hab' keine Erfahrung mit so was, aber ich ziehe die Wahrheit vor."
„Du bildest dir da 'was ein."
Sie war wild entschlossen. „Mein Gefühl sagt mir etwas anderes. Es trügt mich normalerweise nicht."
Kurt setzte sich auf und knitterte die Bettdecke. „Okay. Wie du meinst: Ja, da war jemand."
Marta schwitzte plötzlich. „Also täusche ich mich nicht."

„Aber ... Sie wollte es!"
Sie hätte fast gelacht. „Du Armer, sie wollte es ... Du armer Tropf", sagte sie und begann leise zu weinen.
Er tippte ihre Hand an, aber sie wehrte ihn ab.
„Wie oft?"
„Zweimal, aber es kommt nicht wieder vor, ich verspreche es."
Sie zeigte in Richtung Tür. „Besser, du lässt mich allein."
„Das war ein Ausrutscher!"
„Einmal wäre einer. Möglich. Aber so ... Das hört sich an, wie in einem billigen Film", sagte Marta leise und verzog die Mundwinkel.
„Was kann ich tun?", sagte Kurt. Er wirkte geknickt, und das ärgerte Marta. Als ob er es war, der jetzt Mitleid brauchte.
„Ich weiß es nicht. Geh jetzt, bitte."
Wie sollen wir eine Zukunft in einer gemeinsamen Wohnung aufbauen, wo er schon nach so kurzer Zeit fremdgeht? Ich dachte, wir sind eins.
Marta weinte, bis sie irgendwann erschöpft einschlief.

Das Gedankenkarussell ging weiter, als sie am nächsten Morgen erwachte: *Trennung ... Wohnung ... Eifersucht ... Offene Beziehung ... Vertrauen ... Trennung ....*
Im Gegensatz zu den anderen wälzte Marta, genau wie der unnahbare Kaito, ihre Bücher öfter tagsüber in ihrem Zimmer.
Sie machte es sich mit dem zischenden Samowar gemütlich, aber es fiel ihr schwer, sich aufs Lernen zu konzentrieren, und so beschloss sie, sich mit einem Sandwich abzulenken.
Als sie die Küche betrat, sah sie schon, die immer, selbst an Wochenenden, in ein weißes Hemd und eine schwarze Hose

gekleidete Gestalt. Der magere, eigenartig gebeugte Japaner richtete sich hastig auf. Er hielt ein Schnapsglas in der Hand.
„Na, wie geht's?", fragte sie ihn ein wenig verstört.
„Gut, gut", stotterte Taemin Yun stärker als sonst. Er öffnete sein mit asiatischen Fertigsuppen vollgestopftes Schrankabteil und ließ rasch das Glas dazwischen verschwinden.
Das hätte ich nicht sehen sollen. Das erklärt, wie scheu und angespannt er ist. Marta fühlte sich auf einmal noch schlechter als vorher. Die Asiaten im Wohnheim tranken immer heißes Wasser, Taemin Yun hingegen literweise Kaffee.
Soll ich ihn darauf ansprechen? Nein, es geht mich nichts an. Ich will ihn nicht beschämen. Er schuldet mir keine Erklärungen.
„Ich muss los, tschüss!", rief Marta, ging raus und widmete sich wieder ihren Büchern.

Als sie dann am Abend die Küche betrat, saß dort Kurt und unterhielt sich angeregt mit René, dem Kameruner. Martas Herz machte einen Satz. Sie vermisste ihn jetzt schon, vor allem ihre gemeinsamen Diskussionen.
„Hier in Berlin will ich mich von Abhängigkeiten befreien, die ewigen Erwartungen der Familie, der Vorgesetzten", sagte Kurt gerade.
„Was hat dir so zugesetzt?", fragte Marta und setzte sich.
„Alles lief immer in denselben Bahnen, auch bei der Arbeit – zunächst war's in Ordnung, dann plötzlich nicht mehr, daraufhin habe ich eine neue Stelle gesucht. Du nicht?"
„Nein. Ich hab' keinen Grund, mit dem Bisherigen zu brechen."
„Aber ich will frei sein und mir selbst Gedanken über die Welt machen", sagte Kurt.

René zeigte stumm auf seine Uhr, stand auf und verließ den Raum. Marta war erleichtert und gespannt, nach dem Krisengespräch von neulich wieder allein mit Kurt zu sein.

„Natürlich bin ich froh, nicht mehr zuhause zu wohnen, aber Berlin ist jetzt eine Station in meinem Leben, und ich verbrenne die Vorherige nicht."

„Ich habe oft das Bedürfnis, neu zu starten."

„Das stell' ich mir stressig vor. Du weißt, es war nicht meine eigene Entscheidung, Polen zu verlassen und der Beginn war schwierig. Und von wegen Freiheit im Westen: In Deutschland bin ich ebenso bald in Abhängigkeiten geraten. Ich find's normal, vor allem, je jünger man ist. Und sie waren mir mitunter nützlich."

Kurt zog die Augenbrauen hoch. „Nützlich?"

„Ja, im Sinne von: Wenn etwas unvermeidlich ist, geht man mit, passt sich an, und dann klappt ja das meiste, was man sich vorgenommen hat. Und innerhalb gesellschaftlicher Rahmen kommt man auch weiter."

„Aber du hast gegen den Kommunismus rebelliert."

„Ja, klar, weil der Kommunismus letztlich eine Diktatur war. Im Westen wählt man unter verschiedenen Sachzwängen aus, und die begrenzen auf ihre Art die Freiheit", sagte sie und fühlte sich Kurt wieder näher. Sie beschloss, die Nacht mit ihm zu verbringen.

Im Frühwinter des Jahres 1991 zogen Marta und Kurt endgültig um. Beim Packen kam die Fünfliter-Weinflasche im Korb, die sie von Heike bekommen hatte, zum Vorschein. Damit stießen sie mit den anderen zum Abschied an. Kurt zeigte ihr, wie man mit Holz und einer Säge umgeht. So zimmerte Marta sich einen wuchtigen Schreibtisch, zwei Schränkchen und ein drei Meter hohes Regal. Zusammen bauten sie in beiden Zimmern Hochbetten. Heike vererbte Marta auch einen alten, winzigen Fernseher, den sie ‚Briefmarke' nannte. Sie platzierte ihn auf einem Brett mit Rändern, damit das Gerät nicht umkippte, und befestigte es an der in den Raum hineinragenden Kante des Hochbettes. Heike gefiel, wo das Pantoffelkino hinkam. Für den Gegenwert von zwei Stück Butter erstand Marta auf einem Flohmarkt einen alten Ohrensessel. Sie schob ihn auf dem Fahrrad nach Hause. Marta bezog den Sessel mit einem bunten Jerseystoff und stellte ihn unter das Hochbett neben die Musikanlage. Die Farben passten gut zu den geometrischen Mustern, mit denen sie die Fensterscheiben in der Tür bemalte.

Die erste eigene Wohnung erfüllte Marta mit Stolz und veranlasste sie zum ersten Mal zu Gedanken über das Sesshaftwerden und die Wurzeln. Die asiatischen Studentenheimbewohner leben sogar in Berlin ihre Traditionen, dachte sie. Sven, der Kommilitone mit dem besseren Biochemiebuch, kam aus Stuttgart und redete etwas komisch, fremd für Marta. Er sagte nicht ‚arbeiten', sondern ‚schaffen' gehen, was sie zunächst belustigt hatte. Im ersten Moment nämlich dachte sie an das ‚Anschaffen', was so gar nicht zum Kontext passen wollte. Erst als klar wurde, dass dies ein Dialektausdruck für das Arbeitengehen war, verstand sie es korrekt. *Das sind seine Wurzeln, Heimat, und was ist mit meiner Herkunft? Vater zeigt sich offen für solche Dinge, Mutter hingegen hat einen Wall aus Tabus errichtet, der von allen als unumstößlich akzeptiert wurde. Wie war das noch mal mit ihren Deutschkenntnissen, mit Großtante Elisabeth, mit dem Aufenthalt im Konzentrations-*

lager Auschwitz? Mit ihrer häufigen Passivität, ihren vagen Äußerungen, ihrem Schweigen? Marta musste an die eigenen Fragen denken, die sie ihr nie zu stellen wagte. Kurts Interesse für die Philosophie und Psychologie färbte auf Marta ab, sodass auch sie in die Welt der Psychoanalyse eintauchte. Neben Werken von Siegmund Freud las sie auch Carl. G. Jung, Alfred Adler und weitere Pioniere auf diesem Gebiet. Sie hoffte, Mutter mit diesen Theorien besser zu verstehen, und ihr wurde klar, dass auch Kurt nach Antworten suchte. Er hatte ihr erzählt, dass er von seinem Opa über Jahre sexuell missbraucht worden war. *Was hat man Mutter angetan im KZ?* Marta suchte Antworten auf diese Leitfrage. In der Unibibliothek fand sie psychologische Aufsätze über Holocaust-Opfer. Es hieß, dass sie Mühe hatten, Gefühle zuzulassen und zu zeigen. *Oftmals überträgt sich dieses Unvermögen auf die nächste Generation, vielleicht wie bei uns?* Marta forderte beim Internationalen Roten Kreuz den Antrag für eine Personensuche an. Für Auskünfte aus Auschwitz sollte man die Häftlingsnummer des Betroffenen kennen. Marta hatte aber nie eine solche Tätowierung bei Mutter gesehen. Erst als sie begann, das Formular des Roten Kreuzes auszufüllen, realisierte sie, dass sie nur äußerst wenig wusste. Als sie die Frage nach dem Todesdatum der gesuchten Person sah, dachte sie: *Das ist gefährlich. Mutter lebt, und ich bekomme vermutlich keine Informationen über sie, ohne sie zu fragen.*

Aber genau das wollte sie nicht. Mutter hatte ihre Vergangenheit immer tabuisiert. Womöglich aus gutem Grund? Enttäuscht und ohnmächtig vernichtete Marta den Vordruck. *Ich werde es nie herausbekommen.*

6. Der Beginn (1984, Deutschland)

Als sie in Friedland den langen, erstaunlich leisen Zug Richtung Kiel bestiegen, wurde Marta klar, dass erst jetzt das neue Leben beginnen würde. Sie hatte noch nie so saubere Toiletten gesehen, in denen es sogar Klopapier gab. Die ordentlich abgeteilten Felder in der flacher werdenden Landschaft und das friedlich weidende Vieh aus dem spiegelblanken Fenster erschienen ihr märchenhaft. *Ist das der bunte, bessere Westen?*
Der Kieler Hauptbahnhof war sauber und die Luft frisch. Mutter erkundigte sich in fließendem Deutsch nach dem richtigen Bus, und wieder staunte Marta, woher sie diese Sprache konnte. Nach knapp dreißig Minuten sanftem Schaukeln in bequemen Polstersesseln stiegen sie in Jägerslust aus, westlich von Kiel. Die freundliche Direktorin des Aussiedler-Lagers, Frau Schneider, eine ältere, gepflegte Dame, zeigte ihnen die Unterkunft. Man betrat das Bungalow-Appartement durch die Küche und sah zunächst den rostenden Kochherd, neben dem sich Bratpfannen und Töpfe stapelten. *Das ist ja ein Gebäude! Kein Riesenzelt!* Im einzigen, aber geräumigen Zimmer standen ein Kleiderschrank und ein Schreibtisch. Marta wählte für sich das obere Schlafgemach des Etagenbettes, Tomek musste somit das untere nehmen, Mutter durfte sich auf dem Ehebett ausbreiten. Nicht ein Bild hing an den gelblichen Wänden, die Fußböden bedeckte hellgraues Linoleum, die Toilette und die Dusche im Korridor benutzte man gemeinsam mit den Nachbarn. Frau Schneider gab ihnen Bettwäsche, erklärte, wo sich der nächste Laden befand, und ließ sie allein. Sie fuhren mit dem Bus nach Achterwehr und kauften dort die notwendigsten Lebensmittel. Erschöpft gingen sie dann früh zu Bett. Aber der

gummiartige Geruch des Zimmers und die vielen Gedanken an die unklare Zukunft hinderten Marta lange am Einschlafen. Sie sagte sich aber, dass diese Unterkunft ganz sicher der Superluxus schlechthin im Vergleich zu einem Konzentrationslager war. *Eigentlich verbietet sich jegliche Gegenüberstellung. Wie muss Mutter zumute sein, hier in Deutschland, im Feindesland?* Am nächsten Tag durften sie sich im Magazin einige gebrauchte Kleidungsstücke aussuchen – sie waren sauber und bunt, und da Marta dünn war, passte alles wunderbar. Eine knallrote, jeansartige Hose war für sie das Nonplusultra; in Polen trug man dunkle Farben. Sie fühlte sich sehr begütert. Noch nie hatte sie so viel Kleidung gehabt.

Dann sammelten die Kinder Holz für den Ofen und Mutter kochte Kartoffeln mit Spinat. Nach dem Essen schnappte sich Tomek das Lagerfahrrad und verschwand im Wald. Als Marta mit dem Abwasch begann, sagte Mutter:

„Wir bleiben hier, solange wir noch keine Wohnung haben."

„Wie viel Jahre?", fragte Marta.

„Hier in Deutschland geht's schnell, aber wir müssen eine suchen."

„Hier auf dem Land?"

„Nein, in Kiel, wo eure Großtante lebt."

„Wann besuchen wir sie?"

„Demnächst, aber zuerst fangt ihr mit der Dorfschule an."

„Wo? Und wie kommen wir dahin?"

„Mit dem Schulbus", sagte Mutter und begann, sich eine Zigarette zu drehen.

Frau Rentsch, die Lehrerin in der Dorfschule, eröffnete der Klasse:

„Das sind Marta und Tomek. Begrüßt eure neuen Mitschüler."
Schweigend lächelten einige die an der Tafel stehenden Zwillinge an. Später machte Marta sich Sorgen wegen der Sprache, weil die anderen sehr schnell redeten. Dennoch versuchte sie, sich einiges zu merken und sich möglichst aktiv am Unterricht zu beteiligen, aber bei so geringem Wortschatz blieb es Wunschdenken. Einzig in Mathematik meldete sie sich gleich, da sie den Stoff schon kannte. Es fühlte sich seltsam an, den Weg zum richtigen Resultat nicht erklären zu können. Der wohlwollend dreinblickende Lehrer strahlte beim Anblick der Lösung und seine Wangen erröteten. *Komisch, hier bleibt man sitzen beim Antworten, und nickt zur Begrüßung, und ‚Guten Tag' sagen die Mädchen ohne einen Knicks!*
Die Zwillinge bekamen ein Heft mit einfachen Texten und deutscher Grammatik. Marta arbeitete es innerhalb von drei Tagen durch und versuchte, sich alle Begriffe, die im hinteren Teil ins Polnische übersetzt waren, zu merken. Statt ins Buch schaute Tomek seine Zwillingsschwester an. Sie erstellte sich Tafeln mit Grammatik und Beispielsätzen, die sie an Türen, Wänden und sogar in der Gemeinschaftstoilette aufhängte. Das half ihr, die Regeln und Ausnahmen zu lernen. Als sie eines Tages Frau Schneider sah, sagte diese zu ihr:
„Ich arbeite schon zwanzig Jahre hier, aber ich habe noch nie so eine pfiffige Idee gesehen!"
Marta barst vor Stolz.

Am Wochenende fuhren die Danutowskis das erste Mal nach Kiel, um Großtante Elisabeth kennenzulernen. Von Mutter wussten die Zwillinge, dass sie kinderlos und seit dreißig Jahren verwitwet war. Die alte Dame musterte sie zunächst genau, gab ihnen steif die Hand und redete sie auf Deutsch an. *Wieso kann sie kein Polnisch, wenn wir doch verwandt sind?* Sie sah gut aus für ihre 89 Jahre. Ihre grauen, prächtig gelockten Haare umgaben das bleiche Gesicht, die dicke Brille vergrößerte ihre hellblauen Augen so sehr, dass sie wie eine gespenstische Eule aussah. *Mutter hat dieselbe Augenfarbe!* Tomek bearbeitete die ganze Zeit schweigend die Fäuste mit seinen Zähnen, Marta versuchte, in der Küche zu helfen und den Kaffeetisch zu decken. Aber sie schien es nicht wunschgemäß zu tun. Als die Erwachsenen sich angeregt auf Deutsch unterhielten, fühlte Marta sich ausgeschlossen. *Die beiden wirken vertraut miteinander...*

In der dritten Woche gab Marta Mutter nach der Schule einen Brief. „Von Frau Rentsch."
Auf zwei Seiten informierte die Lehrerin die Familie über den bevorstehenden Tagesausflug. Es ging nach Kiel-Laboe zum Marine-Ehrenmal für die in den beiden Weltkriegen gefallenen deutschen Soldaten.
„Ich frage Frau Schneider, ob sie eine Landkarte hat", sagte Marta und lief herüber zur Lagerleiterin. Nach einer Stunde zeigte sie Tomek triumphierend Broschüren über das Denkmal. Die Lehrerin stand am Bus für den Ausflug nach Laboe und begrüßte jeden Schüler mit einem Handschlag. Das hatte Marta dermaßen beeindruckt, dass sie vergaß, auf den gewohnten Knicks zu verzichten. In Polen gab man sich in der Schule nicht die Hand. Frau Rentsch strahlte beim Anblick der Flyer mit Übersichtskarten, die die Zwillinge zusätzlich zum Proviant mithatten.

Als sie das berühmte U-Boot und dann das Denkmal besichtigten, imponierte es Marta, wie leichtfüßig die schlanke Lehrerin die vielen Stufen hinaufstieg. Sie war wohl in Mutters Alter, kam ihr aber viel beweglicher vor.

Danach nahmen sie die Fähre. Während des Ausflugs suchte Frau Rentsch öfter das Gespräch mit Marta, wobei sie langsam und deutlich sprach, und einfachere Begriffe vorschlug. Mit ihrem dürftigen Wortschatz, den sie mit ihren Händen ergänzte, schilderte Marta den schwierigen polnischen Alltag. Einmal zeichnete sie die Vokabel, die sie gerade gehört hatte, in die Luft oder bat die Lehrerin, sie zu buchstabieren. Da nahm Frau Rentsch diese Idee auf und ‚schrieb' das Wort auf der metallenen Reling. Marta verfolgte die Bewegungen ihrer Hand genau und versuchte, sich alles einzuprägen, indem sie es gleich benutzte. Es beeindruckte sie, dass die Lehrerin sich so für das Leben in Polen interessierte.

„Marta, was machen eure Eltern beruflich?"

„Mutter hat Pädagogin in einem Internat geistig behinderte Kinder", antwortete sie mit den neuen Wörtern, die sie in Friedland gelernt hatte.

„Hat sie schon eine Arbeit hier gefunden?"

„Nein."

„Und euer Vater?"

„Wir haben keinen Vater", sagte Marta und war erleichtert zu sehen, dass der Bus gerade gekommen war, um die Kinder wieder nach Felde zu bringen.

Erschöpft kamen die Zwillinge abends im Lager an, und Marta genoss das schöne Gefühl, sich in der fremden Sprache einigermaßen verständigen zu können. Zum ersten Mal seit der

Ausreise dachte sie: Es wird gut. *Jetzt kommt's auf dich an, du musst das Beste daraus machen.*
Jeder in der Familie begann still sein neues Leben.

Zwei Tage später bat Frau Rentsch Marta nach dem Unterricht zu sich.
„Ich möchte eure Mutter kennenlernen, vielleicht bei Kaffee und Kuchen bei mir zu Hause?"
„Oh, vielen Dank. Ich frage sie."
„Gut, sag mir Bescheid."
Mutter sagte zu. Marta war entsetzlich nervös, aber auch neugierig, als Frau Rentsch die Danutowskis mit ihrem roten VW-Golf im Lager abholte. *So eine schöne Farbe für ein Auto!* Sie stiegen direkt auf einer weitläufigen, wilden Wiese am Ufer des Westensees aus und begaben sich zu einem ländlichen Haus. Marta gefielen das Strohdach, die saubere Fassade und die einladenden Fenster. Auf der geräumigen Terrasse erblickte sie einen gedeckten Tisch unter einem beigen Sonnenschirm.
Mutter betrachtete entzückt den gepflegten Steingarten, der schweigende Tomek wich Marta nicht von der Seite. Sie selbst hatte das Gefühl, sie wäre in einem Film. Die Lehrerin und Mutter unterhielten sich angeregt bei einem Kaffee, die Zwillinge durften ihren Orangensaft direkt am dicht bewachsenen Seeufer trinken. Sie versuchten, so brav wie möglich zu sein, und überlegten gerade, ob es erlaubt wäre, barfuß in den See zu stapfen, als Mutter Marta zu den Erwachsenen rief. Aufgeregt eilte sie zu ihnen.
„Das ist Frau Hansen, meine Schwester", sagte Frau Rentsch zu Marta und zeigte auf eine unbekannte Dame, die Marta die

Hand gab. Überrascht machte sie den Knicks, räusperte sich und hauchte nervös: „Guten Tag, ich heiße Marta."
„Hallo Marta, ich habe gehört, dass du schnell lernst?"
„Ja, etwas. Ich möchte in Gymnasium, ich möchte Studia Medizin."
Frau Hansen lächelte. „Ich unterrichte an einem Gymnasium in Kiel. Würdest du gern dort zur Schule gehen?"
„Oh, Danke schön! Sie Bitte!", sagte Marta in unbeholfenem Deutsch.
„Du musst aber Geduld haben, Marta. Ihr habt noch keine Wohnung in Kiel, darum müssen wir mit der Schulbehörde sprechen", betonte Frau Rentsch.
Glücksgefühle durchströmten Marta, obwohl sie nicht alles verstanden hatte.
„Besuch mich doch mal, Marta! Ich wohne auch hier." Frau Hansen zeigte zuerst auf ein Fenster im oberen Stock, dann auf eine Tür an der Seitenfassade des Hauses.
In der Nacht träumte Marta von einem Blatt Papier, auf dem das Wort ‚MEDIZIN' stand. Sie erwachte mit klopfendem Herzen. *Wir haben ja gar keine Zeugnisse aus Polen dabei. Ich muss zeigen, dass ich auf ein Gymnasium gehöre!*

Der fünfzehnte Geburtstag der Zwillinge, der erste in Deutschland, fiel auf einen Donnerstag, und am Vorabend überredete Marta die ganze Familie, ihr beim Backen zu helfen. Bis in den späten Abend hinein produzierten sie zu dritt Plätzchen – stundenlang, weil der mit Holz befeuerte Ofen eine wahre Herausforderung war. In der Schule kam diese Geste gut an, und zu ihrer Überraschung schenkte ihnen Frau Rentsch Malfarben, Blöcke und Pinsel. Und wieder machte Marta ihren Knicks und wiederholte mehrfach ‚vielen Dank'.

Nach jedem Besuch bei Großtante Elisabeth bestaunten die Danutowskis in Kaufhäusern Dinge, von denen sie nicht wussten, dass es sie gab oder von denen sie zwar geträumt, sie aber bisher nie gesehen hatten. Offensichtlich brauchte man keine Bons dafür und musste nicht Schlange stehen.
Man sucht sich im Laden einfach nur das Gewünschte aus, bezahlt und schon gehört es einem. Aber die Preise, die unterscheiden sich ... Plötzlich erwachte in Marta eine alte Sehnsucht nach einem Gerät zum Musikabspielen. In Polen hatten früher nur wenige ein Magnetspulengerät oder einen Plattenspieler und einige Schallplatten besessen. Als Kassettenrekorder aufkamen, avancierten sie sofort zum absoluten Nonplusultra. Ihr bester Freund Adam und seine Schwester Ewa hatten einen bekommen, wobei es in Polen nicht die Frage des Preises war, sondern wie man einen solchen erstehen konnte. Im Gegensatz zu Marta kannten ihre Mitschüler sich mit den angesagten Musikgruppen aus und hängten sich Poster mit Popbands an die Wände, auch wenn sie keinen Rekorder hatten. Mutters Plattenspieler war vor Jahren kaputt gegangen und das klapprige Radio mit seiner instabilen Antenne spielte Lieder, die Marta nicht gefielen. Es machte ihr zwar sonst nichts aus, weniger als andere zu besitzen. Aber auf einen Kassettenrekorder war sie neidisch. Dagegen half auch nicht, sich einzureden, dass sie sich vor allem für Klassik interessierte, nicht nur für Popmusik.
Als sie nach einem solchen Ausflug ins Kaufhaus im Bus auf dem Rückweg ins Lager saßen, holte Marta tief Luft und sagte voller Anspannung zu Mutter: „Ich hätte soooo gern einen Kas-

settenrekorder." Früher hatte an allem Mangel geherrscht. Jetzt hatte sie mehr als das Notwendigste und begehrte noch mehr. *Ich sollte mich schämen. Aber ich wünsch' ihn mir so sehr!*
„Wir könnten uns beim nächsten Besuch bei Großtante Elisabeth in Kiel umschauen", sagte Mutter.
Sie hat keine Einwände! „Haben wir genügend Geld dafür?", fragte Marta bange.
„Wir sehen uns erst mal um."
„Oh, ja!" Marta sprang kurz auf ihrem Sitz auf.
Einige Tage später war es soweit: Sie betraten ein Warenhaus erstmals mit der Absicht, etwas zu kaufen und nicht nur, um Dinge anzuschauen!
Im vierten Stock sahen sie ein Meer aus technischen Geräten: Toaster, Radios, Bügeleisen, Kühlschränke, Nähmaschinen, Mixer. Es überforderte Marta, auch wenn es spannend war.
Tomek und Mutter gingen schweigend hinter ihr her. Über eine Stunde lang fasste sie alles an, verglich die Preise und bildete sich ein, viel Sachkenntnis darüber zu haben.
„Der hier kostet wenig und hat eine Radiofunktion", sagte sie schließlich.
Tomek strich dem Kasten über die Oberfläche, als wäre er ein Kater und meinte: „Oh ja, sehr gut!"
„Ist er nicht zu teuer?", fragte sie Mutter.
„Nein."
„Wirklich? Wir nehmen ihn! Aber wir brauchen noch eine Kassette!", rief Marta.
Nach einer weiteren halben Stunde gingen sie zur Kasse, und es fühlte sich großartig an, den stattlichen Karton anzufassen. Im Bus legte Marta den allerbilligsten Kassettenrekorder stolz auf

den Schoß, um ihn vor einem Sturz zu schützen. Sie hatte gerade klar realisiert, dass niemand in Polen den Preis oder die Qualität des gekauften Gegenstandes oder Lebensmittels vergleichen konnte, weil es im Kommunismus keine Wahl gab. Man fragte sich, ob etwas erhältlich war, hier aber: Ob es erschwinglich war. Das war neu. Und die ständig sichtbare Werbung verkomplizierte alles zusätzlich.

Im Lager angekommen, packte sie ungeduldig das ersehnte Gerät aus, legte eine Kassette ein und wartete gespannt auf Musik. Außer einem Rauschen hörte man aber nichts. Tomek zuckte mit den Achseln und gesellte sich zu Mutter, die Käsebrote aß.

Adam hat auf einen Knopf gedrückt, und schon liefen die Songs! Entschlossen verlegte Marta ihre Bettdecke vom Bett auf das schmale Sofa in der Küche und nahm sich Bedienungsanleitung des neu erstandenen Gerätes vor. Mit ihrem kargen Wortschatz war der Text jedoch schwierig zu begreifen. Mutter und Tomek gingen schlafen. Nach einer weiteren Stunde erkannte Marta, dass sie das Band zurückspulen musste, um das Resultat ihrer Bemühungen zu überprüfen. *Oje, das ist ja nur Rauschen, was ich da aufgenommen habe! Was mach' ich falsch?*

Eine gefühlte Ewigkeit später gelang es ihr, zunächst den gewünschten Sender präzise einzustellen und erst danach Musik aufzunehmen. Jetzt, wo es klar war, war es ihr peinlich, dass sie etwas so Simples nicht wusste.

Am nächsten Tag präsentierte sie Tomek den Ablauf und bemühte sich, dabei möglichst selbstverständlich wirken zu lassen. Er interessierte sich aber nicht dafür. *Super, ich kann den Rekorder also als meinen betrachten.*

Am Abend beschloss Marta, Frau Hansen nach der Schule zu besuchen – schließlich hatte sie sie eingeladen. Die beiden schwammen zunächst im See und nahmen dann auf der Terrasse Platz. Leider gab es keine Neuigkeiten zum Thema Gymnasium. Als die Lehrerin in der Küche verschwand, blickte Marta auf die glatte Wasseroberfläche. Zwei Wolken spiegelten sich darin, und eine wohlige Wärme breitete sich in ihr aus. *Das ist ein Paradies, dieses Haus, diese Ruhe. Als hätte hier niemand irgendwelche Sorgen.* Sie ging hinein ins Wohnzimmer und blieb beim Klavier stehen, neben dem sich ein Regal befand. Mit dem Handrücken strich sie zärtlich über die vielen sich dort befindlichen Schallplatten und Notenhefte. *Ich hab' noch nie so viele davon bei jemandem gesehen.* Als ihre Gastgeberin mit Plätzchen und Saft zurückkam, fragte sie zaghaft:
„Können Sie spielen? Für mich?"
„Du meinst: Vorspielen? Was möchtest du hören?", hieß es zu ihrem Erstaunen.
„Chopin?" Natürlich wünschte sie sich etwas von ihrem Landsmann.
Frau Hansen suchte die passenden Noten heraus, setzte sich ans Klavier und trug eine Nocturne vor. Das hatte Marta noch nie erlebt.
„Vielen Dank! Ich liebe Klassik und wollte früher Klavier spielen. Die Wohnung war nass, oder wie sagt man das? Die Lektionen nicht bezahlen. Wir kaufen ..., nein, gekauft das Kassettenrekorder", sprudelte es nur so aus ihr heraus, ohne auf richtiges Deutsch zu achten.
„Schön", sagte die Lehrerin und stand auf. „So, aber jetzt muss ich noch etwas für die Schule tun. Komm ruhig wieder einmal vorbei."

Sie radelte beschwingt zurück nach Jägerslust und die Nocturne ging ihr nicht mehr aus dem Kopf. Und die unentwegte Frage nach dem Gymnasium.

Die Gespräche mit Frau Hansen übten eine nahezu magische Anziehungskraft auf Marta aus. Sie fühlte sich angenommen und konnte sich nach der anfänglichen Nervosität bald einmal entspannen, wenn sie sie besuchte. Einige Tage später badete sie erneut im Westensee und trank danach einen Saft bei Frau Rentschs Schwester. Dieses Mal achtete sie darauf, nicht allzu lange zu bleiben, um nicht unhöflich zu wirken. Beim Abschied zeigte die Lehrerin auf einen Plastikbeutel und sagte: „Ich habe klassische Werke von Schallplatten überspielt, unter anderem das ‚Musikalische Opfer' und ‚das Wohltemperierte Klavier' von Bach und einiges von Chopin."
„Oh, schön."
„Vielleicht gefällt dir die Musik."
„Mir?"
„Diese Kassetten sind für dich."
Marta war so überwältigt, dass sie kein Wort herausbekam. Von da an spielte sie diese Musik Abend für Abend auf ihrem Kassettenrekorder. Sie ließ den Tag vor ihrem geistigen Auge Revue passieren und versuchte, Ruhe zu finden. Die Musik erheiterte ihre Seele im ersten, dunklen Herbst in Deutschland und zauberte ihr eine Art Heimat, als sie sie in den unruhigen Schlaf wiegte.

Im August durfte Marta endlich ans Gymnasium wechseln, in die Bettina von Arnim-Schule in Kiel. Ihre Klasse empfing sie freundlich und Marta war erleichtert, dass Frau Hansen sie nicht unterrichten würde. Sie wollte nämlich auf keinen Fall, dass der Verdacht auf Bevorzugung aufkam. Die Stunden verflogen im Nu, doch in den Pausen fühlte Marta sich fremd. Sie spazierte herum, beobachte die Mitschüler, sah genau, was sie aßen und wer mit wem zusammenstand. Auf dem Weg zurück ins Lager schlief sie regelmäßig ein im Bus, obwohl sie Angst hatte, ihre Haltestelle zu verpassen.

Obwohl es mittlerweile zu kalt fürs Schwimmen wurde, besuchte Marta weiterhin manchmal Frau Hansen und genoss, mit ihr bei einem Glas Apfelsaft über dies und jenes zu sprechen.
„Wie lange brauchst du für deinen Schulweg?", fragte die Lehrerin.
„Eine gute Stunde."
„Oh, lang."
„Das macht nichts."
„Und die Wohnungssuche?"
„Keine Wohnung. Das Amt hat schon zwei vorgeschlagen. Aber ich wollte sie nicht."
„Hat deine Mutter das nicht entschieden?"
„Ich finde sie nicht gut." Es ärgerte sie, sich nicht richtig ausdrücken zu können.
„Hm. Und wie geht's in der Schule?" Frau Hansen zündete sich eine Zigarette an.
Danach hat Mutter mich nie gefragt. „Ich lerne viel."
„Und die Freizeit?"
„Ich lese, wiederhole ..."
„Ich meine ein Hobby."

„Keine Zeit. Ich möchte bald echte Noten bekommen. Ich höre Ihre Musikkassetten."
„Du kannst nicht nur lernen, Marta."
„Aber …"
„Wäre Sport keine gute Idee? Du hast doch in Polen Volleyball gespielt?"
„Ja, im Verein."
„Hier in Felde gibt's ein Frauenteam."
„Na ja …"
„Es würde dir guttun."

Als Marta wenige Tage später das erste Mal beim Volleyball-Training der Frauenmannschaft mitmachte, merkte sie schon beim Aufwärmen, wie ihr das Spiel, das Team, die Bewegung gefehlt hatten. Frau Hansen hatte recht.

„Großtante Elisabeth würde sich freuen, dich zu sehen", sagte Mutter eines Tages, als Marta gerade ihre für den nächsten Tag gepackte Schultasche an die Tür stellte.
„Ich besuche sie morgen nach der Schule, es ist ja nicht weit", meinte Marta.
„Gut, schau', ob sie Hilfe braucht."
„Okay."
Zwar verkürzten die bald täglichen Besuche Martas wertvolle Zeit zum Lernen, aber sie waren zugleich eine Chance, die alte Dame näher kennenzulernen. Vielleicht fand sie so etwas darüber heraus, wie es kam, dass sie verwandt waren oder warum Mutter fließend Deutsch konnte. Aber Großtante Elisabeth interessierte sich mehr für die Ersparnis, wenn sie jeweils am Ende des samstäglichen Wochenmarktes vom Händler eine

Tüte voller überreifer, braun gefleckter Bananen für eine D-Mark erstand. Marta hörte ihr schweigend zu, aß Hühnerbrühe aus der Dose, nickte hin und wieder und wartete, bis sie genüsslich rülpste. Das war das Zeichen für Marta, die Vorhänge zuzuziehen, denn die Großtante legte sich für ihren heiligen Mittagsschlaf auf das Sofa. *Die Augenmaske sieht ja albern aus!* „Schlaf schön, bis morgen!", rief Marta und schloss die Tür leise hinter sich. Mutter war zufrieden.

Im Spätherbst war es soweit, die Danutowskis hatten eine Wohnung bekommen. Frau Rentsch holte die Familie mit ihrem roten Auto ab, um sie gemeinsam anzusehen. Die neue Bleibe befand sich in einer Neubausiedlung in Elmschenhagen, im östlichen Kiel. Marta fand sie sagenhaft. Drei Zimmer! Und es roch noch nach frisch geklebter Tapete, und das blau gefliesete Bad wirkte gediegen. *Boah, ein nagelneuer Herd mit Backofen! Und die modernen Fenster!* Frau Rentsch nahm einen Picknickkorb aus dem Kofferraum und sie alle setzten sich auf den Fußboden. Dann weihten sie mit Saft, Kaffee und selbst gebackenem Kuchen die ersten eigenen vier Wände in Deutschland ein.

„Am Samstag schlafe ich hier", kündigte Marta an.
„Aber hier ist es kalt und leer", sagte Frau Rentsch.
„Macht nichts! Ich kann auf dem Flokati-Teppich schlafen, den mir Frau Hansen geschenkt hat."
„Sie zieht durch, was sie sich in den Kopf setzt", stellte Mutter fest. „Immer."
„Ich will mal alleine hier sein", sagte Marta und freute sich, dass Tomek nicht mitkommen wollte.

Bevor sie losfuhr, legte sie ein Buch, eine Zahnbürste, einen Pyjama und eine Taschenlampe in den Korb des Lager-Fahrrades. Oben drauf band sie den flauschigen, zusammengerollten Teppich fest. In den Rucksack steckte sie einen Pullover, dicke Socken und Verpflegung und fuhr von Jägerslust nach Kiel. Während der fünfundzwanzig Kilometer kippte das Fahrrad dreimal um, aber das kümmerte Marta nicht.
Später, bei Chips und Schokolade, entwarf sie die Ausstattung ihres künftigen Reiches. Ihr Buch war in dieser Situation uninteressant. Um der Kälte zu begegnen, zog sie über dem Pyjama ihre Kleidung an und machte Kniebeugen. Die Teppichhaare kitzelten, und ihre Finger rochen nach Salz und Kakao, als sie müde, aber glücklich einschlief. Am nächsten Morgen stand sie mit den ersten Sonnenstrahlen durchgefroren und niesend auf. Das wird gut, dachte sie, und radelte hungrig zurück nach Jägerslust.
Bald darauf bot Frau Hansen Marta an, mit ihr in ein Möbelgeschäft zu fahren. Marta lehnte vor lauter Rührung ab, aber Frau Rentsch versicherte ihr, dass ihre Schwester es ernst meinte und gern helfen wollte. So suchten die beiden ein Holzregal mit Schreibtisch und das Bett aus, was Mutter mit einem zinslosen Darlehen der Stadt Kiel bezahlte. Marta konnte den Umzug kaum abwarten, und als es soweit war, fühlte sie sich wie im Paradies. Ihr kleines, aber lichterfülltes, quadratisches Zimmer wirkte dank dem beigen Flokati-Teppich und der hellen Gardinen von Frau Hansen gemütlich. Und der Schulweg hatte sich halbiert.

Tomek wechselte von der Dorfschule für ein Jahr in ein Internat in Plön, um Deutsch zu lernen. Freitags summte Mutter

ihren Musik-Ohrwurm, wenn sie seine Lieblingssuppe kochte, während er fürs Wochenende nach Hause radelte.
Irgendwann begriff Marta, warum die Jungen aus der Nachbarschaft sich um ihn zu scharen begannen – sie bewunderten ihn, und er führte sie in die Welt der Zigaretten und des Kiffens ein. Merkwürdig fand sie, dass niemand deswegen schimpfte. Zu Martas Freude begann Tomek mit dem koreanischen Tae-Kwon-Do-Training und ließ sie fortan in Ruhe. Sie hingegen trat dem Elmschenhagener Volleyballverein bei und durfte gleich bei der winterlichen Wettkampfsaison mitmachen.

Martas Kopf brummte, als sie an diesem regnerischen Spätnachmittag nach der Schule unterwegs zur Bushaltestelle war. Heute hatte sie alles besonders schwierig gefunden und freute sich schon darauf, zuhause zunächst einmal eine Runde zu joggen, bevor sie ihre Hausaufgaben machen würde. Als sie hinter sich jemanden hecheln hörte, dreht sie sich um und sah Britta, neben der sie in der Klasse saß. Sie bestiegen den Bus, der gerade kam, nahmen Platz direkt hinter dem Fahrer und Britta sagte: „Am Mittwoch ist Chorprobe, machst du mit?"
„Ich habe nicht singen." *Oder muss es gesangen heißen?*
„Das macht nichts. Übrigens: Gesungen."
„Gesungen."
„Das ist kein Problem, glaube ich."
„Meinst du?"
„Ja, komm einfach mit. Und danach gehen wir zu mir", sagte Britta und lachte ermunternd.
Marta wurde nervös vor lauter Freude, erzählte zu Hause aber nichts davon, weil sie keine Lust auf Mutters vage Reaktion hatte.

Die Chorprobe machte richtig Spaß, vor allem das Einsingen, das die Musiklehrerin witzig gestaltete. Britta war Einzelkind und verfügte über ein imposantes Dachgeschosszimmer. Es bot Ruhe und genügend Raum für alle vier: Marta und Silvia sowie Daniela, zwei weitere Mädchen aus der Klasse. Es war perfekt für ihre private Gesangsprobe. Marta genoss diese neue Welt und freute sich auf jede der ‚Sessions', wie sie die Zusammenkünfte nannten. Und sie fühlte sich dazugehörig.

Eines Tages hörte Marta in einer der großen Pausen, wie drei Mitschülerinnen, zu denen sie keinen näheren Kontakt hatte, sich zum Zwiebelkuchenbacken verabredeten. *Was für eine tolle Idee!* Und wieder einmal realisierte sie, wie anders die Familien ihrer Klassenkameraden waren. Ihre Mütter nahmen sich Zeit für sie und pflegten das Zuhause. *Und meine Familie? Wir essen im Alltag nicht einmal gemeinsam, geschweige denn, dass die Wohnung ordentlich genug für Gäste wäre.* Außerdem wohnte sie weit weg von der Schule. Marta schluckte. Britta, Daniela und Silvia waren nett und wollten sie in den Pausen bei sich haben. Sie waren keine Streberinnen, das war ihr rasch klar, aber es fühlte sich gut an, nicht mehr allein im Hof zu spazieren. Und nach einigen Gesangssessions bei Daniela ahnte Marta, dass hier Freundschaft zu wachsen begann. *Das ist doch wirklich schön.* Marta begriff, dass die anderen, die mit dem Zwiebelkuchen, unerreichbar für sie waren und ihre wahren Freundinnen Daniela, Britta und Sylvia waren. Irgendwann hörte sie auf, zu bedauern, nicht in der für sie unerreichbaren Welt dabei zu sein.

Der erste Advent in Deutschland machte Marta neugierig und merkwürdig traurig zugleich. Denn im Alltag verbot sie sich zu oft an Breslau zu denken. Sie musste ihr neues Leben im Westen gestalten und durfte auf unbestimmte Zeit nicht nach Polen reisen. Dabei war gerade Weihnachten so wichtig für sie. Zu Beginn des Advents wurde im Klassenraum eine der vier roten Kerzen in einem Kranz aus Fichtenzweigen angezündet, und dann wöchentlich eine weitere. Das kannte Marta von Polen nicht. Erleichtert stellte sie fest, dass in der Schule trotzdem keine religiösen Themen besprochen wurden. Je näher Weihnachten kam, je mehr erinnerte sie sich an alles, was den polnischen Heiligabend ausmachte.

Viele Leute kauften frühzeitig einen Karpfen und hielten ihn bis zur Verarbeitung in der Badewanne. Einmal hatte Marta zufällig gesehen, wie Mutter schwungvoll das größte Messer, das sie hatten, senkrecht in den Fisch hineingestochen hatte. Sein Blut hinterließ rote Spuren auf dem Brotbrett.

Das traditionelle Zwölf-Gänge-Weihnachtsmenü in Polen hatte für sie von jeher etwas Heiliges gehabt. Es symbolisierte die zwölf Apostel, sowie alle Monate des Jahres, wobei alle zwölf Gerichte ausschließlich am Heiligabend, an der sogenannten ‚Wigilia', verspeist wurden. Man fastete bis zum Abend und bis auf den Fisch waren alle Gänge fleischlos. Kinder und kränkliche Personen durften tagsüber trockenes Brot essen.

Am Vormittag wurde der Weihnachtsbaum geschmückt und das Essen gekocht. Auf den feierlich weißen Tisch legte man traditionell ein Gedeck mehr als die Anzahl der anwesenden Personen, um auf einen unerwarteten Gast vorbereitet zu sein. Marta hatte sich immer auf ihn gefreut, aber es kam niemals jemand.

Beim ersten Stern am Firmament begann das ‚Wigilia'-Essen. Alle erhielten eine hauchdünne, weiße Oblate mit einem aufgeprägten Bild, zum Beispiel vom Jesuskind in der Krippe, den zwölf Aposteln, den drei Königen oder der Muttergottes. Man bot sein Stück jedem Anwesenden an, brach gleichzeitig vom eigenen etwas ab und sprach sich gegenseitig persönliche Wünsche aus. Die Haustiere erhielten bunte Oblaten, denn gemäß einer Legende konnten sie in dieser Nacht zu den Menschen sprechen. Marta hatte aber nie überprüfen können, ob Joka und Mutters Fische im Aquarium es taten. Nach diesem Ritual durfte man mit dem ersten Gang, dem Barszcz, beginnen. Diese klare Rote Bete-Brühe enthielt winzige Öhrchen – aus dünnem Teig geformte, mit Steinpilzen gefüllte Teigtaschen. Wie sie diese Suppe geliebt hatte! Beim zweiten Gang kam der Fisch auf den Teller. Gewöhnlich war es ein süßsauer eingelegter, in eigener Sülze kalt gewordener Karpfen, den Mutter besonders gern aß. Je nach Familie wurde er auch in Ei und Mehl gewälzt und heiß gebraten. Anschließend gab es ‚Pierogi', Teigtaschen mit einer Füllung aus Steinpilzen, mit Sauerkraut oder Kartoffeln, Quark und Zwiebeln gemischt. Als Soße diente saure Sahne oder geschmolzene Butter. Anschließend wurde vegetarisches Bigos mit Steinpilzen aufgetischt. Zu Martas Freude gab es noch anders gefüllte Teigtaschen. Und ein kaltes Kompott aus getrockneten Pflaumen kündigte dann endlich die Bescherung an.

Bei ihnen Zuhause hatte Mutter immer einen giftgrünen, unnatürlich glänzenden Weihnachtsbaum aus Kunststoff aufgestellt. Wenn die Kugeln von den sonderbar starren Ästen glitten und kaputt gingen, wurden sie nicht ersetzt.

Bei den Bukowskis hingegen hatte neben dem Sofa ein bis zur Decke reichender, echter Tannenbaum gestanden. Marta stand auf Zehenspitzen, um auch die obersten Dekorationen zu bewundern. Die glitzernden, perlenartigen Lämpchen erinnerten an Sterne. Sie beleuchteten die Kugeln und ließen das Lametta außerirdisch erscheinen.

Marta hatte sich vorgestellt, dass es die Haare der Engel waren, die am Weihnachtsfest teilnahmen. Als die Zwillinge klein waren, hatten unter dem Baum Geschenke gelegen – zumeist notwendige Dinge wie Schuhe, Kleidung, Buntstifte, Bücher. Später, in wirtschaftlich schwierigen Zeiten, gab es nichts mehr. Nach der Bescherung freute sich Marta auf den traditionellen Käsekuchen aus Quark sowie das Mohngebäck und ‚Kutja‘, eine ukrainische Speise. Diese hatte es immer bei den Bukowskis gegeben, weil sie aus Lemberg stammten. Die ‚Kutja‘ wurde aufwendig zubereitet: Weich gekochten, ganzen Weizenkörnern fügte man reichlich flüssigen Honig sowie gemahlenen Mohn bei. Zudem gehören gehackte Walnüsse, Rosinen oder getrocknete Pflaumen hinein. Diese dunkle, kalte, süße Speise symbolisierte Hoffnung, Wohlbefinden, Glück und Erfolg. Marta holte sich als Erste einen Nachschlag und hoffte begierig auf Reste am nächsten Tag. Nach 23 Uhr begaben sich dann alle mit prall gefüllten Bäuchen in die Kirche. ‚Pasterka‘, die Mitternachtsmesse, war der einzige Gottesdienst, dem Marta gern beigewohnt hatte, weil statt der Psalmen Weihnachtslieder gesungen wurden. Wenn die Orgelklänge und der Gesang ertönten, Weihrauch aufstieg und ein Meer von Kerzen jeder Größe ein besonderes Licht erzeugte, kam es ihr vor, als schwebte die Musik zwischen den hohen Mauern, um über den Köpfen der Menschen wieder hinabzugleiten. Wie ein nicht enden wollendes Tuch aus glitzernder Seide. Die Gesichter wirkten feierlich und weniger ernst als sonst, und ihr gefiel die besondere Stimmung in der noch mehr als üblich überfüllten Kirche.

Mutter, Tomek und Marta beschlossen für den ersten Heiligabend in Kiel, nur drei der zwölf traditionellen Gänge zuzubereiten. Das Menü sollte aus Barszcz, Pierogi und Karpfen bestehen. Das besondere Fest fand in der Fremde statt, die nun ihr Zuhause war. Und so war die Familie schon einige Tage vorher spürbar angespannt, als wäre allen klar, dass diesmal kein Zauber zu erwarten war. Immerhin hatte Tomek für ein Highlight gesorgt, indem er den ersten echten Weihnachtsbaum besorgt und mit Lametta überzogen hatte. Es machte nichts, dass sie keine Beleuchtung dafür hatten. Die Wohnung war nur knapp aufgeräumt und sauber, Martas geliebte Hündin Joka fehlte. Es gab keine Oblaten, das Essen schmeckte anders, als Marta es in Erinnerung hatte und es ertönten keine polnischen Weihnachtslieder. Marta hatte sich dafür sehr über den ‚Wahrig', das deutsche Standard-Wörterbuch gefreut, das sie sich gewünscht hatte. Keiner von ihnen erwähnte den Heiligabend, den sicher alle drei vermissten. Statt die Weihnachtsmesse zu besuchen, schauten die Danutowskis fern und aßen Unmengen Schokolade. Am späten Abend versuchte Marta sich in der Badewanne zu entspannen und dachte an die früheren Feierlichkeiten in Polen.

Am ersten Tag in der Schule nach den Festtagen fragte Marta Daniela:
„Wie war dein Weihnachtsfest?"

„Super! Ich hab' diesen Pulli und einen Ausflug zum Hamburger DOM bekommen! Echt toll!", antwortete Daniela begeistert und zeigte auf ihren dicken, türkisblauen Pullover, der ihre langen, blonden Haare leuchten ließ. „Und was gab es bei euch?"
„Polnische Speisen."
„Klingt langweilig. Und Geschenke?"
„Das Essen war traditionell, und bei euch?", versuchte Marta abzulenken.
„Wir hatten Kartoffelsalat und Würstchen, echt lecker."
„Und an Heiligabend?"
„Na das! Wie immer!"
Haben die Deutschen denn keine Traditionen? „Was ist Hamburger D ... wie heißt das noch mal?"
„Hamburger DOM – das ist ein Riesenspaß mit Achterbahnen, Karussells, Imbissbuden und, und, und! Echt toll!"
Eine Kirche? Mit Karussells? „Das ist nichts für mich – mir wird schlecht bei so was", sagte Marta und war erleichtert, dass Daniela nicht mehr nach den Geschenken gefragt hatte.
„Nein, nein. Es ist einsame Spitze, sag ich dir!"
Auf dem Heimweg mit dem Fahrrad trotzte Marta dem bissigen Wind und Regen. *Ich bin wohl ganz anders als sie?*

Ein paar Tage später trat Marta in die Pedale wie selten. Sie musste sich bewegen an diesem Abend im Januar 1985, denn sie zerbarst innerlich: sie war zur gleichen Zeit sehr glücklich und verärgert. Endlich wurde sie in allen Fächern benotet, gehörte aber nicht mehr zu den Besten! *Das ist trotzdem super, wenigstens verliere ich das Schuljahr nicht! Ich werde vermutlich nie mehr ein Ausnahme-Zeugnis bekommen, damit muss ich mich abfinden. Tomek verliert wohl das Jahr, aber er ist*

für Mutter trotzdem der Größte. Sie trat noch kräftiger in die Pedale. *Daniela und Britta sind auch nicht die besten Schülerinnen, aber sie sind echt nett. Deren herrliche Gleichgültigkeit gegenüber den mäßigen Noten müsste man haben.*
Mutter war nicht zuhause und auf Martas Bett lag ein Brief aus Polen. Sie freute sich immens, zumal sie geglaubt hatte, dass keine Korrespondenz mit dem Westen möglich war. Ihre beste Breslauer Freundin Zosia beschrieb darin lang und breit ihre neuen Stiefel und erzählte, dass nun ihre Cousine vom Land bei ihnen wohnte und erwähnte, dass sie das Gymnasium interessant fand. *Sie fragt nicht mit einem Satz, wie es mir geht, was ich so mache ... ist das Freundschaft? Beneidet sie mich vielleicht um das Leben im bunten Westen? Aber sie weiß doch nichts darüber!*

7. 'Dolarowiec' (1979, Polen)

„Stimmt es, dass du im ‚Dolarowiec' wohnst?", fragte ein Mitschüler Marta, als sie gerade in ihr Brötchen biss. Es war große Pause in der neuen Schule in Polen, und sie kannte noch nicht alle Schüler beim Namen. Die vierte Grundschulklasse mit den vielen Fächern versprach, endlich interessant zu werden. Marta hoffte, dass die Zeit schnell vorüber gehen würde, bis sie nach der achten Klasse ins Lyzeum wechseln würde.

Sie waren gerade erst hierhergezogen, in einen Wohnblock aus Beton im zentral gelegenen Breslauer Stadtteil Krzyki. Er galt als der letzte Schrei und reichte von einer Straßenbahnhaltestelle zur anderen entlang der stark befahrenen, vierspurigen Powstańców Śląskich-Straße. Hier gab es von allem viel: Lärm, Verkehr, Menschen und Staub.

„Hm, keine Ahnung! Was heißt das?", fragte sie.

„Ist doch klar – dass die Wohnung mit Dollar bezahlt wurde!"

„Davon weiß ich nichts."

„Logisch, sicher, so eine kriegst du nicht einfach so."

Marta schwitzte plötzlich und war erleichtert, als die Polnisch-Lehrerin an ihnen vorbei ging und sie als Mädchen den obligatorischen Knicks machte. Sie überlegte, was es mit ihrem wunderbaren Zuhause auf sich hatte. Sie wusste nur, dass Mutter achtzehn Jahre auf diese Wohnung warten musste, was nicht unüblich war. *Aber wir haben doch nur wenig Geld?* Sie biss noch einmal in ihr Brötchen.

„Sag' schon!"

Sie versuchte, Zeit zu schinden. „Also ...", begann sie, als endlich die Glocke das Pausenende ankündigte.

Nach dem Unterricht ging Marta hastig raus, um nicht weiter ausgefragt zu werden. Zudem musste sie pünktlich zu Hause sein, um den Mann reinzulassen, der Dübel in die Wände bohren sollte. Sie passierte den Supermarkt, in dem sie oder Tomek morgens Milch kauften, blickte vorsichtig nach allen Seiten, bevor sie die Straßenbahnschienen überquerte und betrat den Wohnblock. ‚Dolarowiec'... *Aber ich kann Mutter nicht fragen.*

Ein Mann verließ den Lift und Marta ärgerte sich, dass sie noch nicht seinen Namen kannte, bei den vielen Nachbarn hier. *Nicht wieder stecken bleiben, heute nicht,* dachte sie und beschloss, doch lieber die Treppe zu nehmen. Ihr Weg führte sie an den ersten sechs Etagen vorbei, die noch Baustelle waren, bis zu dem Bereich darüber, wo Wohnungen gebaut wurden. Ihr dritter Stock entsprach somit dem neunten. Sie war neugierig, welche Geschäfte und Büros hier eines Tages eröffnen würden. Marta freute sich immens über die Zentralheizung – endlich kein kalter Kachelofen, Kohleschleppen, dunkler Staub und nie mehr Schimmel! Die hohen Fenster schenkten viel Licht und der Balkon bot Platz für die Meerschweinchen. Sie hatten kein Weltwunder erwartet, als sie hierhergezogen waren. Aber gerade deshalb freute sie sich so sehr über alles, was sie hier vorfand. Die separate Toilette schloss man sogar mit einer richtigen Tür – *purer Luxus* – und im Bad stand eine Badewanne. Dass das Waschbecken fehlte und die Betonwände ohne Stuckatur steril wirkten, machte ihr nichts aus. Sie weichte ihre Hose ein in der Schüssel, die als Reservebehältnis diente, wenn das Wasser mal wieder abgestellt wurde. Abends würde sie sie per Hand waschen und über der Wanne aufhängen.

Nach einem kurzen Gassi-Gang mit Joka klingelte dann schon Herr ‚Maschinenbohrer', wie Marta ihn insgeheim nannte. Er besaß als einziger weit und breit eine Bohrmaschine und schlug damit Löcher in die Betonwände. Seine Arbeit war offensichtlich kräftezehrend: Nach jedem Loch im Beton wischte er sich mit der Hand zunächst die Popel unter der Nase, dann den Schweiß von der Stirn ab und glich bald einem Kaminfeger. Marta gab ihm ein Handtuch, damit er die weiß gestrichenen Wände nicht beschmierte. Er roch entsetzlich nach Männerschweiß – ein Geruch, der ihr unbekannt war. In Erinnerung an das Fenster, das ihr neulich entgegenkam, weil ein Scharnier fehle, lüftete sie nicht.
So brühte sie Herrn ‚Maschinenbohrer' einen Tee nach dem anderen, um jeweils in der Küche verschwinden und durchatmen zu können. Es dröhnte schrecklich – die Fensterscheiben klirrten, die Meerschweinchen sprangen nervös umher und stießen dabei die Futterkübel um und Joka kroch unter das Sofa. Am liebsten wäre Marta mit ihr raus gegangen, aber es verbot sich, einen Handwerker allein in der Wohnung zu lassen.
Die Dübel steckten schließlich bombenfest im Beton. *Das ist schon was, man könnte einen ganzen Backofen an einer einzigen Schraube aufhängen.*
Nachdem sich die Tür hinter dem ‚Maschinenbohrer' geschlossen hatte, setzte Marta sich mit Butterbroten und knackigen Mohrrüben aufs Sofa im Wohnzimmer und betrachtete andächtig die neue, wuchtige Schrankwand mit den vielen Büchern. Ihr Lieblingsregal mit den bunten Glastüren sowie der knallrote Sessel hatten ihr weichen müssen. Sogar das Aquari-

um hatte dort Platz, und sie stellte sich vor, wie Mutter beim Rauchen und Einschlafen die Fische beobachtete.

Als Tomek nach Hause kam, warf er seine Sporttasche in hohem Bogen vor Martas Füße und lachte dreckig. Sie schaute ihn verständnislos an, sagte aber nichts. Sie nahm ihr Buch und floh in ihr Zimmer, aber er folgte ihr, machte Fratzen und hüpfte wild herum.

„Lass' mich in Ruhe."

„Ha, ha, Schwesterchen! Mein Schwesterchen!", rief er und grinste boshaft.

„Räum' besser deinen Schreibtisch auf oder die Küche, es ist ja nicht auszuhalten mit dir", sagte sie möglichst ruhig.

„Ha, ha, Schwesterchen! Ha, ha!" Er boxte sie am Oberarm.

„Aua! Ich erzähl Mutter davon!"

„Schwesterherz!" Noch ein Schlag, diesmal auf die Seite.

Marta stand auf, nahm Joka, ein Meerschweinchen und ihr Buch mit und ging in den nahegelegenen Park. Dort war sie sicher. Zum Glück regnete es nicht. Diesmal verpetze ich ihn, dachte Marta grimmig.

Mutter reagierte erstaunlich schnell und besorgte Tomek eines dieser äußerst platzsparenden Betten, die früher in Polen verbreitet waren. Es stand in einer Nische in der Küche – tagsüber klappte man es hoch und fixierte es mit Gurten aufrecht an der Wand. Aus der nun sichtbaren Bettunterseite nahm man ein Brett mit Beinen heraus, wodurch ein Pult entstand. Nicht selten verhakte sich etwas am Scharnier, sodass die Tür nur mit Tricks geöffnet werden konnte. Wundersamerweise beklagte Tomek sich nicht wegen seines Schlafplatzes. Marta hingegen plagte ein schlechtes Gewissen, weil sie sich in ihrem eigenen Zimmer wie eine Prinzessin vorkam.

In der neuen Schule gab es in beiden Parallelklassen zwei eineiige Zwillinge, bei Marta zusätzlich ein zweieiiges Zwillingspaar. Einzig die Danutowskis waren getrennt, Tomek ging in die 4a, sie in die 4b.
Die meisten Schüler wohnten in der Nähe, und weil von dreiunddreißig Familien nur zwei ein Telefon besaßen, traf man sich entweder auf dem Spielplatz oder besuchte einander spontan. In einer typischen Siedlung waren mehrere Hochhäuser um einen Platz herum angeordnet, oft gehörten ein Supermarkt und stets ein Kinderspielplatz zur Anlage.
Für Marta begann eine interessante Zeit mit den vielen Fächern. Ihr gefiel, dass Polnisch in Grammatik und Literatur, Mathematik in Algebra und Geometrie aufgeteilt wurden. Von da an wollte sie keine Klasse mehr überspringen.
Die Klassenlehrerin war Frau Wozniak, sie unterrichtete auch Geschichte. Als Erstes überantwortete sie den Schülern die Reinigung ihres Klassenzimmers und teilte jeden Schüler für eine ganze Woche ein. Dann erklärte sie, wie ab sofort jeder Tag zu beginnen hatte. Sobald der Lehrer den Raum betrat, mussten sich alle neben ihren Platz hinstellen, sodass drei Parallelreihen entstanden. Adam, der Klassensprecher, rapportierte, wer fehlte. Erst danach begann der Unterricht.

Die Zwillinge Adam und Ewa interessierten Marta speziell, denn sie waren Klassenbeste und schienen sich, im Gegensatz zu Tomek und ihr, prächtig zu verstehen. Schon am zweiten Schultag besuchte Marta sie zuhause, einfach so, unangemeldet. Die Wohnung wirkte nüchtern, ganz anders, als das angenehme Zuhause von Bogdan, ihrem Freund aus dem Kindergarten und den ersten drei Klassen. Marta erinnerte sich gleich an seine freundlichen Eltern. Ewa, Adam und sie mochten sich auf Anhieb, es verband sie die Liebe zu Büchern und für die Mathematik.

Als Marta am Wochenende mit Joka Gassi ging, sah sie von Weitem eine Schlange Jugendlicher vor dem Eingang des Blocks, in dem Adam und Ewa wohnten. Sie näherte sich ihnen und sah, dass die Zwillinge ihr gemeinsames Fahrrad aus dem Keller geholt hatten – wohl das einzige weit und breit. Jeder durfte eine Runde um die Siedlung drehen. Die Wartenden feuerten den jeweils Fahrenden an, niemand drängte sich vor.

„Willst du auch mal?", fragte Adam.

„Nein, danke", sagte Marta schüchtern.

„Komm, ich stell' dir den Sattel ein."

„Aber ... hm ..." Sie nestelte mit den Fingern am Ärmel.

„Was ist denn?"

„Ähm ... ich kann das nicht", gab sie zu und räusperte sich.

„Ach so! Dann lernst du es!", rief Adam und lachte einladend.

Zu ihrem Erstaunen kümmerte sich Ewa um Joka, ein Junge half ihr, aufzusitzen, und sagte: „Ich laufe neben dir her. Du kannst nicht umkippen."

Es gesellte sich noch jemand anders dazu, um auf der anderen Seite mitzumarschieren. Vor lauter Anspannung gab Marta nach zwanzig Metern auf und schon lachten alle. Danach stellte sie sich hinten an, um den zweiten Versuch zu starten. Diesmal fing sie an, vergnügt zu quietschen, und dann meinte Adam: „Nicht schlecht, du kannst es bald."

Als sie ein paar Tage später allein und ohne zu stürzen fahren konnte, sagte Adam: „Schade, dass du es schon gelernt hast, du hast uns um unser Vergnügen gebracht!"
Alle nickten zustimmend und Marta fühlte, dass sie nun dazugehörte.

Adam trug eine pechschwarze Igelfrisur. Seine Brille mit den dicken Gläsern für Kurzsichtige verlieh ihm etwas Professorenhaftes, vor allem, wenn er mit dem linken Zeigefinger den Nasenbügel an die richtige Stelle schob. Die bärenhafte Statur passte zu seiner Unsportlichkeit. Eines Tages klingelte Marta an seiner Tür. Wie so oft hatten sie sich zum Schachspielen verabredet und sie hoffte, dass er, nicht seine Mutter, ihr öffnen würde. Sie war immer da, weil sie nicht arbeitete. Kritisch musterte sie einen von Kopf bis Fuß – das machte nur sie so und sie schaffte es, dass Marta sich unbehaglich fühlte.
„Komm rein!", sagte Adam und ließ sie mit ausfahrendem Arm hinein. Seine Mutter saß in einem breiten Sessel direkt vor dem Fernseher und blickte wortlos über das Buch, in dem sie gerade las, als Marta sie begrüßte. Adam zeigte in Richtung Küche, wo er Tee für sie zubereitet hatte und Marta staunte zum wiederholten Mal, wie sauber es dort war. Als sie daraufhin in seinem Zimmer das auf dem Schreibtisch ausgebreitete Schachbrett sah, entspannte sie sich sofort.
„Heute geb' ich alles", sagte sie, obwohl sie fast sicher sein konnte, dass er gewinnen würde. Genau genommen störte es sie nicht, dass sie meistens verlor. Im Gegenteil. Es faszinierte sie, dass er ihre ausgeknobelte Strategie gerade brillant zu überlisten wusste. Die beiden spielten konzentriert und schweigsam

und Marta genoss zu wissen, dass nicht gleich Tomek hineinkommt und sie triezt.

„Tja, dem König keine Gnade!", triumphierte Adam und korrigierte den Sitz seiner Brille auf der Nase.

„Hilfe! ... Ja ... Kein Ausweg in Sicht. Gratuliere!", sagte Marta und erhob sich vom Stuhl. „Du, ich muss noch mit Joka raus, kommst du mit?"

„Warum nicht."

Er wartete auf sie am Lift, während sie die Hündin holte. Sie gingen die lange Kamienna-Straße in Richtung Freibad. Marta mochte diese Strecke, weil es geradeaus ging und man beim Laufen nichts überlegen musste. Nach der dringenden Notdurft war Joka zum Spielen aufgelegt, also warfen sie ihr abwechselnd Stöcke zu. Nach einer Weile fragte Marta:

„Letzte Zeit wirkst du so still."

„Das täuscht."

„Hast du 'was?"

„Es geht schon", sagte Adam.

„Erzähl."

„Ähm, na ja ... meine Eltern." Er pfiff nach Joka.

„Was ist mit ihnen?"

„Mutter schläft neuerdings bei Ewa im Zimmer."

„Das hat sie nicht erwähnt."

„Nein, natürlich nicht."

„Logisch, hast recht."

„Unser Vater ..."

„Was ist mit ihm? Ich hab' ihn schon länger nicht mehr gesehen."

„Eben."

„Streit?"

„Mein Vater trinkt", sagte Adam hastig, als wäre er froh, dass es jetzt raus war. „Joka!", rief er laut.
Marta schluckte laut. *Das ist ja der Hammer!* „Schlimm?"
„Wenn er abends nach Hause kommt, riecht er nach Alkohol."
„Und deine Mutter? Schimpft sie?"
„Sie schweigt. Und das ist übler als streiten."
„Oh, das kenn' ich."
„Ich kann nichts tun und das macht mich fertig."
„Tut mir leid. Hoffentlich geht es bald vorbei."
„Mutter ist gereizt, lästert wegen Belanglosigkeiten."
„Doof. Zumal sie immer da ist."
„Eben."
„Das klingt vielleicht komisch, aber mich stört's, dass meine Mutter nie meckert."
„Die arbeitet ja dauernd."
„Ich meine, wenn sie zuhause ist. Ich weiß nie genau, wie sie es findet, was ich mache."
„Meine hat immer zu allem was zu sagen ... "
„Absolut gegensätzlich die beiden." Marta genoss es über alle Maßen, dass sie mit Adam nicht nur über Bücher und Mathematik, sondern auch über Probleme zu Hause oder Wünsche sprechen konnte. Und zusammen lachen. „Du, wie ging nochmal der Witz über die politischen Ansichten im Paradies?"
Adam konnte einen Witz nach dem anderen aus dem Ärmel schütteln. Manche waren harmlos oder makaber, aber er kannte auch die heiß begehrten antikommunistischen Witze, die man nicht jedem erzählen sollte.
Adam grinste breit. „Welcher politischen Gesinnung waren Adam und Eva?"

Martas Herz schlug höher. Besonders dieser Witz verursachte einen netten Kitzel, der sie immer wieder zum Lachen brachte. „Keine Ahnung", antwortete sie pflichtgemäß, „Die waren doch nicht politisch?"
„Natürlich kommunistisch. Sie hatten nichts anzuziehen, kein Haus und nur einen Apfel zu essen und glaubten sich im Paradies."
Marta kringelte sich so vor Lachen, dass die Hündin interessiert zu ihr kam.
„Wann gehen wir endlich in die Altstadt?", fragte sie, als sie sich wieder beruhigt hatte. „Ich wollte dir die Wojewodschatsbibliothek zeigen." Es machte sie stolz, dass Adam diese Bibliothek noch nicht kannte. „Da warten auf drei Geschossen Tonnen von Büchern zu den verschiedensten Themen auf uns!"
„Morgen Nachmittag?"
„Super!"

Auf dem Weg zur Bibliothek half Adam Marta, die schwere, mit Büchern gefüllte Tasche zu tragen. Sie schaute den wolkenlosen Himmel an und sagte zu ihm: „Ich denke, bald wiegen Bücher nur noch einen Bruchteil von den heutigen. Und man muss die Kleidung nicht mehr waschen, sondern trägt perfekt sitzende Ganzkörperanzüge."
„Da könntest du recht haben. Und die Schuhe würden mit einem mitwachsen", sagte er.
„Und man müsste nicht abwaschen, einkaufen oder kochen, weil man bunte Tabletten essen würde."
„Genau. Und schon ab der ersten Klasse würde man selbstständig wohnen, also würden die Eltern nicht ständig alles überwachen."

„Und mir würde ein freundlicher Roboter den Tee zubereiten",
sagte Marta und freute sich, dass ihre Hündin echt war.
„Perfekt, natürlich müsste er ihn einem bringen."
„Logisch! Und zwar lautlos. Und die Wohnung würde sich
selbst aufräumen und von oben nach unten mit Putzmittel bespritzen und trocknen."
„Na ja, das erledigt meine Mama."
„Hm, meine arbeitet immer."
„Ja, bei euch ist alles anders", stellte Adam fest.
Das hat noch nie jemand so klar gesagt.
„Und in Mutters Aquarium würden Kunststofffische schwimmen, die man nicht mit diesen ekligen Würmern füttern müsste!", versuchte sie abzulenken.
„Und die Autos würden selbsttätig und unfallfrei fahren."
„Oh, das wär' toll! Ich stell' mir vor, dass jeder ein Telefon besitzen würde. Und man könnte sich beim Sprechen gegenseitig sehen." *Und die automatisch geputzte Wohnung wäre immer sauber.* Adam wusste nicht, dass sie manchmal die Tür nicht öffnete, wenn jemand klingelte. Sie wollte sich nicht schämen für die schmutzigen Teegläser und Teller, die auf der Sofalehne standen, für den verrußten und stinkenden Backofen, für Mutters verstreute Münzen und Zigarettenasche.

An Allerheiligen machte sich ganz Polen auf den Weg, so kam es der elfjährigen Marta jedenfalls vor. Alle wollten auf einem der vielen Friedhöfe Gräber der Familie, Freunde oder von Juden besuchen. Es war schulfrei. Überfüllte Extrabusse, Straßenbahnen und Autos standen im Stau, die Kerzenverkäufer und Floristen machten das Geschäft ihres Lebens. Die Stadt quoll fast über, schleppend bewegte sich bei klirrender Kälte die schweigende Menschentraube durch die Friedhöfe. Die frostige Luft roch nach Paraffin von den Abermillionen Kerzen, die auf Gräbern brannten. Für Marta läutete dieser Tag zugleich den Winter ein, denn sie fror immer entsetzlich.

Dieses Jahr hatte Mutter frei an Allerheiligen und kündigte an, mit den Kindern auf den Friedhof zu gehen. Marta horchte auf. Gab es etwa irgendwelche toten Verwandten, von denen sie nichts wusste? Sie traute sich nicht zu fragen, aber als sie nur die Ruhestätten von Kriegshelden besuchten, wurde ihr klar: Nein, hier in Breslau gab es keine eigenen toten Familienmitglieder.

Durchgefroren genoss Marta anschließend die heilige polnische Gastfreundschaft bei Mutters Freundinnen. Und sie dachte, dass Traditionen vielleicht doch für etwas gut sind, auch wenn sie oft mit Religion zusammenhingen, mit der sie nicht viel anfangen konnte.

Zwar bot die neue Wohnung im ‚Dolarowiec' den Danutowskis eine trockene, helle und größere Bleibe und die neue Schule ließ die Zwillinge regelrecht aufblühen, aber sie hatte den Nachteil, dass sie eine knappe Busstunde von Oma und Opa entfernt lag. Marta war es trotzdem wichtig, sie regelmäßig, zumeist sonntags, zu besuchen. Dafür nahm sie sogar in Kauf, montags von Mitschülern inquisitorisch ausgefragt zu werden, warum sie am Sonntag nicht in der Kirche war. Da praktisch jeder dem katholischen Glauben angehörte und in derselben Siedlung lebte, sah man sich gewöhnlich auch in der Messe. Dank der vielen neuen Schulfächer und im Zuge der spanenden Gespräche mit Adam erweiterte sich Martas Interesse für diverse Dinge. Und so lauschte sie bei den Bukowskis den Erwachsenen-Diskussionen und begriff bald, dass Opa nicht nur belesen war, sondern als Historiker wie kein anderer diverse Hintergründe vieler Ereignisse kannte. Sogar solche, die nicht in ihrem Lehrbuch standen, über die Kommunisten, Russland, Deutschland. Längst hatten die Sonntage am Mahagonitisch einen unerklärlichen Sog auf sie auszuüben begonnen und zudem merkte sie, dass man auch ihre Fragen ernstnahm. So erzählte sie bei einem Tee Opa von ihren Eindrücken an Allerheiligen und Gedanken, die sie sich machte. Es konnten doch nicht alle gegen das Regime sein. Sie begriff es nicht ganz.

„Die Kommunisten sind doch nicht religiös?"

„Also, vor dem Krieg gingen die Bauern nicht in die Kirche, da diese traditionell die Anliegen der Gutsherren vertrat. Unter den Kommunisten verhält es sich umgekehrt", sagte er.

„Wie kommt das?"

„Weil sie begriffen haben, dass man uns Polen alles, nur nicht die Sprache und die Religion wegnehmen kann."

„Es sind ja die wichtigsten Dinge neben der Freiheit, find' ich", sagte Marta.

„Genau so ist es." Opa nickte zufrieden und widmete sich seinem dicken Buch.

*

Es war ein heißer Sommernachmittag, als Marta nach der Schule auf den Spielplatz kam und rief: „Leute, Kassensturz!" Sie sah Ewa, Adam, ein anderes Zwillingspaar aus ihrer Klasse sowie Tomek und Zosia aus seiner Klasse.

„Was hat die wieder ausgeheckt?", hörte sie hinter sich.

„Wir gehen einkaufen! Sie haben gerade Butter ‚geworfen'." Sie nannten es so, weil es ein bisschen wie die Hilfspakete aus der Luft während des Krieges war. „Wieviel Geld haben wir alle zusammen?"
Seit Wochen, wenn nicht sogar Monaten blieb der Supermarkt immer häufiger leer, und die Schlangen für Grundnahrungsmittel wurden zahlreicher und länger. Marta half gelegentlich dem Sodawasserverkäufer um die Ecke aus, und er sagte ihr im Gegenzug, wann und wo Käse, Butter, Seife oder Mehl ‚geworfen' wurden.
Marta stemmte die Hände in die Hüften und erklärte: „Also: Alle paar Personen steht jemand von uns in der Warteschlange. Wer ein Stück gekauft hat, stellt sich erneut hinten an. So lange, bis sie ausgeht. Klar hoffe ich, dass wir genug Geld dafür haben."
„Und nachher?", fragte jemand.
„Nachdem jeder für sich selbst genommen hat, bringen wir die überschüssige Butter den Alten und denen im Rollstuhl in unserer Siedlung", sagte Marta.
„Okay, ich bin dabei!", rief Adam, und dann folgte der Rest.
Drei Stunden später war das letzte Stück weg. Sie hatten die Butter weiterverteilt, ohne einen Aufpreis für die wiederverkaufte Ware zu verlangen.
„Super, wer will, kann nächstes Mal auch mitmachen", rief Marta. Sie war stolz auf ihre Idee und bedauerte, dass sie nur ein Stück behalten konnten, weil der Kühlschrank kaputt war.

Spätabends kam Mutter nach Hause mit einem Papierbeutel in der Hand. Joka wedelte heftig mit dem Schwanz, während sie daran interessiert schnupperte. Es war außergewöhnlich, dass

Mutter etwas mitbrachte. Ein wunderbarer, unnachahmlicher, aber sehr feiner Duft stieg in die Luft. *Es muss irgendwie Fleisch oder Wurst sein.* Mutter setzte sich in den Sessel und erzählte von ihrem Tag im Internat, aber der Geruch von Räucherware störte Martas Konzentration. Dann stand Mutter behäbig auf, ging mit der geheimnisvollen Tüte in die Küche und gab jedem ein daumendickes Stücken einer geräucherten Krakauer Wurst. *Himmlisch!* Schweigend genossen alle den heiligen Moment. Marta nahm sich für jeden einzelnen Bissen richtig Zeit, sie benetzte alles mit dem Speichel, drehte es mehrfach im Mund um, zermalmte es und erst dann schluckte sie es hinunter.

„Nimm!", sagte Mutter zu Tomek und gab ihm noch eine zweite Scheibe, die sie in der Hand versteckt hatte.

„Ich möchte auch!", rief Marta, während ihr Bruder schon schmatzte.

„Er ist im Wachstum und bekommt Muskeln", antwortete Mutter gleichmütig.

Ich glaub' es nicht: Sie hat ihm tatsächlich eine zusätzliche Scheibe gegeben!

„Ich doch auch!"

„Mädchen brauchen weniger."

„Aber!" Marta hatte noch nicht Luft geholt, schon hatte ihr Bruder das Objekt ihrer Begierde verschlungen. *Dummer Tomek, kann nicht einmal genießen. Wie kann sie so ungerecht sein? So etwas würde Oma nie tun. Woher hat sie die Wurst überhaupt?* Marta verließ die beiden lieber. Und die Butteraktion war auch nicht mehr so wichtig.

Am Sonntag darauf vertiefte Marta ihren Blick in die Maserung des Mahagonitisches, während Opa die Zeitung las. Oma brachte ihnen das dritte Glas Tee und nahm Platz auf dem Sofa, direkt neben ihrem Strickzeug. Wie friedlich, dachte sie und plötzlich fiel ihr die Geschichte mit der Wurst ein. Vielleicht konnte Opa ihr die ungerechte Situation im ihrem Land erklären.

„Warum arbeiten alle und trotzdem hat kaum jemand etwas davon?", fragte sie ihn.

„Das ist eine der Fragen, mit denen wir uns nicht laut beschäftigen dürfen, wenn wir Probleme vermeiden wollen", antwortete Opa.

„Stimmt das nicht?"

„Doch, leider. Also: zum Beispiel liefert China Baumwolle und Seide nach Lodz, wo sie verarbeitet werden. Aber die fertigen Stoffbahnen landen in der Sowjetunion. Polen bezahlt die Arbeit und den Transport, darf die Ware aber nicht behalten. So läuft es."

„Und was ist mit der Planwirtschaft? Da wird ein Soll definiert …"

„Ja, aber oft an der Realität vorbei. Dein Patenonkel Marcin hat uns ja erzählt, wie es auf dem Land vor sich geht. Erinnerst du dich?"

„Ja, als Tierarzt bekommt er vom Bauern ein halbes Schwein. Dafür soll er die Geburt von den vorgesehenen neun Ferkeln bestätigen, obwohl tatsächlich zehn zur Welt gekommen sind."

„Genau. Damit wären wir bei der Korruption und dem Schwarzmarkt. Kennst du den Witz: ‚Was passiert in der Sahara, wenn die Kommunisten kommen? Der Sand wird knapp!'"

Marta lachte. Den musste sie Adam erzählen.

„Möchtest du ein Schinkenbrötchen?"
„Oh ja, gern!", sagte Marta. Diesmal konnte sie es sich nicht verkneifen.

Die beste Schülerin in Tomeks Klasse war Zosia. Sie wirkte unerklärlich zerbrechlich, sodass Marta sich zuweilen vorstellte, sie käme aus dem All. Sie wohnte in demselben Block wie Adam, lachte selten, dafür aber richtig herzhaft und als herausgekommen war, dass auch sie gern las und später Medizin studieren wollte, freundete Marta sich mit ihr an. Zosia trug ausschließlich Röcke und war dermaßen unsportlich, dass sie nicht einmal lange spazieren mochte. Beneidenswerterweise kochte ihre Mutter ausgezeichnet und nähte ihrer Tochter schöne Sachen zum Anziehen. Aber sie hatte nicht nur viel mehr Kleidung – bei ihr war es ruhig und sauber. Darum besuchte Marta sie gern und genoss es, mit ihr bei Radiomusik gemütlich Tee zu trinken und zu stricken.
„Hier stört uns Tomek nicht", sagte Marta, nachdem sie eine Weile geschwiegen hatten.
„Ja, zum Glück."
„Du gefällst ihm und darum neckt er dich."
„Ich weiß, aber ich mag das nicht. Er soll meine Zöpfe in Ruhe lassen und mich nicht bis aufs Klo verfolgen. Kannst du ihm das nicht ausreden?", fragte Zosia.
„Schön wäre es, wenn ich das könnte. Bei mir ist es noch schlimmer. Er boxt mich und sagt, dass es die neuesten Tea-Kwon-Do-Griffe sind. Meine blauen Flecken interessieren niemanden", sagte Marta nachdenklich.

Ein lieblicher Geruch breitete sich aus. „Riechst du die Apfelküchlein? Mama bringt uns gleich welche", schwärmte Zosia und Marta war froh um die Ablenkung vom Thema.
Sie verspürte Hunger und hätte so gern von dem frischen Gebäck gegessen. *Aber ich kann mich ja nicht revanchieren.*
„Fantastisch! Leider kann ich nicht warten. Ich muss dringend mit Joka raus und heute noch waschen, sonst habe ich bald nichts mehr anzuziehen."
Zosia fragte mit einer Prise Bewunderung in der Stimme: „Wäschst du deine Sachen selbst?"
„Klar", antwortete Marta.
„Meine Mama macht bei uns alles."
„Meine hat keine Zeit. Aber es ist nicht schwierig – ich weiche morgens alles in einer Schüssel ein, nach der Schule wird gewaschen. Über der Badewanne trocknet alles gut, rasch noch bügeln und schon kann ich sie anziehen."
Marta behielt dabei für sich, dass sie ihre einzige Unterhose täglich abends unter fließendem Wasser auswusch und sie manchmal feucht anziehen musste, wenn die Heizung ausfiel. Sie befürchtete dann, dass ihre verhasste Schuluniform diesen Bereich nur knapp abdeckte und die dunkle Stelle im Schritt sichtbar wäre.

„In der nächsten Woche startet der Rezitationskreis", verkündete Frau Kwiatkowska, die Polnisch Lehrerin, und schaute in die Runde. „Wer ist interessiert?" Die Klasse verstummte.
„Was macht man dort?", fragte jemand.
„Wir lesen Gedichte und lernen die schönsten auswendig."
„Wie langweilig!", rief ein anderer Schüler.

„Und zweimal jährlich findet für die Eltern ein Poesieabend statt."
Sofort meldeten Adam, seine Schwester, zwei weitere Klassenkameradinnen und Marta sich dafür an. Aus der Parallelklasse kamen später Zosia und noch ein Junge dazu. Einmal wöchentlich beschäftigten sie sich mit C. K. Norwid, J. Tuwim und W. Szymborska und trugen deren Werke jeweils zu einem Motto vor, zum Beispiel Jahreszeiten, Liebe, Natur, Schicksal oder Tod. Neben Science Fiction wurde Dichtung zu einer Art Zuflucht für Marta, sie vertiefte sich ausnehmend gern in die Geheimnisse, die zwischen den Zeilen steckten. Sie liebte die Momente der intensiven Stille, wenn ein Gefühl ausnehmender Zusammengehörigkeit bei den Zuhörern entstand.
Am allerersten Poesieabend trug Adam die ‚Begegnung mit Mutter' von K. I. Gałczyński vor – unbeschreiblich einfühlsam und zart. Er stellte sich aufrecht hin, ließ den Blick in die Ferne schweifen und begann:
„Sie hat mir als Erste den Mond gezeigt
und den ersten Schnee auf den Fichten
und den ersten Regen.
Ich war damals so klein wie eine Muschel
und Mutters schwarzes Kleid
rauschte wie das Schwarze Meer ..."
Mit glühenden Augen stand Marta auf, um mit ihrem Gedicht zu beginnen. Ausgerechnet dann schaffte sie es nicht auf Anhieb, die Nadel des Plattenspielers exakt in die Spur zu legen, um ihren Vortrag mit den Klängen einer Beethoven-Sonate zu untermalen. *Mutter ist ohnehin nicht da, ich versuch's nochmal*, sagte sie sich und merkte, dass ihr alles gelang. Sie sah

ergriffene Gesichter und genoss dennoch die erhabene Stimmung.

Missmutig kochte Marta dann zuhause das Fressen für die Hündin, wie gewohnt rührte sie Getreide in die Brühe hinein, die beim Knochenauskochen entstanden war. Sie wusch ab und aß nebenbei in Öl gebratene und mit Zucker bestreute Brotscheiben. Tomek nahm sich auch welche und ging ins Wohnzimmer. Als Joka gerade ihre Schüssel ausgeschleckt hatte, kam Mutter aus dem Internat nachhause, rief ‚hallo' in den Raum hinein, streichelte die Hündin und ließ sich in den Sessel plumpsen. Marta folgte ihr und fragte:
„Was ‚werfen' sie morgen?"
„Ich glaub', am Kreisel gibt's gegen Mittag Mehl", sagte Tomek.
„Kannst du uns Geld geben?", bat sie Mutter.
„Ja ... die Manteltasche ... keine Ahnung, wie viel drin ist ... Oh, hier hab' ich `was!"
Mutter stand ungelenk auf und kramte mit ihren Wurstfingern Münzen aus den Hosentaschen hervor. Sie legte alles, was sie fand, auf den Tisch und rauchte schweigend weiter.
Da der Rezitationsabend kein Thema war, ging Marta ins Bett und vertiefte sich in ihre Gedichtsammlung.

8. Das Kriegsrecht (1981, Polen)

Mutter saß im Sessel, die Zwillinge auf dem Sofa, und sie aßen schweigend Käsebrote. Tomeks Schlürfen dominierte. Der beinahe stumm geschaltete Fernseher lief, wobei keiner wirklich hinsah. Plötzlich fiel Marta auf, dass statt einer der langweiligen Sendungen General Wojciech Jaruzelski eine Ansprache hielt. Steif wie ein Roboter sitzend blickte er durch seine dicke Brille mit den vergrößernden Gläsern in die Kamera und las vom Blatt ab: „ ... Um Chaos, Unrechtmäßigkeit im Land zu verhindern, um sich nicht auf die offene Konfrontation mit der Solidarność einzulassen, um die Wirtschaft vor dem Untergang zu bewahren, um die Schwächsten zu beschützen, um das Diebesgut der Profiteure zu konfiszieren, die sich am Staat bereichert haben, um ein von den Bürgern akzeptiertes, sozialistisches Polen aufzubauen, und zu beschützen, und vieles mehr, wobei die Partei eine besondere Rolle zu spielen hat, gilt ab heute, dem 13. Dezember 1981 in Polen DAS KRIEGSRECHT."
Jetzt kommen also die Kommunisten offiziell, aus unseren Reihen und aus der Sowjetunion, dachte sie erschrocken und legte ihr Sandwich weg.
„Oh, die Russen kommen!", rief Tomek erheitert und schmatzte laut.
Danach wurde die erste Strophe der polnischen Nationalhymne ‚Noch ist Polen nicht verloren' abgespielt.
Marta stockte das Blut in den Adern. Die Ansprache lief in Endlosschleife. Niemand rührte sich.
„Ist jetzt Krieg ausgebrochen?", fragte sie erschüttert. *Gegen wen?*

„Nein, nein. Es ist alles in Ordnung", sagte Mutter mit beschwichtigender Stimme.
„Haben die Kommunisten die Solidarność besiegt?"
„Wer weiß das schon."
„Was sollen wir jetzt tun?" Die verunsicherte Marta drückte ihren Körper tiefer in das Polster.
„Für uns bleibt alles beim Alten", befand Mutter und wischte sich mit dem Handrücken unter der Nase.
„Aber ...", versuchte Marta es weiter. Sie räumte die Teller ab, denn sie konnte nicht stillsitzen.
„Zeit zu schlafen. Ich gehe noch mit Joka", sagte Mutter, erhob sich schwer vom Sessel und schaltete die Kiste aus.
„Es ist doch erst sieben Uhr! ... Was wird nun aus uns?", fragte Marta ängstlich. Aber alle schwiegen.
Herrscht jetzt Krieg? Kommen wir ins Gefängnis? Darf ich später nicht Medizin studieren? Marta fühlte sich höchst verstört und niedergedrückt. Das Bad vermochte nicht sie zu entspannen. Kriegsrecht, Kriegsrecht, kreiste es in ihrem Kopf. Nachdem Mutter mit der Hündin zurückgekommen war, ging Marta ins Bett, Tomek hatte sich in seiner Nische in der Küche eingeschlossen. Sie versuchte, ihren Krimi zu lesen, aber die Handlung kam ihr plötzlich lächerlich vor. In der Nacht wälzte sie sich hin und her, stand irgendwann auf und schaute aus dem Fenster. Das erste Mal in ihrem Leben sah sie Patrouillen. Das laute Staccato der zu Fuß auf den winterlichen, kalt beleuchteten Straßen marschierenden Uniformierten drang ins Mark ein und flößte ihr eine schlimme Furcht vor der unbekannten Zukunft ein. „Ist jetzt Krieg ausgebrochen?", kreiste es in ihr. An Joka gekuschelt gelang es ihr schließlich, einzudösen.

Das Telefonnetz wurde dann neunundzwanzig Tage lang abgeschaltet und danach offiziell abgehört. Jugendliche durften sich bis 18.00 Uhr, Erwachsene bis 22.00 Uhr draußen aufhalten. Man musste sich jederzeit ausweisen können, an den Straßenecken standen fortan Panzerwagen. Das Fernsehen zeigte eine Zeit lang keine Filme mehr, sondern ausschließlich von Uniformierten gesprochene Nachrichten. Und die ‚Milicja Obywatelska', also die Bürgermiliz, konnte man weder übersehen noch überhören.

Einige Wochen später zeigte Martas Freundin Zosia in der Pause den Mitschülern eine bunte, glänzende Ansichtskarte aus Deutschland. Am nächsten Tag erzählte sie, dass am selben Abend Militärs zu ihr nach Hause gekomen und ihre Eltern im Verhör staatsfeindliche Aktivitäten unterstellt hatten. Als ein Uniformierter eine Schublade herausziehen wollte, protestierte ihr Vater, woraufhin er mit Handschellen abgeführt wurde. Marta konnte es nicht fassen. *Wie viel West-Propaganda steckt wohl in einer geradezu spießigen Postkarte von einem total belanglosen Dorf?* Sie war sich sicher, das konnte nur der dritte Weltkrieg sein.

Unruhen erfassten das Land und nach dem Attentat auf Papst Johannes Paul II im Mai 1981 konnte die katholische Kirche nicht wie bisher immer vermitteln. Als im Oktober General W. Jaruzelski zum Staatschef ernannt wurde, prophezeite Opa Bukowski schlimme Zeiten, weil nun das Militär an der Macht war und die Gewerkschaft Solidarność für illegal erklärt wurde. Zudem hielt Opa das Kriegsrecht für verfassungswidrig.

*

Marta setzte sich auf die zugeklappte Schultoilette, beugte sich weit nach vorn vor, und pulte mit einem Kugelschreiber ein Stück Linoleum aus dem ohnehin ramponierten Bodenbelag. Beim Aufstehen betätigte sie die Spülung und ließ es in ihre Hosentasche gleiten, bevor sie zu Ewa sagte, sie sei fertig. Ihre Freundin drückte von außen die Tür zu, weil das Schloss fehlte. Wie erwartet gab's keine Seife, sie rieb sich die Hände im Wasser und trocknete sich an den Hosenbeinen ab, wo sie ihren Schatz spürte.

Große Teile der Bevölkerung leisteten nach dem Verbot der Solidarność Widerstand, und zwar vor allem geheim, meist in kirchlichen Räumlichkeiten. Wenn von ‚Untertauchen' oder ‚Untergrund' die Rede war, stellte Marta es sich bildhaft vor, aber es wollte nicht gelingen, und so begriff sie mit der Zeit, dass es Metaphern waren für von der Regierung nicht erlaubte Aktivitäten, die gegen das Regime gerichtet waren und man sie möglichst unerkannt, im Verborgenen ausführen musste.

Wie viele Jugendliche, beteiligten sich auch die Zwillinge am Widerstand – im Katechismus-Unterricht oder bei Rosenkranzgebeten, die als Tarnung dienten. Statt fromme Dinge zu tun, stellten sie Flugblätter her, bastelten Stempelschablonen aus Holz und Linoleum. Die Logos waren prägnant: Die polnische Flagge, das Wort Solidarność oder ein Adler, das Wappentier, mit einer Krone auf dem Kopf. Im Rahmen der Teilungen Polens war die Krone verschwunden, kam nach dem Ersten Weltkrieg zurück, und wurde dem Adler 1956 von den Kommunisten wieder genommen. ‚Wir schaffen es!' oder ‚Wir sind stark!', mehr Text war nicht nötig, um die Menschen anzuheizen, ihnen Mut und Durchhaltevermögen einzuflößen. Marta sammelte lange im Voraus Hefte und Schreibblöcke, für die unendlich vielen Flugblätter. Ähnliches galt für Stempelfarbe. Erstens gab es davon wenig in den Läden und zweitens durfte ihr gestiegener Verbrauch nicht auffallen. Der Vater von Martas Freundin Zosia arbeitete als Chemiker bei einer Firma, die Pigmente für Lacke herstellte. Er ‚organisierte' Textilfarbe als Ersatz für Stempelfarbe, obwohl er nach der Internierung wegen der Postkarte aus Deutschland sicher unter besonderer Beobachtung stand. Tinte eignete sich ebenfalls – sie war ergiebig und trocknete schnell, aber es gab wenig davon. Man benutzte sogar gebrauchtes Schmiermittel für Maschinen zum Stempeln. Die schmutzig-fettigen Flyer konnten sie leider nicht lange lagern, weil alles auf die Blätter darunter durchdrückte.

Marta malte in einem Katechismussaal in der Kirche das in das Linoleum geschnittene Logo ihrer Schablone dann jeweils mit roter Schulfarbe aus. Es tat gut, durch diese Arbeit Teil des Widerstands zu sein und von einer freien Zukunft zu träumen.

Um die Verteilaktionen flächendeckend durchzuführen, musste man viele Flugblätter herstellen und diese verstecken. Ständig lebten sie in Angst, verpfiffen zu werden, und es gab strenge Verhaltensregeln. Aber es tat gut, dass Marta mit Tomek diese verbotene Sache teilte, etwas, das Mutter oder auch sonst niemand wissen durfte. Es wühlte sie auf und stellte gleichzeitig eine besondere Verbindung zu ihrem Bruder her. Eine, die nichts mit Mutter zu tun hatte.

Marta räumte gerade die Küche auf, als sie in Tomeks Ecke ein kniehohes Paket mit Flugblättern bemerkte. Heiße Ware, dachte sie und ihr wurde heiß. *Muss er sich ständig für etwas Dummes einspannen lassen? Das hat zu Hause nichts zu suchen! Was soll ich tun?* Sie begann, sich die Hände reibend in der Wohnung umherzulaufen.

Als ihr Bruder nach Hause kam, zeigte sie auf den Stapel und schrie:
„Bist du verrückt geworden? Ist dir klar, was du da machst? Bist du von allen guten Geistern verlassen? Bescheuert? Sag mir, dass das nicht wahr ist!"
„Was gibt's für ein Problem?", fragte er und kraulte das Meerschweinchen. Joka verkroch sich unter das Sofa.
„Das ist ein wahnsinniges Schlamassel!"
„Es sind nur ein paar Blätter. Reg' dich nicht so auf! Es ist doch nichts Schlimmes."
„Du bist über alle Maßen dumm! Mutter schuftet den ganzen Tag für uns und du gefährdest alle! Bist du noch bei Trost? Dämlich? Niemand darf auf eigene Faust Flugblätter verteilen, sonst erreichen wir nichts. Das müsstest sogar du kapieren! Wo hast du das Zeug her?", schrie sie wütend wie noch nie.
„Ich bring' das weg, aber kein Wort zu Mutter!", sagte Tomek leise und begann, an seiner Faust zu kauen.
„Ich verlange von dir, dass das sofort verschwindet!"
Voller Anspannung ging sie raus auf den Balkon und hörte, wie die Tür knallte. *Hoffentlich bringt er die Dinger in die Kirche. Die Kommunisten schnüffeln überall, nur nicht dort.*
Kalte Angst beschlich sie, denn es herrschte schon Ausgangssperre. Tomek kam knapp vor Mutter zurück, die später als sonst zuhause erschien. Sie schwiegen und gingen rasch schlafen. In der Nacht träumte sie, dass ihre Familie in einem dunklen, feucht-kalten, mittelalterlichen Kerker auf den Henker wartete.
Am nächsten Tag sah Marta auf der Schultoilette einige Flugblätter, die wahrscheinlich aus Tomeks Stapel stammten. Und wieder durchdrang sie diese furchtbare Angst. *Dieser Dumm-*

kopf. Die Direktorin und seine Klassenlehrerin schimpften mit ihm und drohten mit Konsequenzen, Marta stellte sich ahnungslos. Wundersamerweise geschah nachher nichts weiter. *Sie haben den ewigen Schulclown wohl nicht ernst genommen. Was für ein Riesenglück wir haben, dass die Lehrer zu den Guten gehören.*

Marta probierte gerade den neuen Raumanzug an, mit dem man selbstständig fliegen konnte, als der Wecker sie besonders laut und aggressiv aus ihrem Traum an diesem Dienstagmorgen um 4 Uhr riss. Mit enormer Mühe öffnete sie die Augen und stellte den Störenfried so schnell wie möglich ab, um ihren Bruder und ihre Mutter nicht zu wecken. Auf in den Kampf, heute klappt es bestimmt, sagte sie sich und stand auf. Es war die beste Zeit, um sich in die Schlange vor dem großen Laden einzureihen. Trotz der Abschnitte auf der Lebensmittelmarke war es alles andere als sicher, dass man tatsächlich Fleisch, Mehl oder Butter kaufen konnte. Der Sodawasserverkäufer hatte ihr von der bevorstehenden Lieferung erzählt.

Die Schlange ist schon ganz schön lang, dachte sie, als sie sich an deren Ende anstellte. Man bewegte sich nicht, weil der Laden noch geschlossen war. Sie seufzte leise, weil es noch zu dunkel war, um sich mit Lesen die Langeweile zu vertreiben. Dabei konnte sie es kaum abwarten zu erfahren, ob die Romanheldin es zu dem Raumschiff der Feinde unbeschadet schaffte oder ihr etwas Schlimmes zustoßen würde. So lauschte sie schlaftrunken den Neuigkeiten, die sich die anderen Leute erzählten, und fragte sich, wer unter ihnen gerade als professioneller Schlangensteher für die Familie von Adam und Ewa arbeitete. Als es dämmerte, nahm sie ihr Buch hervor und tauchte endlich in die Welt des 32. Jahrhunderts ein. Irgendwann begann die Masse, sich langsam zu bewegen, denn die Ersten konnten schon den Laden betreten und die Schlange formierte sich nochmals neu. Heute klappt es bestimmt, sagte sich Marta und verspürte ein wohliges Gefühl von Gewissheit. Denn sie versuchte schon das dritte Mal in diesem Monat noch vor der Schule, etwas Fleisch zu ergattern, und aller guten Dinge sind bekanntlich drei.

Etwa zwanzig Meter vor der Ladentheke legte sie ihr Buch in den Rucksack und beobachtete das Geschehen. Eine Hochschwangere, klar privilegiert, reihte sich von links ein. Als aber ein Mann im Rollstuhl ebenfalls zu meinen schien, sich nicht anstellen zu müssen, fand Marta es nicht in Ordnung und hoffte, dass er nicht bedient werden würde. Die Verkäuferin aber entschied zu seinen Gunsten und Marta fühlte, wie ihre Wangen ganz heiß wurden. Sie beruhigte sich, als die Menge sich wieder in Bewegung setzte. Noch sechs Personen, sagte sie sich, als die Verkäuferin in den Raum rief: „Das Fleisch ist ausverkauft."

Das gibts doch nicht! Marta war äußerst verärgert, kalter Schweiß bedeckte ihren Rücken. *Das ist eine blöde, böse Schikane! Auch uns steht ein bisschen Fleisch zu, so steht's auf den Lebensmittelmarken.* „Verdammte Kommunisten!", zischte sie leise vor sich hin, während die anderen Wartenden vor ihr schweigend das Feld räumten. Auch wenn sie mit Abstand die Jüngste hier war, wollte sie sich nicht die Blöße geben und losheulen. Nächstes Mal stehe ich noch früher auf, dann klappt es, beschloss sie. Ein Blick auf die Uhr half ihr, sich zu besinnen, denn es war schon halb acht. Maßlos enttäuscht ging sie nach Hause, schmierte sich mit zitternden Händen hastig eine

Scheibe Brot mit überzuckerter Erdbeermarmelade, schnappte sich ihren Ranzen und eilte zur Schule.

„Tomek hat gestern die Russischlehrerin geärgert", sagte Frau Lubomirska, die Mathelehrerin. Die anderen Schüler hatten schon den Raum für die Pause verlassen.
„Oh, nicht schon wieder sie!", rief Marta. Sie wusste, dass solche dummen Späße im schlimmsten Fall als antikommunistisch motiviert interpretiert werden könnten, weil es nicht um eine beliebige Lehrerin ging, sondern um die Russischlehrerin.
Tomek erlaubte sich gröbere Scherze in der Schule, und seine Klassenlehrerin war verpflichtet, Mutter von seinen Vergehen zu berichten. Da es oft solche Vorkommnisse gab und sie kein Telefon besaßen, schilderte Frau Lubomirska sie Marta in der Pause, damit sie zuhause davon erzählen sollte.
„Mitten im Unterricht hat er angefangen, krachend seine Bücher in den Tornister zu stecken. Dann ist er aufgesprungen und hat gerufen: ‚Die Stunde ist zu Ende! Kommt Leute, wir gehen.' Und schon standen zwei andere Jungen auch auf. Frau Radowaja war vollkommen außer sich. Das geht absolut nicht!"
„Natürlich nicht. Ich erzähl' es Mutter", versprach Marta und nahm sich vor: *Nein, ich drohe es Tomek an, wenn er mich wieder boxt und haut.* Seit er mit dem Karate-Training angefangen hatte, tat es wirklich weh, wenn er seine Muskeln an ihr ausprobierte.

Am Abend kam Mutter mit einem Paket nach Hause. Tomek durfte es öffnen, und sie sahen darin ein Kilo Zucker, zwei Kilo Mehl, drei Dosen mit Fisch, eine Tube Zahnpasta und Äpfel.
„Woher hast du das?", fragte Marta.

„Es kommt aus Bulgarien, von hilfsbereiten Menschen", sagte Mutter.
„Das ist ja lieb!", rief Marta und nahm eine Frucht in die Hand.
„Kann ich den haben?"
„Ja, der andere ist für Tomek."
Marta fand die Form des gelbgrünen, angenehm duftenden Apfels merkwürdig. Zudem wirkten nicht nur seine Schale, sondern auch der erste und die nächsten Schnitze pelzig. Die außergewöhnlich faserigen, eher trockenen Stücke schmeckten hinten am Gaumen leicht bitter und sie brauchte lange, um sie genügend zu kauen. *Ist das überhaupt ein Apfel?* Sie gab Tomek den Rest. Nach nur einem Bissen legte er ihr die Frucht in die Hände und meinte:
„Das ist ganz komisch."
„Was ist das?", fragte Marta Mutter, die inzwischen auf ihrem Sessel saß.
„Keine Ahnung, aber es ist aus dem Ausland!"

Am nächsten Tag sah Marta, wie Adams Schwester Ewa am Anfang der großen Pause in einen Apfel biss und erinnerte sich an die besondere Sendung vom Vorabend.
„Wir haben gestern ein Paket bekommen."
„Ah ja? Was war drin?"
„Nahrungsmittel und Zahnpasta. Und komische Früchte."
„Wieso?"
„Eine Art Apfel, aber ganz pelzig."
„Ah, Quitte, ist doch klar."
„Kennst du das?"
„Logisch. Von wo kam das Paket?"
„Aus Bulgarien – eine Hilfssendung", erklärte Marta.

„Also, wir bekommen keine Pakete, die sind für die Armen", sagte Ewa und biss in ihr Sandwich. Marta schluckte schwer. *Klar, sie beschäftigen professionelle Schlangen-Steher.* Zum Glück mussten sie wieder in den Klassenraum.

Nach der Schule war das Paket kein Thema mehr auf ihrem Weg in die Altstadtbibliothek. Wegen einer Baustelle wichen die Mädchen auf eine Seitenstraße aus und gingen an einem Hotel vorbei. Marta blickte hinein durch die weit geöffnete Tür und schlug vor: „Es ist niemand da. Wollen wir rein?"
„Wir dürfen nicht!", sagte Ewa.
„Komm schon!"
Der dunkle Gang führte in das angegliederte Restaurant. Marta schaute sich neugierig die auslegende Menükarte an und flüsterte:
„Guck mal! Bigos, Gulasch, Barszcz, Krakauer Wurst ..."
„Und Limonade?"
„Guck selbst. Wie viele Bons von der Nahrungsmittelkarte muss man für ein Schnitzel abgeben ...", murmelte Marta, während sie mit dem Finger auf der Karte fuhr.
„Sogar Pepsi gibt's!", rief Ewa begeistert.
„Wie es aussieht, muss man keine Marken eintauschen ... Komisch ... Aber ... Das ist schier unbezahlbar! Und bei dir? „Eine Flasche kostet so viel wie zwei Stundenlöhne eines Bauarbeiters."
„Psst! Ruhig! Ohne Bons? Wie ist das möglich?"
„So, wie deine Mutter es macht: Genug zahlen", klärte Marta ihre Freundin auf und zeigte zum Eingang.
Sie gingen hinaus.
„Ich denk', es ist nur für Parteibonzen und Ausländer."

Marta schwieg und fühlte sich elend. Es gab also gleiche und gleichere Menschen. *Betrug ist das, niemand kauft sich eine Limonade, wenn Grundnahrungsmittel fehlen.*

„Das ist ja langweilig! Von oben bis unten ‚sehr gut'", sagte Mutter, als sie Martas Zeugnis anschaute. Es war eines der Besonderen, die nur wenige Schüler erhielten, das mit einem rotweißem Streifen am Rand, für einen sehr guten Notendurchschnitt.
Vielleicht langweilig, aber es ist mir nicht einfach so zugeflogen. Marta war dermaßen enttäuscht, dass sie nicht kontern konnte.
„Also, Tomeks Zeugnis muss man genau lesen: Polnisch: ‚genügend', Mathematik: ‚genügend', Geschichte: ‚befriedigend', Sport: ‚sehr gut' ... Schön bunt!" Mutters Augen schnellten nach oben, um die ihres Sohnes zu treffen. Sie lächelte ihn vergnügt an, er ließ die beiden Daumennägel mit leichtem Geräusch gegeneinanderstoßen und blickte zur Seite.
Wieso guckt sie ihn so an? Ist das etwa lustig?
„Die Markierung am Rand hebt die guten Zeugnisse von den andern ab", versuchte sie es wieder.
„Ja. Wie letztes Jahr."
„Ich habe noch andere Auszeichnungen bekommen, schau mal." Sie gab Mutter drei Bücher mit einer Widmung, eines für die besten Noten, eines für vorbildliches Betragen und eines für Vielleser. Die Bände behandelten den Zweiten Weltkrieg, insbesondere das Naziregime und die Judenverfolgung. Bei der Zeugnisvergabe musste Marta Lob über sich ergehen lassen für Dinge, die sie als ihre Privatsache empfand. Also, dass sie den vaterlosen Haushalt führte, und dass Mutter als Kind im Kon-

zentrationslager Auschwitz gewesen war. Sie hasste diese Momente.
Mutter öffnete das erste Buch, las die Widmung und machte dasselbe mit den anderen zwei. Danach legte sie alles wortlos hinter sich auf den Stuhl.
„Sehr gut", sagte sie in einem unbeschreiblich neutralen Tonfall.
Marta fühlte einen Knoten in der Magengegend, als sie die Bücher zuoberst ins Regal stellte. *Nur Tomek interessiert sie! Die dummen Bücher waren sicher die Idee der Geschichtslehrerin, sie übertreibt, sie macht aus Mutter eine Heilige. Vielleicht will Mutter aber gerade nicht an diese Dinge erinnert werden.*

*

Martas Mitschülerin Teresa fiel weniger als Person auf, sondern wegen ihrer langen, blonden Haare, ihrer blauen Augen und den tänzerischen ballett-artigen Bewegungen. Sie stand gerade in der Nähe, als Marta Adam, Ewa und zwei weitere Mädchen zu ihrem 13. Geburtstag einlud. So entschloss sie sich spontan, auch Teresa dabei zu haben. Denn man wusste, dass die Eltern der Einzelgängerin sich gerade getrennt hatten. Mit Tee, Salzstangen, hartem Blechkuchen, begleitet von Adams vielen Witzen wurde es ausgelassen und lustig. Nach diesem kleinen Fest wich Teresa nicht mehr von Martas Seite, was sie störte, sie aber Mitleid für sie hatte und es duldete, wenn sie nun öfter mitkam, um Joka auszuführen, oder unerwartet zwischen den Regalen in der Bibliothek auftauchte.
Nach der Geschichte mit Tomeks Flugblättern lebte Marta in Angst und es verunsicherte sie, dass gerade Teresa sie schließ-

lich um Nachhilfe in Mathe bat. Teresas Vater war Berufsoffizier, womit ihre ganze Familie auf der Seite der Kommunisten sein musste. Marta musste sich hüten, zu politisieren, um nicht Mutters Freiheit oder das Lyzeum aufs Spiel zu setzen. Sie versprach dennoch, ihr in Mathe zu helfen, weil sie dadurch die einmalige Gelegenheit bekam, eine der sagenumwobenen, privilegierten Militärs-Wohnungen zu sehen. Solche Familien besaßen ein Telefon, ein Auto und durften an der dalmatinischen Küste die Ferien verbringen.

Die beiden waren allein, als Marta zu ihr kam, bei Tee und Salzstangen begannen sie mit Mathe. Nach den Erfahrungen mit Tomek tat es gut, dass ihre Mitschülerin konzentriert und motiviert mitmachte. Irgendwann klingelte es.

„Ich weiß, wer es ist", sagte Teresa und verließ das Zimmer.

Marta hörte eine angenehme, männliche Stimme. Ihre ‚Schülerin' steckte den Kopf in den Türspalt:

„Es dauert nicht lange. Kannst du kurz auf mich warten?"

„Klar, kein Problem", murmelte Marta, nahm einen Schluck Tee und schaute die nächste Aufgabe an. Sie hatte keine Uhr um, aber Teresas Abwesenheit zog sich in die Länge. Sie hörte keine Stimmen, war sich aber sicher, dass niemand die Wohnung verlassen hatte. Nach einer gefühlten Unendlichkeit kehrte Teresa dann ins Zimmer zurück. Sie blieb stehen, wirkte etwas erhitzt, ihre Augen wanderten von einem Gegenstand zum anderen.

„Entschuldige bitte. Es war mein Vater."

„Kein Problem."

„Er ist ja ausgezogen und ich konnte ihn nicht zurückweisen."
Sie öffnete eine Glasvitrine und kehrte Marta kurz den Rücken zu. Als sie sich gesetzt hatte, fuhren die beiden fort mit Mathe-

matik. Der kalte Tee schmeckte nicht mehr, aber Marta machten Teresas Fortschritte Spaß, obwohl sie weniger konzentriert war als vorher. *Allemal viel besser als Tomek.* „So, ich muss los, Joka wartet", sagte sie und ging nach Hause.

Nachdem Teresa das erste Mal in ihrem Leben eine sehr gute Note in der Klassenarbeit erhalten hatte, konnte Marta sie gar nicht mehr abschütteln. Sie führten nun fast täglich Joka aus, die neue Freundin sprach unentwegt über Dinge, die für Marta nicht besonders interessant waren.
An einem Sonntagnachmittag stand eine unbekannte, gepflegte Frau vor der Tür der Danutowskis.
„Du wirst Marta sein. Ich muss mit deiner Mutter sprechen."
„Darf ich wissen, wer Sie sind?"
„Teresa ist meine Tochter. Lässt du mich jetzt rein?"
Das klingt nicht wie ein Dank für die Nachhilfe. Zufällig hatte Mutter Urlaub in dieser Woche. „Klar, bitte. Darf ich Ihnen einen Tee anbieten?" *Hoffentlich achtet sie nicht auf die Unordnung.*
„Ich brauche nichts, ich muss nur mit ihr reden."
Marta führte sie ins Wohnzimmer, wo Mutter auf dem Sessel saß und rauchte und ließ die beiden allein. Nach einer Weile riefen sie sie zu sich.
„Warst du dabei, als Teresas Vater neulich in die Wohnung gekommen ist?", fragte der Gast. Mutter saß unbeteiligt auf ihrem Sessel.
„Als wir Mathe gelernt haben, kam jemand zu Besuch, ja", antwortete Marta verdutzt.
„Hatten die beiden Sex miteinander?"
„Wie bitte?!"

„Frag' nicht so blöd. Ja oder nein?"
„Ich habe diese Person gar nicht gesehen, Teresa hat gesagt, dass es ihr Vater war."
„Hat er sie vergewaltigt?"
„Was??? Ich verstehe nicht ... Keine Ahnung ... Natürlich nicht!" Sie hatte sich furchtbar gefühlt.
„Aber du warst doch da?"
„Ich saß in ihrem Zimmer. Wir haben Mathe gelernt."
„Und das Geld?"
„Geld?!"
„Na, das von ihrem Vater."
„Nein. Aber ... Als sie ins Zimmer kam, hat sie zuerst etwas in die Vitrine gelegt."
Martas Herz klopfte, wilde Bilder tanzten plötzlich vor ihrem geistigen Auge. Teresas erhitztes Gesicht ... Und wie nervös sie gewirkt hatte ... Und die Fragen über die Menstruation und fruchtbare Tage ...
„Du musst vor Gericht aussagen und darfst nicht mit Teresa reden", schnaubte der Gast und verließ die Wohnung.
Mutter griff wortlos nach ihrem Buch und begann zu lesen.

Einige Tage später wurde Marta von einem Psychologen befragt.
„Warum muss ich mit Ihnen reden? Ich wäre jetzt lieber im Freibad."
„Bald beginnt die Gerichtsverhandlung. Ich prüfe, ob du reif genug bist, um als Zeugin vernommen zu werden", sagte er.
Nach zwei Stunden Fragerei über den weiblichen Zyklus und Verhütung fragte Marta: „Ich weiß nur, was im Aufklärungsbuch aus der Bibliothek steht. Was meinen Sie? Muss ich aus-

sagen? Ich hab' ja ohnehin nichts gesehen." *Ist Teresa schwanger?*
„Das Gericht wird dich vorladen. Für heute sind wir fertig."
Marta sagte zweimal als Zeugin aus. Obwohl sich die Fragen wiederholten, spielte ihre Erinnerung nicht mit. Sie begann, sich ihre eigene Vorstellung von jenem Nachmittag zu machen. Dass Männer Frauen zu Sex zwangen, konnte sie sich unter Umständen vorstellen. *Aber es mit der eigenen Tochter zu tun? Nein, nein! Ist das eklig!* Sie stellte sich vor, dass Teresa das schon öfter gemacht haben musste. *Ich werde niemals mit jemandem darüber sprechen. Nie!*

Als General Jaruzelski am 22. Juli 1983 das Kriegsrecht beendete, wurde die Lebensmittelrationierung größtenteils aufgehoben. Beinahe gleichzeitig stiegen die Preise um bis zu 500 %. Zwar gab es kaum noch Schlangen, aber dies bedeutete nicht, dass genug Ware da gewesen wäre. Mittlerweile besuchte Marta jede Woche die Bukowskis, wobei Opas Zusatzinformationen die Situation im Lande noch schlechter aussehen ließen, als man es im Alltag mitbekommen hatte. Dies fing an, Marta zu belasten.
„Opa, wie ist das eigentlich, viel mehr über delikate historische Ereignisse zu wissen als offiziell bekannt ist?"
„Nicht einfach, Marta, wir diskutieren nur hier zuhause darüber und hoffen auf freiere Zeiten."
„Ja, ich passe in der Schule auch sehr auf."
„Im Radio und in der Kirche höre ich Aktuelles vom Untergrund. Zum Beispiel fordert die Solidarność jetzt die Aufklärung über Katyń."
„Katyń? Was ist das?"

„Ein tief schwarzes Kapitel: 1940 haben die Sowjets mehr als 20 Tausend polnische Offiziere und Intellektuelle erschossen, und als ein Jahr später die Massengräber gefunden wurden, wurde Stillschweigen darüber verordnet."

„Das heißt, dass Polen nicht nur Opfer der Nazis, sondern auch der Russen waren?!", rief Marta überrascht. *Ich wusste, dass es schlimme Leute sind.*

„Ja, und weil unser Hass auf die Sowjets enorm ist, wollte der damalige Parteichef Russlands die Wahrheit nicht offiziell zugeben."

„Hatte er Angst, dass wir wie die Wilden auf sein Volk losgehen?"

„So etwas in dieser Art, ja."

„Das ist ja furchtbar!"

„Ja, und nun hat die Solidarność dieses Thema aufgegriffen. Es ist höchste Zeit."

9. Die Erwartungen (1992, Deutschland)

Warme Sonnenstrahlen verwandelten den Berliner Volkspark Rehberge in eine grün-braun-goldene Oase im Großstadtdschungel, als Kurt und Marta dort spazierten.
„Schön, zur Abwechslung mal nicht zu joggen, sondern sich hier der Langsamkeit hinzugeben", sagte sie.
„Hat was, sogar meine Gedanken rasen nicht mehr so."
„Ja, mir geht's auch so. Gestern ist übrigens eine Absage gekommen – das Hotel, in dem du arbeitest, stellt nur männliche Aushilfen ein", sagte Marta.
„Dachte ich mir, es ist ein harter Job."
„Aber einiges besser bezahlt als die Pflege. Und bei dir sind so blöde Erlebnisse, wie ich sie neulich in der Studentenkneipe hatte, unwahrscheinlich. Schade."
„Das stimmt. Tut mir leid für dich. Dafür könnte ich in den Bankettbereich wechseln und eine Art Oberkellner werden."
„Das ist genial, gratuliere! Hast sicher zugesagt?"
„Ja, gleich nächstes Wochenende geht's los."
„Super. Ich arbeite weiter in der Klinik. Das ist eindeutig besser als ein Telefonjob bei der Versicherung, Zeitungen austragen oder Nachhilfe für Schüler."
„Da weißt du, woran du bist."
„Ja. Und es motiviert mich, auch merkwürdige Dinge bei der Arbeit auszuhalten. Wie neulich."
„Was war da?"
„Na ja, unsere lieben Gastarbeiter. Neulich hat eine Türkin einen Sohn geboren. Du glaubst nicht, was da los war! Die ganze Sippschaft kam, um den Neugeborenen anzuschauen. Die Männer trugen Kaftane aus edlen Stoffen, die Frauen Kopftü-

cher und festliche Kleider. Die jüngeren Kinder tollten laut umher. Es roch nach orientalischem Essen, das die Besucher in breiten Schüsseln und voluminösen Körben mitbrachten. Ihre ausgiebige Party musste unser männlicher Pfleger beenden. Das war eindrucksvoll!"

„Für sie ist ein Junge wie ein Prinz. Und wenn ein Jugendlicher gegen das Gesetz verstößt, ist es für die Türken ein Männlichkeitsbeweis, also nicht schlimm. Und ich bekomme den besseren Job, weil ich ein Mann bin."

Irgendwie machten Kurts Worte Marta traurig. Sie musste an Tomeks Streiche denken, an seine schlechten Noten. Er hatte sie jahrelang getriezt und viele Dummheiten gemacht. *Aber Mutter... ach, egal.* Was sollte es bringen, sich jetzt noch darüber zu ärgern. Sie war erwachsen.

Kurt nahm Marta bei der Hand. „Komm, kein Trübsal blasen, wir müssen noch einkaufen gehen."

Einige Wochen später besuchte Erika ihre betagte Stiefmutter in Berlin und nahm Marta auf dem Rückweg nach Felde mit. Die beiden hatten sich schon lange nicht mehr gesehen, und so vergingen die knapp vier Autostunden im Nu. „Hast du gewusst, dass Berlin voller Polen ist?", fragte Marta.

„Wie meinst du das?"

„Im Grunde überall, aber besonders in der Nähe des Bahnhofs Zoo und entlang der Straße des 17. Juni parken lauter Busse mit polnischem Kennzeichen. Es strömen unzählige Leute in sämtliche einigermaßen erreichbare Discounter und kaufen sie buchstäblich leer."

„Nein, wusste ich nicht, in Norddeutschland gibt es das nicht."

„Ich muss oft auf die teureren Geschäfte ausweichen. Aber es ist lustig, ihnen zuzusehen, wie sie mit Rucksäcken beladen übereinandergestapelte Kartons zum Bus schleppen und sich unter der Last der Einkäufe die Plattform senkt. Einmal konnte ein überladener Bus nicht starten." Marta lachte und wurde nachdenklich. „Irgendwie schäme ich mich für meine Landsleute."
„Das musst du nicht, es herrscht freie Marktwirtschaft und sie haben einiges nachzuholen", sagte Erika und lächelte.
„Ja, stimmt. Aber besser wäre es, die Verhältnisse in Polen zu verbessern. Es sah schon vielversprechend aus, als ich nach dem Abitur dort war. Aber vielleicht geht es eben nicht so schnell. Von nichts kommt nichts, die Deutschen können sich nach der Wiedervereinigung intern helfen, zum Beispiel mit dem Solidaritätszuschlag."
„Ja, klar, und den finde ich richtig."
„Stört er dich nicht?"
„Nein, die DDR hat viel nachzuholen nach der kommunistischen Ära."
„Toll, dies, obwohl ihr in Norddeutschland weit weg seid und die tägliche Durchmischung der Leute nicht so direkt miterleben könnt."
„Mag sein. Ich finde es generell in Ordnung."
„Ja, erklär's mal Kurt. Für ihn ist es eine ungerechte Zusatzsteuer. Er steckt voller Widersprüche."
Die beiden näherten sich Kiel und Marta dachte wieder einmal, dass es immer ein Genuss war, mit Erika oder mit Heike zu sprechen. Sie waren so pragmatisch und unkompliziert.

Mutters Kater miaute fürchterlich, als Marta die Kieler Wohnung betrat. Sie umarmte Mutter unbeholfen und bezog ihr früheres, jetzt unbewohntes Zimmer. Tomek war kurz vorher von zuhause ausgezogen.

Obwohl Marta seit Beginn des Studiums nur äußerst selten in Kiel war, gelang es ihr nicht, sich Mutter gefühlsmäßig zu nähern. So besuchte sie ihre früheren Schulfreundinnen und Heike und Erika in Felde, ging schwimmen, und bald packte sie wieder für Berlin.

An diesem letzten Abend wollte ihr Bruder sie in die Disco mitnehmen. Die beiden waren bis dahin noch nie zusammen tanzen gewesen. Marta war zu überrascht, um Nein zu sagen. Außerdem war sie schon lange nicht mehr ausgegangen.

Sie fuhren in Tomeks Lieblingsdiskothek, wo schon viele seiner Kollegen auf ihn warteten. Obwohl sie niemanden kannte und sie die einzige Frau unter ihnen war, fühlte Marta sich rasch wohl. Sie tanzten die meiste Zeit und es gelang ihr, nicht an die morgige Rückreise nach Berlin zu denken.

Dann nahm ihr Bruder sie zur Seite. „Das ist mein Freund, Dirk." Tomek zeigte auf den Kollegen neben sich.

„Hallo Dirk, nett, dich kennenzulernen. Toller Abend. Seid ihr öfter hier?"

„Ja. Im Winter fast jeden Samstag. Im Sommer zieht der Strand mehr."

„Ah, verstehe. Ich sehe nur wenige Frauen hier."

Tomek räusperte sich. „Marta, Dirk ist mein Freund. Wir sind zusammen." Er legte den Arm um seinen dunkelhaarigen, schlanken Partner.

Erst jetzt begriff Marta. Abwechselnd sah sie von einem zum anderen, während sie ein warmes Gefühl verspürte. *Das hab` ich doch immer irgendwie geahnt!* Kurzerhand umarmte sie Dirk fest und drückte ihm einen dicken Schmatzer auf die

Wange und tat dasselbe mit Tomek, das erste Mal in ihrem Leben.
Dann sagte sie: „Ich freue mich für euch beide."
Berührt lächelten sie sich alle an.

Nach der Disco fuhren sie zu dritt in Dirks Wohnung. Marta staunte, wie sauber und aufgeräumt es bei ihm war. Im Schlafzimmer erblickte sie ein Doppelbett und einen breiten Kleiderschrank. In der Stube standen zwei bequeme Sofas und ein Couchtisch, an den Wänden hingen sorgfältig eingerahmte, abstrakte Reproduktionen. Zu den hellen Möbeln passten die beigen Spannteppiche, die luftigen Gardinen und Vorhänge mit feinem, weißem Muster. Im Bad sah sie exklusive Seifenstücke, Badezusätze, Parfümflakons und Quietschentchen auf dem Badewannenrand. Auf dem Waschbecken steckte in einer filigranen Vase eine frische gelbe Freesie.
„Deine Wohnung gefällt mir sehr. Du badest vermutlich gern?", wendete sie sich an ihren ‚Schwager'.
„Ja, wir baden oft gemeinsam, übers Wochenende wohnt Tomek auch hier", bestätigte er.
Sie unterhielten sich noch lange, hörten leise Musik, tranken Ginger Ale und aßen dazu duftende, selbst gebackene Mandelplätzchen.
Dirk und Tomek erzählten, dass sie sich schon lange gekannt hätten, bevor sie vor einem Jahr zusammenkamen. Und dass Dirks Schwester wie seine beste Freundin war. *Schade, dass es nicht bei uns Zwillingen auch so ist.* Sie konnte spüren, dass die beiden einander liebten, und sie schloss Dirk sofort ins Herz. *Er wirkt besonnener als Tomek und seine Wohnung ist liebevoll gepflegt.* Sie hoffte, sein Einfluss auf ihren Bruder würde lange

währen und freute sich für die beiden. Als Tomek in der Küche verschwand, fragte Dirk Marta:
„Wie ist Berlin denn so?"
„Großstadt, mit allem Drum und Dran. Ich glaub', die Szene ist sehr aktiv", antwortete sie.
„Klar, davon wissen sogar wir hier in der verstaubten Provinz. Ich war lange nicht mehr dort", sagte er ein wenig wehmütig.
„Verstehe, wenn man in einer Beziehung ist."
„Logisch."
„Seit wann lebst du deine Homosexualität aus?", fragte Marta.
Wie gestochen muss das für ihn klingen?
„Seit ich fünfzehn bin. Meine Eltern haben es irgendwie früh gespürt. Zum Glück."
„Hast du den Eindruck, dass sie dich anders behandelt haben als deine Schwester?"
„Ich nicht, aber sie hat sich mal darüber beklagt."
„Interessant. Ich will zwar nicht zu weit gehen, aber womöglich ist ja was dran? So allgemein mein' ich, weißt du, weil man Junge oder Mädchen ist."
„Ja gut, mit ihr verglichen durfte ich früh länger ausgehen oder bei meinen Kumpels bleiben, das stimmt schon."
„Und unsere Mutter bevorzugt Tomek bis heute noch. Na ja, er ähnelt ihr vom Charakter her."
„Nach mir ist sie wohl seine wichtigste Bezugsperson." Dirk räusperte sich und schaute in Richtung Küche. Aber ihr Bruder wusch noch immer ab.
„Stimmt. Wusstest du, dass ein Junge in einer muslimischen Familie ein König ist und ein Mädchen sozusagen nichts?"
„Das ist krass."

„Hab's auf der Geburtsabteilung erlebt. Und letzten Winter wurde die Tante meines Freundes ohne ersichtlichen Grund im Beisein ihrer dreijährigen Tochter in einer Telefonzelle grün und blau geschlagen. Von einem türkischen Jugendlichen. Juristisch gab es praktisch kein Nachspiel, weil er noch nicht volljährig war und seine Familie, so schien es wenigstens, hat ihn fast zur Tat beglückwünscht. Wie findest du das?", erzählte Marta engagiert, als Tomek dazu stieß.

„Oh! Hat jemand Geburtstag?", mischte er sich lächelnd ein.

„Das ist nicht witzig", stimmte Dirk zu. „Es geht hier um die Ungleichbehandlung von Jungen und Mädchen."

„Ach so! Na ja, Marta kann sich selbst helfen", sagte er und nahm ein Plätzchen.

Ist Tomek homosexuell, weil wir ohne Vater aufgewachsen sind, oder weil Helenka ihn oft geschminkt hat, als er klein war? Oder weil Mutter das Männliche in ihm nicht einforderte? Sie schüttelte den Kopf. Unsinn. Man wird schließlich so geboren. *Aber vielleicht erklärt das seine oft so übertriebene, vermeintlich lustige Gemeinheit? Weil er nicht wollte, dass seine ‚Schwäche' entdeckt wird?*

Marta gähnte ausgiebig. „Es ist spät geworden, ihr könnt mich gerne mal in Berlin besuchen!", sagte sie und die Zwillinge machten sich auf den Weg in Mutters Wohnung.

„Sie haben eine halbe Stunde Zeit. Befragen und untersuchen Sie bitte Ihren Patienten. Sie dürfen seine Akte nicht einsehen. Jeder Kranke hat einen Befund, den Sie mit Ihrem Stethoskop deutlich hören können. Danach erklären Sie mir Ihre Diagnose."

Die Professorin wies jedem Studenten einen Patienten für die Prüfung am Krankenbett zu. Nach dem Physikum waren Fächer, wie Pharmakologie, Mikrobiologie, Strahlenheilkunde, Pathologie, Labordiagnostik, Histologie, die vielfältige Innere Medizin und die verhasste Epidemiologie mit Statistik hinzugekommen. Dieses lebendige Wissens-Durst-Paradies erfüllte Marta mit Glücksgefühlen. Die Kardiologie faszinierte sie, obwohl sie es kompliziert fand, die Kurven des EKG zu deuten. Dafür hat sie die Kunst, das Herz abzuhören, entschädigt. Marta investierte in ein gutes Stethoskop und übte die Auskultation emsig an sich selbst. Dabei prägte sie sich ihre Herztöne ein, damit sie ihr halfen, krankhafte von gesunden Geräuschen zu unterscheiden. Die Lungenuntersuchung war dagegen nicht besonders schwierig.

Da sie fleißig gewesen war, ging Marta zuversichtlich zur Prüfung am Krankenbett.

Sie suchte ihr ‚Opfer' auf, einen stämmigen Mann Anfang sechzig, stellte sich vor und begann, ihn Dinge zu fragen, die ihre Arbeitshypothese stützten. Anschließend hörte sie gewissenhaft sein Herz und die Lunge ab, tastete den Hals ab, untersuchte den Rachen und die Haut inklusive Fingernägel. Sie vergrub ihre Hände in seiner Bauchdecke und fahndete an den Unterschenkeln nach Schwellungen oder Venenzeichnungen. Ihrer Meinung nach war das Herz ihres Patienten gesund. *Ich bin gespannt auf die Miene von Frau Professor, wenn meine Diagnose korrekt ist, obwohl sie betont hat, dass bei jedem Kranken ein hörbarer Befund vorliegt.*

„Was haben Sie bei Ihrem Patienten herausgefunden?"
„Ich höre reine Herztöne. Das diskrete Giemen auf der Lunge könnte für ein Asthma sprechen. Der Bauch weist feine Geräu-

sche auf, ist weich und nicht klopfempfindlich, also unauffällig. Die Unterschenkel sind nicht geschwollen, sodass ich eine Rechtsherzinsuffizienz ausschließe. Meiner Meinung nach liegt hier keine mit dem Stethoskop feststellbare Herzkrankheit vor", antwortete Marta stolz.

„Hm. Sie haben keine krankhaften Geräusche gehört?"

„Nein, keine."

„Und was ist mit der Mitralklappe?"

Marta fühlte sich wie vor den Kopf geschlagen. *Was soll damit sein?* „Ich höre reine Herztöne", erklärte sie mit etwas zittriger Stimme.

„Entweder haben Sie falsch gelernt oder es nicht verstanden."

„Das Herz des Patienten klingt genau wie mein eigenes. Ich habe das zigmal geübt."

„Hm ... Soll ich Sie mal abhören?"

Marta schluckte. Ihre Professorin war eine Koryphäe auf ihrem Gebiet.

„Ja, ich wäre Ihnen sehr dankbar. Ich habe wirklich fleißig gelernt."

Die beiden betraten den Untersuchungsraum auf der Station und Marta hob ihren Kittel hoch.

„Sie haben eindeutig ein Mitralklappengeräusch. Wenn Sie das für einen Normalbefund halten, erklärt es, dass Sie es auch bei Ihrem Patienten so diagnostiziert haben. Im Übrigen stimme ich Ihnen zu: Bei ihm liegt auch Asthma vor", erklärte die Professorin.

„Ich wusste nichts davon, zumal ich ohne Probleme Sport treiben kann. Aber ... Mit viereinhalb hatte ich Rheumatisches Fieber mit Herzbeteiligung und Gelenkproblemen. Ich war damals sehr krank. Aber niemand hat mich je über einen Herzklappenfehler aufgeklärt." Hatte man es ihr nicht gesagt, weil sie zu jung dafür war? Oder um Mutter nicht zu beunruhigen? Oder hatte man es vergessen, oder für unnötig befunden? Der Gedanke, dass sie ihr Leben lang mit einer schwelenden Gefahr herumgelaufen war, erschütterte sie mehr, als sie in diesem Moment begriff. *So etwas sollte man seinem Kind nicht verheimlichen!*

„Als Medizinstudentin wissen Sie, woran Sie denken müssen, wenn zahnärztliche Eingriffe bevorstehen oder die Mandeln entzündet sind."

„Ja, ich muss dann sofort Antibiotika nehmen, damit das Herz nicht noch einmal angegriffen wird."

Zwei Wochen später bestand Marta die Prüfung.

Kurt hatte sein Abitur auf dem zweiten Bildungsweg bestanden und sich an der Uni für Philosophie und deutsche Literatur eingeschrieben. Marta begann gerade ihr sechstes Semester. Sie freute sich auf Themen, die ihr naturwissenschaftliches Studium ergänzen würden. Er aber diskutierte lieber weiterhin seine üblichen Kernpunkte. Die Neugier und Akzeptanz, die anfänglich ihre Beziehung kennzeichnete, wichen immer öfter Unverständnis und Ärger. So, wie an jenem Abend, als Kurt und Marta nach einem Vortrag über Wilhelm Reich mit der U-Bahn nach Hause fuhren.

„Dieser Mann muss ein unheimlich streitbarer Zeitgenosse gewesen sein", mutmaßte sie.

„Denk' ich auch. Er sah im Marxismus eine Grundlage", sagte er.

„Kurt, nicht schon wieder dieses Thema, bitte."

„Der Marxismus bietet gute Lösungen an."

„Das ist eine Utopie. Du möchtest frei und unabhängig leben. Im Kommunismus ist das unmöglich. Auch ich finde, dass es jeder das tun sollte, was er am besten kann. Und wenn er krank oder behindert ist, soll ihn der Staat unterstützen", sagte Marta.
„Genau, und zwar alle gleich."
„Und auch noch zentral geregelt? Eher nicht. Eben darum sind die Steuern und der Solidaritätszuschlag wichtig, was du verabscheust. Es sind immer gewisse Leute gleicher als gleich, auch im Kommunismus. Auch dort zahlte man übrigens Steuern, aber weniger offensichtlich."
„Verabscheuen tu' ich sie nicht, sondern ..."
„Eben, am liebsten den Staat zahlen lassen, was man selbst nicht finanzieren will. Denk' an Blaise Pascal: ‚Vielfalt ohne Einheit ist Beliebigkeit und Einheit ohne Vielfalt Tyrannei'. Freiheit bedingt auch Pflichten."
„Du wiederholst dich. Sieh es doch mal so: Wenn alle das Gleiche wollen, klappt's."
„Aber es wollen nicht alle das Gleiche, du hast keine Ahnung davon. Der Kommunismus hat die Menschen verdorben! Ich erinnere mich lebhaft daran, wie Gebäude und Einrichtungen zerstört wurden oder gestohlen wurde, was das Zeug hielt. Warum? Weil die Dinge ‚allen' gehörten und man sie nicht kaufen konnte. Habgier ist unerhört menschlich. Aber ich rede von Grundbedürfnissen."
„Hm, aber die Leute müssen sich noch lange nicht als ‚Besserwessi' aufführen", sagte Kurt.
Marta seufzte und versuchte, die unerklärliche Wut, die in ihr brodelte, im Zaum zu halten. „Ja, das stimmt. Das nimmt schlimme Ausmaße an, zum Beispiel auch an der Uni."

„Siehst du? Zuerst wurden eure Fakultäten fusioniert, dann die Ostberliner Professoren durch Wessis ersetzt. Im Nu."
„Genau, das meine ich. Das ist unfair. Und es macht mich ohnmächtig, dabei zuzusehen."
„Du hast mal erzählt, wie schnell eine Freundin von deiner Mutter als Bibliothekarin nach der Wende ohne Job dagestanden ist. Quasi über Nacht wurde es sehr schwierig für sie."
„Gaby. Ja, das ist ungerecht. Sie ist eine von so vielen."
„Eben. Bestimmt wünscht sie sich den Kommunismus zurück."
„Das tut sie auf `ne Art. Aber ich denke nicht die Bespitzelung, die Indoktrination und solche Dinge."
„Wie auch immer, es geht alles viel zu rasch. Die Arbeitslosen, der Vandalismus, das zusammengestrichene Freizeitangebot für Jugendliche."
Als die U-Bahn den Bahnhof Rehberge erreichte, stiegen Marta und Kurt aus und liefen schweigend nebeneinander her nach Hause. Martas Magen verkrampfte sich, wie immer häufiger in letzter Zeit. Manchmal dauerten solche Diskussionen Stunden, und sie rieben sich beide daran auf und fanden nur noch selten einen Konsens. Sie vermisste Kurts Umarmungen in Momenten, wenn sie Trost gebraucht hätte bei Erinnerungen an die schmerzliche Vergangenheit, die sie oft hilflos machte.

Als sie in dieser Nacht wach im Bett lag und an die Decke starrte, fasste sie einen Entschluss. Ihre Ansichten waren zu verschieden. Und die Gespräche oft kämpferisch, weil es um unvereinbare Grundsätze ging. Am nächsten Morgen eröffnete sie Kurt, dass sie sich von ihm trennen wollte. Er nickte. Es war lange her, seit sie sich einig waren. Und weil keiner von ihnen einen neuen Partner hatte, wohnten sie noch einige Wochen lang zusammen.

Die ersten drei Monate alleine in der Wohnung setzten Marta unerwartet zu. Das Studium erschien ihr zäh, die Pflegearbeit machte weniger Spaß als sonst. Außerdem musste sie nun für die ganze Miete aufkommen. Das eine Mal Sex mit dem Ex, wenn auch fantastisch, hinterließ ein fades Gefühl. Sie hatten es wohl nur aus Einsamkeit getan. Danach beschloss Marta, sich eine Bleibe zu suchen, die sie sich allein leisten konnte.
Sie zog in die Trift-Straße, ebenfalls im Wedding. Es tat weh, die alte Wohnung in ihrem schönen Zustand abzugeben ohne ein Dankeschön des Vermieters für die aufwendige Renovierung. Immerhin konnte sie das Kurt-Kapitel abschließen und feierte in der bereits leeren Wohnung bescheiden ihren 25. Geburtstag.
Ihre neue Ein-Zimmer-Bleibe befand sich im zweiten Hinterhof eines Altbaugebäudes, in dem mehrheitlich Türken wohnten. Nicht einmal der Hausmeister sprach Deutsch. Vom Fenster aus erlebte Marta ihre Nachbarn während des Ramadans – wie sie spätabends ausgelassen mit ihren Familien kochten und speisten. Die einzige Birke im Hof vermochte nicht, den Hall des Gelächters der Tafelnden zu dämmen. Eine winzige Studentenwohnung in einem türkischen Mikrokosmos.

Nach dem Ersten Staatsexamen fuhr Marta im Juli nach Kiel. Sie wollte nicht nur Mutter besuchen, sondern freute sich darauf, ihre Freundinnen zu sehen und ihnen über ihr Studium zu berichten. Britta hatte jedes Semester ein anderes Fach angefangen, und blieb unschlüssig über ihre Zukunft. Daniela, inzwischen ausgebildete Steuerfachgehilfin, wollte sich für Jura einschreiben. Silvia studierte Biologie und Englisch auf Lehramt. Marta realisierte, dass sie glücklich in Berlin war, obwohl sie wieder solo war. Sie war sich nur nicht sicher, ob es so war, weil, oder obwohl sich ihr dortiges Leben immens von demjenigen in Kiel unterschied.

Bei Mutter hingegen schien die Zeit stehen geblieben zu sein. In ihrer Wohnung herrschte die übliche Unordnung, neben Tomek war der Kater die Hauptperson in ihrem Leben. Mutters Ein-und-alles war der Schrebergarten, in dem sie eher selten das Unkraut jätete, dafür vor allem den Anblick der Pflanzen und die Ruhe genoss. Tomek schnitt für sie die Hecke, mähte den Rasen und hatte ihr ein Gewächshaus gebaut. Marta hatte Mutter nie im Garten geholfen. Ihre Tochter hatte nichts verloren in ihrem Reich. Und daher ging sie wiederum nichts an, dass Marta nicht mehr mit Kurt zusammen war.

„Willst du eigentlich immer noch einen Tümpel?", fragte Marta Mutter beim Frühstück, nachdem sie den Kater aus der Küche verscheucht hatte.

„Wir haben jetzt einen!", sagte Mutter und richtete sich auf in ihrem Sessel. „Ich zeig' ihn dir."

„Toll! Wie habt ihr das gemacht?"

„Tomek hat die Erde ausgehoben und das Loch mit dicker Folie ausgelegt, so etwa zwei auf vier Meter und es mit Wasser gefüllt."

„Und dann?"

„Als ich Pflanzen und Frösche am Rand gesehen habe, habe ich Goldfische besorgt."

„Oh, wie schön!", sagte Marta, obwohl sie nichts damit anzufangen wusste. Und um höflich zu sein, bot sie an: „Ich komme

heute Abend mit. Und ... Ich habe übrigens auch eine Neuigkeit: Ich darf schon jetzt mit der Doktorarbeit beginnen."
„Aber das Studium ist ja noch nicht fertig!"
„Den Titel erhält man natürlich später. Aber besser jetzt, als neben der Arzttätigkeit zu schreiben."
„Aber du lernst und arbeitest doch so viel!"
„Das klappt schon. Ich hab' schon begonnen."
„Ach so!"
„Ja, ich bin Doktorandin am Radiologischen Institut", erklärte Marta stolz.
„Das darfst du auf keinen Fall tun!", rief Mutter mit unüblichem Pathos.
„Wieso das denn nicht?"
„Das sind ja Strahlen!"
„Nein, es ist kein Röntgen. Keine Sorge." Es hatte sich so großartig angefühlt, am MRT anzufangen. So sehr, dass Marta die eigenartige Stimmung in der Abteilung erst später wahrgenommen hatte: Alle waren nur knapp freundlich, und niemand wollte sie einarbeiten. Im Gegensatz zu angestellten Ärzten führte ein Doktorand alles selbst und gratis durch. Für die Auswertung mit dem Professor hängte Marta ihr Material im Leuchtkasten auf. Aber er verspätete sich oft, ging bereits nach zwanzig Minuten wieder oder kam gar nicht erst.
„Na ja, ich weiß nicht."
Doch. Ich schaffe es, ob es dir passt, oder nicht, dachte Marta trotzig. „Hm, okay, lasst uns etwas Suppe essen und nachher in den Garten gehen. Diesmal ohne Schildkröte im Kühlschrank?", warf Marta versöhnlich hinterher und lachte.
Tatsächlich fügte sich der Teich gut in die Umgebung und zog diverse Tiere an. Mutter erzählte ihr, wie sie nach getaner Ar-

beit am Wasser saß und rauchend dem Quaken der Frösche lauschte. An diesem lauen Sommerabend rückten die beiden die Campingstühle ans Ufer, und nippten an ihrem Tee. *Seltsam, dass ausgerechnet Fische ihr Ding sind.* Wie früher, als sie klein waren und Mutter ihr Aquarium angestarrt hatte. Sie war ganz für sich. Marta war einmal in ihr Reich eingetreten, als sie beim Schlafwandeln den Fuß hineinstellte. Aber ohne Absicht, also unproblematisch. Und in den letzten Jahren? Nur Tomek hatte den Garten mit ihr geteilt. Die beiden hatten eine einzigartige, unausgesprochene Verbindung, von der Marta ausgeschlossen war. *Und jetzt lädt sie mich schweigend dazu ein, an ihrer besonderen Welt teilzunehmen.* Marta konnte sich nicht darüber freuen. Es fühlte sich unangenehm an, so ungewollt intim.

Tomek und Marta gingen friedlicher miteinander um, nachdem sie von Zuhause ausgezogen war. Er benutzte sie nicht mehr für seine Tae-Kwon-Do Übungen und sie begriff, dass er im Grunde nur Nähe und Anerkennung gesucht hatte. So nahm Tomek sie mit ins Hallenbad und beim Autofahren erzählte er Marta, dass er nicht mehr mit Dirk zusammen war. Nach zwei Jahren Beziehung hätte sein Freund sich in jemand anderen verliebt. *Stimmt, Mutter hat mir erzählt, dass er in letzter Zeit reizbar war, aber nicht, warum das so war. Das erklärt es. Ob sie weiß, dass er schwul ist?*
„Ich hoffe, du findest bald wieder einen wunderbaren Menschen", sagte Marta.

Auch nach Monaten intensiver Arbeit am MRT blieb die Stimmung unter den Mitdoktoranden schlecht, als wäre es nicht schon schlimm genug, dass der Professor unzuverlässig war. Jedes Mal, wenn er Marta wieder einmal versetzt hatte, sammelte sie die vorbereiteten Bilder zusammen und schwor sich aufs Neue, ihn zur Rede zu stellen. *Er behandelt alle so. Ich muss dranbleiben.* Die unnütze Warterei schrieb sie als Erholung ab und vereinbarte den nächsten Termin. Irgendwann konnte sie die Sachen selbstständig einigermaßen auswerten. Aber es stellte sich die Frage, ob die Radiologie wirklich ihr Wahlfach im Praktischen Jahr sein sollte. *In abgedunkelten Räumen und ohne Patienten arbeiten, Tag ein Tag aus? Mit diesen Leuten, die so gar nicht meine Welt sind?* Bei Licht betrachtet interessierte sie sich mehr für Psychiatrie und Psychotherapie, da stand der Mensch im Vordergrund. Und die Pharmakologie beschäftigte sich mit der chemischen Beeinflussung der Vorgänge im Gehirn und im übrigen Nervensystem – das fand sie spannend! In den Psychiatrievorlesungen hatten Patienten unerwartet offen ihre Geschichten erzählt und Fragen beantwortet. Sie gewährten so einen einmaligen Einblick in ihr Leiden, offenbarten ihr Innerstes fernab vom trockenen Lehrbuchstoff. Es machte Marta glücklich, ohne dass sie genau sagen konnte, warum.

Nach dem zweiten Staatsexamen folgte ein Jahr mit praktischer Arztausbildung, es waren je vier Monate in der Chirurgie, in der Inneren Medizin sowie in einem Wahlfach, bei Marta Psychiatrie, abzuleisten. Kurz bevor es losging besuchte Marta Mutter, weil sie wusste, dass sie frühestens nach dem dritten Staatsexamen wieder Zeit dafür haben würde. Beim Essen schauten sich die beiden wie gewohnt nicht direkt an. Marta lobte die Mahlzeit, obwohl sie störte, dass der Kater auf dem Tisch saß.

„Du musst dir keine Sorgen mehr machen: Ich werde nicht Radiologin", sagte sie.

„Da bin ich aber froh! Aber deine Doktorarbeit!"

„Die beende ich natürlich am MRT, das ist kein Problem."

„Nicht?"

„Vor dir sitzt eine künftige Psychiaterin."

Mutter starrte ihre Tochter eindringlich an, hörte auf, den Kater zu streicheln, richtete sich auf und rief: „Aber Marta! Dann wirst du ja verrückt! Nicht normal! Mach' lieber Radiologie!"

Auf einmal gab es keine Bedenken mehr wegen der Strahlen.

„Als Psychiater ist man doch noch lange nicht geistesgestört. Im Gegenteil. Um psychisch Kranken helfen zu können, muss man sich ehrlich für ihre Probleme interessieren und sehr viel wissen. Und über mehrere Jahre Psychotherapie lernen. Und nachweisen, dass man geistig komplett gesund ist." Seltsamerweise begriff Marta erst in dem Moment, da sie es aussprach, was das bedeutete. Sie würde ihre eigene Vergangenheit aufarbeiten müssen. Der Gedanke machte ihr Angst. *Oder befürchtet Mutter, dass ich bei ihr etwas finde?*

„Wenn du meinst..." Mutter begann, die Teller abzuräumen. *Das macht sie doch sonst nicht gleich.*

Marta stand auf, ging in Richtung Küche und sagte zu Mutter: „Du hast dich ja dein Leben lang für geistig behinderte Kinder aufgeopfert. War das nicht schön?"

„Das ist `was ganz anderes." Mutter stellte die Teller ab und verließ die Küche. Marta verscheuchte den Kater und begann abzuwaschen.

10. Das Praktikum (1997, Schweiz)

Am Gleis übergab Sven Marta ihren schweren Rucksack, den er in der U-Bahn für sie getragen hatte. Auch nach dem Auszug aus dem Studentenwohnheim pflegten sie Kontakt miteinander. Nach vielen intensiven Gesprächen hatte er es geschafft, sie zu überzeugen, für ein Praktikum in die Schweiz zu fahren. Sie befestigte ihr Fahrrad am Ende des Waggons und nahm am Fenster Platz. Sven lächelte, als er ihr das Blumentöpfchen übergab, das er ihr zum heutigen Geburtstag geschenkt hatte. *Alles wird gut.*
„Grüß' mir die Schweiz!", rief er winkend, als der Zug losfuhr.
Sie nahm den billigen Bummler, also kam sie erst am nächsten Vormittag in Basel an. *Hier ist es noch sauberer und bunter als in Deutschland!*
Gemächlich glitt der Wagen durch die Landschaft voller grüner Hügel. Nicht eine Wolke störte das Naturgemälde mit dem gleißenden Sonnenlicht und Marta wunderte sich, dass die Berge am Horizont schneebedeckt waren.
„Billette vorweisen, bitte!", rief der Schaffner.
Sie dachte, im Polnischen hieß es ‚bilet', also reichte sie ihm ihre Fahrkarte, und er knipste sie ab.
„Kann ich Ihnen sonst noch behilflich sein?"
Er ist so nett und gar nicht gestresst.
„Also ... Ich fahre ins Spital bei Bern und habe mein Fahrrad dabei. Wie muss ich umsteigen?"
Langsam und ein wenig eigentümlich erklärte er ihr, dass sie die Privatbahn Richtung Solothurn nehmen sollte. Marta bedankte sich und blieb noch eine Weile wie in eine Traumwolke gehüllt. Alles bei dieser Zugfahrt schien anders.

In Bern suchte sie einen Exchange-Schalter auf, um Deutsche Mark in Schweizer Franken umzutauschen. Die Dame gab ihr Geldnoten in Pink, Hellblau und Apfelgrün.
„Ist etwas nicht in Ordnung?", fragte die Beamtin freundlich.
„Entschuldigung, ich weiß nicht ... Es ist so bunt ... Ist das echt?", hauchte Marta.
„Natürlich!"
Ist sie empört, wütend, verständnislos – oder eher amüsiert?
„Ich bin das erste Mal in der Schweiz. Bitte entschuldigen Sie."
Die Beamtin lächelte breit. Marta trottete beschämt davon.
Der Zug wirkte noch heller, sauberer und leiser als die Schweizerische Bundesbahn. Nach zwanzig Minuten stieg sie aus, und schon fragte eine Passantin sie, ob sie ihr helfen dürfe.
Übermüdet traf Marta bei dem kleinen Krankenhaus ein. Da kam ihr die Rezeptionistin entgegen.
„Herzlich willkommen bei uns. Sie sind vermutlich Frau Danutowski", rief sie herzlich. „Geben Sie mir Ihren Rucksack und folgen Sie mir."
Die überraschte Marta nickte, lächelte und sagte. „Guten Tag, vielen Dank, es geht schon."
Die Dame zeigte ihr den Stellplatz für das Fahrrad, die Gemeinschaftsküche sowie die Duschen. Dann betraten sie ihr helles, geräumiges Zimmer. Als Marta ihr Topf-Pflänzchen auf den Tisch stellte, bemerkte sie dort einen Blumenstrauß und eine Schale mit Obst. *So viel Aufwand für eine einfache Praktikantin!*
„Dort drüben, rechts vom Haupteingang, beginnt morgen um halb acht Ihr Tag. Guten Start bei uns!", erklärte die Schweizerin und gab ihr die Hand zum Abschied.

Da Marta keinen Proviant mehr hatte, aß sie fast alle Früchte auf. Sie duschte heiß und legte sich erschöpft ins Bett. Der Wecker läutete den wichtigen Tag ein. Hastig verschlang sie den letzten Apfel zum Frühstück und begann ihre Zukunft.

In der Abteilung begrüßte sie der Chefarzt, Herr Doktor Gerber. Im Gegensatz zu ihrer Vorstellung von einem omnipräsenten, tonangebenden Typ war er mittelgroß, schmächtig und trug eine Brille.

„Das ist Urs Wyss, er ist Assistenzarzt und er kümmert sich um Sie", sagte er langsamer als Marta es gewöhnt war und irgendwie anders. Urs gab ihr die Hand. Auf einem der zwei Schreibtische lag ein zusammengefalteter weißer Arztkittel, den sie gleich zur Chefarztvisite anziehen sollte.

Die Ärzte gingen von Bett zu Bett und die Stationsschwester begleitete sie. Sie erkundigten sich nach dem Befinden der Kranken, schauten in die Akten. Marta lief mit, aber bis auf einige Fachbegriffe verstand sie kein Wort. *Das ist doch kein Deutsch! Unverständliches Kauderwelsch! Ich bin ja hellwach!* In ihren Ohren rauschte es, und plötzlich wollte sie schnell davonrennen. Aber sie war noch nie vor einer Herausforderung weggelaufen. Sie hatte immer alles gemeistert, was das Leben von ihr verlangt hatte.

Auf einmal knurrte ihr Magen dermaßen laut, dass alle sie anschauten. Sie lächelte verunsichert. Die Visite wurde kommentarlos fortgesetzt. Dann drehte sich Doktor Gerber zu Marta um und sagte in verständlichem Deutsch: „Bei diesem Befund hätten wir hohes Fieber erwartet, aber das ist gar nicht erst aufgetreten. Frau Danutowski, was denken Sie?"

„Äää ... Autoimmunerkrankungen können ohne Fieber ablaufen", stammelte sie.

„Ja, zum Beispiel. Welche Tests könnten uns helfen, meine Herren?" Der Chefarzt wandte sich an die anderen.

Marta schloss für einen Moment die Augen. *Glück gehabt.* Fachlich konnte sie einigermaßen mithalten, aber die wundersame Sprache stand ihr im Weg. *Ich darf mir nichts anmerken lassen.*

Als Doktor Gerber mit einer Patientin auf Französisch redete, konnte Marta zu ihrer Verwirrung alles verstehen. *Aber ich befinde mich in der deutschsprachigen Schweiz!* Und sie hatte sich gerade wegen ihres schlechten Französisch' nicht im frankophonen Teil des Landes beworben. Kalter Schweiß lief ihr den Rücken hinunter. Im Arztzimmer sprach Urs zum Glück gut verständlich, als er ihr fünf Akten hinlegte.

„Schau dir das hier an, es betrifft deine Patienten. Am Nachmittag gehen wir zusammen zu ihnen." *Sven hatte recht! Es geht sofort los mit der Verantwortung.*

Auf der Toilette hoffte sie, kurz allein zu sein, aber sogar dort hieß sie eine Schwester nochmals willkommen. Wieder am Schreibtisch widmete sie sich den Unterlagen.

Irgendwann sagte Urs laut: „Es ist zwölf Uhr, Zeit fürs Mittagessen."

Sie hatte gar nicht mehr gemerkt, wie hungrig sie war.

Es duftete gut in der Kantine, es gab Salate vom Buffet, eine komplette Mahlzeit, Käse sowie Getränke. Urs wählte ein Drei-Gänge-Menü. *Hier ist alles so teuer.* Das warme Essen kostete dreizehn, der Salat neun Franken. *Das Grünzeug mit Brot und ein Tee machen zwölf Franken. Meine 700 SFr. Praktikumslohn müssen reichen. Das Zimmer schlägt mit 390 zu Buche, okay, es bleiben 310 Franken.* Während Marta hektisch rech-

nete, plauderte Urs unbefangen mit den Physiotherapeuten. *Oh, ich verstehe schon wieder nichts. Ich will nach Hause, nach Berlin!* Dann setzte sich Doktor Gerber mit an ihren Tisch, was Marta überraschte. *Sie sprechen so entspannt miteinander. Und ich?* Sie wollte raus aus der Kantine, einen Moment für sich sein. Aber das ging nicht, wie hätte das ausgesehen.
„Ähm … Wie lange dauert die Pause?", fragte sie Urs leise.
„Zwei Stunden."
„Ah, das ist lang. Dürfte ich mich zurückziehen?" Sie sah eine Chance. Die vielen neuen Eindrücke hatten sie mächtig erschöpft.
„Klar, wir sehen uns um zwei."
Es war Gold wert, dass sich ihr Zimmer auf dem Spitalgelände befand. Erleichtert stellte sie den Wecker und legte sich hin.

Der Nachmittag wurde erneut intensiv. Urs zeigte ihr zunächst das Spital und erklärte auf dem Weg zur Notaufnahme ihre Aufgaben.
„Wie soll ich die Patienten begrüßen?", fragte Marta.
„Normal, keine Angst. Obwohl du die erste Praktikantin aus dem Ausland bist, Schriftdeutsch verstehen hier alle."
„Wissen sie, dass ich hier ein ‚Unterhund' bin?"
„Das du noch keine richtige Ärztin bist? Keine Sorge, ich stehe dir ja bei", sagte er und schmunzelte.
„Da bin ich froh. Zuerst nehme ich mir die Krankengeschichten vor." Sie setzte sich an das Pult, nahm ihren Füller von Marcin und Donata hervor, und hörte erst auf zu lesen und sich Notizen zu machen, als Urs sie am Abend wegschickte.

Rasender Hunger riss sie aus dem narkoseähnlichen Schlaf. Sie hatte sich nur kurz ausruhen wollen und war noch angezogen auf dem Bett eingenickt. Es dämmerte. Sofort belästigten sie die panischen Gedanken zurück. *Alles abbrechen! Aber ich kann doch nicht etwas so Wichtiges nach nur einem Tag beenden! Und was geschieht danach?*
In der Gemeinschaftsküche stand eine junge Frau vor dem Kühlschrank. Marta fragte sie: „Entschuldigen Sie, wo befindet sich der nächste Lebensmittelladen?"
„Direkt an der Hauptstraße. Aber es ist schon recht spät."
„Vielen Dank! Ich spute mich."
„Spute?"
„Das heißt, ich beeile mich."
„Patschiifig, du kannst heute Abend mit mir essen und morgen Mittag einkaufen", sagte sie und lächelte freundlich.
„Patschiifig?"
„In aller Ruhe. Ich heiße übrigens Rebecca."
„Aha, sehr gern, danke! Ja, klar, also ich bin Marta."
Die beiden bereiteten sich Knoblauchbrote und einen Salat zu, die die gewärmte Suppe vom Vortag gut ergänzten. Marta erfuhr, dass die dunkelhaarige, sportliche Rebecca als Laborantin im Spital arbeitete und ihr Freund Livio hieß. Sie selbst war zu müde, um viel von sich zu erzählen.
Nach dem Essen warf sie einige Münzen in den Apparat in der Telefonzelle und rief Mutter an. Sie wusste nicht, wie lange man für diese Summe sprechen konnte, also redete sie schnell: „Ich bin gut angekommen, die Leute sind nett und alles ist unheimlich sauber."
„Sehr schön", antwortete Mutter.

Marta fasste allen Mut zusammen und sagte: „Aber: Ich kann die Schweizer gar nicht verstehen! Es ist kein normales Deutsch, eigenartig: Nur, wenn sie sich direkt an mich wenden, erfasse ich, worum es geht."
„Ich bin sicher, Morgen wird's besser."
„Vielleicht. Beim Essen haben sie sich komplett merkwürdig miteinander unterhalten. Da hab' ich ganz abgeschaltet", klagte Marta.
„Am besten, du lächelst schön und nickst", riet Mutter ihr.
Die kann das nicht ernst meinen! Ein merkwürdiges Gefühl breitete sich in Martas Brust aus. So simpel und dumm der Rat war – es war der erste überhaupt, den sie je von Mutter erhalten hatte. Sie hatte ihr noch nie ihr Leid geklagt, und sofort bereute sie es. *Hoffentlich reicht das Geld nur für ein kurzes Gespräch.*
„Aber so kann ich das Praktikum nicht machen! Verständigung ist alles! Das ist keine Lösung!", schnaubte sie empört.
Zigg, zigg – die Münzen waren aufgebraucht.
Mutters Rat taugte nichts, Marta musste selbst klarkommen. *Ich bin blöd, ihr davon zu erzählen! Aber sie kann mir nur eine Empfehlung geben, die sie in ihrem Leben weitergebracht hat. Immer schön den Mund halten und gute Miene machen. Aber ich bin anders als sie. Selbst schuld, dass ich nicht wusste, dass es in der Schweiz Dialekte gibt. Sven hat auch nichts davon erwähnt.* Marta nahm das Fahrrad und fuhr eine Weile in der Dunkelheit um das Spital herum. *„Ich muss mein Problem anpacken, damit ich nicht alles hinschmeiße",* nahm sie sich beim Duschen vor. Sie schlief tief in dieser Nacht.

Am nächsten Tag kümmerte Urs sich wieder um sie, und sein Schriftdeutsch tat Marta gut. So viel Aufmerksamkeit war sie nicht gewohnt. Svens Versprechen bestätigte sich. Sofort machte sie Fachbücher zu ihrer Bettlektüre. Höflich fragte sie ihre Patienten, ob sie sie nochmals, nur für sich, untersuchen dürfte, denn sie wollte alles richtig machen. Sie reagierten wohlwollend, geduldig schilderten sie ihre Beschwerden in lustig klingendem Hochdeutsch und lächelten bei Verständigungsproblemen. Das stimmte Marta zuversichtlich. Ihr ursprüngliches Grauen trat ein wenig in den Hintergrund. Der Vormittag verflog im Nu, und beim Mittagessen verstand sie wieder nichts. Nach der Mahlzeit entschuldigte sie sich und ging im Dorfladen einkaufen. Es war ein bisschen wie in Friedland, als sie die erste Banane gekauft hatte. Für einen Mittagsschlaf war sie zu aufgeregt.

Am vierten Arbeitstag sollte Marta einen Entlassungsbericht erstellen. Sie hatte es noch nie gemacht und zweifelte daran, die Sätze im Kopf druckreif formulieren zu können, denn beim Diktat sieht man den entstehenden Text nicht. Als Muster schaute sie sich einen anderen Arztbrief an und begann verkrampft. Später landete ihr von der Sekretärin abgeschriebenes Werk auf dem Stapel für Doktor Gerber.

Nach kurzer Zeit blickte der Chefarzt auf, schaute sie mit seinen dunklen Augen an und fragte in seiner bedächtigen Art.

„Ist das Ihr Brief?"

„Ja", sagte Marta leise.

„Haben Sie schon viele Berichte geschrieben?"

„Nein, das ist mein erster." *Ich bin ja unerfahren.*

„Das haben Sie gut gemacht!"

„Hoffentlich gibt es viel zu korrigieren", stammelte sie verdutzt.

„Da ist eben nichts zu verbessern. Weiter so!" Doktor Gerber lächelte sanft und ging zu den weiteren Texten über.
Martas Wangen fühlten sich heiß an, sie schluckte, und ihr Herz klopfte schneller.

Gegen Ende der ersten Woche dachte Marta seltener ans Aufgeben, obwohl sie die Schweizer immer noch nicht verstehen konnte. Sie genoss die Ruhe im Dorf, die frische Luft und verliebte sich in die hügelige Gegend vor dem Alpenpanorama. Und sie spürte, dass ihre Patienten sie als ihre Ärztin betrachteten.

Bei der aus Asien stammenden Patientin hielt sich die Visite am nächsten Montag länger auf. Die Frau kam wegen einer unklaren Schlappheit, Gewichtsreduktion und vermehrtem Schwitzen ins Spital und man entdeckte einen Knoten an ihrem Nacken.
„Es ist vermutlich kein Lipom, also Fettgeschwulst. Haben Sie eine Idee dazu?", fragte Doktor Gerber Marta.
Ich muss mir selbst einen Eindruck verschaffen, und ich darf langsamer überlegen als in Berlin.
„Darf ich ihn abtasten?" Der Chefarzt nickte. Sie untersuchte die Kranke. „Er ist nicht gerötet, gut verschiebbar und nicht druckempfindlich ... Ein Atherom ist es nicht, weil er nicht mit der Haut verbacken ist ... Könnte es vielleicht eine Tuberkulose-Geschwulst sein?" *Oh je, was sag ich da bloß, doof, das ist unwahrscheinlich in Europa!*
Der Doktor Gerber schaute Marta aufmerksam an, und wie so oft wusste sie diesen Blick nicht zu deuten.
„Wie können wir es herausfinden?", fragte er.

„Auf jeden Fall den Hauttest, den ... aaahhh ... Mendel-Mantoux-Test, eine Gewebeprobe, spezifische Blutuntersuchung, ein Röntgenbild der Lunge?"
„Gut, veranlassen Sie all diese Untersuchungen", hieß es zu Martas Erstaunen.
Nach einigen Tagen kam Doktor Gerber auf Marta zu und schüttelte ihr die Hand. „Gratuliere, Sie haben eine hier seltene Diagnose auf Anhieb korrekt gestellt! Es ist tatsächlich Hauttuberkulose."

Marta fing an, täglich nach dem Abendessen mit dem Fahrrad die Gegend zu erkunden. Manchmal kam die quirlige Rebecca mit, deren herzliche Art Marta gefiel. Aber heute radelte sie allein. Sie liebte die Kontraste zwischen den saftig-grünen Hügeln, den wie mit Puderzucker bestäubten massiven Bergen des Berner Oberlandes und dem Himmel. Als sie mit Wonne in die Natur blickte und ein junger Mann sie überholte, erschrak sie, denn sie sah auf seinem Rücken ein Gewehr. Über ziviler, sommerlicher Kleidung. Sie wäre fast gestürzt, so überrascht und entsetzt war sie darüber. *Ist das ein Scherz? Schade, dass Rebecca ausgerechnet heute Spätdienst hat.*

„Wieso darf man hier mit einem Gewehr herumfahren?", fragte sie am nächsten Tag beim Mittagessen. Sie traute sich nicht, zu sagen, dass es sie an den Kriegszustand in Polen erinnerte. Zu erzählen, wie es für sie war, als damals plötzlich an jeder Straßenecke bewaffnete Uniformierte marschierten. Obwohl dieser Anblick über zwei Jahre lang zum Alltag gehört hatte, machte Marta immer noch alles, was militärisch wirkte, Angst.
Alle lachten laut.

„Dieser Mann ist wahrscheinlich zum Übungsplatz geradelt. Das Schweizer Militär ist in einem Milizsystem organisiert. Jeder Wehrpflichtige hat eine Waffe zuhause und muss regelmäßig das Schießen trainieren", erklärte der Chefarzt.

Marta nickte unsicher. *Bringen die Leute nicht öfter sich selbst oder andere um in diesem Land?*

„An welches Gebiet denkst du für deine Spezialisierung?", fragte Urs.

„Psychiatrie. Ich habe ein klinisches Trimester darin absolviert." Sie war dankbar, dass er das Thema wechselte.

„Willst du dich nicht bei uns bewerben?"

„Ich habe nie darauf spekuliert, in der Schweiz zu arbeiten."

„Du könntest darüber nachdenken."

„Ich bin dankbar, dass ich hier Innere Medizin ableisten darf. Ich habe eine Stelle in Berlin bekommen."

„Wir finden, du solltest es dir überlegen. Auf dem Fenstersims liegt ein Verzeichnis aller Spitäler."

„Wir?"

„Ich, die Schwestern, die Physiotherapeuten."

„Aber ... Ich habe keine Zeugnisse dabei und keine geeignete Kleidung für Vorstellungsgespräche", wehrte sie sich. Gleichzeitig schmeichelte ihr die Idee.

„Es kommt auf die Person an und ihr Interesse am Fach, nicht auf Business-Look."

Am übernächsten Tag saß Marta abends im Arztzimmer und tippte fünf Bewerbungen. *Das schlimmste, was passieren kann, ist ein Nein.*

„Du hast sie immer noch!" Trotz seiner Müdigkeit bemerkte Sven die winzige Topfpflanze auf ihrem Tisch. Er hatte sich um mehrere Stunden verspätet, weil er per Anhalter von Berlin gekommen war.

„Natürlich! Ist ja von meinem besten Freund", sagte Marta und lächelte ihn an. „Wir müssen uns mein schmales Bett teilen. Ist das okay?"

„Klar. Mach' dir keine Sorgen, ich bin nicht nur von der Reise so müde!", erklärte Sven und schmunzelte.

„Wieso überrascht mich das nicht, mein Schürzenjäger?" Marta lachte herzhaft.

Am nächsten Morgen zeigte sie ihm das Spital und erzählte, welche Mühe sie am Anfang gehabt hatte, den Dialekt zu verstehen.

„Wenn ich das gewusst hätte, hätte ich mich gar nicht erst hier beworben!"

„Mir ging es damals ähnlich", sagte er und verschränkte die Arme.

„Warum hast du's mir verschwiegen?"

„Ich wollte dich nicht entmutigen. Aber jetzt hast du es ja geschafft."

„Ja, schon."

„Nur das zählt. Du, was hältst du von einem Ausflug in den Süden, ins Tessin?" Er breitete die Arme aus.

„Ähm, ich hab' nicht gerade viel Geld."

„Per Anhalter natürlich!"

„Spinnst du?"

Sven lachte. „Ich beschütze dich ja."

Zu Beginn, nördlich der Alpen, regnete es in Strömen und obwohl sie lange auf ein Auto warten mussten, amüsierten sie sich prächtig. Er schilderte ausführlich seine neuesten Frauengeschichten und sie erzählte vom Alltag als Praktikantin mit den für sie manchmal ulkigen Schweizern. Sie entspannte sich wohlig in seiner Gegenwart. Es ist lange her seit Kurt, dachte sie ... *Aber er ist so gar nicht mein Typ. Und dann noch seine wechselnden Liebschaften. Ich möchte nicht eine von vielen sein. Nein. Man soll Freundschaft nicht für ein Abenteuer opfern.*
Auf der Südseite begrüßten sie sonnenbeschienene, aber andersartige Berge. Sie flanierten auf der Piazza Grande in Locarno und am Ufer des Lago Maggiore und übernachteten in der Jugendherberge. Am Sonntag warteten sie wieder auf ein Auto, diesmal Richtung Norden. Sie sah ihn von der Seite an, wie er den Daumen raushielt. *Er hat mir das Praktikum eingebrockt und es war richtig, auf ihn zu hören. Seine Ratschläge sind besser als Mutters.*
„Du, die Assistenten meinen, ich solle mich hier für eine Stelle in der Psychiatrie bewerben", sagte sie. „Was hältst du davon?"
„Phänomenal! Das heißt schon einiges. Die Schweizer stellen nämlich nicht gerne ausländische Ärzte ein."
„Zu mir sind alle sehr nett. Und sie haben mich fast dazu genötigt."
„Ist ja super! Ich hoffe, ich muss dich diesmal nicht lange überzeugen?"
„Nein, nein, ich versuch's ja." Beide lachten breit.

Ein Vorstellungsgespräch endete mit einer Zusage für eine Assistenzarztstelle. Ein leises Glücksgefühl erfüllte Marta, obwohl sie nun entscheiden musste: Schweiz oder Berlin.

Als die hektische Großstadt sie schonungslos mit ihrem Lärm begrüßte, staunte Marta, wie sie sich an die Ruhe gewöhnt hatte.

Nach einem kräftigen Tee setzte sie sich wieder an ihren Berliner Schreibtisch, um sich mit Innerer Medizin zu befassen. Das schöne Wetter durfte sie nicht interessieren, denn ihr stand das dritte Staatsexamen vor, das allerletzte. Sie seufzte, als das Telefon klingelte.

„Endlich!", rief Tomek.

„Was ist los?" *Komisch, er ruft sonst nie an.*

„Mutter ist in der Universitätsklinik."

„Warum?"

„Sie hat Herzprobleme."

„Was genau?"

„Zuerst haben die Ärzte versucht, die Herzgefäße mit einem Ballon zu ‚putzen'. Sie hat ziemlich geblutet und war dann lange sehr schwach."

„Wieso hast du mir das nicht früher erzählt? Du hattest ja meine Nummer in der Schweiz!", rief sie erschrocken.

„Sie liegt auf der Intensivstation, weil sie eine Art Herzinfarkt hatte. Sie kriegt morgen einen Bypass oder so ähnlich. Keine Ahnung, was das ist."

So klar und deutlich war er noch nie. Es ist also schon so weit. Hm, mit ihren 58 Jahren ist sie recht jung dafür ... Aber Mutter war, solange Marta sich erinnern konnte, nicht ein einziges Mal zum Arzt gegangen. Und nun ging es notfallmäßig zu. *Ich habe Angst um sie.* „Tomek, sie ist sicher in guten Händen. Ich komme, so schnell ich kann", versprach Marta mit dünner Stimme.

Als Mutter zwei Jahre zuvor eine Knieprothese erhalten hatte, hatte Marta erst danach davon erfahren. „Alles nicht so schlimm", hatte sie gesagt. *Aber eine Herzoperation ist ein anderes Kaliber.*
Marta investierte in eine teure Zugfahrkarte, und in Kiel fuhr sie direkt in die Universitätsklinik.
Nach der Operation lag Mutter zufällig genau auf der Abteilung, wo Marta vor dem Studium als Pflegehelferin gearbeitet hatte. Der bekannte Geruch drang in ihre Nase, als sie durch die Gänge schritt. Mit einer Papierhaube auf dem Kopf, Überschuhen und einem Besucherkittel betrat sie die verglaste Station. Sie kannte niemanden mehr vom Personal, und ihre eigene Mutter als Patientin zu sehen, fühlte sich seltsam an. Der normalerweise bekannte Anblick eines mit Schläuchen an piepsende Apparate angeschlossenen Menschen bekam schlagartig eine fremdartige Qualität. Ein bedrückendes Gefühl machte sich in ihr breit. Martas regungslose, aufgedunsene Mutter befand sich in künstlichem Koma. Das erste Mal in ihrem Leben sah Marta sie ganz genau an. Es bestand keine Gefahr, dass sich ihre Blicke treffen würden. Sie kam sich dabei vor wie jemand, der heimlich in einer fremden Schublade wühlt. Die Decke über Mutters Brustkorb hob und senkte sich regelmäßig und das Tempo entsprach dem Geräusch der Beatmungsmaschine. Mit Mühe erkannte sie die vertrauten Gesichtszüge, weil ihre geschwollenen Falten wie gebügelt schienen. Die grotesk verdickten Finger überzog eine pergamentartig feine Haut und die aufgeplusterten Handrücken drohten zu bersten. *Das ist deine Mutter, du musst sie begrüßen, auch wenn unklar ist, ob sie dich bemerkt. Du könntest es dir nicht verzeihen, gegangen zu sein. Mutter könnte sterben.* Marta

fühlte sich seltsam hilflos. *Schäm dich! Wenigstens sollte ich ihre Hand halten.* Sie legte die ihre über Mutters und blieb eine Weile so. Es fühlte sich weder traurig noch heiter an. Als sie realisierte, dass es keinen Sinn hatte, länger zu bleiben, verließ sie diesen furchtbar sterilen Ort.

Mutters Wohnung überraschte Marta nicht: Auf dem Küchentisch und im Wohnzimmer stapelten sich neben geöffnetem Katzenfutter und angebissenen Sandwiches schmutzige Kaffeetassen und Teller. Die Luftpumpe des dunklen Aquariums stand still, aber die Fische lebten noch. Auf der Schubladenkommode lag neben dem Telefon ein Notizbüchlein mit Telefonnummern von Mutters Freunden und Bekannten. Zwischen den Namen und Adressen sah man unvollständige Sätze und Kringel und eine Auflistung von Lebensmitteln. *Mutter muss vor der Operation telefoniert haben. Mit allen anderen, nur nicht mit ihrer Tochter.*

Tomek traf Marta erst nach seiner Arbeit – er wirkte still und angespannt, kiffte einen Joint nach dem anderen und trank viel Bier. Wenn er sich unbeobachtet glaubte, kaute er an seiner linken Faust. Er besuchte Mutter bis zu dreimal täglich in der Klinik, hatte aber nicht mit den Ärzten oder dem Pflegepersonal gesprochen.

Am nächsten Tag gingen sie zusammen zu Mutter. Es beschämte Marta zu erleben, wie vertraut und unverkrampft er mit ihr umging. Sie versteckte sich hinter dem Lernen fürs Staatsexamen und suchte vergeblich nach einem Patentrezept für geeignetes Tochterverhalten. Es überforderte sie schon, sie einmal täglich zu besuchen. Mutter wirkte so, als würde sie sich

wundern, Marta zu sehen. Aber vielleicht war es nur eine Nebenwirkung der Dauernarkose?
Während sie versuchte, in Mutters Wohnung für die Prüfung zu lernen, riefen deren Freunde an und erkundigten sich nach ihr. *Sie hat mit dem Tod gerechnet und sich vor der Operation von allen verabschiedet. Nur nicht von mir.*
Es gab Komplikationen. Mutter bekam Wasser in der Lunge und eine bakterielle Entzündung im ganzen Körper. Marta beschloss, länger in Kiel zu bleiben.
Plötzlich realisierte sie, dass Mutter eine kleinere Wohnung brauchte. Die Miete verteuerte sich jedes Jahr, Tomek wohnte seit Langem nicht mehr bei ihr. Dass ihr das nicht aufgefallen war? Möglich, dass sie die beiden Kinderzimmer aus symbolischen Gründen behalten hatte. Und sie war beliebt bei den Nachbarn.
Als Mutter wieder bei Bewusstsein war und Marta sie alleine besuchte, sagte sie zu ihr: „Deine Bleibe ist zwar schön, aber im Grunde zu groß und zu teuer für dich allein."
„Das schaffe ich schon. Wenn Helenka, Marcin oder Konrad und Donata kommen, quartiere ich sie in euren Zimmern ein", verteidigte sie sich.
„Das stimmt, aber du musst mehr putzen und zahlst zu viel, find' ich."
„Ach wo! Lass' mal."
„Ich könnte dir helfen, eine schöne, kleinere Wohnung zu suchen. Überleg' es dir. Komme morgen wieder. Kann nicht lange bleiben, mein Examen ist ja bald." Sie übte bewusst Druck aus.
Letzten Endes stimmte Mutter ihrem Vorschlag zu. Marta pilgerte zur Hausverwaltung, schrieb in Mutters Namen Bewerbungen, stöberte in Inseraten und gab selbst welche auf. Die

Suche gestaltete sich schwierig, denn Mutter wollte unbedingt im selben Stadtteil bleiben. Zudem musste sich die neue Wohnung im Erdgeschoss oder in einem Haus mit einem Lift befinden und einen Balkon haben. Und günstig sein. Marta verfluchte die Situation, und als es dann unerwartet schnell klappte, fühlte sie plötzlich Tränen in den Augen. Ein Kapitel ging zu Ende.

Marta suchte einen Nachmieter für die alte Wohnung, räumte stundenlang auf, sortierte aus, warf vieles weg. Tomek konnte ihr nur an den Abenden helfen. Sie erinnerte sich an ihre Zeit in Polen, als sie das Mädchen für alles gewesen war. Mutters Gartenfreunde heuerten für sie einen Arbeitslosen für den Umzug an. Vom Roten Kreuz, wo Mutter jahrelang ehrenamtlich gearbeitet hatte, mietete Marta preiswert einen Lastwagen.

„Das ist deine neue Adresse, Tomek hat den Schlüssel. Die Post und die Versicherungen habe ich über deinen Umzug informiert, die Telefonnummer bleibt unverändert", fasste sie das Wichtigste zusammen.

„Gut. ... Leg' den Zettel in die Schublade", sagte Mutter langsam.

„Ich habe einiges entsorgt, weil die neue Wohnung klein ist. Tomek hat sich um das Aquarium gekümmert. Ich muss morgen zurück nach Berlin."

„Gut." Sie beugte sich steif über die Mutter und die beiden umarmten sich unbeholfen.

„Ich rufe dich in der Rehaklinik an."

Marta verließ erleichtert das Zimmer.

Normalerweise interessierte Marta nur die Post in ihrem Fach. Aber als sie eher beiläufig einige Wochen nach dem dritten, also

letzten Staatsexamen einen umgeknickten, großen, braunen Umschlag auf dem gemeinsamen Briefkasten für alle Bewohner des Hauses sah, schaute sie instinktiv, an wen er adressiert war. Ungläubig las sie ihren Namen darauf. Sie öffnete den Umschlag und nahm ein dünnes, hellblaues, maschinell bedrucktes Blatt mit Lochrändern heraus, wie aus einem Endlosdrucker. Mit Druckbuchstaben stand darauf: ‚Zeugnis', und unklare Zahlen sowie die Worte: ‚erfolgreich abgeschlossen'. In der untersten Zeile las sie: ‚Studium der Humanmedizin', darunter prangten ein Stempel und eine Unterschrift.
Ist das mein Abschlusszeugnis? Vermutlich. Okay, noch mal: ja, schwarz auf hellblau hieß es, Marta hätte das Medizinstudium beendet.
Kein feierlicher Eid des Hippokrates. Kein lächelnder Dekan der Universität, der einem in die Augen schaut und gratuliert. Keine Familienangehörigen, keine glücklichen Leidensgenossen, keine Party. NICHTS. Auch Mutter hatte nicht nach dem Zeugnis gefragt. *Marta, du machst es für dich. Du bist jetzt Ärztin. Nur das zählt.*

Am nächsten Tag suchte sie mit dem merkwürdigen Zeugnis das Studentensekretariat auf.
„Guten Tag, bin ich hier richtig für die Exmatrikulation?"
Eine gähnende Sachbearbeiterin erhob sich schwerfällig vom Stuhl.
„Ja. Geben Sie mir den Personalausweis, Studentenausweis und ihr Zeugnis."
Die Dame nahm einen Fetzen Papier mit einem Eselsohr und schrieb mit einem dicken, schwarzen Filzstift Martas Namen darauf.

„Es muss ‚Danutowski' heißen. Die Buchstaben stehen verkehrt", wies Marta sie hin.

Die Sekretärin blickte kurz auf das Blatt, kritzelte etwas darauf und sagte: „Achtundzwanzig Mark."

Die ist zu faul, ein so bedeutsames Formular noch einmal auszufüllen, sie hat einfach nur fett drüber korrigiert!

Nachdem Marta die Bearbeitungsgebühr bezahlt hatte, erhielt sie diese schmierige Bestätigung darüber, dass sie keine Studentin mehr war. Sie ging hinaus und einige dicke Tränen liefen ihre Wangen hinunter. Sie konnte nichts dagegen tun. Statt loszufahren, schob sie ihr Fahrrad noch länger steif neben sich her. *Das war es also.*

11. Der Name (1985, Deutschland)

Ihre Kieler Nachbarn schalteten ihr TV-Gerät frühmorgens ein und ließen es den ganzen Tag laufen. Es gab Talkshows oder Gewinn- und Ratespiele, und Mutter schaute gern das ‚Frühstücksfernsehen'. Marta fragte sich, was daran so interessant war, wenn der Moderator und die Studiogäste sich beim Essen über Alltägliches unterhielten. Sie bevorzugte Sendungen, die ihr beim Deutschlernen halfen, und achtete darauf, zuhause deutsche und polnische Wörter nicht in einem Satz zu mischen. Als sie nach dem Volleyballtraining das Wohnzimmer betrat, sagte Mutter ohne ihren Blick vom Fernseher abzuwenden:
„Zwillinge, nächsten Dienstag gehen wir zum Standesamt."
„Wer heiratet?", fragte Marta amüsiert.
„Es muss alles seine Ordnung haben."
Seit wann ist ihr Ordnung wichtig? „Wie meinst du das?" Ein schlimmes, aber vertrautes Gefühl von Orientierungslosigkeit machte sich breit in ihr.
„Unsere Pässe waren ja gefälscht."
„Gibt's Schwierigkeiten?"
„Nein. Jetzt bekommt ihr wieder meinen Nachnamen", erklärte Mutter. Tomek schwieg.
Marta zuckte zusammen. „Müssen wir mitkommen?"
„Ja."

Zehn Tage und zwei Termine später erhielten die Zwillinge eine Urkunde über die Änderung des Nachnamens von Kapowski zu Danutowski. Mutters und Martas Namen, im Polnischen, bei weiblichen Personen auf ein ‚a' endend, hießen nun vereinheitlicht ‚-i' am Schluss. Marta fühlte sich betrogen um etwas,

das zu ihr gehörte. *Bin ich überempfindlich? Mutter stört es offenbar nicht. Nicht einmal, dass auch ihr Vorname von Joanna in das deutsch so flach klingende ‚Johanna' mit dem ‚h' in der Mitte geändert wurde. Wenigstens hat man aus mir nicht auch noch das deutsche ‚Martha' gemacht.*
Zwei Wochen danach verkündete Mutter: „Jetzt seid ihr Deutsche. Ihr müsst euren Ausweis persönlich beim Einwohnermeldeamt beantragen."
Was bedeutet das alles? Wieso sind wir auf einmal Deutsche?! Das geht sicher nicht so einfach. Kann ich damit gefahrlos nach Polen fahren?
Beim Einwohnermeldeamt musste Marta lange Formulare ausfüllen und die Abdrücke aller Finger abnehmen lassen.
„Fingerabdrücke? Ich bin doch keine Verbrecherin", fragte sie den Beamten.
„Für mich sind Sie ein Niemand. Erst nach der Registrierung existieren Sie amtlich."

Die knapp 30 Minuten Radfahren von der Schule nach Hause taten Marta immer gut, auch wenn es öfter regnete. Eines sonnigen Tages näherte sie sich gerade der Elmschenhagener Siedlung, als sie ein Auto mit polnischem Kennzeichen bemerkte. Sie bremste so abrupt, dass sie beinahe kopfüber vom Fahrrad gefallen wäre. Statt es im Ständer beim Eingang abzustellen, lehnte sie es nur an die Wand, schnappte sich den Ranzen aus dem Korb und rannte atemlos in die Wohnung. Als sie den bärtigen Marcin Tee schlürfend sah, blieb sie sprachlos vor lauter Freude. Fest, ganz fest schloss sie ihren Patenonkel in die Arme.

Wie hatte sie ihn vermisst! Sie setzte sich dazu und vergaß alles um sich herum, sogar ihr Volleyballtraining.

Marcin berichtete von allen Bukowskis, und dann stand er auf und Marta dachte, dass er sich nach der ermüdenden Reise hinlegen wollte. Er aber ging in Tomeks Zimmer und kam mit ... Joka zurück!

Marta verschlug es den Atem und sie legte die Hand vor den Mund, um einen Freudenschrei zu unterdrücken. Obwohl sie gewusst hatte, dass ihre geliebte Hündin ein gutes Obdach bei den Bukowskis hatte, fehlte sie ihr unsäglich. Ein Hund begrüßte einen immer und kam zu einem, wenn man sich nicht gut fühlte, und zeigte klar, wie es ihm ging, und belastete einen nicht mit Überraschungen.

Joka wedelte unaufhörlich mit dem Schwanz, weshalb Marta noch nicht ruhig mit ihr kuscheln konnte. So streichelte sie ihre Hündin unter dem Tisch und trank Tee, während sie Onkel Marcin zuhörte. Er erzählte, dass man sich in Polen inzwischen freier politisch äußern konnte, ohne gleich interniert zu werden, und dass man auf Amnestie politischer Gefangenen hoffte, und auf Legalisierung der weiterhin verbotenen ‚Solidarność'. *Nicht alles im Leben ist besser, nur weil andere es dafür halten. Ich darf ihm auf keinen Fall zeigen, dass es mir nicht gut geht hier, im hochgelobten Westen. Schließlich ist Rückkehr kein Thema.*

Mit ihrem Patenonkel hatte sich Marta immer perfekt verstanden. Er gab ihr das Gefühl, wichtig zu sein, und allein schon seine bärenhafte Statur vermittelte ihr Sicherheit. Sie merkte, dass sie die anregenden Gespräche mit ihm und seinen manchmal beißenden, trockenen Humor vermisst hatte. Marta übersetzte Ostfriesenwitze für ihn ins Polnische, und sie krümmten sich vor Lachen. Endlos wollte er einen und wieder einen hören.

Kurz vor den ersten Sommerferien der Danutowskis in Deutschland wurde klar, dass es nicht mehr genügte, dass Marta jeweils nach der Schule bei Großtante Elisabeth vorbeiging. Kurzerhand beschloss Mutter, die alte Dame bei ihnen einzuquartieren. Ohne die Zwillinge zu fragen. Nach der Haushaltsauflösung wurden nur deren persönliche Dinge und Kleidung mit nach Hause genommen. Mutter bestimmte die Essnische mit einer Durchreiche zur Küche als Bleibe für die alte Dame, verschenkte den Esstisch und die Stühle. Die Familie aß jetzt gar nicht mehr gemeinsam, da der runde Küchentisch zu klein dafür war. In die Nische wurden ein spezielles Pflegebett, daneben ein Toilettenstuhl sowie ein Schränkchen gestellt, in der sich Berge von Windeln für Erwachsene, Patientenhemden, Frotteetüchern und lange Unterhosen aus weißer Angorawolle stapelten. Marta war neidisch, da sie oft fror und solche Wäsche wohlige Wärme versprach. Und dieses Gefühl erinnerte sie an die Besuche von Mutters Mädchen aus dem Internat bei ihnen zu Hause. Für andere tat Mutter immer schon Ungeahntes.

Vor lauter Umstellungen im häuslichen Alltag ging es komplett unter, dass Marta in die nächste Klasse versetzt werden würde. Ihr Traum, trotz Sprachproblemen nicht ein ganzes Schuljahr zu verlieren, ging in Erfüllung. Nur sie selbst kannte den Preis dafür. Stolz und überglücklich erzählte sie es Mutter, die wie gewohnt nur ein schlichtes ‚Schön, Tochter' dafür übrighatte. *Klar, sie ist gerade mit Arbeitssuche und Tante Elisabeths Pflege befasst.* Maßlos enttäuscht ging sie zuerst mit Joka raus

und dann schwimmen. Aber die immer schnelleren Kraulbewegungen machten sie nur atemlos, nicht glücklich. *Marta, die Schule bedeutet deine Zukunft.*
Frau Rentsch und Frau Hansen freuten sich für sie, und für Daniela, Britta und Silvia schien es ohnehin sonnenklar gewesen zu sein, dass sie versetzt würde.

Zu Beginn des zweiten Schuljahres in Deutschland begann Mutter, stundenweise beim Roten Kreuz als Schulaufgabenhilfe für Aussiedlerkinder zu arbeiten. *Sie ist doch selbst eine Aussiedlerin. Warum nur kann sie so gut Deutsch?* Aber Marta traute sich nicht, sich tiefer mit dieser Frage zu beschäftigen. Gerade jetzt hellte sich Mutters Stimmung auf und sie wollte nicht riskieren, dass sich das wieder änderte.
Und während es Mutter besser ging, fühlte Martas Seele sich schlechter. Obwohl doch eigentlich alles gut war. Die nicht immer einfache Schule war abwechslungsreich, die Chorproben und Volleyball machten Spaß. Und sie genoss die Gespräche mit Frau Hansen, die sie bei ihren Besuchen in Felde oder nach Konzerten und Theater führten, zu denen sie sie eingeladen hatte. Marta merkte, dass sich hinter ihrer norddeutschen Trockenheit Stolz verbarg, ähnlich wie bei Onkel Marcin. Und das erlaubte es ihr, die alten Vorhänge, den Flokati-Teppich oder das Frotteetuch zum Geburtstag anzunehmen. Zum Dank hatte Marta ihr einmal Socken in ihrer Lieblingsfarbe violett gestrickt. Bedächtig betrachtete Frau Hansen ihr Geschenk und meinte: „Danke! Sicher finde ich jemanden, der sie braucht."
Freut sie sich denn nicht? Hat sie nicht oft kalte Füße, wie ich? Marta lächelte verunsichert und sagte: „Gern geschehen."

Erst später begriff sie, dass Frau Hansen es nicht böse gemeint hatte, sondern direkt und klar aussprach, was sie dachte. Und Marta begann, genau das an ihr zu schätzen. Es stand in so deutlichem Gegensatz zu der vagen und wenig fassbaren Art ihrer Mutter.

Ihr gefiel, dass obwohl Frau Hansen allein lebte, sie hilfsbereit und unkompliziert war. Die schlanke Sportlehrerin bewegte sich locker und kleidete sich gepflegt: Eine Bluse, Hose, flache Schuhe. Sie lackierte ihre kurzen Fingernägel nicht und sie schminkte sich selten.

Als die beiden eines Tages im Frühling vor Martas ersten Weinbergschnecken in ihrem Leben saßen und Musik von Satie im Hintergrund lief, blickte Frau Hansen sie ernst an und fragte:

„Marta, bist du schwermütig?"

Sie blickte auf. „Was bedeutet schwermütig?"

„Wenn die Stimmung und Gedanken negativ sind, der Schlaf schlecht, man weniger lacht, sich nicht so gut aufraffen kann, etwas zu tun."

„Aha ... Ja ... Es geht mir nicht sooo gut. Aber es geht schon."

Wie kommt es, dass sie das gemerkt hat? Nur sie?

„Ich denke, es ist nicht nur das viele Lernen."

„Das wird wieder."

„Vielleicht solltest du zum Arzt gehen?"

„Weiß' nicht."

„Na ja, die Schule ist wichtig, und in diesem Zustand kannst du dich sicher nicht gut konzentrieren."

Bei mir ist das anders als bei dem Mädchen aus meiner Klasse, das sich vor sechs Wochen das Leben genommen hat. Marta dachte an das stumme, schlimme Gefühl von neulich.

„Ich weiß nicht recht", sagte sie und widmete sich ihren Schnecken.
Auf dem Weg nach Hause spukte das Wort ‚Depression' in ihrem Kopf herum. Es gab einen Namen für das Unbehagen. Sie beschloss, zum Hausarzt zu gehen. Dieser überwies sie zu einem Psychiater, der ihr ein Antidepressivum verordnete und sie krankschrieb. Und zur Geduld ermahnte. *Ich wusste nicht, dass man das so behandelt. Aber was ist mit der Schule, wenn ich solche Medikamente nehmen muss? Ich will doch das Schuljahr nicht verlieren, jetzt, wo ich schon echte Noten bekomme. Habe ich mich mit dem Lernen übernommen?*
Marta versteckte die Tabletten im Bücherregal und machte in diesen langen Wochen ausgedehnte Spaziergänge, damit Mutter dachte, dass sie in der Schule war. Und sie merkte tatsächlich nichts, wenigstens sprach sie ihre Tochter nicht darauf an. Frau Hansen erklärte den Lehrern die für Marta unangenehme Situation, Britta hielt sie mit dem Lernstoff auf dem Laufenden und fragte sie nicht direkt aus. Nachdem die Medikamentendosis reduziert wurde, verschwand die Müdigkeit, der Appetit kam wieder und der Antrieb wurde besser. So ging Marta wieder zur Schule. Erleichtert stellte sie fest, dass Daniela und Silvia sich freuten, dass sie da war, sie nicht mit Fragen plagten und sie sofort mit den privaten Gesangsproben weitermachten.

Tomeks Zerstreutheit fiel schon in seiner Kindheit auf, er vergaß oder verlor dauernd etwas, was die Erwachsenen mit Humor nahmen. Einzig Oma Bukowski befürchtete Probleme in der Schule. Im Internat hatte er dennoch gut Deutsch gelernt. Danach erhielt er eine Lehrstelle bei einer Firma, die Präzisionsteile für Waffen und Maschinen herstellte. Mutter war

komplett aus dem Häuschen, denn ihr Sohn wohnte wieder zuhause und half bei der Pflege der Großtante. Täglich trainierte er bis zu zwei Stunden Tae-Kwon-Do. Das hielt ihn zwar von Dummheiten ab, aber dafür probierte er ständig diverse Techniken an Marta aus. Sie trug blaue Flecken davon an den Armen, Beinen oder dem Rücken, die sie durch lange Hosen im Sportunterricht zu verdecken versuchte. Eines Tages hielt sie es nicht mehr aus und beklagte sie sich bei Mutter.
„Es tut weh!"
„Er übt ja nur."
„Ich bin doch nicht seine Trainingspuppe!"
„Er ist ein Junge."
Das ist mir neu! „Ich hab' aber blaue Flecken!"
„Ach wo!"
Ja klar, und darum durfte er damals eine Scheibe Wurst mehr essen als ich. „Ich wollte einfach lesen! Es hat wehgetan! Er hat kein Recht dazu!", sagte Marta und verstummte enttäuscht.
Sie wandte sich ab und ging zu Großtante Elisabeth, um nachzuschauen, ob sie etwas brauchte. Und wie so oft fragte sie sich, warum Mutter die Tante so hingebungsvoll pflegte. Schließlich kannten sie die alte Dame erst seit einem Jahr. Marta war ihr gezwungenermaßen nahe, aber mehr physisch als gefühlsmäßig.

Die Zwillinge unterstützten die alte Dame routiniert beim Aufsitzen, halfen ihr immer öfter auf den Toilettenstuhl, bei der Körperpflege und beim Betten, weil sie einzunässen begann. Marta zerkleinerte die Mahlzeiten und kümmerte sich um die Wäsche. Mutter lobte ihre Kinder nie für ihren Einsatz.

Die Großtante schien humorlos und unnahbar und bedankte sich für nichts. Zudem schlief sie meistens oder hielt zumindest die Augen geschlossen. Darum begrub Marta ihre Hoffnung, sie besser kennenzulernen oder von ihr etwas über die Vergangenheit zu erfahren, obwohl die Danutowskis darauf achteten, den Dauergast nicht allein zu lassen. Niemand war beeindruckt, als Marta zweimal wegen Kreislaufproblemen im Krankenhaus landete, nachdem sie im Unterricht zusammengebrochen war. Die Jugendpsychologin machte ihre häusliche Überlastung dafür verantwortlich, aber alles blieb unverändert.
Als Marta dann eines Tages von der Schule nach Hause kam, stand Mutter schon an der Tür. *Das ist aber neu!*
„Großtante Elisabeth ist gestorben." Mutters Stimme klang farblos, ohne Gefühlsregung.
Marta ging wortlos in ihr Zimmer – Joka folgte ihr – legte sich aufs Bett und schluchzte leise. Sie weinte nicht um die alte Frau, sondern wegen der Leere, die sie plötzlich in der Brust verspürte. *Jetzt ist das Wissen endgültig verschwunden über all die Dinge, die Mutter nicht preisgeben will.*

„Prost! Alles Gute im Neuen Jaaaaahr! 1987 ist eine Primzahl, also wird's prächtig!", rief Werner, Martas Nachbar von gegenüber, in die Menge. Während sie am ersten Sekt in ihrem Leben nippte und sich schon jetzt auf ihren 18. Geburtstag im Mai freute, sprengte Tomek Knallkörper in die Luft. Er hatte lange dafür gespart und genoss es sichtlich, von andern Jungs bewundert zu werden, die vermutlich hofften, auch mal zünden zu dürfen. Mutter knabberte maßlos Kartoffelchips, und Marta schämte sich für sie.

Plötzlich sah sie einen unbekannten jungen Mann, der schweigend dem Feuerwerk zuschaute. Er war mittelgroß, eine Kapuze umschloss sein schmales Gesicht mit den grünblauen Augen. Unter der dicken, anthrazitfarbenen Jacke lugten auffällig dünne Beine hervor, sodass die Winterschuhe riesig erschienen.

„Hallo, ich bin Marta und bin im Erdgeschoss, und du?", wagte Marta den ersten Schritt.

„Ich heiße Florian, hallo. Meine Mutter wohnt gleich hier um die Ecke."

„Aber du bist aus unserem Eingang rausgekommen."

„Ja, weil mein Vater hier im obersten Stock lebt."

„Ah!"

Der Unbekannte sah sie aufmerksam an, als er ihr die Hand gab. Marta fühlte sich irgendwie wichtig, das war angenehm.

„Keine Knaller?", fragte sie ihn.

„Mein Geld gebe ich lieber für Computer aus."

„Mir sagt Lesen auch mehr als das."

Schweigend schauten sie Werner, Tomek und den anderen beim Feiern zu. Florian schlug vor: „Wollen wir ein Stück laufen?"

„Gerne!", sagte sie, und schon entfernten sie sich von der Menge. In dieser merkwürdigen Dunkelheit, die durch laut in die Luft katapultierten stinkenden Böller erhellt wurde, streiften sie viele Themen, die Marta in Polen einzig mit Adam geteilt hatte. Als ihnen kalt wurde, redeten sie in Florians Auto weiter. Sein Interesse für sie und sein Humor faszinierten Marta und ließen sie unerwartet schnell Vertrauen zu ihm fassen. Sie erzählte ihm sogar, dass sie Gedichte schrieb, wenn sie traurig war, und wovon bis dahin niemand wusste.

Gegen zwei Uhr morgens verabschiedete Marta sich übermüdet von ihrem neuen Bekannten und ging leichten Schrittes inmitten verbrannter Feuerwerkskörper und schmutziger Pappteller nach Hause.

Wie versprochen kam Florian am nächsten Tag vorbei und diesmal umrundeten sie mit Joka mehrfach die ganze Siedlung und unterhielten sich angeregt. Von da an sahen sie sich täglich. Bald einmal konnte sie es kaum abwarten, ihn abends zu treffen. Allerdings lud sie ihn erst nach einigen Wochen zu sich ein. Sie musste nicht nur vorher aufräumen und putzen, sondern sie war sich auch nicht sicher, was Mutter sagen würde.
Florian stammte aus Strahlsund in der DDR, was ihnen viel Gesprächsstoff bot. Sie tauschten sich aus über die Unterschiede und Gemeinsamkeiten zwischen ihrer beider Herkunftsländer aus dem Ostblock.
„Wir sind im Mai 1984 nach Kiel gekommen."
„Einfach so?"
„Nein, illegal."
„Hast du Angst gehabt?"
„Total. Ich hab' dauernd befürchtet, dass Tomek sich verplappert und wir im Gefängnis landen."
„Aber wieso illegal, wenn ihr doch Deutsche seid?"
„Das ist ziemlich kompliziert. Ich kann es dir gar nicht so recht erklären. Wir haben den deutschen Pass, weil unsere Großtante Deutsche war. Und Mutter konnte die Sprache schon."
„Und ihr nicht?"
„Wir haben alles erst hier gelernt. Ich war insgeheim sauer, dass sie es uns nicht früher beigebracht hatte."

„Also, ich finde es toll, wie gut du Deutsch gelernt hast", sagte Florian und drückte ihre Hand stärker.
„Na ja, es ist mir wichtig, gut in der Schule mitzukommen."
Marta rief Joka zu sich. *Komisch, niemand fragt, warum Mutter uns kein Deutsch beigebracht hat!*
„Meine Eltern sind zusammen mit meinem jüngeren Bruder Bert legal ausgereist. Wie ihr, 1984, im Spätsommer, damit er weiter zur Schule gehen konnte."
„Wieso bist du nicht mit?"
„Ich musste erst bei der Werft kündigen, darum wurde es Oktober."
„Hm. Und wo hast du dann gewohnt?"
„Bei meiner Oma."
„Aber die ist doch auch hier in Kiel."
„Ja, sie ist erst einige Monate nach mir auch hierher gekommen."
„Boah, in diesem Alter!"
Florian erzählte Marta unzählige Details über den Alltag in seiner kommunistischen Heimat, deren Name das Wort Demokratie enthielt. Und sie schilderte ihm das entbehrungsreiche Leben in Polen, die Unannehmlichkeiten der Lebensmittelrationierung. Sie tauschten sich aus über die Ideen der Menschen, trotz staatlicher Verbote doch noch zu irgendwelchen Dingen zu kommen oder im Verborgenen etwas zu tun, das sich gegen das Regime wandte. Und sie kannten die Angst im Alltag, verpfiffen zu werden, die Notwendigkeit, sich vorzusehen, was und zu wem man etwas sagte, weil es schlimme Folgen haben konnte. Diese Art von Informationen zu teilen, also solche, von denen man nirgendwo lesen konnte, schuf ein besonderes Bündnis zwischen ihnen. Sie genossen es ausnehmend, dass sie sich

nun frei äußern durften und nicht mehr wie früher immer vorsichtig sein mussten.

Nach ungefähr zwei Monaten, als sie ihren täglichen Spaziergang machten, sagte Florian: „Ich muss etwas holen, kommst du mit?"
Sie gingen auf das Parkdeck, wo er etwas aus seinem Auto herausnahm und hinter dem Rücken versteckte. Dann trat er zu Marta, die unter einer hell leuchtenden Laterne stand, und zog sie sanft zu sich. Er schaute ihr in die Augen und küsste sie. Auf den Mund. Das hatte sie noch nie erlebt. *Seine Lippen sind so weich! Mir wird schwindlig!* Er löste seine Umarmung, schaute sie ernst an, nahm eine welkende rosa Freesie hinter seinem Rücken hervor und gab sie ihr.
„Ist die für mich?"
„Na ja, wir sind allein hier, also vermutlich für dich", sagte Florian und lächelte. Dann nahm er sie bei der Hand und begleitete sie zum Hauseingang. Marta fühlte sich eigenartig berührt. Positiv aufgewühlt. Sie hatte noch nie Blumen bekommen. Mutter sagte nichts dazu.

Florians Eltern wohnten getrennt und führten eine merkwürdig neutrale, für Marta seltsame, uneheliche Beziehung. Nach der Geburt seines jüngeren Bruders Bert hatten sie sich scheiden lassen, und dann erneut in Kiel geheiratet. Wegen der Steuern, wie sie selbst zugaben. Bei seiner launischen Mutter wusste man nie genau, woran man bei ihr war. Aus unerfindlichen Gründen war mal Marta, mal Berts Freundin die beste Person auf Erden – oder ein Monster. Die einzige Konstante bestand in der streng überwachten Pflicht, die Schuhe vor der

Wohnungstür auszuziehen und sie in Reih und Glied zu den anderen zu stellen. *Aber ist es bei uns nicht noch seltsamer mit der alleinstehenden Mutter, die sich nicht für ihre Kinder interessiert?* Marta beneidete Florian, weil er zu seiner Oma floh, wenn er von all dem genug hatte.

An einem Samstagabend fuhren Marta und Florian zur Bergstraße in Kiel, wo es die beste und gleichzeitig günstigste Handpizza in ganz Kiel gab. Hier beschlossen sie, dass er heute Nacht das erste Mal bei ihr bleiben würde. Mutter hatte bislang nie kommentiert, dass sie schon mehrere Male bei ihm übernachtet hatte. Zuhause setzte Marta zunächst Wasser für einen Tee auf.
„Wer trinkt einen?", rief sie ins Wohnzimmer, wo Mutter mit angewinkeltem Bein im Sessel saß und Florian auf dem Sofa. Im Fernsehen lief gerade eine Sendung über Korallenriffe.
„Warum nicht", rief sie.
Marta brachte den Tee und setzte sich neben Florian.
„Es hat wieder angefangen zu regnen, Frau Danutowski", sagte er zu Mutter.
„Hm", entkam es gerade so ihren Lippen.
„Wir gehen heute nicht mehr raus", sagte Marta und schaute Florian von der Seite an. *Na?* Aber Mutter hatte nur Augen für den Film.
„Darf ich bei Marta über Nacht bleiben?", fragte Florian.
„Hm", war zu hören.
Marta stand auf, holte Zucker aus der Küche und süßte ihren Tee. Obwohl sie das nie machte. Wütend rührte und rührte sie in ihrem Glas, aber das laute Klirren führte zu keiner Reaktion.
Ich halte es nicht aus!

„Komm, wir gehen in mein Zimmer", sagte sie zu Florian und stach ihm sanft den Ellbogen in die Seite.
„Also darf ich oder nicht?", fragte er Marta.
„Ist offensichtlich egal. Komm mit." Sie stand auf und nahm ihn bei der Hand. *Da hat ihre Tochter den ersten Freund und sie tut so, als wäre es nichts Neues. Ich erzähle ihr überhaupt nichts mehr.*
Florian musste einmal länger arbeiten, weshalb sein Bruder Marta mit dem Auto in der Stadt abholte. „Wie finanzierst du deinen fahrbaren Untersatz?", fragte Marta, als sie an einer Ampel warteten. „Du machst doch erst das Abitur."
„Ich bin Hilfspfleger in der Uniklinik", sagte Bert.
„Find' ich klasse!", rief sie begeistert. Auf so eine Idee war sie noch nicht gekommen. „Ich gebe nur Nachhilfe in Mathe und Physik."
„Das ist ja super."
„Ja, aber es kommen nicht sehr viele Stunden zusammen ... Meinst du, ich könnte es auch?" Sie sah sich schon als Krankenschwester.
„Ja klar, du willst doch Ärztin werden. Aber man muss volljährig sein."
„Das werde ich ja nächsten Monat. Wie komme ich an diesen Job heran?"
„Also, ich habe einen Kurs in den Sommerferien gemacht, kannst meine Unterlagen haben."
„Oh, ja, super!"

An ihrem achtzehnten Geburtstag wollte sie nichts dem Zufall überlassen und putzte einige Tage lang die Wohnung. Dann kochte sie ‚Bigos', backte einfachen Kuchen, kaufte Kartoffel-

chips und Salzstangen sowie Limonade. Marta lud Florian, seinen Bruder Bert, Britta, Daniela, Astrid und Silvia ein. Zu Tomek kamen drei Jungs, die niemand kannte. Auch Frau Hansen schaute überraschend vorbei, um mit ihnen anzustoßen. Marta fühlte sich über alle Maßen geehrt, dass sie an diesen für sie so wichtigen Tag gedacht hatte. Florian schenkte ihr eine moderne Casio-Armbanduhr mit einem Miniaturdisplay.
„Sie ist so schön! Digital! Herzlichen Dank!", rief sie begeistert und umarmte ihn innig.
„Hoffe, dass sie dir Freude bereitet." Er lächelte.
„Ja, natürlich! Du weißt, dass ich elektronische Geräte mag!"
„Die in beige hab' ich extra frühzeitig vorbestellt, weil die meisten Uhren schwarz sind."
„Toll! Sie gefällt mir sehr."
Nach der Feier half ihr Florian beim Aufräumen.
„Du, Florian? Kannst du mir irgendwann einen Computer zusammenstellen? Vielleicht bei der Firma, bei der du nebenbei arbeitest? Einen ganz, ganz günstigen?"
„Mal sehen, ich frage meinen Chef."
„Das würde mir viel bedeuten."
Danach gingen sie ins Bett und Marta blieb noch wach, als Florian schon eingeschlafen war. Sie hatte zwar nicht den Eindruck, jetzt plötzlich erwachsen zu sein, aber sie merkte, dass sie doch ein bisschen zuhause war, hier in Kiel.

Eindeutig erwachsen und gebraucht hingegen fühlte sich Marta bei ihrem ersten Dienst als Schwesternhelferin. Von da an trug sie sich für fast jedes Wochenende in den Dienstplan ein, wofür sie mit den Volleyballwettkämpfen aufhören musste. Florian übernachtete an den Wochenenden oft bei Marta und brachte sie morgens Viertel vor sechs zur Uniklinik. Mutter kommentierte es nicht, obwohl sie sicher merkte, dass ihre Tochter sie nicht mehr um Geld bat.

Von dem Lohn der ersten fünf Arbeitsmonate kaufte Marta sich einen dreitürigen Kleiderschrank aus echtem Kiefernholz. Später kamen der Führerschein und ein verblichen-brauner, klappriger VW-Golf für nur 400 DM dazu. Wenn es stark regnete, sonntags frühmorgens, wenn noch kein Bus fuhr, oder nach einem Nachtdienst, um pünktlich zur ersten Schulstunde zu kommen, nahm sie von da an das Auto. Statt wie gewöhnlich das Fahrrad.

Nach einigen Monaten durfte Marta auf die Intensivstation wechseln. Stolz war sie, mächtig stolz, als es so weit war. Sie lernte zunächst, wie das Schleusensystem beim Umziehen in die Spezialkleidung funktionierte, damit keine Keime von draußen zu den künstlich beatmeten Schwerstkranken gelangten. Es fühlte sich seltsam an, mit einem Mundschutz zu pflegen und nicht in gewohnter Weise mit den Patienten sprechen zu können.

„Jetzt spüle ich die Wunde ... So ist's gut, achte darauf, dass die Flüssigkeit nicht aufs Bett kommt, sooo. Die Tupfer fasse ich mit der sterilen Pinzette an ... Pflasterstreifen befestigen den Verband. Fertig. Spätestens in vier Stunden machen wir wieder alles frisch", erklärte eine erfahrende Schwester.

„Einen Katheter legen kann ich schon", sagte Marta.

„Sehr gut. Jetzt geht es an die Beatmungsmaschine und den Monitor. Alle Viertelstunde tragen wir die Daten in dieses Blatt ein. Wenn es piepst, liegt es meistens am Beatmungsschlauch, weil der Patient sich bewegt und ihn einknickt. Sobald es rasselt, muss man den Schleim aus den Atemwegen absaugen ... Ich zeige dir, wie das geht."

Marta versuchte, sich alle Schritte genau einzuprägen, und staunte darüber, dass niemand auch nur eine Minute lang daran zweifelte, dass sie die neuen Aufgaben richtig meistern würde. Immerhin fand hier modernste, hoch spezialisierte Medizin statt und sie war noch Schülerin.

Marta wurde Herr Schneider zugeteilt, ein Patient, der nie Besuch hatte, seit Monaten im künstlichen Koma lag, und sogar in ihren unkundigen Augen keine Fortschritte zu machen schien. Routiniert saugte sie den Schleim ab, trug die Messwerte in die Krankengeschichte ein, wusch ihn und wechselte alle sechs Stunden sein Hemd sowie die Bettwäsche. Nach einigen Wochen kam in der Mitte der Schicht die Stationsschwester zu ihr und sagte: „Die Ethikkommission hat beschlossen, die Intensivbehandlung zu stoppen. Der Arzt stellt die Maschine ab. Danach ziehst du die Schläuche raus. Wahrscheinlich stirbt Herr Schneider dann. Weil er keine Angehörigen hat, darf man seine Organe nicht für Transplantationen entnehmen. Du wäschst den Körper, ziehst ihm ein frisches Hemd an und meldest dich bei mir."

Marta nickte und machte sich an die Arbeit. *Du wäschst den Körper ... Wahrscheinlich stirbt er ... Du wäschst den Körper* ... Seltsam starr fühlten sich ihre Hände an. Sie schienen abgekoppelt vom Gehirn, in dem sich der Gedankenstrudel wiederholte: *Du wäschst den Körper ... stirbt Herr Schneider ... stellt die Maschine ab ...*

Erst auf dem Fahrrad, als Marta immer schneller in die Pedale trat, realisierte sie, dass da etwas Besonderes passiert war. Der Wind peitschte ihr Gesicht, rauschte in den Ohren, aber dies-

mal störte es sie nicht. Tränen liefen ihre Wangen herunter und es fühlte sich gut und notwendig an. *Hat er noch etwas gedacht, bevor er starb? Wie muss das sein, wenn man von Geräten und von der Pflege anderer abhängig ist?*
Marta wusste, dass das kein Thema für Florian war – und ganz sicher nicht für Mutter. Und nicht für ihre Freundinnen. Nein. Das war ihr Job und basta.

Die Abitur-Zeugnisse sollten im Rahmen einer Feier übergeben werden. Auf der Suche nach einem Ballkleid klapperten Florian und Marta sämtliche Läden in der Stadt ab. Die Nachbarin hatte ihr geholfen, sich das erste Mal in ihrem Leben zu schminken. Bei dem Festakt saßen Mutter, Tomek und Florian schön gekleidet an Martas Tisch, es war der Einzige ohne einen Vater. *Wie gern würde ich seinen Stolz spüren und eine Einheit der Familie.*
Bei der Feier rief der Schuldirektor jeden Abiturienten einzeln auf. Alle Augen verfolgten die auf die Bühne schreitende Person, die von Beifall begleitet ihre Fahrkarte an die Universität empfing. Manche Eltern wischten sich die eine oder andere Träne ab. Martas Mutter blieb gleichmütig.
Wenigstens Florian freute sich sehr für sie.
Als alle Schüler ihr Zeugnis erhalten hatten, ging Marta zum Direktor.
„Entschuldigen Sie bitte, dürfte ich kurz zum Rednerpult gehen?"
„Nun, das ist nicht vorgesehen."
„Ich möchte nur ein paar Worte sagen."
„Also gut, warum nicht, nur zu!"

Mit einem üppigen Blumenstrauß auf dem Arm betrat Marta die Bühne und sagte: „Hallo. Ich bin das Mädchen, das vor fünf Jahren aus Polen nach Deutschland gekommen ist. Ich habe hier zwar keine einfache, aber enorm bereichernde Zeit erlebt. Deshalb danke ich allen Lehrern und meinen Mitschülern für die guten Momente und das Gefühl, willkommen zu sein an meiner ersten wichtigen Schule hier. Stellvertretend für das Lehrerkollegium möchte ich diese Blumen Frau Hansen überreichen."
Auf dem Weg zum Tisch hörte sie lauten Beifall, ihr wurde schwindlig und sie war froh, ihn ohne zu stolpern erreicht zu haben. Florian und Tomek klatschten ausgiebig, Mutter saß mit ausdrucksloser Miene da.

12. Auf zu Neuem (1998, Schweiz)

Marta erinnerte sich noch genau an ihre Ankunft in Bonato, als sie übermüdet, aber glücklich die elf Stunden Autofahrt in jeder Faser spürte. Es war ihre ureigene Entscheidung, für ein Jahr ins Ausland zu gehen, und sie fühlte sich gut an. Diesmal nicht illegal, und nicht plötzlich.

Am nächsten Morgen sollte ihr allererster Arbeitstag als Assistenzärztin in der Schweiz beginnen. Es war der erste Februar 1998, ein kalter Sonntagabend. Die leere Stadt war in grelles Neonlicht getaucht, an den Straßenrändern türmte sich meterhoher Schnee – so etwas hatte sie noch nie gesehen. Als sie sich im Sommer zuvor beworben hatte, war es heiß gewesen, und keine einzige Wolke am Himmel störte das Paradies.

Das Hauptgebäude der Klinik stammte aus der Gründerzeit, seine Cafeteria-Terrasse bot einen atemberaubenden Blick auf die Stadt und auf das Baumstalder Oberland. Die pavillonartigen Therapiehäuser waren bogenförmig auf dem Areal angeordnet.

„Grüezi, Frau Doktor Danutowski! Sind Sie gut gereist?", rief die Rezeptionistin und gab Marta den Zimmerschlüssel. Ihre perfekt renovierte Unterkunft war noch kleiner als diejenige im Studentenwohnheim und im Spital bei Bern. Marta deponierte einige Lebensmittel in der Gemeinschaftsküche, holte in der eisigen Kälte ihren Rucksack und zwei Wecker aus dem Auto und beschloss, erst morgen auszupacken. Sie aß eine ganze Tafel Schokolade und duschte heiß, bevor sie das Licht löschte.

David, ihr Arztkollege, und sie betraten den kahlen Besprechungsraum. Durchdringend kalte Luft strömte durch das sperrangelweit geöffnete Fenster herein. An einem runden

Tisch, der den Raum komplett ausfüllte, saßen mehrere Personen, wobei ein beinahe kahlköpfiger, untersetzter Mann offensichtlich die wichtigste Funktion innehatte. Aus den Ärmeln seiner Winterjacke lugten dickliche Hände hervor; an den beiden kurzen Ringfingern steckten imposante goldene Siegelringe, am Handgelenk trug er eine dicke, ebenfalls goldene Uhr. Im Halsausschnitt glänzte unübersehbar eine massive Goldkette. *So viel Schmuck an nur einem Mann!*

„Marta Danutowski. Ich bin die neue Assistenzärztin", stellte Marta sich vor.

„Doktor Petrov", sagte ihr direkter Vorgesetzter mit sonorer Stimme und stark rollendem ‚r,' und gab ihr sitzend einen kräftigen Händedruck.

„Freut mich sehr." Marta nickte bestimmt.

„Du kannst mich Ivan nennen. Setz dich und schweig! Starten wir!", befahl er und sie dachte: *Sein Name verspricht nichts Gutes! Oh, ist das kalt hier!*

Ein Pfleger berichtete vom Wochenende und ließ einen Patienten nach dem anderen einzeln hereinkommen. Ivan duldete keinen Widerspruch, weder seitens des Personals noch der Kranken, und trotz seines hervorragenden Hochdeutsches konnte Marta seine Aussprache nicht gut verstehen. Es hallte grauenhaft nach jedem Wort, was den Eindruck verstärkte, dass er über allen und alles herrschte. *Am besten frage ich David, er wirkt nett ... Oh je, jetzt raucht der Guru auch noch.*

Nach der langen Oberarztvisite stellte Marta sich dem Pflegepersonal auf ihrer Abteilung vor. Auf dem runden Tisch in der Mitte des Stationszimmers erblickte sie frische Schnittblumen und eine bunte Klappkarte mit der Aufschrift: *Willkommen, Marta!*

Sie lächelte verlegen und schüttelte allen die Hand. Anschließend zeigte David ihr das Büro, das sich im renovierten Altbau-Hauptgebäude befand. Der Raum gefiel Marta auf Anhieb: geräumig und hoch, mit hellem Parkett. Die drei modernen Sessel und ein Tischchen eigneten sich perfekt für Gespräche. Auf dem breiten Schreibtisch stand ein Computer, daneben sogar ein Drucker. Marta sah durchs Fenster: Der dick mit Schnee bedeckte Rasen blendete sie. In seiner Mitte wuchs majestätisch ein alter, ausladender Kastanienbaum. In den kahlen Ästen vergnügten sich Elstern, die grelle Wintersonne glitzerte durch die Zweige. Der mächtige Baum beruhigte sie irgendwie. *Ist das das Paradies? Mein allererster Tag als echte Assistenzärztin! Ich bin keine Krankenschwester, Nachhilfelehrerin, Putzfrau, Altenpflegerin, Zeitungsausträgerin, Versicherungsagentin, Hundeausführerin, Kellnerin mehr. Nein, Ärztin!* Marta war glücklich.

David schien zu begreifen, dass sie diesen kurzen Augenblick am Fenster für sich allein brauchte. Danach erklärte er ihr die Regeln: „Sage ‚Ja' und ‚Amen' und nicke oft, dann gibt es mit Ivan keine Probleme. Mindestens die ersten drei Monate lang." Der Rat erinnerte Marta an das unsägliche Telefonat mit Mutter, als sie ihr verzweifelt über ihre Verständnisprobleme beim Praktikum erzählt hatte. Sie beschloss aber, die Tipps anzunehmen, denn immerhin beruhten sie auf Davids Erfahrungen mit Ivan.

Dank des Computerprogramms fand Marta sich rasch in den Krankengeschichten ihrer Patienten zurecht. Sie beobachtete gerade die Elstern draußen, als das Telefon klingelte.

„Marta, deine Patienten fragen nach dir und warten auf einen Termin", sagte der Stationspfleger.

Oh nein, ich hab' das Wichtigste vergessen! Das gibt's doch nicht! „Mein Fehler! Ich komme sofort." Sie eilte hinüber zur Station.
„Ich hab' mich wohl zu sehr in die Krankengeschichten vertieft. Hilfst du mir, die Termine zu vergeben? Wer braucht am dringendsten einen?", fragte Marta und öffnete ihre Agenda.
„Wohl Herr Hefti zuerst, danach Frau Forster."
„Also, ich starte um zwei, und versuche, zwar kurz, aber sämtliche Patienten zu sehen."
„So gefällt es mir schon besser. Ich informiere alle", sagte der Pfleger und lachte breit.

Nervös begann Marta die Nachtrunde ihres ersten 24-Stunden-Dienstes, für den sie nach nur sieben Arbeitstagen eingeteilt wurde. Dabei war sie für alle Neuzugänge und nach 18 Uhr für die ganze Klinik zuständig. Es begann soweit ruhig, sie musste nur bei einem Patienten die Medikation anpassen.
Plötzlich hörte sie einen durchdringenden Piepton und erschrak. *Was soll ich tun? Ich trage die Verantwortung.* Zum Glück kam sofort auch die Nachtschwester. „Es ist ein Fehlalarm – die Feuermelder müssen repariert werden. Ich stell ihn ab." Sie steckte ihren Schlüssel neben ein rot blinkendes Lämpchen an der Schalttafel ein und lächelte breit.
Das furchtbare Geheul und das rastlose Licht hörten schlagartig auf.
„Endlich, danke schön!"
„Du musst sofort die Feuerwehr anrufen und entwarnen. Sonst rückt sie aus – glaub' mir, das Brimborium ist immens."
„Mach' ich, danke für den Tipp", sagte Marta dankbar.

Der Mann am Telefon schien nicht überrascht und quittierte den falschen Alarm. Erleichtert ging sie ins Dienstzimmer, um sich ein wenig hinzulegen.
Als dann gegen drei Uhr in der Früh und zwei Stunden später neue Patienten kamen, musste sie nicht erst wach werden, denn die Aufregung ließ sie ohnehin nicht schlafen. Nach dem Morgenrapport widmete sie sich der üblichen Stationsarbeit und hatte erst am Abend endlich frei.

Ivan entpuppte sich als hervorragender Diagnostiker, hatte aber von Psychotherapie oder wenigstens einfühlsamer Gesprächsführung keine Ahnung. Er diskutierte nicht, sondern befahl.
Als sich bei der Visite zwei Pfleger über den Krankheitsverlauf bei einem Patienten unterhielten, rief Ivan laut: „Ruhe! Es wird zu bunt! Man muss klarsehen!", und stach dabei mit dem dicklichen Zeigefinger in die Luft. Es gelang Marta nur knapp, nicht loszulachen.
„Frau Egger ist wesentlich ruhiger geworden und hält sich an Absprachen. Man könnte ihr Arealausgang gewähren", schlug der Stationspfleger vor.
„Schweig!", schnaubte Ivan und streckte abermals den Finger nach oben. Alle erstarrten. *Das ist ja schlimmer als im Kommunismus, ich befolge wohl weiter Davids Rat.*

Martas erster Wochenenddienst begann am Samstagmorgen, sollte am Montag enden und versprach ruhig zu werden. Bei ihrer Nachmittagsrunde am Samstag jedoch hörte sie allerdings plötzlich einen sehr lauten Knall und sodann Schreie. Eine Patientin lief wie eine Furie an ihr vorbei. Nicht rennen.

Ich muss Panik verhindern, sagte Marta sich, während sich ihr Körper innen zu verknoten schien. Sie marschierte zügig in die Richtung, aus der sie den Knall vernommen hatte. Es roch nach Alkohol. Vor der Station erblickte sie einen mageren Mann mit einer Pistole in der Hand und an der niedrigen Decke über ihm einen dunklen, diffusen Fleck. Er brabbelte etwas unverständlich. *Wer ist das? Was ist geschehen? Was muss ich jetzt tun?* Marta hatte keine Zeit für eine Rücksprache mit dem Oberarzt. „Bitte gehen Sie in Ihre Zimmer", forderte sie die umher stehenden Patienten auf. „Wir informieren Sie, wie es weiter geht." *Keine Nervosität zeigen.*

Dann wandte sie sich dem Eindringling zu. „Guten Tag, ich bin die Dienstärztin, mein Name ist Danutowski. Wie heißen Sie?", sagte Marta betont höflich.

„Fragen Sie die Schwestern, alle kennen mich", rief der ungepflegte, braunhaarige Mann und blickte mit geröteten und glasigen Augen um sich.

„Was tun Sie hier?", fragte Marta. *Hoffentlich hält er sich an meine Anweisungen.*

„Ich wollte meiner Ex eine Lektion erteilen, sie hat mich beleidigt!"

„So, wie es aussieht, haben Sie es geschafft. Legen Sie die Pistole bitte auf den Boden und verlassen die Klinik." *Was, wenn er wütend wird?*

„Ich muss mit ihr reden. Sofort! Sonst knallt's! Wo ist sie?", rief er und fuchtelte mit der Waffe.

„Soll jemand Sie begleiten?" Marta versuchte weiterhin gefasst zu wirken.

„Ich will zu ihr!"

„Das kann ich nicht zulassen. Gehen Sie bitte." Sie schaute ihm direkt in die Augen.
„Ich verschwinde erst, wenn ich sie gesehen habe!"
„Rühren Sie sich nicht von der Stelle, ich kläre das", wies sie den Eindringling an und sagte zu dem Pfleger, der neben ihr stand: „Gib ihm bitte eine Zigarette und bleib bei ihm." *Was soll ich tun?*
Dann ging sie ins Stationszimmer und fragte: „Kennt ihn jemand von euch gut?" Sie hoffte, dass sie keine Polizei brauchten.
„Er war schon mehrmals hier als Patient. Die Pistole sieht ähnlich aus wie diejenige meines Sohnes. Spielzeug. Ich versuche, mit ihm raus zu gehen", erklärte einer der Pfleger und verließ den Raum.
Marta folgte ihnen einige Meter und war erleichtert zu sehen, dass sich der Störenfried hinausbegleiten ließ. Die Patienten hatten sich rascher beruhigt, als sie angenommen hatte. Auf der Station begann das Abendessen. Marta musste anschließend mit nur einer aufgebrachten Patientin reden und ihr etwas zur Entspannung geben. Und die angebliche Ex des Unruhestifters vergnügte sich bei einem Kartenspiel.
„Die Situation war sehr heikel, ihr habt besonnen gehandelt. Danke Euch von Herzen. Wenn er aber wiederkommt, rufen wir die Polizei", sagte Marta zum Pflegeteam.
Dann informierte sie den Oberarzt per Telefon.
„Sehr gut, sehr gut! Ja, sehr gut! Nächstes Mal rufst du die Polizei", rief Ivan und legte auf.
Gut, dass er nicht dabei war, sonst wäre es vielleicht eskaliert.

Der montägliche Morgenrapport fiel besonders lang aus. Während sie von den Ereignissen in ihrem Dienst berichtete, sah sie interessierte und konsternierte Gesichter ihrer Kollegen. Danach dachte sie, dass sie wahrscheinlich die Feuertaufe hinter sich hatte.

Nach einigen Wochen merkte sie, dass nach der Visite Timo, der zwanzig Jahre ältere Sozialarbeiter, nicht von ihrer Seite zu weichen schien. Ihr gefiel seine sportliche Figur, die leicht grau melierten Haare, der kurz geschnittene Bart. Der aufmerksame Blick seiner braunen Augen verlieh ihm etwas Ehrwürdiges. Und: Ivan respektierte nur seine Meinung ohne Einschränkungen.

Als er erneut neben ihr her Richtung Büro und ohne zu fragen mit hinein ging, schloss Marta die Tür, ging zum Fenster, stützte sich an ihrem Pult ab und sagte: „Heute haben wir keinen gemeinsamen Patienten zu besprechen ... Täuscht mein Eindruck, oder willst du etwas von mir?"

Er setzte sich auf den Sessel und sagte strahlend. „Ich mag dich, das ist alles."

„Du bist mir auch sympathisch. Aber: Ich will nichts von dir."

„Hast du einen Freund?"

Das geht aber recht weit ...

„Nein, aber wie gesagt, ich suche keine Affäre und du bist verheiratet."

„Es ist nicht so, wie du glaubst."

„Sondern?"

„Da ist mehr ..."

„Ich bin aber nicht interessiert."

„Fehlen dir denn nicht Umarmungen und so?"

„Natürlich. Ich will aber keine Familie kaputtmachen", erwiderte sie.
Als Timo sich daraufhin zurückzog, wertete sie es als Erfolg ihrer klaren Worte.
Dennoch sah sie ihm gern zu, wenn er mit den Patienten sprach, ihnen half, mit dem Arbeitgeber den Wiedereinstieg in die Tätigkeit nach der Klinik zu planen oder die Wohnung zu wechseln. Seine Aufgaben waren wichtig, sie rundeten psychiatrische Behandlungen ab.

Marta und Timo fingen an, mehr Zeit miteinander zu verbringen, rein freundschaftlich. Sie gingen schwimmen oder wandern. Bei der Arbeit analysierten sie die Situation gemeinsam betreuter Patienten in ihrem Büro, statt es wie andere Kollegen auf der Station zu tun. Sie dachte sich nichts dabei, weil sie sich doch einmal klar ausgesprochen hatten. Er sagte, bei ihr sei es ruhiger, und so betraten sie ihr Reich, nahmen Platz und begannen mit der Besprechung. Eines Tages blickte Marta zwischen zwei Fällen aus dem Fenster und sah den Elstern in der Baumkrone zu. Da fragte Timo:
„Bist du müde?"
„Nein, nur nachdenklich."
„Bedrückt dich etwas?"
„Also ..."
„Ja?"
„Vorhin habe ich gehört, dass man uns neulich zusammen im Hallenbad gesehen hat. Es sieht so aus, dass die ganze Klinik wohl schon ein Paar aus uns gemacht hat. Die anderen wissen immer alles früher und besser, als man selbst", sagte sie erheitert. „Komm, lasst uns weiter machen."

Timo lachte nicht mit, sondern richtete sich auf und sagte übergangslos: „Du, ich überlege, den Job zu wechseln. Wie du weißt, war ich früher Lehrer. Sie suchen jemanden für Deutsch und Englisch ab Januar 1999."

„Fühlst du dich nicht mehr wohl hier?", fragte Marta überrascht.

„Das ist es nicht. Die Psychiatrie ist zwar reizvoll, drückt aber aufs Gemüt. Ich brauche eine Veränderung."

Sie schwieg überrascht. *Es ehrt mich, dass so ein deutlich älterer und erfahrenerer Mann mich in seine Pläne einweiht, aber* ... „Was meint Claudia dazu?"

„Sie weiß nichts davon."

„Versteh' mich nicht falsch, aber ich find' das merkwürdig. Sie ist doch deine Frau."

„Das ist meine Entscheidung", antwortete er und schaute an ihr vorbei.

„Natürlich, klar." Marta blickte verlegen in ihre Notizen.

Timo stand auf, lehnte seine Stirn ans Fenster und schloss die Augen.

„Wir haben uns gerade getrennt. Ich suche mir eine Wohnung."

Er wandte sich um und blickte ihr in die Augen.

„Oh. Verstehe. Das ist etwas anderes." *Wieso erzählt er mir das?*

„Also, was denkst du?"

„Was soll ich dazu sagen. Du hast es ja schon entschieden", sagte sie und wünschte, das Gespräch hätte gar nicht stattgefunden.

Das Telefon läutete, sie nahm ab.

„Ich muss auf die Station. Entschuldige."

Sie ließ Timo allein in ihrem Büro.

Bald darauf hatte er die Stelle erhalten und in der Klinik gekündigt. Marta und Timo trafen sich weiter. Auf einer ihrer Wanderungen sagte er zu ihr: „Ich bin ausgezogen", und biss in einen knackigen Apfel. Das Geräusch betonte die Endgültigkeit der Aussage.
„Das ging aber schnell."
„Meine Tochter kommt dreimal wöchentlich zu mir zum Abendessen." Er steckte sich das ganze Kerngehäuse in den Mund und zerkaute es hörbar. *Er hat an alles gedacht ... Macht bedeutsame Veränderungen durch. Hoffentlich hat es nichts mit mir zu tun.* Sie beschleunigte das Tempo, um ihm nicht in die Augen blicken zu müssen.

Im Spätherbst fand eine größere Weiterbildung statt, die ausnahmsweise mit einem sogenannten Apéro ausklang, also mit Häppchen und Wein. Marta sagte gerade zu einem Kollegen: „Toll, dass der eine Vortrag die Belastung von Angehörigen psychisch Kranker thematisiert hat", als Timo dazu stieß und den Satz fortsetzte: „Und die Rolle der Sozialarbeiter unterstrichen hat!"
„Ja, das ist enorm wichtig. Du, ich hol' mir noch etwas zu knabbern", sagte der Kollege und entfernte sich.
„Weißwein für die Dame?", fragte Timo und zauberte hinter seinem Rücken ein gefülltes Glas hervor.
„Vielen Dank." Marta nahm es und nippte daran.
„Das ist meine letzte Weiterbildung hier. Gewisse Dinge werde ich vermissen."
„Was zum Beispiel?", fragte Marta, und Timo holte weit aus zu seinen Anfängen in der Klinik, als er als Quereinsteiger eine neue Welt vorfand.

„Das ist sicher eine besondere Zeit für dich gewesen."
„Ja, aber ich freue mich auf die nächste Herausforderung."
„Apropos: Ich sollte bald entscheiden, welche Richtung der Psychotherapie ich lernen soll, du weißt, sie ist eine der Voraussetzungen für die Facharztspezialisierung als Psychiaterin."
„Kannst du also wählen?"
„Ja, zwischen der Psychoanalyse, systemischer Therapie und kognitiver Verhaltenstherapie."
„Wer dich kennt, sagt ohne zu zögern, dass du die geborene Verhaltenstherapeutin bist. So pragmatisch und lösungsorientiert, wie du bist."
„Findest du? Ich denke tatsächlich an diese Richtung. Danke für den Rat", sagte Marta und spürte, dass das zweite Glas Wein, zumal auf leeren Magen, eindeutig eines zu viel für sie war und hoffte, dass es niemand merkte. Deswegen nahm sie Timos Vorschlag gern an, einen Spaziergang zu machen. Angeheitert folgte sie ihm hinaus auf die geräumige Terrasse der Cafeteria. Sie unterhielten sich über Literatur, die vielen Bücher, die noch gelesen werden wollten und über die Unverfälschtheit der Natur. Es störte sie nicht, dass inzwischen Dunkelheit hereinbrach und das Baumstalder Oberland am Horizont verschwand. Sie liefen hinunter, an geparkten Autos vorbei und irgendwann realisierte sie, dass sie an ihrer Wohnungstür standen. Es wurde kühl und sie gingen hinein und dann wurden sie ein Paar.

Anfänglich hielt Marta sich an Davids Tipp und überließ die therapeutischen Entscheidungen ihrem Oberarzt. Mit der Zeit aber traute sie sich, dieses Gebot aufzulockern, und es machte sie stolz, dass Ivan ihr mehr Freiheiten bei der Behandlung ihrer Patienten ließ. Als ihr dann der Chefarzt anbot, den einjährigen Arbeitsvertrag zu verlängern, sagte sie ohne zu zögern zu. Sie beschloss endgültig, Fachärztin für Psychiatrie und Psychotherapie zu werden und schrieb sich für die vierjährige Ausbildung in kognitiver Verhaltenstherapie ein. Ihr gefiel, dass man dabei konkrete Ziele verfolgte und sich hauptsächlich mit der Gegenwart und den künftigen Schritten beschäftigte. Als Voraussetzung aber würde jeweils die Vergangenheit analysiert werden, um die ungünstigen Muster zu begreifen, die man durchbrechen wollte. Marta musste sich als Therapeutin auch mit sich selbst, mit ihren eigenen wunden Punkten auseinandersetzen. Mit ihrem Vorgehen, das sie von früh an angewendet hatte, um sich vor Mutters Lieblosigkeit und Unnahbarkeit zu schützen und mit den unbeantworteten Fragen umzugehen. Indem sie das Schweigen respektierte, kam sie paradoxerweise der unnahbaren Mutter näher. Sie hatte früh gelernt, nicht in die Privatsphäre anderer Menschen einzudringen. Nun fahndete sie berufsmäßig so lange nach den Gründen von Problemen, bis deren unpassende Bewältigungsmuster erklärbar und damit korrigierbar wurden. Das war die professionelle Herangehensweise, aber Marta wagte weiterhin nicht, diesen für sie wichtigen Fragen nachzugehen: Wer bist du, Mutter? Was verbirgst du vor der Welt? Warum zeigst du deine Gefühle nicht? Liebst du mich?

Sie überlegte, ob es jetzt überhaupt noch eine Bedeutung für sie hatte, die Wahrheit über Mutters Leben zu erfahren. Brauchte sie dieses Wissen, um ... ja, wozu? Um anzukommen, um irgendwo zu Hause sein zu können? Sie war doch erwachsen, inzwischen Ärztin, sie hatte Timo. Was scherte es sie, was Mutter dachte oder fühlte?

Nach Timos Stellenwechsel festigten sich Martas Gefühle für ihn und sie erlebten eine intensive Zeit ohne Rücksicht auf die Meinung anderer. Nachdem sie an einem Sonntag stundenlang gewandert und gemütlich zu Abend gegessen hatten, wollte Marta nicht so schnell wieder allein sein. Er ließ sich zwar gern von ihr verführen, ging danach aber wieder zu sich nach Hause. Sie schloss die Tür hinter ihm und blickte auf das noch warme Bett, das nach ihm roch. Diesmal hatte sie keine Lust, zu lesen. Sie machte sich einen Kräutertee, zündete eine Kerze an und nahm Platz auf dem Sofa. Was soll ich nur tun, dachte sie und griff zum Telefonhörer.

„Hansen", meldete sich Heike am anderen Ende.

„Hoffentlich störe ich dich nicht, es ist reichlich spät", sagte Marta und hoffte, dass es okay war, länger zu telefonieren.

„Kein Problem. Ich freue mich immer, wenn du anrufst."

„Vielen Dank. Wie geht es dir?"

„Gut, das ist aber nicht der Grund deines Anrufs, nehme ich an."

„Stimmt. Ich möchte dich um Rat fragen. Es geht um Timo."

„Ist etwas vorgefallen?"

„Nein, das ist eben das Problem. Wir unternehmen viel miteinander, er versteht und respektiert mich, findet gut, was ich mache ... Schon toll, aber er ist zwanzig Jahre älter als ich."

„Wen kümmert's?"

„An sich niemanden. Aber ... Er hat meinetwegen seine Familie zerstört. Ich habe es zugelassen und nun leidet Claudia, obwohl sie mir nichts angetan hat. Obwohl er beteuert, sie hätten sich auseinandergelebt. Ich fühle mich schuldig."

„Timo hat sich bewusst zu diesem Schritt entschlossen."

„Klar. Nur: Ich bin Teil der Geschichte. Ich darf das eigentlich nicht tun."
„Na ja, aber es geht auch um deine Gefühle."
„Es ist alles so widersprüchlich. Schon klar, ich muss es selbst wissen."
„Du wirst sicher das Richtige tun. Überstürze aber nichts. So, Zeit fürs Bett."
Marta trank den Tee in großen Schlucken aus, stellte den Becher hin und fühlte sich nicht besser. Sie dachte an ihren Vater. Auch er hatte eine neue Familie gehabt, und konnte oder wollte nicht für die Zwillinge da sein. Und sie hatte ihn nach dem Treffen damals in Breslau nicht wiedergesehen. Sie brauchte ihn nicht. Nicht mehr. Obwohl er es wollte, wie ihr Marcin erzählt hatte. Tat es noch weh? Marta wusste es nicht. Aber für sie war klar, dass sie nicht aushielt, was sie Claudia und Timos Töchtern angetan hatte. *Ich muss mich von Timo trennen.*

Die ersten Tage ohne ihn waren unerwartet schwer. Marta vermisste den Austausch und die körperliche Nähe, auf die sie früher immer problemlos hatte verzichten können. Er schrieb ihr, dass er ohne sie nicht leben konnte. „Du darfst nicht nachgeben, sei vernünftig", sagte sie sich und beschloss, ihm nicht zu antworten. Eine Woche später stand Timo unangemeldet an ihrer Tür. Er bekam nicht nur Tee, sondern auch Marta wieder. Ihre Gefühle wechselten zwischen Freude und Erleichterung und Unbehagen. *Was läuft da mit mir? Du kannst auch ohne einen Partner durchs Leben gehen, wie Heike. Wie Mutter.*

13. Die Abgründe (1999, Schweiz)

An diesem Donnerstagabend begann Martas Dienst. Froh, dass es ruhig war, schaute sie den Elstern von ihrem Bürosessel aus zu, bevor sie anfangen würde, Arztberichte zu diktieren. Dann klingelte das Telefon.

„Kannst du sofort kommen? Frau Huber macht Probleme", sagte der Pfleger mit angespannter Stimme.

„Bin schon unterwegs."

Sie lief rasch hinüber zu den Stationsgebäuden, holte tief Luft und öffnete die Tür zur geschlossenen Abteilung.

„Sie schreit die ganze Zeit, verweigert die Medikamente", hieß es und Marta wusste, dass es nun auf sie ankam. Sie bemühte sich, wenigstens äußerlich besonnen zu wirken und sich so zu verhalten, wie es David in einer solchen Situation machen würde. Aber sie war nervös, obwohl sie sich sicher war, dass sie das Richtige tat. Sie ließ eine Spritze vorbereiten und sich ein starkes, in Sirup aufgelöstes Präparat geben und betrat das Isolationszimmer. Die Patientin hüpfte mit zerzaustem Haar und nur mit Unterhose bekleidet umher und biss in die Trainingshose, die sie sich ausgezogen hatte. Als sie die Ärztin sah, blieb sie in der Ecke stehen. Nackte Angst loderte in ihren weit aufgerissenen Augen.

„Guten Tag, Frau Huber", begrüßte Marta sie, bekam aber keine Antwort. „Geht's Ihnen nicht so gut?"

„Ha, sie kriegen dich! Sie kriegen mich!", schrie die Patientin und starrte an die Decke.

„Wer denn? Nur wir beide sind hier."

„Haaaaaaa! Geh' weg, du schlimmes Monster-Monster! Haaaaaaa! ... Bestie!", hauchte sie plötzlich ganz leise, kniff die Augen zu und hob die Oberlippe an.
„Bitte nehmen Sie das. Es hilft Ihnen, runterzukommen."
„Weg damit! Die killen mich und Sie gleich mit!" Sie begann, an ihren Haaren zu zupfen.
„Ich biete es Ihnen ein zweites Mal an. Danach bleibt nur die Spritze. Auch gegen Ihren Willen", sagte Marta gefasst und bestimmt.
Frau Huber setzte sich hechelnd auf den Bettrand und machte eine schnelle, abwehrende Geste. Ihre Augen bewegten sich ziellos in diverse Richtungen.
Es gebot sich, rasch zu handeln. Marta winkte drei Pfleger herbei, die bei der angelehnten Tür standen. Wortlos banden sie die Patientin ans Bett, was sie zu beruhigen schien. Sie ließ sich ohne Gegenwehr etwas in den Oberschenkel spritzen und lächelte müde, als jemand eine Decke über sie legte. Dann verließen alle den Raum.
Im Stationszimmer verordnete Marta die weitere Medikation und schrieb ein Protokoll der Zwangsmaßnahme.
„Gut gemacht, Leute. Vielen Dank, dass es nicht ausgeartet ist. Bitte überwacht Frau Huber alle zehn Minuten", sagte sie, atmete durch, und entfernte sich.
Auf dem Weg in ihr Büro holte sie sich in der Cafeteria einen Tee und beschloss, ihn trotz der Kälte draußen auf der Parkbank hinter dem Gebäude zu trinken. *Gab es wirklich keinen anderen Ausweg aus dieser Situation? Nennt man das ‚Helfen'? Was hab' ich da nur für einen Job?*
Nach Dienstende fuhr Marta ins Hallenbad, statt wie geplant den Abend im Personalhaus zu verbringen. Sie genoss das ver-

traute Gefühl, von der dunklen Kälte draußen in die überhitzten, feuchten Räume hineinzukommen. Im Becken zogen gute Schwimmer ihre Bahnen, keine lärmenden Familien mehr um diese späte Stunde. Marta kraulte zügig und atmete bewusst, und das Geräusch des vorbeiziehenden Wassers beruhigte ihre chaotischen Gedanken.

Die Sonne schien durch das gardinenlose Fenster, als Marta am nächsten Morgen das Überwachungszimmer betrat. Frau Huber saß gelassen auf dem Bett, ihre Haare waren gekämmt und sie trug den Jogginganzug, dessen Hose sie gestern zu zerbeißen versucht hatte. Auf dem Tisch stand ein Becher mit Wasser, auf der Serviette lag eine Bananenschale.

„Frau Doktor! Gut, dass Sie kommen!", sagte die Patientin und schaute Marta mit wachem Blick an.

„Guten Morgen, Frau Huber, schön Sie zu sehen."

„Ich schäme mich so ... Ich war ganz außer mir ... Ich konnte nicht mehr klar denken."

„Das war sicher schrecklich für Sie."

„Nach der Spritze habe ich mich entspannt und lange geschlafen."

Die Worte der Patientin erleichterten Marta enorm. Sie hatte Vorhaltungen erwartet.

„Frau Huber, Sie haben sich nichts vorzuwerfen. Für uns alle war es eine schwierige Situation. Hauptsache ist, dass es Ihnen nun etwas besser geht."

„Ja ... Ja. Ich danke Ihnen."

„Ich komme nachher noch mal vorbei. Erholen Sie sich gut", sagte Marta. Sie nahm sich vor, wann immer möglich, Zwangsmaßnahmen zu vermeiden, als sie zur Oberarztvisite ging.

Sie war spät dran, als sie gedankenversunken die Cafeteria betrat. Die meisten Kollegen tranken schon Kaffee nach dem Mittagessen oder waren im Begriff, zu gehen.
„Capuns und einen Salat bitte", bestellte sie gerade an der Theke, als sie eine Frauenstimme hinter sich hörte. *Die kommt mir bekannt vor!* Sie drehte sich um, und sah ... Rebecca. „Bist du es? Ich fass' es nicht! Was machst du hier?", rief sie freudig. Die beiden umarmten sich fest.
„Ich bin eure neue Laborantin. Noch nicht gewusst?"
„Ah, stimmt, es sollte jemand kommen. Aber es klang nicht nach deinem Namen. Na ja, ich bin selbst noch nicht lange hier. Hey, schön, was für ein Zufall!"
„Wenigstens eine Person, die ich schon kenne", sagte Rebecca und nahm auch Capuns. Sie setzten sich an einen Tisch.
Marta erfuhr, dass Rebecca gerade ihren langjährigen Partner Livio geheiratet hatte und beide nach einiger Zeit bei Bern in den Kanton Baumstalden kamen. *Ist die Welt so klein oder ist es die Vorsehung?*

An diesem Abend rief Marta Heike an. Besonders seit ihrem Start als Assistenzärztin hatten die beiden den Kontakt intensiviert. Sie erzählte ihr von ihrer ersten Zwangsmaßnahme, und berichtete, dass sie Rebecca wieder getroffen hatte. Es tat gut, solche einmaligen Erlebnisse mit einer vertrauten Person zu teilen, nicht immer alles allein zu tragen. Schließlich wechselten sie das Thema. Marta schwärmte von der alpinen Natur, den Museen, den verschiedenen Dialekten, ... „Alles ist ganz anders als Berlin. Was mir oft auffällt: Die Schweizer drängeln sich beim Anstehen nicht vor! Und beim Reden auch nicht", erzählte sie.

„Das hört sich angenehm an", sagte Heike.
„Und sie wirken bescheidener. Die Leute hier deuten negative Dinge nur mit dem Blick an, und schon wird es verstanden. Sie sagen selten klar ‚nein'."
„Ist das vielleicht vor allem in der Psychiatrie so?"
„Möglich, aber ich hab' solche Dinge sogar beim Einkaufen bemerkt."
„Schau mal einer an."
„Das würde dir gefallen."
„Gibt's in der Schweiz auch Gastarbeiter?"
„Ja, aber keine Türken, wie in Deutschland. Es sind vorwiegend Italiener, Ex-Jugoslawen, Portugiesen, Spanier. Sie machen die klassischen Jobs. Es gibt aber auch nicht wenige Deutsche hier, aber die sind gut ausgebildet, Ärzte, Pfleger, Ingenieure oder so."
Ich würd' ihr gern alles hier zeigen, diesen schönen Ort, an dem ich mich wohlfühle. Aber war es nicht weit für sie, in die Schweiz zu kommen?
„Was hältst du davon, wenn ich dich besuche?", fragte Heike.
„Das wäre super! Jederzeit!"

Im Frühling wechselte David in die Gerontopsychiatrie, also eine Abteilung für ältere Menschen, und Marta übernahm seine Station, die geschlossen geführt wurde. Dort passierte viel mehr als anderswo, weshalb täglich Oberarztvisite stattfand. Eines Tages verordnete Ivan intensive Einzelbetreuung an für einen jungen schizophrenen Patienten, der Stimmen hörte, die ihm befahlen, sich umzubringen. Ein Pfleger wich ihm nicht von der Seite – beim Rauchen, Essen, auf dem Sofa sitzen, Kartenspielen, Duschen. Sie erhöhten die Dosis der Medikamente und hofften auf Besserung.

Abends in ihrem Büro diktierte Marta Entlassungsberichte und bediente das ständig klingelnde Telefon. Kaum hatte sie aufgelegt, da klingelte es abermals.

„Psychiatrische Klinik Mentesana, Doktor Danutowski."

„Hier ist die Stadtpolizei. Sind Sie die Dienstärztin?", hörte sie eine Baritonstimme.

„Ja. Gibt's eine Zuweisung?"

„Nein, ich muss wissen, ob Sie einen Patienten in der Klinik vermissen. Es hat sich jemand vor den Zug geworfen."

„Meines Wissens nicht, aber ich kläre es ab und melde mich."

„Ist jemand entwichen?", fragte sie den Pfleger.

„Ja, unser intensiv betreuter Patient."

„Was?! Wie konnte das passieren?! Es sollte ständig jemand bei ihm sein!", rief Marta entsetzt.

„Ja, das stimmt. Ich war nur zur Toilette und ließ ihn auf dem Sofa vor dem Stationszimmer sitzen. Eigentlich sollte der Handwerker die Tür zum geschlossenen Garten reparieren, aber er ist immer noch nicht da gewesen. Und als ich zurückgekommen bin, war die Tür offen."

„Und dann?", fragte Marta erschrocken.

„Er war weg, also offensichtlich trotz Stacheldrahtzaun über die Mauer geklettert."

Wir haben die Gefahr korrekt eingeschätzt. „Und warum hast du mich nicht darüber informiert?!"

„Ich kam nicht durch, deine Dienstnummer war immer besetzt."

Er hat immerzu seine goldene Uhr angestarrt und gesagt, dass heute sein Todestag ist. Er hatte seine Dämonen nicht im Griff. Und wir auch nicht.
„Hör mal, laut Polizei hat sich jemand vor den Zug geworfen", sagte Marta und bestätigte dem Polizisten telefonisch, dass eine Person entwichen war. *Es war nicht seine Entscheidung, sondern seine Krankheit.* Sie schickte den Pfleger, um den Patienten zu identifizieren. *Ist das traurig? Ich weiß es nicht.* Nach einigen tiefen Atemzügen erst war sie in der Lage, Ivan anzurufen.
Sie versammelten alle Patienten und das Personal, berichteten sachlich über das Ereignis und beantworteten Fragen. Wie man es in Krisen tut.
„Sprich mit seiner Mutter, wenn sie wegen seiner Sachen kommt", sagte Ivan zu Marta und ging.
Natürlich. Aber wer redet denn mit mir? Er ist mein erster Patient, der sich das Leben genommen hat.
Am späten Abend entspannte sich die Situation, aber die bedrückte Stimmung blieb. Marta machte ihre Runde, nahm eine Patientin auf und setzte sich an den Schreibtisch, um das Tagwerk zu beenden. Sie hoffte auf eine ruhige Dienstnacht. Doch das dunkle Gefühl störte ihre Konzentration. *Wenn ich mir damals das Leben genommen hätte, in Kiel – wie wäre es Mutter damit gegangen, wie wäre sie damit fertig geworden? Hätte sie versucht, es zu verheimlichen? Hätte sie sich mit ihrem Kummer an jemanden gewandt?*

Kurz nach Mitternacht rief die Nachtschwester an:
„Marta, wir brauchen dich!"

Ihre Stimme klang dermaßen unnatürlich, dass Marta vergaß, sie nach dem Grund zu fragen. Sie eilte zur Station.
„Da bin ich", sagte sie und sah die bleiche, verstörte Pflegerin an.
„Komm mit!"
Schweigend gingen sie zum linken Flügel der Abteilung. Auf dem Boden des schmalen, grell beleuchteten Ganges lag quer zur WC-Tür ein Körper, das Gesicht verzerrt. Marta dachte zunächst, dass es ein Ohnmachtsanfall war, aber als sie sich bückte, die unnatürlich dunkle Hautfarbe sah, und keinen Puls spürte wusste sie, dass jede Hilfe zu spät kam.
„Er hat sich mit einem Hosengürtel an der Türklinke stranguliert", hauchte sie in den Raum hinein. *Woher hatte er den Gürtel gehabt? Man nimmt doch allen Patienten potentiell gefährliche Dinge, wie Taschenmesser, Spiegel, weg, sobald sie in die geschlossene Station eintreten!* Marta räusperte sich und blickte auf zur Stationsschwester, die auf Anweisungen wartete.
„Ich rufe die Polizei, seine Eltern und den Oberarzt, du hältst bitte alle Patienten von der Leiche fern", sagte sie mit fester Stimme.
Ivan meinte am Telefon, sie würde ‚sicher' das Richtige tun und kam nicht in die Klinik. *Na klar, Marta macht das schon. Er lässt sich lieber von seiner Geliebten im Bett wärmen.*
Die Polizisten fotografierten den Leichnam und nahmen ihn mit zur Obduktion. Die Eltern des Verstorbenen waren nicht erreichbar.
Erneut musste Marta einige Formulare ausfüllen und fragte sich zum zweiten Mal an diesem Tag, ob die Psychiatrie das richtige Fach für sie war. *Oder ist es nur, weil ich in der*

Schweiz bin? Das Land nahm einen der Spitzenplätze in der Selbstmordstatistik ein. *Aber die beiden heute waren schwerst psychisch krank. Es war keine freie Entscheidung.* Marta erinnerte sich an die Mitschülerin in ihrem ersten Schuljahr in Kiel, die sich das Leben genommen hatte. Damals hatte sie vor allem berührt, dass niemand das Schlimmste geahnt hatte. Heute war das im zweiten Fall auch so. *Wir hatten es nicht kommen sehen. Und selbst wenn ...* Ein entsetzliches Ohnmachtsgefühl beschlich Marta, als sie erstarrt nochmals eine Runde machte, bevor sie gegen drei Uhr in der Nacht ins Dienstzimmer ging.

Tränen vermischten sich mit dem heißen Wasser, das aus dem Duschkopf auf sie herunter prasselte und Trost spendete. Erleichtert stand sie auf, nach zwei Stunden unruhigen Schlafs mit Träumen von violett verfärbten, verzerrten Gesichtern, weil eine Patientin sie brauchte.

Mitte Juni rief eines Abends Tomek an. Es war das erste Mal seit sieben Jahren, als Mutter am Herzen operiert worden war. Es hallte im kahlen Flur des Personalhauses, wo Marta am Wandtelefon stand, während er redete und redete. *Er ist doch sonst wortkarg.* Nachdem es sich für sie auch nach seinem längeren Monolog nicht erschloss, worum es eigentlich ging, fragte sie: „Gut, Tomek, was gibt's?"
„Du hast studiert, hast Ahnung von Mathematik und Physik und hast Philosophie gelesen", sprudelte es aus ihm heraus.
„Ich bin einfach Ärztin, das ist alles."
„Nein, nein, du kennst die Antworten ... Die Teilchenphysik beeinflusst doch die Psyche? Und verstrahlt uns? ... Nein, nicht

die Physik ... die winzigen Kügelchen, die in der Luft schweben. Die Körnchen ... aber nicht Sand ... Und die Wellenlänge."
„Welchen Einfluss meinst du?" *Er ist sonst nicht gerade wissenschaftlich unterwegs. Etwas stimmt nicht mit ihm.*
„Ist doch klar! Die Seele und die Augen! Die Strahlen!", rief er laut.
„Da muss ich mir zuerst Gedanken machen." Marta versuchte, Zeit zu gewinnen.
„Aber du weißt das! Du bist intelligent!" Ihr Bruder wurde lauter. „Sag's mir! Sofort!"
Was geht bei ihm vor?! Diese sprunghaften und beschleunigten Gedankengänge haben kaum was mit der Realität zu tun. Das hatte sie noch nie bei ihm erlebt – wohl aber bei Patienten. Sie wollte sich nicht damit befassen oder gar glauben, dass er ein psychisches Problem haben könnte. Er war ihr Bruder, nicht ihr Patient.
„Tomek, sei mir nicht böse ... Es ist spät und ich hab' noch nichts gegessen. Morgen habe ich Dienst. Du kannst mich in zwei Tagen wieder anrufen."
„Die anderen Planeten steuern die Erde, meinst du nicht?"
„Musst du nicht auch früh aufstehen? Bitte versteh' mich. Ich lege jetzt auf. Gute Nacht."
Aufgewühlt machte Marta sich einen Kräutertee mit Honig, um sich zu entspannen. Es stand ihr ein langer Tag bevor.

Auch die nächsten zwei Telefonate mit Tomek liefen ähnlich wirr ab, und Marta konnte nicht länger ignorieren, dass mit ihm etwas nicht in Ordnung war. *Er beteuert, dass es ihm gut geht, gleichzeitig ist er unbeirrbar davon überzeugt, dass das, wovon er erzählt, stimmt. Weiß Mutter mehr?*

„Ist mit Tomek alles in Ordnung?", fragte sie sie am Telefon.
„Was soll denn sein?", antwortete Mutter mit ihrer gewohnt unbeteiligten Stimme.
„Er hat hier angerufen. Es klang ziemlich komisch."
„Ach wo! Es ist alles gut."
„Wann hast du ihn das letzte Mal gesehen?"
„So etwa vor zwei Wochen, schätze ich."
Das ist nicht normal, so eng wie die beiden üblicherweise miteinander sind.
„Üblicherweise besucht er dich oft?"
„Nach dem schlimmen Streit hat er sich nicht mehr gemeldet."
„Worum ging es denn?"
„Ach Marta, keine Ahnung mehr. Ist doch nicht so wichtig."
„Ich mach' mir Sorgen um ihn."
„Ach, übertreib' nicht, er kriegt sich sicher wieder ein", beschwichtigte Mutter und legte auf.
Das stinkt zum Himmel! Was soll ich tun?

Gleich am Tag darauf klopfte Marta an die Tür von Ivans Büro. Sie mochte zwar seine herrische Art nicht, schätzte aber den klaren Blick fürs Wesentliche und seine Erfahrung. Sie war dankbar für seine einladende Geste, als sie in den Türspalt hineinspähte. Er faltete hastig die Zeitung zusammen, die er gerade las und deutete auf den Sessel.
„Ich bin ratlos", fing sie an, als sie sich gesetzt hatte.
„Was ist denn?"
„Mein Zwillingsbruder scheint psychische Probleme zu haben."
„Welche Symptome?"
„Er ist ruhelos, schläft äußerst wenig, beschäftigt sich mit Außerirdischen, obwohl er weder belesen noch naturwissenschaft-

lich interessiert ist. Seine Gedanken sind sprunghaft und teilweise ohne Realitätsbezug." Marta atmete auf, als sie merkte, dass Ivan sie ernstnahm und irgendwie weicher wirkte.
„Sind Drogen im Spiel?"
„Möglich, ich weiß es nicht. Er hat den Kontakt zu Mutter abgebrochen, dabei ist sie die wichtigste Person für ihn. Was rätst du mir?"
Ivan, der seit dreißig Jahren Psychiater war, sagte: „Man muss klarsehen, dein Bruder scheint nicht ganz in der Realität zu sein, vielleicht ist es eine Psychose. Möglicherweise etwas anderes. Er benötigt dringend psychiatrische Behandlung, am besten in einer Klinik."
„Er wird nicht einfach so zum Arzt gehen, denn ihm ‚fehlt' nichts."
„Das ist typisch für den Zustand, in dem er sich befindet. Dass er nicht gut auf eure Mutter zu sprechen ist, ist ein schlechtes Zeichen. Nimm' frei und tue vor Ort, was nötig ist."
Marta nickte. Sie hatte es sich schon gedacht. „Danke, dass du meine Situation begreifst."
Noch von der Schweiz aus kündigte sie Tomek telefonisch in der Psychiatrischen Universitätsklinik in Kiel an. *Wenn es ihm schlecht geht, ist es möglich, dass er sich wieder bei Mutter meldet. Ich muss es ihr verständlich schildern. Und nicht nachgeben. Sie darf nicht denken, ich sei gegen ihn eingestellt.*
Marta vertippte sich mehrfach, bis sie die korrekte Nummer hatte.
„Tomek ist krank und muss in die Klinik", eröffnete sie das Gespräch.
„Was redest du denn da?", rief Mutter entsetzt.

Hoppla, sie kann auch ganz anders! „Ich bin doch Psychiaterin. Das ist vielleicht ein Zufall, aber eine Tatsache. Ich habe die Situation mit meinem Oberarzt besprochen. Auch für ihn ist klar, dass Tomek eine Behandlung braucht."
„Mein Sohn geht nirgendwohin. Und du erzählst niemandem davon."
Na klar, was nicht sein darf, ist nicht. Alles schön verschweigen. Aber vor dieser Realität kann sie sich nicht verstecken. Da mache ich nicht mit. Schließlich konnte sie sich hervorragend um geistig behinderte Kinder kümmern ... Aber womöglich machen seine psychotischen Symptome sie ohnmächtig? Marta hatte das schon bei vielen Angehörigen von Schizophrenen erlebt. *Ich helfe, das Notwendige zu tun. Auf mich ist Verlass.*
„Falls Tomek anruft, sei möglichst nett zu ihm, auch wenn er sehr reizbar ist. Und erzähl' ihm nichts von Psychiatrie. Hauptsache, du hältst ihn bei Laune. Bis ich mich melde", wies sie Mutter an.
„Ich versuch's, aber er hört letzte Zeit nicht auf mich."

Marta borgte sich das Auto bei Rebecca und fuhr in der Nacht los. In Kiel angekommen eilte sie zu Tomek.
Er öffnete die Tür: „Oh, gut, dass du da bist. Ich koche gerade Tee, nimmst du auch welchen?"
Nur mit Unterhose bekleidet schien er sich nicht zu wundern, dass seine Schwester vor ihm stand, obwohl sie eigentlich in der Schweiz sein sollte. Er hüpfte barfuß umher und seine Augen schnellten in verschiedene Richtungen, ohne zu fokussieren. Marta blieb an der Tür stehen und versuchte, ruhig zu wirken. Während der folgenden dreißig Minuten schaltete Tomek den Wasserkocher mehrfach aus und wieder ein und suchte Gläser.

Zwischendurch warf er in hohem Bogen einen Hausschuh aus dem Fenster, und schaffte es nicht, die Kanne mit Tee zu füllen. In seinem Ein-Zimmer-Studio lagen Berge von zerknülltem Papier, zerbrochene Becher, Essensreste, Töpfe, Handtücher, Kleidungsstücke und Münzen auf dem Boden und dem Bett herum. Zigarettenasche war so verstreut, als wäre sie grobkörniger Staub. Die Jalousie hing abgerissen herunter, die Wände waren bemalt mit Buchstaben, Wortspielen, abgebrochenen Sätzen und bunten Zeichnungen. Gut ein Viertel der Tapete fehlte gänzlich, anstelle einer Lampe guckte ein Kabel aus der Decke hervor. Den Couchtisch bedeckte eine angekohlte Wolldecke, auf der sich Buntstifte und Kartons türmten. Beim Anblick des Bades wurde Marta schlecht.

Es war Mitte Juni und sogar für Kiel untypisch kalt und windig. Die linke Balkontür stand sperrangelweit geöffnet und in der Fensterscheibe sah sie ein faustgroßes Loch. Über der rechten Tür hing eine löchrige Steppdecke und daneben erblickte sie ein meterhohes, stabiles, schwarzes Teleskop, dessen Linse auf den Himmel gerichtet war.

„Hast du schon `was gegessen? Musst du nicht arbeiten?", fragte Marta hastig, um ihr furchtbar trauriges Gefühl zu dämpfen. *Wie bringe ich ihn dazu, in die Klinik zu gehen?*

„Die ganze Nacht habe ich mich gegen Außerirdische gewehrt. Michael Jackson hat ihnen befohlen, mich zu beobachten. Ich rede selbst mit ihm. Aber etwas ist dazwischengekommen. Ich weiß nicht, was ... Sobald ich sie alle gezählt habe, setze ich sie schachmatt", rief er hastig und blickte besorgt zum Himmel.

„Und ich bin 1000 km gefahren, um dich zu sehen. Du wirkst erschöpft. Ich möchte, dass du mit mir mitkommst und mit einem Arzt sprichst. Ich kenne einen guten Kollegen in der Klinik."

Marta staunte, dass ihr Bruder sich nicht gegen ihren Vorschlag wehrte. Es erforderte ungeheuer viel Geduld, zu warten, bis er in diesem Chaos eine Jeans, ein T-Shirt und Schuhe gefunden hatte.

„Ich finde die Socken nicht. ... Vielleicht sind sie im Kofferraum?", murmelte er und rannte barfuß in die Garage.

Marta nahm ihre Tasche und folgte ihm. Sein Auto, erst einjährig, sah furchtbar aus. Der Schaltknüppel war abgebrochen, aus den Löchern für die Lautsprecher guckten Kabel heraus, der Beifahrersitz und alle Kopfstützen fehlten. *Dieser Müll, der quillt ja von der Rückbank nach vorne!*

„In meinem Wagen haben wir beide Platz, steig' ein. Du kannst nachher suchen", wies sie ihn an und war erleichtert, als er auf sie hörte. Sie fuhr los.

Unterwegs erzählte er chaotisch und in einem fort, wie er die Außerirdischen suchte, und sie hütete sich, ihn zu unterbrechen. Bei einem größeren Laden hielt sie an.

„Du hast ein Socken-Abo gewonnen. Such' dir welche aus."

Sie kaufte ihm noch ein paar Unterhosen, T-Shirts und eine Zahnbürste, bewusst aber keinen Pyjama. So bestochen stieg er ohne Widerrede wieder ins Auto. Hoffentlich reißt er mir nicht das Lenkrad weg oder öffnet beim Fahren die Tür oder so was, dachte sie auf dem Weg in die Klinik. Er zappelte und redete weiterhin Unsinn ohne Punkt und Komma, schien aber mit seinen wirren Ideen beschäftigt zu sein. Auf einmal hielt er inne und rief:

„Ich musste dorthin ... Helfen! ... Ich hatte keine Wahl ... Es war schrecklich! ... Danach konnte ich nicht mehr schlafen ...

Dauernd sah ich Leute unter den Waggons." Er bearbeitete seine Faust mit den Zähnen.
Marta spürte plötzlich, dass er diesmal von echten Ereignissen berichtete, nicht von einem Wahn.
„Wobei denn helfen?"
„Ist doch klar! Nach dem Zugunglück in Eschede! Du hast keine Ahnung? Du weißt immer alles! Na, Anfang des Monats! Freiwillige sind gekommen, also bin ich auch dahingefahren", präzisierte er.
Sie erinnerte sich an die Nachrichten: Als der ICE Anfang Juni 1998 auf der Bahnstrecke Hannover-Hamburg entgleist war, waren Hunderte Menschen getötet und viele schwer verletzt worden. *Tomek wird tatsächlich dort gewesen sein. Die Erlebnisse haben ihn offenbar enorm erschüttert.*
In der Klinik hoffte Marta zwei Stunden lang, angespannt wie eine Sprungfeder, dass ihr Bruder nicht weglief. Sie fingen an, gierig Unmengen Schokolade zu essen, die Marta aus der Schweiz mitgebracht hatte. Tomek trank hastig Wasser aus dem Waschbecken, ansonsten schien ihn die Süßigkeit zu beruhigen. Nach einem längeren Gespräch mit dem Arzt folgte er dessen Rat und blieb in der Klinik. Er freute sich wie ein Kind über die neuen Socken und T-Shirts, die sie unterwegs gekauft hatten.
Marta hatte noch erwähnt, dass er Tae-Kwon-Do-Meister war, denn sie wusste, dass wahnhafte Patienten enorme Kraft entwickeln können. Erleichtert verließ sie die geschlossene Abteilung und fuhr zu Mutter nach Elmschenhagen.
„Es ist gut gegangen", sagte sie, als sie sich aufs Sofa setzte.
„Was?", fragte Mutter.

„Tomek ist in der Psychiatrie und kooperiert so weit. Du kannst ihn anrufen, aber besuche ihn erst morgen", berichtete sie bewusst ohne Einzelheiten.
Mutter saß im Sessel, rauchte und wirkte entspannt.
Macht sie sich denn keine Sorgen? Bin ich im falschen Film?
„Er hat sich in letzter Zeit unmöglich verhalten", sagte Mutter und stieß eine Rauchwolke aus. Ihr Blick wanderte zum Aquarium, dessen Pumpe leise vor sich hin blubberte. „Und hat mich am Telefon sogar angeschrien!"
Marta konnte sie nur wortlos anstarren.
„Er hat seine Medaillen und Pokale aus dem Fenster geschmissen ... Und jetzt ist mein Sohn in der Psychiatrie", sagte sie vorwurfsvoll.
„Ja. Deinem Sohn geht es gar nicht gut."
„Und jetzt ist mein Sohn in der Psychiatrie", wiederholte sie mit unverändertem Gesichtsausdruck.
„Es ist im Moment das Beste für ihn." Marta schob einen Teller und ein Handtuch auf dem Sofa zur Seite und setzte sich hin. Sie fuhr sich mit den Händen erschöpft durchs Gesicht. „Wusstest du von Eschede?"
„Ja, Tomek war ganz aufgeregt. Ich habe ihm noch zwei Decken mitgegeben für die Verletzten. Und danach wurde er sehr reizbar, noch viel, viel schlimmer als nach der Trennung von Dirk."
Marta stutzte kurz. *Also hatte Mutter von Dirk gewusst. Und es hat sie nicht gestört. Oder sie hat es geduldet, um den Kontakt zu ihm zu behalten.*
„Jetzt wird mir einiges klarer. Ich koch' uns einen Tee. Noch was: Kannst du mir deine Kamera ausleihen?"

„Ja, nimm' sie." Zum ersten Mal sah Mutter Marta an und etwas, das an ein Lächeln erinnerte, huschte über ihr Gesicht.
„Gut, dass du da bist."
„Ja", sagte Marta. „Ich dusche jetzt, und danach kümmere ich mich um Tomeks Wohnung. Gib mir bitte seinen Zweitschlüssel."

Unterwegs verspeiste sie vier überdimensionierte Berliner Pfannkuchen, besorgte riesige Abfallsäcke, Handschuhe und Putzmittel. Damit sie das Ganze später selbst glauben konnte, knipste sie einige Fotos von dem Chaos, bevor sie sich an die Arbeit machte. Ihre Müdigkeit war verflogen. Sie weinte leise und tat, was nötig war.
Bis spät in die Nacht teilte sie die unterschiedlichsten Gegenstände ein in ‚brauchbar' und ‚Müll'. Für ‚unklar' hatte sie keine Nerven. Die vollen, stinkenden Säcke stellte sie vor die Haustür. Dann putzte sie alles gründlich. Als sie sich dabei einen Fingernagel eingerissen hatte, brüllte sie vor lauter Wut und Ohnmacht, wohl weniger wegen Schmerzen. Das tat gut. Sie schaute sich um. *Die Wohnung muss von Grund auf renoviert werden.*
Am späten Abend stand Tomeks Nachbar Max vor der Tür.
„Marta? Lange nicht mehr gesehen!" *Offensichtlich weiß er von nichts.*
„Komm rein. Tomek ist in der Psychiatrie." Sie blieben in der Mitte des Apartments stehen.
„In der Klapse?! Ich fass' es nicht!", rief Max entsetzt.
„Ist dir denn bei ihm nichts aufgefallen? Guck' dich doch mal um, sieht eine normale Wohnung so aus?" Irgendwas in ihr sagte ihr, dass Max mit dem Ganzen zu tun hatte.

„Also ... Wenn du mich so fragst ... er war letzte Zeit etwas komisch, ja", stammelte er.
„Erzähl, ich muss alles wissen!"
„Er hat das Zeug nicht vertragen."
„Was für Zeug?!"
„Na ja, wir haben schon länger gekifft. Vor einem Jahr haben wir mit starken Drogen angefangen. Tomek ist vor allem auf Pilze abgefahren, na ja, diese Psyllos. Die Hallus, die man davon kriegt, sind noch viel verrückter als bei LSD. Ich hatte Angst davor. Kiffen und Alkohol entspannt ja."
„Und du? Macht's dir nichts aus, dass dein bester Kumpel verrückt geworden ist?", fragte Marta wütend und verwundert zugleich.
„Doch, logisch!", sagte er mit schwacher Stimme und senkte den Blick.
„Du hast Glück gehabt." Marta nahm alle Autorität zusammen, die sie aufbringen konnte, und sagte: „Versprich mir, dass du Tomek in der Klinik besuchst und ihm gut zuredest. Er muss so lange wie nötig in Behandlung bleiben. Ich verlange von dir, dass du ihm nie wieder Drogen besorgst. Wir wissen beide, dass er der hilfsbereiteste Mensch unter der Sonne ist, und auch dir hat er schon oft geholfen. Vergiss das nicht und halte dich dran."
Max nickte unentwegt.
„Max."
Erst jetzt sah er sie an.
„Ich meine es ernst. Haben wir uns verstanden?"
„Ja, ja, ist gut."
Das sagt er nur so. Ich könnte ihn endlos schütteln, aber das würde nichts bringen. Ich hab' genug.

„So, ich muss weiter machen", sagte sie und brachte Max zur Tür.

Es dämmerte schon, als sie zu Mutter fuhr und sich hinlegte. Aber schon nach kurzer Zeit begann der Kater sie zu stören, sodass sie aufstand. Nach einem kräftigen Tee und einer schweigsamen Ewigkeit verabschiedete sie sich von Mutter und machte sich auf in Tomeks Wohnung, um den Rest zu erledigen.
Als sie fertig war, betrachtete sie einigermaßen zufrieden ihr Werk. *Wer weiß, wann und wie die Wände, der Teppich und die Jalousien repariert werden. Mehr kann ich nicht tun.*
Sie sehnte sich nach Gesellschaft, nach einem Menschen, der sie begriff, und dachte an Erika und Heike. Aber ein unbestimmtes Schamgefühl hielt sie davon ab, sie anzurufen oder hinzufahren.

Tomek schlief gerade, als sie ihn in der Klinik besuchen wollte, und so trat sie die Rückreise in die Schweiz an, erschöpft und allein.

Noch nie hatte Marta ein so dringendes Bedürfnis nach Unterstützung gehabt, und sei es nur in Form eines offenen Ohres. Sie bat Timo um ein Treffen nach der Arbeit. Noch bevor sie in der Pizzeria etwas bestellt hatte, erzählte sie ihm, was vorgefallen war.
„Ich finde es schön, dass du dich um deinen Bruder kümmerst, aber schau mal, du wohnst sehr weit weg von ihm. Zudem stehst du als Schwester gefühlsmäßig zu nahe", sagte Timo.

„Nicht sooo nah ...", widersprach sie ihm. *Ich habe nur meine Pflicht getan, wie immer. Mutter konnte sich nicht darum kümmern.*
„Bist du sicher? Hättest du sonst das Ganze auf dich genommen? Offensichtlich ist er dir nicht egal. Du hast genug für ihn getan. Es sollte ihm jemand beistehen, der vor Ort ist."
„Vielleicht hast du recht", sagte sie. „Heute esse ich die größte Pizza, die ich hier kriegen kann." Sie lächelte nachdenklich und winkte der Kellnerin zu.

Tomek bekam einen offiziellen Betreuer. Marta war froh, dass ihr Bruder ihr erlaubte, mit diesem zu telefonieren, denn sie wollte ihm wichtige Informationen geben und sich vergewissern, dass alles Notwendige in die Wege geleitet würde.
„Ich bin dankbar, dass Sie nun zuständig sind. Aber sagen Sie, in der Schweiz sind es üblicherweise Sozialarbeiter, die diese Aufgabe übernehmen, aber Sie sind doch Rechtsanwalt."
„Das Kieler Gericht hat mich beauftragt, weil Ihr Bruder in seiner Psychose ungültige Rechtsgeschäfte eingegangen ist, die nun rückabgewickelt werden müssen."
„Ah ja? Was denn genau?"
„Vor einigen Monaten haben ihm dubiose Männer das schnelle Geld versprochen. Er war ja nicht ganz in der Realität, und so hat er Kaufverträge für zwei Wohnungen unterzeichnet, die er nie gesehen hat und die er sich auch nicht leisten kann. Ein krimineller Notar hat die Rechtskraft der Dokumente bescheinigt, obwohl Ihr Bruder wahrscheinlich schon früher auffällig wirkte und nicht begreifen konnte, worum es bei der Unterzeichnung der Papiere ging."
„Was sehen Sie für Möglichkeiten?"

„Ich versuche, die Verträge rückabzuwickeln. Im nächsten Schritt wird Ihr Bruder begutachtet und dann geht es vor Gericht."

„Das klingt aufwendig. Hoffentlich klappt es. Bitte halten Sie mich auf dem Laufenden."

„Mache ich. Sie müssen wissen: Sogar im Erfolgsfall müssen wir mit Geldverlust, das heißt Verschuldung Ihres Bruders rechnen."

„Es wird ihm eine Lehre sein, auch wenn er damals sehr krank war", sagte Marta.

Hat Mutter davon gewusst? Und mir nichts erzählt? Womöglich hätte man frühzeitig etwas unternehmen können? Was soll's, Tempi passati. Hat das überhaupt einen Sinn, sie darüber zu informieren? Hm, vielleicht lernt sie jetzt, dass man nur Probleme lösen kann, wenn man sie kennt.

Marta fiel es schwer, sich auf die zuweilen bedrückende Arbeit auf der geschlossenen Abteilung zu konzentrieren. Just zu dieser Zeit, als ihr Bruder in der Psychiatrie war, musste sie besonders oft Zwangsmaßnahmen durchführen, mit besorgten Angehörigen sprechen und mit Ivans herrischer Art umgehen. Von Zeit zu Zeit rief sie nicht nur Tomek an, sondern auch Mutter, weil ihr Gefühl das von ihr verlangte.

Eines Tages kamen Mutters Worte wie aus der Pistole geschossen: „Tomek ist sehr brav, er macht alles, was die Ärzte ihm sagen."

„Ich habe auch einen guten Eindruck. Vermutlich wird man bald seine Entlassung planen", meinte Marta.

„Er ist ein braver Junge." Mutters Stolz war unüberhörbar.

„Wichtig ist nachher, dass er weiterhin seine Medikamente nimmt und zum Psychiater geht."
„Meinst du?", fragte Mutter.
„Das ist elementar. Und natürlich keine Drogen."
„Er ist ein braver Junge."
„Das hat mit ‚brav' nichts zu tun. Die Dinger haben sein Gehirn verwirrt und ihn krank gemacht. Vergiss das nicht", sagte Marta belehrend. *Sie hat es offensichtlich verdrängt!*
„Ach wo!"
„Und noch etwas: ein Rechtsanwalt kümmert sich nun offiziell um seine Finanzen."
„Geldprobleme? Anwalt? Tomek arbeitet doch fleißig?"
„Schon, aber in der Psychose hat er dumme Sachen gemacht. Das ist eine Krankheit."
„Aber doch nicht mein Sohn! Wer hat denn so was schon gehört!"
„Hör mal, ich denk es mir doch nicht einfach aus! Was meinst du eigentlich?!", rief Marta verärgert und knallte den Hörer auf. *Ihr heiliger Sohn, das ist es, was für sie zählt.* Ohnmacht und Zorn stiegen in ihr auf.

14. Entscheidungen (2000, Schweiz)

„Der Doktorgrad ist für die Facharztspezialisierung zwingend, oder?", fragte Timo eines Abends, als er sein Buch zuklappte und die Lesebrille auf die Stirn schob. Sie waren in eine gemeinsame Wohnung in Gait, einem Dorf bei Bonato gezogen. Marta genoss die Ruhe und Vertrautheit mit ihrem Partner. Es gefiel ihr, den Esstisch als Ort der Begegnung und des Austausches zu erleben und abends beim Lesen klassische Musik zu hören. In ihrer Familie hatte es das nicht gegeben.
„Ja, schon. Aber du siehst ja, ich hab' so wenig Zeit: die 80-Stunden-Woche und die Psychotherapieausbildung."
„Das ist deine Sache, aber vielleicht solltest du endlich mal entscheiden."
„Wie meinst du das?"
„Na, wegen der begonnenen Arbeit in Berlin. Versuch's noch mal."
Timo traf einen wunden Punkt damit. Marta schob die leidige, unfertige Dissertation endlos auf.
„Es hat mich derart viel Zeit und Nerven gekostet."
„Ein Versuch. Danach weißt du, was für dich das Richtige ist."
„Okay, ich gehe es an."
Einige Tage später lief es am Telefon gleich ab, wie früher: Der Professor gab Marta einen Termin in drei Monaten. *In diesem Tempo erreiche ich nie das Ziel! Und die unsichere Betreuung!* Trotzdem sichtete sie am Abend die Stapel mit den MRT-Bildern und die bisherigen Auswertungen. Nach einer Stunde gab sie auf und setzte sich zu Timo aufs Sofa.

„Das ist komisch. Das Thema kommt mir zwar vertraut vor, aber irgendwie interessiert es mich nicht mehr. Das ist neu für mich", sagte sie zu ihm.

„Das habe ich mir gedacht", antwortete er.

„Mach' ich mir da was vor?"

„Vielleicht solltest du dich davon verabschieden."

„Etwas abzubrechen passt nicht zu mir."

„Marta, man muss wissen, wann es vorbei ist. Und loslassen können."

Er hat recht. Traurig und wütend zugleich gab sie schließlich auf, aber es quälte sie fast körperlich, dass sie etwas Angefangenes nicht zu Ende gebracht hatte. *Stattdessen hätte ich mich öfter erholen und ein besseres Examen ablegen können, oder mehr arbeiten... Oder ...*

Danach sah sie sich an der altehrwürdigen Psychiatrischen Universitätsklinik in Zürich, dem ‚Burghölzli', nach einer Doktorarbeit um und fuhr kurz darauf zu ihrer ersten Besprechung mit dem künftigen Doktorvater.

Es empfing sie ein freundlicher und aufmerksam blickender, älterer Mann.

„Erzählen Sie mir von Ihrer Idee", sagte Professor Embacher.

Bei ihrer Arbeit wollte sie untersuchen, ob adoptierte Personen häufiger an Schizophrenie erkranken als Menschen, die bei leiblichen Eltern aufgewachsen waren.

Mit einer Aufgabe und Glücksgefühlen fuhr Marta nach Hause und erinnerte sich, dass Oma fest davon überzeugt gewesen war, dass sie eines Tages einen akademischen Titel erlangen würde. Sie bedauerte, dass sie sie vor ihrem Tod nicht mehr besucht hatte.

Marta würde lernen, wissenschaftlich und strukturiert vorzugehen und Timo würde akzeptieren, dass sie ihre Arbeit mehrheitlich im Urlaub schrieb. Ihr dämmerte, dass es diesmal nur an ihr liegen würde, falls sie scheitern sollte.

In den darauffolgenden Monaten las sie Literatur zu ihrem Thema und interviewte 120 Patienten. Anschließend wertete sie deren Antworten statistisch und qualitativ aus. Sie berücksichtigte auch deren Krankengeschichten, wobei einige von ihnen seit mehr als zwanzig Jahren mehrfach in der Klinik behandelt wurden. Dann entdeckte sie im Archiv Unerhörtes: In den 1960ern hießen die Diagnosen: ‚debil, moralisch zweifelhaft, verwahrlost, faul, trunksüchtig und dergleichen'! Sie war entrüstet. Erst ab den 1980er Jahren formulierte man möglichst neutral.

Und irgendwann stieß Marta auf ein wahrhaftig dunkles Kapitel des Landes. Die Schweizer Stiftung Pro Juventute hatte 1926 ein Projekt lanciert, das sich gegen die ‚Fahrenden', also Nichtsesshafte, richtete. Die meisten von ihnen gehörten der sehr kleinen Volksgruppe der Jenischen oder Roma an, die als asozial galten und verfolgt wurden. Bis circa 1976 hatten Behörden Hunderte von Kindern unter Vormundschaft gestellt und fremd platziert oder in Heime eingewiesen, damit sie sich an die üblichen Normen anpassten. Sie wurden als geistesgestört abgestempelt und in die Psychiatrie überführt, kräftige Kinder lebten und arbeiteten unter kärglichsten Bedingungen bei Bauern, viele dieser Verdingkinder wurden sexuell missbraucht, teils zwangssterilisiert. Unwillkürlich musste Marta an Mutters Kindheit denken. *Wie ging es ihr im Breslauer Heim? Hatten die Erzieher sie gut behandelt, war sie damals eher unnahbar, isoliert, oder in die Gruppe integriert?*

Marta hatte zu Timo, Rebecca und David den engsten Kontakt und vertraute ihnen, darum schätzte sie ihre Meinung am meisten. So fragte sie sie, was die Schweizer über diese Vorgänge wussten und erfuhr, dass in den Zeitungen oder Schulbüchern nichts über solche Dinge geschrieben wurde. Einige der Patienten, die Marta für ihre Doktorarbeit intensiv untersuchte, stammten aus dieser Personengruppe. Aber selbst für sie verbot es sich, die Betroffenen genauer nach solchen schlimmen Dingen zu fragen. Wie es auch bei Mutter nicht in Betracht kam.

Eine fünfundachtzigjährige Patientin schien nicht so recht aus ihrer Lethargie heraustreten zu können, obwohl sie demnächst entlassen werden sollte. Marta stellte einmal einen Stuhl neben ihr Bett und begann ein Gespräch. Ein wenig melancholisch erzählte die alte Frau von ihrem Leben im Vorderengtal, von ihrem arbeitsamen Mann, den Kindern und Enkeln und Urenkeln. Marta hingegen erwähnte kurz, dass sie aus Polen stammte und sich in der Schweiz überraschend wohlfühlte. Man sollte sich als Arzt zurücknehmen, ermahnte sie sich selbst und sagte: „Im Gegensatz zu mir haben Sie eine große Familie!"

„Das stimmt" Es klang melancholisch.

„Sicher freuen sich alle, dass Sie bald nach Hause kommen."

„Wer weiß?" Die Patientin verschränkte die Arme und starrte auf die Bettdecke.

„Habe ich etwas Falsches gesagt?"

„Nein, nein! Nur, auch nach sechzig Ehejahren bin ich die ewig Fremde hier."

„Wie kommt es?"

„Es ist immer dasselbe: Ich bin im Mittelengtal geboren und aufgewachsen. Wenn du von dort kommst und nach Vorderengtal einheiratest, also ein paar Kilometer weiter vorne, ist es nicht anders, als wenn du aus Genf oder Bolivien kämst. Du bist und bleibst eine ‚nicht von da'."

Das ist ja unerhört. Und traurig. Heißt das, dass die Schweizer nur vorgeben, mich zu akzeptieren? Aber womöglich konnte sie es auch so sehen: Das Gefühl, dazuzugehören, musste nicht zwingend mit der Herkunft zusammenhängen. Es hatte etwas mit der Einstellung zu tun, wie man sich einbrachte. Marta berührte sanft den Ellbogen der Patientin.

„Möglich, dass die eigene Wahrnehmung es einem erschwert, sich zu öffnen."

„Darüber könnte ich mir Gedanken machen, junges Fräulein", meinte die Patientin, seufzte und lächelte. Dann schloss sie die Augen.

Marta kehrte an ihren Schreibtisch zurück und vertiefte sich gedankenverloren in die Arztberichte. *Hat Mutter sich jemals zugehörig gefühlt? In Breslau? In Kiel? Sie hat Leute, die sie unterstützen, ist gegenüber anderen hilfsbereit und kann zupacken. Sie liebte ihre Arbeit im Internat.* Marta nahm an, dass sie sie und Tomek gewollt hatte. *Aber warum? Damit sie sich wenigstens mit uns Zwillingen verbunden fühlen konnte? Aber sie behandelte uns wie die Schützlinge im Internat. Wieso war sie so gewesen, wie sie war?*

An der Theke der Cafeteria stellte sich Rebecca hinter Marta an. Es kam selten vor, dass sie zur gleichen Zeit Pause machten, und es war klar, dass sie sich an einen gemeinsamen Tisch setzen würden. Marta zeigte auf ihrer beider geliebtes Esskastanienmus, schmunzelte und bestellte sie in Schweizer Dialekt.

„Toll, dass du es mit unserem Dialekt probierst!", rief ihre Freundin begeistert, noch bevor sie zu essen begann.
Marta lächelte etwas schief. „Timo rät mir davon ab."
„Wieso das denn?"
„Er findet mein Hochdeutsch ausgezeichnet und meint, dass ich mit Anfang dreißig den Dialekt nie gut beherrschen könnte und dann ein scheußliches Gemisch entstehen würde."
„Ich glaube, du hast Talent. Es bringt viel, Mundart zu sprechen."
„Ja, darum will ich es ja lernen! Ich erlebe täglich, um wie viel besser man auf die Patienten zugehen kann, wenn man ihre Sprache benutzt. In der Psychiatrie spielt es eine noch größere Rolle."
„So ist es."
„Zudem stört es mich, wenn die Schweizer ins Schriftdeutsche wechseln, obwohl ich den Dialekt perfekt verstehe. Alles wirkt sofort unnatürlich."
„Du wirst es nicht bereuen."
Marta lachte. „Ja – aber momentan tu' ich's lieber ohne Timos Wissen."
„Seine Meinung kann dir gestohlen bleiben. Bleib dran!", sagte Rebecca und lächelte breit.

Marta übte sich im Dialekt, während sie alte Patienten untersuchte, denn viele von ihnen waren in ihrem Leben noch nie weitergereist als 50 km und konnten nur schlecht Hochdeutsch. Ihnen waren ihre komischen Mundart-Versuche lieber, sie waren dankbar dafür, weil sie sich nicht verstellen mussten. Und das bestärkte sie in ihrem Vorhaben. Und als sie dann nach ihrem sogenannten Fremdjahr im Spital, wo sie in der Inneren Medizin arbeitete, in eine weitere psychiatrische Klinik im Nachbarkanton wechselte, sprach sie dort täglich Dialekt – aber weiterhin nicht zuhause.

In der kargen Freizeit ging Marta schwimmen, wanderte an den Wochenenden mit Timo oder schrieb spätabendlich ihre Doktorarbeit. Das Thema beschäftigte sich mit der Schizophrenie bei Adoptierten und damit mit der sozialen und gesundheitlichen Situation der nicht blutsverwandten Eltern der Betroffenen. Die Dissertation förderte zutage, dass neben den Annahmen der Forschung, dem sogenannten Bio-Psycho-Sozialen-Vulnerabilitäts-Modell auch die Gene darüber entscheiden, ob diese schwere Krankheit bei jemandem ausbricht oder nicht. Marta musste an Tomek denken, seine Unzulänglichkeiten in der Kindheit und Jugend, zum Beispiel das Lispeln und Probleme beim Lesenlernen, seine Wortkargheit, der Drogenkonsum und der psychische Stress. Vermutlich hatten all diese Faktoren zum Ausbruch seiner Psychose beigetragen. Und sie dachte an Mutters merkwürdige Art, sich mitzuteilen, vage und nicht greifbar zu sein und gewissermaßen mysteriös zu wirken. *Dieser Kommunikationsstil musste für Tomeks Entwicklung ungünstig gewesen sein.*

Unsagbar stolz war Marta, als Professor Embacher zwei Jahre später ihre Doktorarbeit dem Dekan zur Annahme empfahl und die Resultate publiziert wurden. Sie lockte sogar Mutter zur feierlichen Titelverleihung in die Schweiz – eine perfekte Gelegenheit, um ihr Timo vorzustellen. Erfreut, und zugleich erstaunt war sie, als Mutter zusagte.

Zitternd nahm Marta die Urkunde vom Dekan der Universität Zürich entgegen und dachte an ihre Abiturfeier.
Timo hatte beim Fotografieren aus Versehen den Film unwiederbringlich überbelichtet, was Marta maßlos enttäuschte. Sie hatte sich so auf die Verewigung dieses wichtigen Augenblickes gefreut.
Nach der Feier ließen Timo, Mutter und sie den Abend in einem Restaurant ausklingen, und Marta stellte sich vor, dass sie auch noch verspätet ihren Studienabschluss begingen.
Während Mutters Besuch suchte sie immer wieder Gelegenheiten, mit ihr allein zu sein. Doch Mutter entzog sich geschickt solchen Gesprächen und hatte sich nicht einmal über Timo geäußert. Und der Inhalt ihrer Dissertation war auch kein Thema.

Im Anschluss an eine Weiterbildung über Depressionen in der Schweiz holte Marta sich gerade ein Glas Mineralwasser, als der Chefarzt einer anderen Psychiatrischen Klinik zu ihr aufschloss und sagte: „Frau Danutowski, gut, dass ich Sie hier treffe."
„Guten Tag, Herr Doktor Barandun", sagte Marta und gab ihm die Hand. *Das ist ein interessanter Mann, gilt als ehrgeizig, schade, dass man sich selten sieht.*
„Wie ich höre, sind Sie talentiert in der Begutachtung."
Hm, wer verbreitet solche Informationen? „Das ist reichlich übertrieben."
„Wollen Sie sich nicht in der Forensik spezialisieren?"
„Darüber habe ich noch nicht nachgedacht. Ich verfasse gern Expertisen, das schon. Mir liegt, dass man sich in die Sache vertieft und sich festlegen muss. Aber natürlich schaut mein

Oberarzt immer drauf, bevor es raus geht. Es gibt ja keine Ausbildung in forensischer Psychiatrie."
„Stimmt, man muss es sich autodidaktisch erarbeiten. Sie könnten das als meine künftige Oberärztin tun."
Martas Herz machte einen Satz. *Oberärztin? Bin ich schon so weit?* „Ihr Vorschlag schmeichelt mir sehr, danke. Sicher gibt es besser qualifizierte Kandidaten für diese Aufgabe?" *Soll ich mich auf dermaßen schwere Kost einlassen? Forensik bedeutet Dealer, Mörder, Pädophile ...*
„Ich denke aber an Sie. Überlegen Sie es sich."

Monate später bekam Marta von Mutter ohne Kommentar ein dunkles Foto von der Übergabe der akademischen Würde in der Schweiz. Sie durfte sich von da an Doktorin der Medizin nennen. Den Titel fand sie für das Privatleben nicht wichtig, damit schaffte sie aber eine der Hürden auf dem Weg zur Facharztspezialisierung.

„Merk' dir, der Protokollschreiber hat die Macht", sagte Cyrill Barandun, der Chefarzt, nachdem Marta sich anerboten hatte, die wöchentlichen Sitzungen zu protokollieren. *Tja. Er lässt nichts aus der Hand.*
Als frisch gebackene Oberärztin hatte Marta gehofft, eigenverantwortlicher arbeiten und den Chef entlasten zu können. Es war ihre Aufgabe, den Forensischen Dienst neu zu organisieren. Sie sollte die internen Abläufe bestimmen, damit die bis dahin im ganzen Kanton verstreuten forensischen Aufträge ausschließlich von ihnen und in hoher und gleichbleibender Qualität bearbeitet wurden. Timo hatte gesagt, sie müsse Geduld haben, mit sich, mit dem Chef, mit allem. Aber es war

schwierig, wenn Cyrill bei wichtigen Besprechungen Martas Ideen als seine verkaufte. *Ich muss wohl noch viel lernen.* Am Abend sagte auch Timo ihr das, wahrscheinlich war er schon gelangweilt von ihren Sorgen.

Als Timo und Marta eines Abends gemütlich auf dem Sofa saßen und lasen, klingelte das Telefon im kleinen Zimmer. Es war Erika. Sie hatten das letzte Mal noch vor Martas Wechsel in die Forensik Kontakt gehabt.
„Wofür bist du eigentlich zuständig in diesem Dienst?", fragte Erika, nachdem sie von ihrer langen Reise mit Christian berichtet hatte.
„Wenn man so will, ist ‚Oberärztin' nur ein Titel, der nach außen wirken soll, denn momentan bin ich die einzige Ärztin hier. Ich entwerfe organisatorische und inhaltliche Richtlinien für uns, wir wollen uns zu einem kantonalen Kompetenzzentrum, wie es neudeutsch heißt, mausern", erklärte Marta.
„Und wofür denn genau?"
„Hauptsächlich forensisch-psychiatrische Begutachtung und Betreuung der Gefängnisse."
„Wer sind die Auftraggeber?"
„Staatsanwaltschaften, Gerichte, das Straßenverkehrsamt. Und Vormundschaftsbehörden."
„Die auch?"
„Ja, aber die weise ich anderen Kollegen zu, da geht es nicht um Verbrechen. Und ehrlich gesagt mag ich Themen wie Obhut über die Kinder und Erziehungsfähigkeit nicht besonders." Sie konnte sich bei diesen Dingen nicht dagegen wehren, sich zu fragen, wie man nach heutigen Standards Mutters Erziehung beurteilen würde. *Vielleicht würde man ihr heute und hier in*

der Schweiz Marta und Tomek weggenommen haben? Mit Sicherheit aber hätte man auf seine Probleme in der Schule reagiert, ihn womöglich einem Psychologen vorgestellt. Aber möglicherweise doch nicht, denn Mutter war eine angesehene Sonderschulpädagogin, die sich fantasievoll in das Internatsleben einbrachte. Ihre Schützlinge wie Kolleginnen hatten sie geschätzt. Man kann das nicht mit den heutigen Maßstäben messen. Blöde Gedanken, weg damit, dachte Marta ärgerlich und widmete sich dem Telefonat.

„Wie läuft so eine Begutachtung ab?"

„Man ackert tonnenweise Akten sowie Zeugenaussagen durch, die zum Fall gehören, und befragt an mindestens zwei Tagen stundenlang den Exploranden, also die zu begutachtende Person."

„Aber das macht doch die Polizei?"

„Schon, aber der Forensiker muss andere Informationen sammeln, um die Expertise breit abzustützen. Die Persönlichkeit des Beschuldigten und die Details der Tat müssen nachvollziehbar zueinander in Beziehung gesetzt werden."

„Also eine Art Erklärung des Ablaufs."

„Ja, im Sinne von: Warum und wie lief es ab, was dachte und fühlte der Täter dabei, was machte er danach, wie sieht er seine Tat heute? Aber eben aus psychiatrischer Sicht. Das Gutachten versucht, den mutmaßlichen Zustand des Angeschuldigten zum Zeitpunkt der Tat zu skizzieren. Und gegebenenfalls stellt man eine psychiatrische Diagnose."

„Ist der Täter dann entschuldigt?"

„Nein. Vereinfacht gesagt: Der Richter muss wissen, ob das Delikt auch ohne eine psychische Beeinträchtigung passiert wäre und was sich empfiehlt, um das Risiko künftiger Taten zu

reduzieren. Er muss die Schuldfähigkeit bestimmen. Früher hat man Zurechnungsfähigkeit gesagt."
„Und das schreibt der Gutachter?"
„Genau. Die Expertise beeinflusst in dieser Weise das Urteil, denn einen gesunden Verbrecher erwartet ein anderes Strafmaß als einen psychisch Kranken, der eher eine Behandlung braucht."
„Um was für Straftaten geht es denn?"
„Allerhand: Drogenvergehen, Körperverletzung, Raub, Mord, Betrug, Brandstiftung, Übertretungen im Straßenverkehr. Mein Schwerpunkt sind Gewalt- und Sexualstraftaten, also illegale Pornografie, Vergewaltigung, sexueller Missbrauch von Kindern und Erwachsenen."
„Das ist kein Spaziergang."
„Stimmt. Manchmal belasten mich die Fälle. In Fachkreisen sagt man: ‚Sex and Crime'." Sie lachte freudlos. „Humor hilft, auf Abstand von schlimmen Sachen zu gehen."
„Kann ich mir vorstellen. Und was für Diagnosen stellst du meistens?"
„Die Beschuldigten sind vielfach süchtig, schizophren, ängstlich-unsicher oder depressiv. Oft besteht bei ihnen eine sogenannte Persönlichkeitsstörung. So etwas äußert sich in emotionalen Schwankungen, Aggressivität oder Problemen mit dem Selbstwert. Manche von ihnen wirken charmant, empfinden aber kein Mitgefühl und können sich nicht in andere Menschen hineinversetzen. Sie verfolgen nur persönliche Interessen ohne Rücksicht auf Folgen. Oft sind sie sehr fordernd, tischen verschiedenen Leuten unterschiedliche Details desselben Zusammenhangs auf, oft mit einer vorgespielten Stimmungslage. Das nennt man Dissozialität, die aber keine medizinische Krankheit

ist." Marta musste wieder an Mutter denken. *Nein, dissozial ist sie nicht, vielleicht autistisch, ziemlich sicher hat sie eine Bindungsstörung ... Komisch, gewisse Dinge bei ihr erinnern an ein Trauma-Opfer. Sie pflegt sich minimal, hat keinen Partner, wirkt quasi asexuell, lässt niemanden an sich herankommen.*

„Das ist ja wirklich heftig, womit du dich so beschäftigst."

„Ja, schon, aber wichtig. Ich bin froh, zwischendurch organisatorische Dinge zu tun. Und ehrlich gesagt, lass uns über erfreulichere Themen sprechen."

„Natürlich, entschuldige bitte. Es hatte mich einfach interessiert", sagte Erika.

„Schon gut. Du, ich hab' was für dich, du bist ja Lehrerin."

„Erzähl mal."

„Wusstest du, dass die Schweizer Dialekte nur mündlich existieren? Und dass auch im Alltag auf Hochdeutsch geschrieben wird?"

„Darüber habe ich noch nie nachgedacht."

„Ja, wenn ich mit einem Patienten Mundart spreche, mache ich die Notizen auf Schriftdeutsch. Also muss ich dabei oft andere Worte und Satzstellung wählen, damit es korrektes Deutsch ergibt."

„Spannend. Ich kann mir vorstellen, dass du dich noch mehr konzentrieren musst."

„Ja, schon, aber mit der Zeit wird's Routine."

„Alle Achtung."

„So wild ist es ja auch wieder nicht. Etwas anderes: Erzähl' mal, wohin geht eure nächste Reise?"

„Wahrscheinlich nach Namibia."

„Oh, ich würd' sofort mitkommen! Aber Timo bleibt lieber in Europa."

Der Forensische Dienst hatte sich bald im Kanton positioniert und Marta war zusätzlich für Gefängnisinsassen mit psychischen Krisen und Krankheiten zuständig. Entgegen ihrer Annahme kamen ihr die meisten Häftlinge nicht so beängstigend vor – nicht furchterregend oder mit kräftigeren Unterarmen als ihre Oberschenkel. Mit Frauen hatte sie im Rahmen der Untersuchungshaft nur selten zu tun, denn das einzige Frauengefängnis der Schweiz befand sich im Kanton Bern.

*

Timo war auf dem Campingplatz in der Nähe von Murten geblieben, während Marta den Expo-Pavillon ‚Blinde Kuh' im Rahmen der Landesausstellung besucht hatte. Obwohl Martas Ehrgeiz sie lieber bei der Arbeit sah, verstand er es, seine Partnerin in erholsame Ferien zu locken. Sie genossen die weiten Wanderungen und kampierten gern in warmen Gegenden. Abends erzählte Marta ihm während ihres Spaziergangs am Seeufer begeistert von der Expo. Er schien aber nur mit halbem Ohr zuzuhören, sein Blick schweifte nervös über die Landschaft. Dann blieb er stehen, packte zwei Gläser und eine Flasche Rotwein aus dem Rucksack, breitete auf dem Sand ein Geschirrtuch aus und schenkte ein. Sie knieten sich so hin, dass das Tuch zwischen ihnen lag.
„Auf uns!", sagte er und sie stießen an.
„Auf uns!", bestätigte Marta und lächelte.
„Ja, genau das meine ich! Auf unsere Zukunft!"

„Klar, wie immer."
Timo zögerte. „Ernsthaft, ich denke an unser gemeinsames Leben, Marta." Er nahm ihr das Glas aus der Hand und stellte es neben seines auf das Tuch. Dann strich er ihr mit den Daumen über die Augenbrauen, küsste sie und flüsterte: „Die Scheidung von Claudia ist endlich durch." Er räusperte sich. „Ich möchte dich heiraten."
Eine eigenartige Hitze durchströmte Martas Körper, der sich plötzlich fremd anfühlte. Sie befreite ihren Kopf aus seinem Griff und suchte mit ihren Augen die ruhige Wasseroberfläche, die jetzt in der untergehenden Sonne glitzerte.
Was soll ich sagen? „Ich bin überwältigt", antwortete sie leise.
„Wir sollten unsere Beziehung legalisieren."
Marta schwieg. *Wir verstehen uns gut, haben keinen Streit ... Er unterstützt mich ... Ich hab' eine gute Beziehung zu seiner Tochter, seine Freunde haben die Situation akzeptiert ... Ich hab' keine Kinder ... Das macht's einfach. Es gibt keinen Grund, nein zu sagen.* Dennoch zögerte sie. Sie hatte nie heiraten wollen. *Aber wenn ich ablehne, müssten wir uns konsequenterweise trennen ...*
„Und? Was sagst du?" Timo strahlte sie an, als könnte es nur eine Antwort geben.
„Also ... Ich bin so überrascht, ich ... Ich brauche etwas Zeit", hauchte sie schließlich mit brüchiger Stimme.
Timo nickte und sie leerte ihr Glas ungewöhnlich schnell aus.
Sie standen auf, schüttelten den Sand von den Kleidern ab und liefen los. Timo nahm Marta bei der Hand. Nach einer Weile blieb er stehen und sagte: „Es eilt nicht, Marta. Ich wollte es dich nur wissen lassen."

Sie spürte, dass er sich Mühe gab, seine Verletztheit zu verbergen und wie so oft war sie froh, dass es keinen Streit verursachte.

Im November saßen sie bei Timos Geburtstagsdinner, das Marta aufwendig gekocht hatte. Statt eines Geschenks reichte sie ihm beim Dessert eine Kunstkarte. Sie hatte lange nach dem richtigen Motiv gesucht und sich letztlich für diese bunten, wild verstreuten Rechtecke auf weißem Hintergrund entschieden. Diese Karte zu finden und den Text zu formulieren hatte sie mehr Mühe gekostet, als alles, was sie einem Menschen bisher geschenkt hatte.
„Die ist für dich."
Er öffnete sie mit gespanntem Blick und las sie ein erstes, ein zweites und ein drittes Mal ... und brach leise in Tränen aus.
„Ich habe mich nicht getraut, dich noch mal zu fragen", sagte er, stand auf und küsste sie lange.
Marta fühlte sich erleichtert, und der Kuss tat gut nach der langen Zeit, in der sie unsicher gewesen war, ob sie seinen Heiratsantrag annehmen sollte. Sie hatten seit Wochen nicht miteinander geschlafen, hatten sich kaum berührt, und manchmal hatte sie gedacht, es wäre besser sich zu trennen und dieser Quälerei ein Ende zu setzen. *Jetzt wird alles gut.*
„Ja, ich bin bereit – ich freue mich deine Frau zu werden", sagte sie und lächelte verlegen.

Es gab keinen Verlobungsring – dabei hatte sie schon als Mädchen davon geträumt. Timo und Marta heirateten im März, und sie staunte, wie viele Gäste zum Standesamt kamen. Am Abend feierten sie bei einem mehrgängigen Menü im engsten

Familienkreis. Mutter, Tomek, Erika und Heike waren aus Norddeutschland angereist, und sogar Sven, inzwischen Hals-Nasen-Ohren-Arzt in Nizza. Trauzeugen wurden Rebecca und Timos Tochter. Irgendwie hatte es Marta nicht gewundert, dass er keine Freunde hatte. Die Tochter ihres frisch gebackenen Mannes, den sie im Geiste noch nicht so nennen konnte, spielte Gitarre und sang dazu ihre eigenen Lieder. Sven stand auf und bedankte sich dafür, dass er als einziger Freund zum Familienfest eingeladen wurde. Marta sei seine beste Freundin. Und sie prostete ihm zu und sagte, dass sie ohne ihn nicht in der Schweiz wäre. Insgeheim war sie froh, dass sie diese Freundschaft nicht zugunsten einer kurzen Sexaffäre mit ihm geopfert hatte, als sie beide per Anhalter ins Tessin gefahren waren. Heike und Erika hielten Reden, in der sie von Martas Anfang in Deutschland 1984 erzählten. *Ist es wirklich schon knapp zwanzig Jahre her?* Erika schilderte den denkwürdigen Klassenausflug nach Laboe, als sie sich mit Marta unterhalten hatte, obwohl sie noch kein Deutsch konnte. Heike erinnerte an Ereignisse aus dem Gymnasium und aus der Studienzeit und rief anschließend: „Auf das Brautpaar!" Es wurde ausgiebig angestoßen. *War es so besonders, wie ich bei dem Ausflug gewirkt hatte? Hm. Viel bemerkenswerter find' ich, dass wir immer noch Kontakt miteinander pflegen.*

Am nächsten Tag genossen Marta und Timo und ihre norddeutschen Gäste die Sonne draußen in einem Café mit Aussicht auf die Weinberge im Baumstalder Tal, bevor es zum Bahnhof ging. Sie realisierte, dass Mutter die ganze Zeit geschickt ein persönliches Gespräch zu vermeiden wusste.

„Die Luft hier in der Schweiz ist so rein, da braucht man ja gar nicht zu rauchen!", sagte Tomek begeistert, der sich nicht sattsehen konnte an der winterlichen Berglandschaft.
Ein Gelächter brach aus.
Dann sagte Mutter: „Marta, für mich ist klar, dass du gern in der Schweiz bist!"
„Ja, ich fühl' mich wirklich wohl hier", bestätigte sie.
„Nein, das meine ich nicht. Ich erinnere mich, dass du schon als vierjährige Berge schön gefunden hast."
„Ah ja? Davon weiß ich nichts."
„Doch, als ich euch zum Sanatorium nach Kowary gebracht habe, sind wir aus dem Bus ausgestiegen, und du hast nach oben gesehen und gerufen: Oh, Berge!"
In Martas Brust mischten sich Wehmut, Stolz und eine leichte Verärgerung. „Und das erzählst du mir erst jetzt!?", rief sie empört und setzte ein versöhnliches Lachen hinterher.

*

In letzter Zeit musste Marta oft an diesen einen Satz von Mutter denken: „Morgen reisen wir weiter." Das war in Friedland gewesen, kurz vor ihrem Aufbruch nach Kiel und von da an ständig: immer unterwegs zu unbekannten Ufern.
Und jetzt? War sie angekommen? Als Timos frisch gebackene Ehefrau?
Marta saß in der ‚Blauen', der ehrwürdigen Baumstalder Bahn mit ihren blauen Sitzbänken, lauschte dem Ruckeln der Räder auf den Schienen und betrachtete die in Raureif getauchte, vorüberziehende März-Landschaft. Dem Ratschlag ihres Mannes folgend hatte sie das Auto zuhause stehengelassen, obwohl sie

dadurch doppelt so lange unterwegs war. Aber die Verzögerung war ihr an diesem Tag nur recht.

Denn sie hatte überhaupt keine Lust, sich nachher an das Gutachten zu setzen, an dem sie gerade arbeitete. Sie trank Tee aus der Thermoskanne, kaute an ihrem Käsebrot und dachte an ihre erste Zeit in der Psychiatrie. *Das waren noch echte Behandlungen, die vielen unterschiedlichen Patienten, die therapeutischen Entscheidungen, die anspruchsvolle Medikation. Ich vermisse irgendwie die Depressiven, die Magersüchtigen, Leute mit Angststörungen, Paarproblemen, Zwang, Schizophrenie und Suchterkrankungen, die Traumatisierten und Maniker, narzisstische Banker und überforderte Familienväter. Jetzt bin ich Oberärztin, das ist schon was. Und das hat mir ermöglicht, die Wohnung zu kaufen. Du kannst eben nicht alles haben!* Sie seufzte so laut, dass ein Passagier von seinem Buch zu ihr herüberschaute.

Auf dem Weg von der Bahnstation in die Klinik genoss Marta den Blick auf die verschneite Berglandschaft in Richtung des Piz Toval. Stickige Luft stieg ihr in die Nase, als sie das Gebäude betrat und durch den leeren Gang zu ihrem Büro schritt. Sie öffnete die Fenster und holte die Akten für den Vormittag aus dem deckenhohen Schrank.

Auf geht's, dachte sie, die Begutachtung des einen Pädophilen wartet. Er gab seine Taten zwar zu, er wusste seine Handlungen stets mit seiner eigenen Logik zu rechtfertigen. Er habe es getan, weil das kleine Mädchen 'Zuwendung' brauchte und sie alles 'schön` fand, was er mit ihr anstellte. Zudem 'musste' er sie aufklären, denn ihre Eltern hatten keine Zeit für sie, hatte er zu Protokoll gegeben. *Uff, so verquer.*

Bei ihren Gutachten deckte Marta oft Dinge auf, von denen sie lieber nichts wissen wollte. Aber das war eben ihre Arbeit. Marta atmete tief durch und ergab sich der Stumpfheit der Routine. Zum Glück dauerte die Mittagspause in der Schweiz zwei Stunden statt wie in Deutschland nur eine halbe. Da Timo abends für sie beide kochte, genügte jetzt eine Schale Müsli. Also entschied Marta sich für die nahe gelegene Schwimmhalle und gegen den gewöhnlichen pseudo-abgeklärten Smalltalk mit Kollegen in der Kantine. Sie zog sich rasch um und genoss das warme Wasser, das die Muskeln entspannte. Doch ihre Gedanken waren zu beschäftigt, um wie üblich beim Kraulen die Bahnen zu zählen. Nein, obwohl es so aussah, sie war noch lange nicht angekommen. Ob sie jemals irgendwo ankommen würde? Womöglich war mit der Emigration ein Stein ins Rollen gekommen, der immer weiter in Bewegung bleiben sollte. Oder es war schon vorher der Normalzustand, dachte Marta. *Wie oft sind wir rumgereicht worden, haben die Wohnung, die Schule, die Bezugspersonen gewechselt ...*
Sie liebte es zu spüren, wie die nassen Haare in der klaren, frostigen Bergluft trockneten auf dem Weg ins Büro.
Als sie wieder an ihrem Schreibtisch saß, realisierte sie, dass es nicht die Frage war, ob sie kündigen würde – sondern wann.

Am Nachmittag ging sie ins nahe gelegene Gefängnis, wo ein Häftling angab, es dort wegen einer Depression nicht aushalten zu können. Routiniert stellte sie Fragen, die für die Beurteilung notwendig waren. *Ich hab's satt, auf der Hut sein zu müssen, was und wie ich etwas sage, um mich nicht von den Straftätern belügen und täuschen zu lassen.* Es war verständlich, dass sie Vorteile erhaschen wollten, aber sie trug Verantwortung für ihre Beurteilungen und Entscheidungen. Sie fragte sich, was ihr an dieser Arbeit noch Spaß machte und stellte fest: darauf zu achten, möglichst sachlich und objektiv zu sein. Angesichts von all den Halbwahrheiten, glatten Lügen und Verschwiegenem blieb sie immer gelassen und glasklar. Sie hatte es schon früh gelernt. *Er hier muss jedenfalls bleiben.*

Gegen sieben klappte sie die restlichen Akten des Tages zu und marschierte zügig zum Bahnhof. *Timo hat bestimmt lecker gekocht.* Und nach dem Essen würde sie weiter in Katalogen stöbern, um die Küchen- und Haushaltsgeräte für die neue Wohnung auszuwählen. Sie hatten sie ab Plan gekauft und konnten darum selbst bestimmen, was verbaut wird. *Ach, wenn es nur schon so weit wäre! Ich kann mir schon bildhaft vorstellen, wie ich auf der Terrasse unserer modernen, sonnendurchfluteten Bleibe in das Baumstalder Tal blicke!*
„Timo?", fragte sie ihren Mann, als sie die Kataloge auf den Boden legte. Sie konnte sich doch nicht auf Kühlschränke und Kochherde konzentrieren.
„Hm", murmelte er abwesend und las weiter in seinem Buch.
„Ich bin so weit. Ich beantrage die Praxiszulassung."
„Endlich", sagte er zu ihrer Überraschung.
„Aber es wird nicht einfach, weil die Regierung seit Jahren nur noch ausnahmsweise eine Bewilligung ausstellt." Sie stützte die Ellbogen auf die Oberschenkel und schaute ihn an.
Timo blickte auf und lächelte. „Ich bin da ganz zuversichtlich."
„Ich wünsche mir das so sehr. Aber was soll ich tun, wenn die Patienten ausbleiben?", fragte sie sich laut. *Interessant, dass er keine Einwände hat.*

„Du bist bekannter, als du glaubst. Das wird gut." Timo widmete sich erneut seinem Buch. Sie ließ Musik von Chopin laufen, trat ans Fenster und starrte hinaus in die Dunkelheit. Vor ihrem geistigen Auge malte sie sich aus, wie sie in einem schönen Büro sitzt und mit einem Patienten spricht. Diese Nacht konnte sie vor lauter unruhiger Gedanken lange nicht einschlafen.

Im September 2004 eröffnete Marta ihre eigene Praxis. Eine Mischung aus Stolz, Ungewissheit, Neugier und Elan erfüllte sie. *Endlich kann ich eigenverantwortlich arbeiten und gewöhnliche Psychiatrie betreiben. Und Gutachten erstellen, wenn ich es will und nicht, weil es mein Job ist.*
Einige Wochen später traf sie Rebecca in einem Restaurant, das für feine Wildgerichte bekannt war. Nachdem sie beide Rehpfeffer mit Spätzle und Rotkraut bestellt hatten, sagte Martas Freundin:
„Du bist etwas bleich um die Nase, meine Liebe."
„Na ja, es gibt zu tun."
„Hilft unser geliebtes Esskastanienmus dagegen?"
„Nein, im Ernst, du, ich weiß nicht, wo mir der Kopf steht."
„Hab' ich's dir nicht schon lange gesagt? Sie werden dir die Bude einrennen!"
Marta grinste verlegen. „Das stimmt, das tun sie tatsächlich."
„Logisch, Mädel. Aber mir gefällt nicht, dass wir so lange gebraucht haben, um ein Treffen zu vereinbaren. Du scheinst immer nur in der Praxis zu sein."
„Ja, fast. Aber ehrlich gesagt hab' ich Angst, dass die Patienten ausbleiben, sobald ich kurz weg bin."
„Unsinn, sicher nicht!"

„Drum trau' ich mich nicht, in den Urlaub zu fahren, und hab' Timo deswegen verärgert."

„Er hat recht, du arbeitest zu viel und ihr solltet mal abschalten. Du kannst nicht die ganze Zeit nur für deine Patienten da sein." Marta musste plötzlich an Mutters Internatskinder denken, damals in Breslau. „Ja, das sagt er auch. Aber: Was soll ich tun, wenn neue Anmeldungen reinkommen? Ich kann sie doch nicht zurückweisen."

„Du kannst nicht nur, du musst sogar! Übe, ‚nein' zu sagen, so wie du es mir immer predigst", sagte Rebecca und schenkte ihnen Mineralwasser nach.

„Das ist nicht so einfach, wie es sich anhört."

Rebecca lachte. „Wem sagst du das? Wenigstens hast du endlich eine Reinigungshilfe und eine Sekretärin. Ich kann mich nur wiederholen: Du kannst nicht so weiter machen!"

Wieder blitzte der Gedanke an Mutters Internatskinder auf. Und an die Rosenbeete, ihre Fische, den Kater. *Sie hat sich immer nur um andere gekümmert.*

Es war ein kühler, aber sonniger Samstag im April, als es bei Timo und Marta klingelte. Es war Timos Ex-Frau – seit einiger Zeit besuchte sie sie öfter spontan.

„Hoi Claudia, schön, dass du kommst!", sagte Marta, als sie ihr öffnete. „Timo duscht noch, wir waren Wandern. Nimmst du auch einen Tee?"

„Gern, das passt ja gut, ich hab' euch ein Birnenbrot mitgebracht", erwiderte Claudia und setzte sich an den Tisch auf der Terrasse. Marta brachte ein Brett, Butter und ein Messer mit.

Claudia schnitt das Gebäck und sie unterhielten sich über ihre Lieblingsberge in Baumstalden und die herrliche Frühlingsluft. Dann stieß Timo zu ihnen und fragte:
„Was hört man denn so? Willst du wieder nach Nepal reisen?"
Claudia rührte bedächtig in ihrer Tasse und sagte: „Das schon, ja."
„Das tönt nicht gerade begeistert", fand Marta.
„Vorher passiert noch etwas ganz anderes", sagte Claudia.
Oh, ihre Stimme klingt so mysteriös und bedrückt zugleich.
„Also, nächste Woche ist es soweit und ich werde dabei sein", präzisierte Claudia.
„Wovon sprichst du?", fragte Marta.
„Du meinst deine Mutter, oder?", tippte Timo.
„Ich werde bei ihrer Selbsttötung dabei sein."
„Wie bitte!?", rief Marta ungehalten und hielt sich die Hand vor den Mund.
„Meine Mutter will schon lange nicht mehr leben. Sie hat sich für den Freitod entschieden und möchte mich in ihrer letzten Stunde dabeihaben."
„Das ist ja ungeheuerlich! Ist das legal? Traust du dir das zu?", fragte Marta aufgeregt. Als Psychiaterin war ihr das Thema Suizid vertraut, aber das war eindeutig etwas anderes.
„Unter strengen Bedingungen ist es erlaubt, ja. Es gibt spezielle Vereine dafür."
„Und wie läuft so was ab?"
„Eine Mitarbeiterin ist zugegen", erzählte Claudia.
„Ich fass es nicht!" Marta hüpfte auf dem Stuhl auf und ab, so unruhig machte sie der Gedanke.
„Was kann ich für dich tun?", fragte Timo Claudia.

Er will helfen? Okay, immerhin waren sie zwanzig Jahre lang verheiratet. Wird es ihr nicht zu viel? Also, ich bin überfordert. Claudia lächelte wehmütig. „Danke, Timo. Da muss ich ohne Hilfe durch."

Später schaute Marta im Internet über Vereine für die Selbstbestimmung nach, die es seit 1982 gab. Jemand, der beispielsweise an einer unheilbaren Krankheit, unzumutbaren Altersbeschwerden oder Unfallfolgen litt, konnte sich bei seiner Selbsttötung begleiten lassen, las sie. Sofern der Betroffene urteilsfähig ist, ist nach eingehender Prüfung der Situation die Verabreichung eines Giftes legal. *Es können also nicht psychisch Kranke sein, die aus einem Impuls heraus aus dem Leben scheiden wollen. Da bin ich schon mal froh. Claudias Mutter hat also diesen Weg gewählt, okay. Aber wie selbstgefällig ist es denn, von ihrer Tochter zu verlangen, dabei zu sein? Ich begreife es nicht.*
Eine Woche später erzählte Claudia Timo, wie es gewesen war. Marta aber verzichtete lieber auf die Einzelheiten.

Wenn Timo und Marta um dieselbe Zeit zur Arbeit fuhren, nahmen sie das Auto, und er setzte sie vor der Praxis ab. An diesem Freitagmorgen zeigte sich der Himmel wolkenlos, und es war weiterhin schönes Wetter vorhergesagt. Marta hielt ihr Sandwich in beiden Händen, wie Kinder es tun, und starrte vor sich hin.
„Warum isst du nicht?", fragte Timo sie. „Diesen Käse magst du doch gerne."
„Ja, aber jetzt bringe ich nichts runter", antwortete Marta.
„Sieht dir so gar nicht ähnlich!"

„Ich habe eine schlimme Nacht hinter mir."
„Ja, du hast irgendwie gejammert."
„Sorry, ich wollte dich nicht stören. Die Schmerzen sind wieder da."
„Die hinten, im Becken? Schon wieder?!"
„Genau", sagte Marta. Sie schaute auf die Straße und bemühte sich, ja nicht sein Gesicht zu sehen, seine Irritation oder noch Schlimmeres.
„Fahr zu, du Idiot! Na, mach' endlich!", fluchte Timo, als er selbst zu schnell und zu nah auf das Auto vor ihnen aufgefahren war. *Das ist ja ganz was Neues.*
Als sie die Seitenstraße erreichten, an der Marta aussteigen sollte, sagte Timo: „Hoffentlich vergeht das rasch. Wir wollten morgen den Latanberg besteigen."
„Ja", sagte Marta und küsste ihren Mann flüchtig. *Wie wär's mit ‚gute Besserung' oder ‚schone dich bitte' oder ‚ich denke an dich' oder sogar ‚ich liebe dich'?*

Die Schmerzen raubten Marta die Konzentration, sie beschwichtigte die Sorgen ihrer Patienten, wenn sie nur schwer vom Stuhl aufstehen konnte und hinken musste. Kurz vor dem Mittag ließ sie sich notfallmäßig von ihrem Rheumatologen eine Spritze geben. Sie erinnerte sich, als sie acht Monate zuvor das erste Mal so eine schlimme Entzündung an dieser Stelle bekam. Nach einigen Tagen im Krankenhaus hatte sie für vier Wochen in eine Rehabilitationsklinik gewechselt. *Damals war Timo so besorgt, hat mich im Haushalt entlastet, wo er nur konnte.* Mit der Zeit und nach viel Tabletten und Krankengymnastik war das Thema nicht mehr so akut und verlor damit an Bedeutung. Marta erinnerte sich noch genau an das Gespräch,

als sie Timo eröffnete, dass es sehr wahrscheinlich die Bechterew'sche Krankheit war, und dass solche Entzündungsschübe in Zukunft wiederkommen könnten. *Sein Gesicht, als müsste er sich innerlich schütteln. Das werde ich nie vergessen. Und er hat nichts gesagt. Wenigstens eine lange Umarmung hätte mir gutgetan. Genau wie heute Morgen. Ja, ich kann am kommenden Wochenende nicht wandern. Eine Katastrophe für ihn. Und was ist mit mir? Offenbar fühlt er sich dadurch belastet und eingeschränkt.*
Am Abend kam Marta verspätet nach Hause, weil die Wirkung der Spritze nachließ und sie vor Schmerzen hinken musste und den Zug verpasst hatte. Timo wartete am gedeckten Tisch auf sie. Er küsste sie zur Begrüßung und verschwand in der Küche, um das Gratin zu holen. *Weißt du nicht mehr, was mit mir los ist?* Marta setzte sich langsam und sie begannen, schweigend zu essen.

„Schmeckt vorzüglich, genau richtig gewürzt", sagte Marta, obwohl sie keinen Hunger hatte.

Timo schaute sie lange an, bevor er mit dem Essen fortfuhr.

„Trinken wir etwas Wein?", fragte er.

„Nein, danke. Aber nimm du welchen." *Komisch, seit wann trinken wir an einem ganz normalen Freitag Wein?*

Ohne zu zögern, stand Timo auf, und ging in die Küche, wo sie aus dem Augenwinkel eine Flasche erblickte. *Oh, er hat schon welchen aus dem Keller geholt. Merkwürdig.* Marta staunte noch mehr, als sie sah, dass ihr Mann noch bei der Ablage stehend sich das Glas gefüllt, es in drei großen Schlucken geleert hatte, und sich gleich das Nächste einschenkte.

„Stehen wir so um 5 Uhr auf?", fragte er.

„Ich kann nicht mitkommen. Ich bin krank", sagte Marta.

„Ach, das wird wieder, meinst du nicht?"
„Ja, aber es dauert. Tut mir leid."
„Also, ich gehe auf jeden Fall. Den Latanberg haben wir uns schon lange vorgenommen."
„Ja, mach' das", sagte Marta und stocherte weiter in ihrem Teller.
Timo stand auf, goss sich das dritte Glas Wein ein und fing an, mehr mit dem Geschirr zu poltern als es abzuräumen. Es klirrte unsäglich laut, wenigstens kam es Marta so vor. Sie fragte sich, ob Kälte oder Wärme auf die schmerzende Stelle besser war und erinnerte sich lebhaft an die häufigen Krankheiten in der Kindheit. Wie dankbar war sie für die gute Gesundheit in den letzten Jahren. Aber jetzt hieß es, sich der neuen Herausforderung zu stellen. *Vielleicht nehme ich noch eine Tablette gegen Entzündung und Schmerzen und gehe schlafen. Kein Kommentar von Timo? Ist das alles? Wie kann er nur zur Tagesordnung übergehen? Ich bin doch seine Frau und ich bin krank.*

15. Der Riss (2008, Schweiz)

Gut gelaunt ließen Marta und Timo sich bei fantastischem Juni-Wetter auf ihrem Lieblingscampingplatz in der Nähe von Pula nieder. Sie waren schon das fünfte Mal in Kroatien, diesmal hatten sie ihre Fahrräder mitgenommen. Marta genoss die harmonischen Tage, das Lesen, Schwimmen, Kochen, Essen, Nichtstun. Sie mochte die griffigen Kalksteinklippen, weil kein störender Sand an den Füßen klebte. Man sprang direkt ins Meer, dessen Wasser kristallklar und vielfach so tief war, dass man den Boden kaum sah. Sie tauchte oft ab und schaute den stummen Fischen zu, wie sie sich geräuschlos bewegten und unbeirrt zu wissen schienen, wohin die Reise ging. Was Mutter an einem Aquarium gereizt hatte, blieb für sie eine unbeantwortete Frage. Timo las am liebsten unter dem Schatten der prächtigen, hohen Pinien. Abends kochten sie frischen Fisch und lokales Gemüse und ließen es sich beim Sonnenuntergang, direkt an den Klippen, schmecken.

Am fünften Tag saßen sie nach einem Mittagsschläfchen beim Tee und planten die Fahrradtour für den nächsten Tag. Timo suchte in einem Reiseführer geeignete Strecken von Pula aus. Martas Körper war erhitzt und entspannt vom Sex, den sie gerade gehabt hatten. In ihrer Nase hielt sich noch der Duft ihres Beisammenseins, und ihre Gedanken verweilten ein wenig im Zelt. Dann zeigte er ihr die morgige Route, und sie sah sich daraufhin die Beschreibung im Büchlein an.

„Vielleicht könnten wir den Weg etwas abwandeln. Zum Beispiel bei ..."

Noch bevor sie ihre Idee ausführen konnte, sprang Timo jäh auf. „Sag' doch nicht ‚nein', wieso andere Strecke?!"

Marta brachte kein Wort heraus, so überrascht und erschrocken war sie.
Zwei Atemzüge später rief er: „Ich verlasse dich!"
Marta konnte ihn nur anschauen. Ihr Kopf fühlte sich schwer an und schmerzte, als ob sie mit voller Wucht gegen eine geschlossene Balkonscheibe geknallt wäre. *Aber ... Es gab nicht einmal Unstimmigkeiten!* Was hatte sie falsch gemacht? Sie hätte nicht einmal darauf bestanden, die Route zu ändern. Es war nur eine Idee, mehr eine Frage gewesen, und sie plante selten mit, denn das war sein Gebiet.
Endlich brachte sie ein schwaches „Wie bitte?" hervor.
„Ja, ich trenne mich von dir! Ich mag das alles nicht mehr."
Sie schluckte laut. Sie konnte weder ihre Stimme erheben noch fluchen.
„Was magst du nicht mehr? Mich? Unsere Ehe? ... Wie ein abgetragenes Hemd? Nach gut neun Jahren Beziehung?"
„Wenn du willst, können wir morgen trotzdem diese Tour zusammen machen. Aber nach meinem Plan." Eilig schnappte er sich die Badehose und entfernte sich.

Marta blieb perplex zurück. So harsch kannte sie ihn gar nicht. *Soll ich tun, als wäre nichts gewesen? Wie stellt er sich das vor?*
Sie war glücklich mit Timo und hatte gedacht, er sei es auch. Wieso hatte er nie etwas angedeutet? Vor nicht einmal einer Stunde hatten sie noch Sex gehabt! Nicht außergewöhnlich, aber vertraut.
Sie fühlte sich ausgenutzt. Sollte sie die Trennung einfach so hinnehmen? In ihrer Brust wurde es furchtbar heiß und ihr

Kopf fühlte sich mehrere Tonnen schwer an. Sie konnte nur noch leise weinen.

Am Abend kochten sie wie gewohnt gemeinsam, ein harmonisches Ehepaar schnitt schweigend Gemüse, briet Fisch, deckte den Tisch mit bunten Servietten und Weingläsern. Doch eine eiskalte Stimmung umhüllte alles. Die Sonne ging besonders magisch unter und zauberte am Firmament ein fantastisches Schauspiel mit warmen Farben. Marta fühlte sich, als hätte man bei einer Theaterszene das Bühnenbild verwechselt. Der spektakuläre Himmel überforderte sie – sie kaute lustlos und alles schmeckte fade. Sie tranken Wein, dessen seltsamer Beigeschmack zur deprimierten Befindlichkeit passte. Timo füllte sein Glas oft und üppig, was der einzige Hinweis darauf war, dass es ihm nicht absolut prächtig ging.

Vor dem Schlafengehen ging er lange spazieren, während Marta auf den Klippen saß und das schwarze Wasser anstarrte. Der warme Wind und die leisen Wellengeräusche vermochten nicht, sie zu trösten. Aziza Mustafa Zadehs Trennungslied ‚Ayrilik' unterstrich die verstörten, tieftraurigen Gefühle, obwohl Marta den aserbaidschanischen Text nicht verstand.

Im Zelt lagen sie unangenehm eng nebeneinander, Marta wälzte sich die ganze Nacht neben dem fest schlafenden Timo. Sie fühlte sich entkräftet und elend und störte sich an seinem Geruch. Er entströmte einem plötzlich fremden Körper, nicht demjenigen ihres Ehemannes. Am liebsten hätte sie ihn mit aller Kraft geschüttelt und Erklärungen verlangt. Aber das macht man nicht, man stellt keine Fragen, erst recht keine lauten und schon gar nicht auf einem Zeltplatz. Ohnmacht und Trauer durchdrangen jede ihrer Zellen.

Nach dem totenstillen Frühstück fuhr Marta allein mit dem Fahrrad los, immer strikt geradeaus, um sich nicht zu verirren. Sie ließ sich an einem Weiher mit einzelnen Bäumen am Ufer nieder und blieb dort den ganzen Tag. Vom Weinen ermattet, schlief sie einige Male kurz ein, und dazwischen redete sie mit sich selbst oder mit dem Baum, fuhr in einem fort in einem Gedankenkarussell ohne Antworten. *Stimmt das alles? Meint er es ernst? Was hab' ich falsch gemacht? ... Das wird es gewesen sein: Timo hasst Kritik. Also hab' ich aufgehört, wichtige Dinge anzusprechen. Meine Patienten versuche ich zu motivieren, die Auseinandersetzung zu suchen. Und mein Mann hält lieber den Ball flach. Und ich hab mich ihm angepasst. Dass Mutter mich nicht kennt und mein Handeln nicht kommentiert, bin ich gewohnt. Genau das hab' ich immer vermisst. Hat sich denn meine Ehe ähnlich entwickelt? Hätte ich auf mehr Kommunikation bestehen müssen? Mehr Offenheit? Aber wie, wenn ich es nie gelernt habe, die Angst, zurückgestoßen zu werden zu überwinden? Ist mir genau das zum Verhängnis geworden? Oder habe ich das falsch verstanden? Was heißt denn überhaupt ‚Trennung'?*

Am Abend und in der Nacht wiederholten Timo und Marta das Theater vom Vortag. Sie war wie versteinert und das Einzige, was sie wirklich fühlte, waren ihre geröteten und geschwollenen Augen. Noch acht freie Tage blieben ihnen. Am nächsten Morgen saß Marta nach dem Frühstück dumpf und kraftlos auf den Klippen und beobachtete Timo bei seinen Vorbereitungen für eine Fahrradtour. Sie entschloss sich kurzerhand, mitzukommen. Er hatte nichts dagegen.

Am Startpunkt gemäß Tourenführer angekommen, nahmen sie schweigend die Räder vom Auto und fuhren bei sengender Hitze ohne eine Wolke am Himmel los. Es tat gut, sich zu bewegen und zu schwitzen. Als Marta aber nach einer Weile Timo nicht mehr sehen konnte, rief sie ihn. *Kann oder will er mich nicht hören? Hat er mich absichtlich abgehängt?! Wie kann er mir das antun?* Er wusste, dass sie sich schlecht orientieren konnte, und sie hatte nur den Autoschlüssel dabei, er hatte die Getränke und Geld. Schließlich gab sie es auf, ihn einzuholen, und beschloss, zurück zum Ausgangspunkt zu fahren, aber ihre Angst verstärkte sich, weil sie keine Karte hatte. *Mit welchem Recht quält er mich so? Ich hab' seinen Wunsch respektiert. Was kommt denn noch auf mich zu? Kann ich ihm noch vertrauen?*, fragte sie sich pausenlos, während sie auf der Suche nach dem Parkplatz war, von wo aus sie mit den Fahrrädern gestartet waren.

Sehr durstig, verschwitzt und verängstigt traf sie zweieinhalb Stunden später beim Auto ein. Timo stand in der Nähe, würdigte sie aber keines Blickes. *Na klar, ich hab' ja den Schlüssel.* Womöglich wäre er schon abgefahren, wenn er ihn eingesteckt hätte. Erschöpft öffnete Marta das überhitzte Auto, nahm eine Wasserflasche und sank damit auf den Asphalt. Sie hatte weder die Kraft dafür noch war sie geübt darin, um ihm Vorwürfe zu machen. Aber eines wurde ihr jetzt wirklich klar: Es gab keine Zweifel am Ernst der Situation.

Weil sie nicht eingekauft hatten, gingen sie am Abend zu dem überaus lauten Freiluft-Restaurant auf dem riesigen Zeltplatz. Martas versalzene Pizza schmeckte nur mit reichlich Bier einigermaßen. Um sich zu spüren und nicht die ganze Zeit mit Ti-

mo schweigen zu müssen, hüpfte sie zu der dröhnenden Tanzmusik bis zur Erschöpfung.
Zurück beim Zelt sah sie, dass bis auf das Schlafgemach alles gepackt war. *Schön, dass ich es auf diese Weise erfahre.*
Plötzlich hatte sie Mutters Stimme im Ohr, wie sie sagte: ‚Übermorgen fahren wir nach Deutschland. Für immer.' Da war Marta knapp fünfzehn gewesen. Und alles wurde komplett anders in ihrem Leben.

Am nächsten Morgen kehrten sie zurück in die Schweiz – unendlich lange, sehr heiße und schweigsame 1000 Kilometer. Timo pfiff stundenlang ohne Unterbrechung, obwohl er weder musikalisch noch geübt darin war.
Warum?, fragte sich Marta zu Beginn der Fahrt wieder und wieder. *Was habe ich falsch gemacht?* Ihr Mann schuldete ihr eine Erklärung. Aber sie wollte sich nicht aufdrängen.

Zuhause in Bonato ging jeder seiner Wege. Marta versuchte, Liegengebliebenes in der Praxis zu erledigen. Vom Kopf her hatte sie inzwischen verstanden, dass Timo sich tatsächlich von ihr trennen wollte. Er schwieg, schaute an ihr vorbei, und sie begann zu begreifen, dass er keine Aussprache wollte. Martas Hirn barst beinahe vor lauter Fragen, aber sie war zu stolz, um ihn zu bedrängen. Zorn, Traurigkeit und Gleichgültigkeit wechselten sich ab mit dem ohnmächtigen Gefühl des Betrogenseins. Marta war sich sicher, dass keine andere Frau dahinterstand. Und genau das machte es so schwierig für sie, denn sie fragte sich umso mehr, was sie falsch gemacht hatte. Aber es gab keine Antworten.

Timo und sie zeigten sich nach außen als ein harmonisches Paar. Marta wusste, dass ihre Freunde Informationen über die Trennung brauchten.

„Obwohl du nicht mit mir reden willst, wir müssen uns auf eine offizielle Version unserer Situation einigen", begann sie.

„Wir könnten sagen, du hättest einen Liebhaber", kam es prompt.

„Wie kannst du es wagen!? Was für ein elender Feigling bist du eigentlich!?" Zum ersten Mal wurde Marta laut ihm gegenüber. Timo zuckte mit den Achseln. „Es wäre am einfachsten."

Ja, er kann radikal sein, wenn es um ihn geht. Aber das?

Leise und deutlich sagte sie: „Du verlässt mich ohne jede Erklärung und willst auch noch die Schuld auf mich abwälzen. Das bequeme Klischee liegt so nah ... Aber nicht mit mir, das nicht."

„So schweigen wir eben einfach."

„Respektierst du denn gar niemanden? Unsere Freunde haben ein Anrecht auf eine Antwort. Sie muss nicht ausführlich sein, aber sie sollte vor allem stets dieselbe sein und stimmen. Ich habe nicht vor, schmutzige Wäsche zu waschen. Aber ich mache nicht bei deiner feigen Idee mit. Dass du es überhaupt wagst, so etwas vorzuschlagen." Sie kochte innerlich, blieb aber leise.

Rebecca hörte geduldig zu, als Marta ihr von der Trennung berichtete. Sie nahm ihr nicht übel, dass sie erst jetzt anrief, obwohl sie schon seit vorgestern wieder in Bonato waren. Sie hatte verstanden, dass Marta sich schämte und ihre Gefühle zu erstarrt waren, als dass sie hätte sofort von ihrem Kummer erzählen können.

„Magst du zu uns kommen?", fragte sie, ohne zu zögern.
„Aber ihr arbeitet doch morgen!", rief Marta überrascht und hoffte, dass ihre Freundin es ernst meinte.
„Hör mal, wenn wir für zwei kochen, reicht es auch für drei. Wann kannst du da sein?"
„Ähm ... So gegen halb sieben?"
„Perfekt! Bringe deine Siebensachen mit, du bleibst über Nacht."
Als Marta bei ihnen ankam, öffnete Rebecca ihr schon die Tür, umarmte sie lange und fest und drückte ihr einen bunten Blumenstrauß in die Hand.
„Aber ich soll ja bei euch bleiben?"
„Die sind trotzdem für dich. Und der hier." Sie zeigte einen Schlüssel. „Damit du jederzeit rein kannst. So, das Badewasser läuft gerade ein, auf deinem Bett liegt mein Hausanzug. Zieh ihn nachher an und komm zu uns", sagte Rebecca und wischte mit dem Finger Martas Tränen von den Wangen. Marta war sprachlos und beschloss, sich zu fügen, obwohl es ungewohnt für sie war. Es tat gut.
Ihr Mann Livio umarmte sie lange und schenkte allen Weißwein ein.
„Auf die Zukunft!"
„Viva!", prostete Marta ihren Gastgebern wenig begeistert zu.

Und dann kam sie, die wichtige Post. Als Marta den eingeschriebenen, dicken Brief öffnete, wusste sie plötzlich: Es war so weit. Endlich. In ihrem Trennungsschmerz hätte sie es beinahe vergessen. Das Wappen der Eidgenossenschaft schmückte das Schreiben. *Tatsächlich?!* Sie nahm ihren roten Schweizer Pass heraus und ihre Augen wurden feucht. Ungeheuer wuchtig hatten sich die Rührung und das Glück angefühlt. Sie hatte Schweizerin werden wollen, um in ihrer neuen Heimat wählen zu können. Aber dass sie sich durch den Pass so angenommen und aufgehoben fühlen würde, hatte sie nicht erwartet. *Und ich darf die deutsche Staatsangehörigkeit behalten, sie bedeutet mir so viel.*

Kurz darauf trank Marta einen Tee, während die Sonne sich in allen Ecken des offenen Wintergartens breitmachte und der vertraute Bonatoer Wirbelwind mit dem weißen Vorhang spielte. Sie betrachtete ihre geliebten Berge im Baumstalder Oberland, und ihr Kopf war angenehm leer. Timo saß schon seit Stunden im kleinen Zimmer. Als sie auf dem Weg ins Bad war, öffnete sich ruckartig seine Tür und er stellte sich in dem engen Gang vor Marta hin. Ihr Noch-Ehemann schaute ihr in die Augen und sagte:
„Wir könnten miteinander ins Bett gehen."
Sie hatte Mühe, genug Luft zu bekommen, um sprechen zu können. „Dass du es wagst! Genügt es nicht, mich ohne Begründung zu verlassen?"
„Also nur, wenn du willst."
„Sag mal, merkst du eigentlich gar nichts mehr?! Ist dir nicht klar, wie verletzend das ist?"
Es rauschte in ihren Ohren, unzähmbare Wut stieg in Marta auf. *Die ganze Zeit war er so kalt zu mir, und die einzige warme Regung, zu der er imstande ist, entpuppt sich als sein egoistisches Bedürfnis.* Sie wusste, sie sollte gehen, sonst würde sie vielleicht anfangen, Geschirr zu zerschlagen oder wie eine dieser kleinen, wütenden Frauen in einem schlechten Film hilflos mit Fäusten auf einen viel größeren und stärkeren Mann ein-

zuprügeln. Und diese Blöße wollte sie sich auf keinen Fall geben.

Eine Stunde später zog Marta in eines der ungenutzten Zimmer in ihrer Praxis und blieb dort. Sie machte kein Licht an, um zu vermeiden, dass die Nachbarn etwas mitbekamen. Ihr Parkplatz blieb leer, weil sie mit dem Zug kam. Bis spät in die Nacht hinein brachte sie alles Liegengebliebene am Computer auf Vordermann. Das war einfacher, als ihre Seele aufzuräumen, und es lenkte ab von ihren stereotypen Gedanken. Als Therapeutin gelang es ihr meist gut, sich auf die Probleme der Patienten einzulassen, und sie freute sich über Fortschritte. Nur sich selbst konnte sie nicht therapieren. Natürlich nicht.

Als sie drei Wochen danach Timo zuhause abpasste, sagte sie: „Ich kann nicht auf die Dauer in der Praxis leben. Bitte such' dir eine Wohnung." Zum Glück war klar, dass er auszog.
„Unter einer Bedingung", antwortete er.
Wie kommt er darauf, dass er Bedingungen stellen kann?
„Ich werde mich bei dir melden, nicht umgekehrt."
„Wenn's weiter nichts ist", sagte Marta und wusste sofort, dass genau das sehr schwierig sein würde. Warten und keine Fragen stellen dürfen. *Ich hab's so satt!*

Wenige Tage später zog Timo aus und sie wieder ein. Sie überließ ihm die zwei langen, anthrazitfarbenen Ledersofas, die sie so gern hatten, Stehlampen, den Esstisch mitsamt Stühlen und das Bett.
Die jetzt nahezu leere Wohnung unterstrich Martas Traurigkeit, aber das gehörte eben dazu.

Bewusst erschuf sie sich einen geregelten Alltag: Sie arbeitete, ging joggen und schwimmen, kochte jeden Abend und redete sich ein, es zu genießen. Beim Einschlafen auf der Luftmatratze vermisste sie den neben ihr liegenden Mann. Und sie hatte weiterhin nichts von Timo gehört und noch immer keine Antwort auf die wichtigste Frage gefunden: Warum? Aber es ziemt sich nicht, sich aufzudrängen. Der Liebesentzug schmerzt, und man könnte die Harmonie gefährden. Sie war sich auch im Klaren darüber, dass es ihr zusetzen würde, wenn sie jetzt noch ernsthaft eine Nachricht von ihm erwartete.

Anfang November erwachte Marta langsam aus ihrer Lethargie. Bei ihren häufigen Besuchen bei Rebecca und Livio übernahm sie bei ihnen gelegentlich das Kochen oder schlug die Wanderroute vor.
Nachdem sie vor einer Winterwanderung den ersten Schnee vor ihrer Garage weggeschaufelt hatte, stütze sie sich auf den Stiel, um zu verschnaufen. Als Livio aus dem Haus kam, stellte sie erstaunt fest:
„Du bist ja nicht für den Berg angezogen!"
„Ich muss noch in die Praxis. Geht schon mal vor, ich stoße oben zu euch dazu."
„Ist gut. Mach nicht zu lange", antwortete Marta und wischte sich den Schweiß von der Stirn.
Als Rebecca soweit war, marschierten die zwei los.
„Wie geht es dir inzwischen?", fragte die Freundin, die Marta selten tiefschürfende Fragen zum Thema Trennungsschmerz stellte.
„Tja, das weiß mein Seelenklempner wohl besser", antwortete Marta ausweichend.

„Ach, dass es überhaupt so gekommen ist", sagte Rebecca und legte den Arm um ihre Freundin.
„Ich habe es am wenigsten erwartet. Wie blind war ich denn?"
„Wir haben es auch nicht kommen sehen."
„Eine wunderbare Seite hat die Sache: ich darf eure Freundschaft genießen!", sagte Marta und strahlte. „Komm, lauf, fang mich!", rief sie und schon rannte sie los.
Das Bedürfnis, Fragen mit Timo zu klären, wich der Überzeugung, dass es ohnehin keine absolute Wahrheit gab, und sie ihn nicht für ihr Glück verantwortlich machen konnte.

Nachdem Rebecca und Marta sich wenig später im Kino „This is it" über Michael Jackson angesehen hatten, aßen sie noch eine Pizza um die Ecke. Ergriffen von der Dokumentation fanden sie beide, dass ein wunderbarer Künstler ums Leben gekommen war, weil er in Not war und seinem Arzt vertraut hatte. Marta sagte: „Ich hab' wohl auch zu viel erwartet. Und vertraut."
„Was meinst du?"
„Dass Timo unsere Beziehung ebenso schätzte und wollte."
„Wir werden nie erfahren, warum er dich verlassen hat."
„Stimmt, zumal ich beschlossen habe, ihn nicht danach zu fragen. Dafür mache ich mir Gedanken über meine bisherigen Beziehungen." Sie räusperte sich. „Hab' ich dir schon mal erzählt, dass ich mich von Florian, meinem ersten Freund getrennt habe?", sagte Marta nachdenklich und schnitt ein Stück Pizza ab.
„Nein, wusste ich nicht. Aus welchem Grund?"

„Weil ich mich nicht ernst genommen fühlte. Und ich hab' auch meine zweite Beziehung beendet, diejenige zu Kurt, während des Studiums."
„Ja, das hast du mal erzählt." Rebecca nippte an ihrem Bier.
„Und nun hat Timo mich plötzlich verlassen."
„Dabei wollte er dich heiraten, nicht du ihn."
„Tja, wer hätte das gedacht ... Eben, darum sollte es sich nicht wieder einfach ergeben mit den Männern."
„Wie meinst du das?"
„Es ist Zeit für mich, mich aktiv nach einem neuen Partner umzusehen." Marta schaute ihre Freundin ernst an.
„Schon jetzt?!", rief Rebecca laut.
„Sachte, natürlich nicht von heute auf morgen."
„Du bist noch nicht soweit!"
„Ich denke schon. Natürlich gehe ich es langsam an, keine Sorge."
„Warte vielleicht noch."
Sie nervt! Ich kann wohl auf mich selbst aufpassen! „Du, ich brauche eine Perspektive. Timo wohnt nicht mehr in meiner Seele, er hat sich nicht gemeldet und mir nichts erklärt. Es macht mich kaputt, endlos auf etwas zu warten, was nicht kommen wird."
„Du gehst doch nicht in Bars?"
„Nein, natürlich nicht. Ich suche keine Sexbekanntschaft."
„Kongresse, Seminare?"
„Das würde sich bald herumsprechen, nein. Und die tauglichen Männer sind vergeben. Ich hab' mich ja neulich beim Schweizer Alpen Club angemeldet. Möglicherweise treffe ich jemanden beim Schneeschuhlaufen?"
„Ah, darum! Gute Idee!"

„Na ja, trotzdem: Meinen künftigen Partner suche ich im Internet!", verkündete Marta stolz.

„Spinnst du?", rief ihre Freundin laut, schob die Nachtischkarte weg von sich und stützte die Ellenbogen breit auf der Tischplatte.

Sie vertraut mir nicht. „Wieso nicht? Ich kenne Leute, die auf diese Weise glücklich wurden."

„Ja, ich auch. Aber ... Ich weiß nicht. Überstürze nichts." Rebecca winkte der Kellnerin zu und bestellte noch ein Bier.

„Sei unbesorgt. Ich werde mich nicht dem erstbesten Mann an den Hals werfen. Es muss nicht schnell klappen und nicht um jeden Preis. Und: Grundsätze sind für mich nicht verhandelbar."

Je mehr Marta überlegte, welche Eigenschaften ihr Partner in spe haben sollte, je mehr realisierte sie, was die Beziehung zu Timo schwierig gemacht hatte. *Ich bin neugierig auf das Leben und auf die Menschen. Zu quirlig? Und er: zu unnahbar? Auf jeden Fall leicht zu kränken. Ich bin Mutter auch nie näher gekommen. Okay, Timo muss keine Angst haben, ich stelle nach wie vor keine Fragen. Aber: Ich beschließe jetzt etwas für mich und erwarte, dass er ein einziges Mal tut, was ich wünsche. Es dürfte ihm nicht schwerfallen, nachdem er alles geplant hat. Und zwar, ohne mich zu fragen.* Sie wälzte solche Gedanken, bis sie mürbe wurde und ihren Noch-Ehemann nach fünf Monaten völliger Funkstille per SMS um ein Treffen bat.

Sie begrüßten sich trocken vor der Pizzeria und nahmen Platz an einem Tisch in einer Ecke.

„Wie geht es dir?", fragte er, während seine Augen die Tischplatte von oben und seine Hände von unten her untersuchten.

„Gut genug, um dich zu sehen", sagte Marta. *Hoffentlich erzählt er jetzt nicht, was er so macht. Kein Bedarf.*
Ihr langes Schweigen wurde nur durch die Bestellung unterbrochen. Das große Bier sollte ihr Mut einflößen.
Als Timo begann, seine Pizza zu schneiden, sah sie, dass sein Ehering fehlte. Das gab ihr Auftrieb.
„Ich möchte die Scheidung", sagte Marta ruhig und schaute seine Nasenspitze an.
Timo guckte sie ungläubig an und rief: „Scheidung?!"
„Ja, Scheidung." Leise Wut stieg in ihr auf. *Wie kann er sich darüber wundern, dass nun eine Grenze erreicht ist? Offenbar ist's egal, wie ich mich fühle, wenn ich vergeblich auf ein Zeichen von ihm warte.*
„Aber ..."
„Ich habe seit Monaten nichts von dir gehört ... Nicht ein Wort der Erklärung nach zehn Jahren Beziehung. Und du erwartest, dass ich zur Verfügung stehe? Wie wichtig nimmst du dich eigentlich? Ich kann nicht unbestimmt lange orientierungslos auf einem Abstellgleis sitzen."
Sie nahm unanständig laut einen Schluck Bier, während Timos Augen hin und her sprangen und er sich ein Stück Pizza auf die Gabel steckte. „Vielleicht könnten wir unsere Ehe mit zwei getrennten Wohnungen führen ..."
Gehts noch?! „Ehe? Falls das, was uns verband, eine Beziehung war, hast du sie beendet."
„Da sind Gefühle für dich."
Hab' ich mich verhört? Weiß er überhaupt, was das ist? Marta lachte auf. „Gefühle?!"
„Ja."

„Du meinst also, jeder lebt sein Leben, alle paar Tage trifft man sich, isst gemeinsam zu Abend, hat Sex und geht wieder?" Ihr Magen brannte höllisch.

„So ähnlich, ja."

„Im Leben geht es nicht immer nur um dich: Ob du dich im Job wohl fühlst, ein frisches Hemd anziehen kannst, deine Frau still ist und nicht zu viel Sex will, und nicht widerspricht, oder dass das Wetter bei einer Wanderung mitspielt. Du täuschst dich, wenn du glaubst, dass ich nach dir schmachte, nachdem du dich ohne eine Erklärung davonstiehlst. Inzwischen empfinde ich nicht mehr genug für dich", sagte sie – und fing an, bitterlich zu weinen.

Die anderen Gäste waren ihr egal. Es tat so furchtbar weh.

Marta nahm gerade einen duftenden Bratapfel aus dem Ofen, eine spätabendliche Leckerei, die sie sich nach der Trennung öfter zubereitete, als das Telefon klingelte. *Wer ruft denn um diese Zeit an?*

„Lebst du überhaupt noch?" Marcins Stimme klang erleichtert.

„Oh, schön dich zu hören, wie geht's?", fragte Marta.

„Lenk nicht ab. Wir machen uns Sorgen um dich!"

„Alles in Butter!"

„Was heißt das?" Er war gern geradeheraus.

„Also ... Timo ist ausgezogen. Punkt." Sie schleckte genüsslich an der Gabel.

„Hat er eine andere?"

„Nein, eben nicht."

„Erzähl."

„Da ist nicht viel – er hat mich verlassen ohne zu sagen, warum. Aber Marcin, mir geht es gut. Ich habe fantastische Freunde,

eine interessante Arbeit, mein Bechterew ist ruhig, was will ich mehr?"
„Hm."
„Glaub mir."
„Was ist mit Weihnachten?"
„Was soll damit sein?"
„Kommst du zu uns? Ich motiviere Mutter und Tomek."
Sie musste nicht lange überlegen. „Oh, gut, gern. Du, die wissen noch von nichts, kannst du ihnen auch gleich von der Trennung erzählen?"

Kurz vor der Abreise suchte Marta in der Stadt nach Geschenken und beschloss, sich selbst etwas zu kaufen. Einfach so. Sie steuerte die Beautyabteilung des Kaufhauses an, neugierig, ob sie Gefallen an diesen Dingen finden würde, den Farben und Düften, die so gar keinen Eingang in Mutters Welt gefunden hatten. Und Timo benutzte nicht einmal ein Deo – jetzt konnte sie tun, was ihr gefiel. Zu ihrer Überraschung fand sie ein Parfüm, das ihr auf Anhieb zusagte.
Plötzlich sah sie Rebecca. Sie fielen sich in die Arme und Marta fragte:
„Suchst du auch Geschenke?"
„Für meine Familie habe ich schon was, jetzt bin ich dran. Kaufst du dir auch etwas Schönes?"
„Ja, ich hab' gerade einen tollen Duft entdeckt. Den nehme ich!" Sie zeigte ihr das Fläschchen. „Wie verbringt ihr Weihnachten?"
„Nicht besonders, aber du könntest über die Feiertage zu uns kommen."

Marta war überrascht und berührt. Denn die beiden hatten sie ja schon fast adoptiert. Am liebsten hätte sie sowohl die Bukowskis als auch ihre Freunde besucht.

„Herzlichen Dank, deine Einladung freut mich sehr! Aber ich fahre nach Polen, zu meiner Familie. Wir haben uns schon lange nicht mehr gesehen, und Mutter und Tomek werden da sein. Und übermorgen fahre ich in ein indisches Resort, das Erika und Christian mir empfohlen haben. Stell dir vor, Ayurveda, obwohl mir bekanntlich alles nicht Schulmedizinische eher fremd ist."

Schön warm war es, so warm, dass Marta kein Bedürfnis hatte, sich zu bedecken, obwohl sie splitternackt war. Vier Frauen halfen ihr, sich in die flache Zedernholzwanne zu legen, weil alles voller Öl war und der Körper darin keinen Halt hatte. Flinke Hände klopften ihren Kopf ‚gesund', nachdem sie Martas nackten Körper von allen Seiten synchron durchwalkt hatten. Zwar stimmte die Temperatur und die Prozedur war ihr inzwischen bekannt, aber der allgegenwärtige Duft des Rosenöls rief bei ihr unliebsame Erinnerungen wach – an Mutters Rosen im Internat, an ihre zerkratzten Hände, die so anders waren als diejenigen ihrer Behandlerinnen. Wie gern hätte Marta es gehabt, dass Mutter auch nur ein Viertel der Zeit, die sie mit der Pflege der Rosenbeete verbrachte, ihr geschenkt hätte. Dann dachte sie an die bisherigen Begegnungen mit Männern, die sie via Partnervermittlung im Internet kennengelernt hatte. Es waren allesamt gebildete, gepflegte Männer mit Manieren, aber der Funke war nicht herübergesprungen und so endeten die Bekanntschaften jeweils gleich nach dem ersten Treffen. *Geduld!* Nach der Massage ging sie an den Resort-

Strand und sah den leichten Wellen des tropischen Meeres zu, die jetzt golden-kupferfarben wirkten. *Das Baden bei Oma und Opa war damals das Non-Plus-Ultra gewesen.* Jetzt ließ Marta sich verwöhnen, und das neue Gefühl von unermesslichem, persönlichem Luxus veranlasste sie zu glauben, dass nun eine andere, gute Zukunft begann. Sie freute sich darauf, bald nach Breslau zu fahren.

Donata und Marcin schlossen Marta in die Arme und baten zu Tisch, wo Tee und Berge von Michałki und Berliner auf sie warteten.
„Nimm reichlich davon, du bist ja mager geworden", sagte die Tante.
„Lass sie", knurrte Marcin seine Frau an und wandte sich an Marta: „Du wohnst bei uns, in deinem alten Zimmer. Mutter und Tomek schlafen bei Konrad und Jagoda, in ihrer neuen Wohnung – du weißt ja, dass die beiden verlobt sind? Den Heiligabend verbringen wir alle bei ihnen."
Am späten Abend kamen Mutter und Tomek an. Marcin hatte sie im Vorfeld über die Trennung informiert. Marta umarmte Mutter so herzlich wie noch nie. Ihr Körper fühlte sich warm und weich an. *Sie ist so anders als ich.* Tomek gab sie kurz die Hand, wie immer sahen sie sich nicht in die Augen. Er wirkte klar und nicht übermüdet von der langen Autofahrt. Und das freute Marta.
„Nur Knochen! Wie in Auschwitz!", rief Mutter nach der Umarmung und schaute mit ihren blauen Kulleraugen in die Runde. Die Familie war im Begriff, sich an den Tisch zu setzen, aber das hatte alle buchstäblich schockgefroren. Das Wort gehörte

zu Mutters Tabu-Arsenal und wurde niemals laut ausgesprochen.

„Lass sie", murrte Marcin Mutter an und bugsierte ihren Koffer in die Ecke. „Wie war die Reise?"

Aber niemand antwortete ihm. Tomek setzte sich und griff schweigend nach einem Berliner, während Mutter auf den Balkon ging, um zu rauchen. Marta blieb drinnen, weil es furchtbar kalt war und auch, weil sie es verabscheute, Mutter zuzusehen, wenn sie Qualmwolken ausstieß, in die Luft starrte und ganz für sich war. *Nur noch die Fische fehlen.*

Es waren viele Jahre vergangen, seit Marta alle ihre zwölf geliebten traditionellen Speisen genießen konnte, die es nur an Wigilia, also Heiligabend gab. Sie musste plötzlich an den ‚Drachen' denken, den schweigsamen Mann, der sie nach Deutschland verfrachtet und sich von ihrem Proviant bedient hatte. Und an die ersten Weihnachten im fremden Land, die so ganz anders ausgesehen hatten.

Mutter gab sich ausgelassen, suchte aber kein Gespräch mit ihrer Tochter. Jagoda, Konrads Verlobte, zeigte Marta die Weine, aus denen die beiden diejenigen für ihr Hochzeitsfest im kommenden Sommer bestimmen wollten. Sie riet ihnen zu trockenen Sorten, die das Essen begleiten könnten. Die Mitternachtsmesse veranlasste sie zu interessanten Grundsatzdiskussionen, jetzt, wo alle ein entspanntes Verhältnis zur Kirche hatten. Nachdem die Großeltern verstorben waren, musste niemand mehr vorgeben, gläubig zu sein. Nur Donata, die halbjüdische Katholikin war, konnte sich erhitzen über diese Themen, wie früher in den Diskussionen mit Opa. Mutter half weder in der Küche noch beteiligte sie sich an solchen Gesprächen.

Als die Läden wieder öffneten, ging Donata mit Marta in die Stadt, um passende Kleidung für sie auszusuchen. Sie hatten richtig Spaß beim Anprobieren und Marta fühlte, dass auch hier in Breslau eine neue Ära für sie begann. Sie war dankbar für die Unterstützung, denn sie schätzte Donatas geübten, weiblichen Blick und ihre Ratschläge zu Stil und Farben.
Am nächsten Morgen fuhren Mutter und Tomek zurück, weil er zur Arbeit gehen musste. Wie erwartet, hatte Mutter die ganze Zeit über nichts zu ihrer Trennung gesagt und keine Fragen gestellt. Wie damals, als Marta ihrem ersten Freund Florian den Laufpass gegeben hatte.

Am Abend vor ihrer Abreise nahmen Marta, Donata und Marcin Platz auf dem Sessel und auf dem Sofa, die entlang der langen Wand standen. Dadurch saßen sie in einer Reihe ohne sich direkt anzusehen, was sie an den Tag erinnerte, als sie das erste Mal nach der Emigration in Breslau war und es damals auch Tee und einen Berg Michałki gab. Marta erzählte ihnen nun, dass sie per Internet einen Partner suchte, Marcin ließ sich genau erklären, wie das funktionierte, vor allem, wie das Profil eines Kandidaten entsteht. Plötzlich fragte er:
„Gut, okay, sag mal, wie stellst du dir deinen künftiger Partner vor? Du weißt schon: Aussehen, Eigenschaften, Interessen."
„Er sollte intelligent sein, eher naturwissenschaftlich orientiert, naturverbunden und Nichtraucher. Wenn er groß, schlank und sportlich ist, umso besser. Wichtig sind Humor und eigene Hobbys."
„Das hört sich nach einem sprichwörtlichen Traummann an!", rief Donata entzückt.
„Keine Angst, mir ist klar, dass es unrealistisch klingt."

„Das hoffe ich doch!", sagte Marcin.
„Klar, aber ... Es wäre schön!"
„Hm, Marta, das ist alles toll, wie du dir das vorstellst. Träum' schön weiter, aber versäume die Realität nicht", lachte Marcin laut, so, wie nur er es machte.

16. Patrik (2009, Schweiz)

Die leere Wohnung füllte sich endlich mit Möbeln, die Marta nach Timos Auszug bestellt hatte. Jetzt fehlte nur noch die zweite Person. Täglich sah sie sich die Vorschläge potenzieller Partner im Internet an. *Wie finde ich heraus, wie viel Zurückhaltung und Nähe angebracht ist, um den Richtigen herauszufischen?* ‚Try and find out', beschloss sie. So manche Männer sendeten ihr textbausteinmäßig anmutende Texte mit selbstbeweihräuchernden Sätzen. Sie wollte es anders machen: Jede E-Mail stets zwar kurz, aber persönlich beantworten. Schließlich suchte sie ernsthaft jemanden.

Irgendwann stieß sie auf einen interessanten Kandidaten. Der acht Jahre ältere Patrik war auch Arzt, kinderlos und liebte die Natur sowie gepflegtes Essen. Nach zwei E-Mails und einem langen Telefonat trafen sie sich an einem Spätnachmittag in einem Restaurant. Ein dunkelblonder Mann mit waldhonigfarbenen Augen und feinen Gesichtszügen lächelte sie sanft an, nahm ihr den Mantel ab und half in den Stuhl. Sie fand es sympathisch, dass auch Patrik Schwarztee bestellte. Trotz unübersehbarer Nervosität machte sich ein vertrautes Gefühl breit – als würden sie sich schon lange kennen. Sie sprachen über ihre Interessen, aber recht wenig über den Beruf. Marta konnte ihren Blick kaum von seinen feingliedrigen Händen abwenden. Nach zwei Gläsern Tee bekamen sie Hunger und entgegen der ursprünglichen Planung beschlossen sie, zum Abendessen zu bleiben. Sie redeten weiter, vergaßen alles um sich herum und verließen das Restaurant als allerletzte Gäste. Marta fuhr beschwingt nach Hause und freute sich, dass es nicht wie bisher ein Abschied für immer war.

Patrik holte sie vom Bahnhof ab, als sie sich das nächste Mal trafen. Schon von Weitem sah sie, dass er einen flachen, recht großen Karton unter dem Arm trug. Marta war neugierig, traute sich aber nicht, ihn darauf anzusprechen. Als sie sich nach einem langen Spaziergang in klirrender Kälte bei einem heißen Tee in einem Café aufwärmten, sagte er:
„Ich möchte dir etwas zeigen", und überreichte ihr das mysteriöse Paket.
Endlich durfte sie das Geheimnis lüften. Sie packte einen großformatigen, qualitativ hochwertigen Kalender aus. Jeden Monat schmückte eine Fotografie mit abstrakten, flächigen und plastischen Mustern in warmen Farben. Begierig und tief beeindruckt schaute sie sich jedes Bild genau an. Sie war sprachlos. *So sieht er das Wunder der Natur.*
„Es sind Ausschnitte von Felsen", erklärte er.
„Steine?"
„So, wie sie in der Natur sind. Es ist nichts verändert oder verschönert."
„Ich wusste nicht, dass sie derart bunt sein können!"
„Sie fesseln mich, seit ich sie vor über dreißig Jahren in den USA entdeckt habe."
„Die Bilder sind sagenhaft. Das ist Kunst. So etwas habe ich noch nie gesehen!", rief sie entzückt. „Es ist ein schöner Ausgleich zu deiner Arbeit als Arzt, nehme ich an."
„Die Kompositionen der Natur finde ich aufregend und entspannend zugleich – einem Herzkranken würde ein solches Wechselbad vielleicht weniger guttun ..."
„Kann ich mir lebhaft vorstellen."
„Der Kalender gehört dir", sagte Patrik leise und schaute sie mit seinen wachen Augen an.

„Du musst mir doch nichts schenken. Und dazu noch etwas so Spezielles", hauchte Marta.
„Ich mache es gern."
„Er bekommt einen Ehrenplatz in meiner Wohnung", sagte sie und strahlte.
„Das würde mich freuen!" Patrik lächelte. „Nun, hast du auch Hunger? Darf ich dich zum Essen einladen?"
Marta sagte gern zu, denn sie konnte sich nicht vorstellen, schon jetzt nach Hause zu fahren.
Beim Dinner fühlte Marta sich feierlich und vertraut zugleich, sie hatte keine Worte dafür. Und wieder gab es diverse Themen, die für beide wichtig und interessant waren, wie schon letztes Mal vergaßen sie alles um sich herum.
Patrik brachte sie danach eilig zum Bahnhof, denn der letzte Zug des Abends sollte nun abfahren. Marta setzte sich ans Fenster und winkte ihm zum Abschied, während sie seinen Kalender fest an ihre Brust drückte. Unentwegt dachte sie an seine grazilen Hände, seine unergründlichen Augen und freute sich über den Schatz, den sie heimnehmen durfte.

Bald darauf verabredeten sie sich zum Langlaufen in den Baumstalder Bergen und Patrik wollte Marta auf dem Weg dorthin in ihrer Praxis abholen.
Ungeheuer nervös und unkonzentriert versuchte sie, einen Arztbericht zu schreiben, während sie auf ihn wartete. Pünktlich um halb elf klingelte es. Wie in der Schweiz üblich, küssten sie sich zur Begrüßung dreimal auf die Wange. Sie zeigte ihm die Räumlichkeiten und während sie den Computer ausschaltete, blieb Patrik vor ihrem riesigen Regal im Sprechzimmer stehen und schaute sich aufmerksam ihre Fachbücher an. *Er*

scheint sich für mein Heiligtum zu interessieren! Es kribbelt in der Magengegend, springt in alle Richtungen! Als wenn Ameisen kitzeln würden. Diese völlig unbekannten, starken, aber angenehmen Sensationen waren schwer auszuhalten. Sie sagte Patrik aber nichts, sondern gab ihm ihre Skiausrüstung und sie bestiegen das Auto.
Es fühlte sich gut an, auf der Fahrt Musik zu hören und zu schweigen. Das Langlaufen fiel ihr schwer – aber weniger aufgrund fehlender Kondition, sondern, weil sie dieses seltsame, körperliche Gefühl ablenkte. *Dauernd diese ‚Tierchen' im Bauch!* Zurück beim Auto zauberte Patrik traditionelle Schweizer Osterküchlein hervor, die sie mit dem Schwarztee aus Martas Thermoskanne genossen – als machten sie alles seit Jahrzehnten auf dieselbe Art und Weise. Duschen konnten sie im Langlaufzentrum, ohne zu überlegen sagte sie:
„Wir könnten uns bei mir frisch machen." Sie war selbst von sich überrascht, denn normalerweise lud sie keinen Fremden zu sich nach Hause ein!
„Gern, aber nur, wenn's wirklich o. k. ist."
Auf dem Fußabtreter vor ihrer Wohnungstür lag ein Brief – ‚Marta' stand darauf in Timos unverwechselbarer Schrift.
„Willst du ihn nicht öffnen?", fragte Patrik.
„Ja, später", sagte sie, ließ den Gast hinein und den Umschlag in der Sporttasche verschwinden. *Das kann warten. Ich weiß nicht, ob ich noch Erklärungen von ihm brauche.*
Während er duschte, inspizierte Marta den Kühlschrank – sie sah nur Reste vom Vortag, da sie nicht mit Besuch gerechnet hatte. *Was soll ich zubereiten? Zwar hat er deklariert, nicht hungrig zu sein, aber ich kann ja nicht nichts anbieten.* So machte sie einen einfachen indischen Nachtisch, den sie im

Ayurveda-Resort kennengelernt hatte. Der ungesalzene Teig belustigte Patrik, denn sie versicherte, normalerweise nicht so kopflos zu sein. Sie aßen und unterhielten sich lange. *Gibt's das wirklich? Diese Seelenverwandtschaft? So viele Gemeinsamkeiten?* Dann drehte Marta die klassische Musik, die im Hintergrund lief, ganz laut auf, um sie am ganzen Leib zu spüren. Irgendwann hörten die beiden auf, zu reden, schauten sich tief in die Augen, ihre Hände begegneten sich und schließlich ihre Körper. Zaghaft, verzaubert, sehnsüchtig, im unsäglichen Glücksgefühl schwelgend wurden Patrik und Marta ein Paar.

Weniger der Schlafmangel, sondern vor allem diese merkwürdigen, dynamischen ‚Tierchen' in der Magengegend bereiteten Marta am darauffolgenden Tag Probleme. Sie störten wirksam die Konzentration und zwangen die Gedanken, bei Patrik und nur bei ihm zu sein. *Gibt es sie also, die Schmetterlinge im Bauch?, wie sie Dichter beschreiben? Stimmt das? Mit vierzig?* Abends telefonierten sie lange und er erzählte ihr von ununterbrochenen, ähnlich ungeahnten Sensationen, von einem Elektrisiertsein, seit sie sich in ihrer Praxis begrüßten und er dabei ihren Rücken berührt hatte. Das erste Mal in seinem Leben. Sie wagte nicht, daraus zu schließen, dass er sich möglicherweise auch ernsthaft für sie interessieren könnte. Aber es sah tatsächlich so aus. In den darauffolgenden Tagen taumelten sie beide berauscht durch die Gegend. Und sie badete fantastisch beschwingt in dem magischen Gefühl, das ihre Arbeit erschwerte.

Erst nach einigen Tagen öffnete Marta den Brief von Timo. *Hoffentlich zögert er die Scheidung nicht hinaus. Schließlich hat er mich verlassen.* Es fühlte sich leer an, seine so vertraute Schrift zu sehen. Aus dem beinahe sachlichen Text las sie eine Art Entschuldigung heraus – für seine Unnahbarkeit und die seltenen zwar, aber radikalen Änderungen von Meinung und Absichten. *Dass er es wagte, sich bei mir in Erinnerung zu rufen und trotzdem seinen Abgang nicht zu erklären!* Enttäuscht legte sie den Brief weg.

Am Karfreitag lud Patrik sie in ein feines Restaurant ein – Marta schwelgte in dem besonderen Ambiente und in seinem Kompliment, dass sie sich sowohl in der Natur, beim Sport, als auch in solch gehobener Situation zurechtfinden würde. An diesem verlängerten Wochenende verließen sie das Schlafzimmer nur, um etwas zu essen, oder für eine Joggingrunde. Die Zeit blieb stehen, während sie gierig, unersättlich und schamlos die Haut, den Duft und die Blicke des anderen genossen. „Gibt's das tatsächlich?", fragten sie einander, lächelten entrückt und küssten sich.

„Ich stelle mir dein momentanes Leben aufregend vor", sagte Rebecca zu Marta, als die beiden sich einige Wochen später auf eine Bank am Waldrand gesetzt hatten. Ihre Lieblingswanderung im Pertu-Tal hatte Marta mehrfach verschoben, weil sie nach der intensiven Partnersuche nur noch Augen und Zeit für ihren THE ONLY ONE hatte.
„Ja, aber auch aufwühlend. Ich hab' noch nie solchermaßen viel für jemanden empfunden. Zuweilen überfordert mich das", sagte Marta.
„Ich habe schon früh, schon am Telefon gespürt, dass du tiefe Gefühle für Patrik entwickelt hast."

Marta nickte. „Am Anfang hab' ich es mir nicht eingestehen können. Ich hatte Angst, zu viel zu erwarten."
„Ich hoffte für dich, dass daraus etwas wird. Aber ich dachte: So viel Glück wäre fast unheimlich, nach so kurzer Suche."
„Ja, das war wohl Fügung, obwohl ich nicht an solche Dinge glaube. So ein toller Mann! Und die Schmetterlinge im Bauch! Und so lange!"
„Ah, darum rennst du den Berg so schnell rauf!" Rebecca stupste freundschaftlich Martas Oberarm. „In diesem Fall brauchst du mehr Energie, hier, nimm, ich habe für uns Nussriegel gebacken", sagte sie und hielt ihr ihre Plastikdose hin.
„Die duften ja sagenhaft! Danke, du Liebe ... Was wäre ich ohne dich und Livio?"
„Übertreib nicht, wir sind gern für dich da gewesen. Wollen wir langsam weiter?", antwortete Rebecca, steckte den Proviant in den Rucksack und stand auf.

Bei einer Mountainbike Tour im Bisinertal, aßen Patrik und Marta im Schatten eines prächtigen Baumes Aprikosenwähe, die er am Vorabend gebacken hatte. Sie liebten diesen einfachen Schweizer Kuchen mit frischen Früchten auf Blätterteig, die mit einem in Milch verquirlten Ei übergossen werden. Dazu tranken sie Tee aus der Thermoskanne. Nach einer Weile fragte Patrik:
„Wusstest du, dass auch im Westen antikommunistische Witze kursierten?"
„Nein, erzähl'!", sagte Marta neugierig.
„Am beliebtesten waren die über das Radio Eriwan."
„Eriwan? Noch nie gehört!"

„Der Sender nahm zumeist politische Begebenheiten aufs Korn. Also: das Hauptmerkmal ist, dass die Antwort immer beginnt mit: ‚Im Prinzip ja, …'."

„Zum Beispiel?"

„Also: ‚Frage an Radio Eriwan: Ist es wahr, dass der liebe Gott Parteigenosse werden kann? Antwort: Im Prinzip ja, nur müsste er vorher aus der Kirche austreten.'"

„Herrlich harmlos!"

„Nicht alle. Zum Beispiel dieser: ‚Radio Eriwan, ich habe gehört, dass bei uns weniger Betten produziert werden als früher. Stimmt das? Antwort: Im Prinzip ja, wozu auch? Die Intelligenz ist auf Rosen gebettet, die Aktivisten ruhen sich auf ihren Lorbeeren aus, die Arbeiter, Bauern und Soldaten halten Friedenswacht, der Klassenfeind schläft nicht, und der Rest sitzt.'"

„Oh, der ist knackig!", rief Marta begeistert.

„Das ist die lustige Seite, aber ich bewundere euch dafür, wie ihr es geschafft habt, euch sogar im Alltag vorzusehen, was man zu wem sagt. Du warst ja noch ziemlich jung."

„Das lernte man quasi automatisch. Aber stimmt schon, das war nicht immer einfach. So, ich nehme noch ein Stück Wähe", sagte sie. Sie hatte keine Lust, an dunkle Zeiten zu denken.

Patrik reichte ihr die Plastikdose und zeigte ihr auf der Karte ihre Route. Dabei nannte er eine ihr unbekannte Bezeichnung.

„Warum heißt dieser Abschnitt ‚Polenweg'?", fragte Marta.

„Er wurde von polnischen Internierten gebaut."

„Von Internierten?"

„Am Anfang des Zweiten Weltkriegs ist eine ganze Division polnischer Soldaten in die Schweiz geflüchtet. Ich meine, sie unterstützten die französische Armee. Nachdem etwas Schlimmes passiert war, haben sie befürchtet, in Gefangen-

schaft zu kommen. Ich weiß es nicht so genau. Jedenfalls wurden sie hier aufgenommen."
„Und was hat das mit den Wegen zu tun?"
„Diese Soldaten wurden in Lagern interniert und mussten etwas für das Land tun, das sie beherbergte. So bauten sie Wege, Brücken und halfen in der Landwirtschaft. Meine damals jugendliche Mutter hatte einmal für einen gut aussehenden Polen geschwärmt. Sie lebte in der Nähe einer der Großlager."
„Was für ein Zufall! Ich erinnere mich, dass Opas Bruder auch so ein Soldat war! Und er blieb in der Schweiz, nachdem er hier geheiratet hatte! Als ich mein Praktikum bei Bern gemacht habe, hat mich Opa zu seiner Schwägerin, die in der Nähe lebte, geschickt. Sie war schon lange verwitwet und hat mir mit Wehmut erzählt, wie sie sich haltlos in den charmanten Polen verliebt hatte. Das Ehepaar bekam drei Kinder, und angeblich war er schweizerischer als so manch Schweizer", sagte Marta.
„Nur wenige dieser Soldaten durften definitiv in der Schweiz bleiben und wurden später eingebürgert."
„Das ist ja gelebte Geschichte! Und wir fahren auf einem solchen Polenweg!", rief sie begeistert.

Zu Martas vierzigstem Geburtstag schenkte Patrik ihr eine Wochenendreise durch die Schweiz.
Den Höhepunkt bildete eine Nacht in einem sehr alten Hotel. Als Marta die großzügige Terrasse betrat und die malerische Berglandschaft sah, fühlte sich plötzlich wie ein zartes, armes Fräulein, das gerade in ein Märchenschloss hingezaubert wurde und erfuhr, dass es in Wirklichkeit eine Prinzessin war. Patrik küsste sie innig und eng umschlungen blickten sie auf den nicht weit entfernten Wasserfall, der sich in den 400 m tiefer

liegenden See ergoss. Ein heißes, überwältigendes Gefühl überkam sie. *Ist das wahr? Nur, weil heute mein Geburtstag ist? Ich kann's kaum aushalten!* Vor dem Dinner stießen sie mit echtem Champagner an, den ihnen Rebecca und Livio mit den besten Wünschen spendiert hatten. Am nächsten Tag wanderten die beiden in der Nähe des größten und längsten Gletschers der Alpen, dem Aletsch-Gletscher. Patrik erzählte Marta, dass er im Alter von zwölf Jahren bei einer Klassenfahrt das erste Mal in dieser Gegend war.

„In diesem Alter habe ich im Geografie Unterricht in Polen fasziniert darüber gelesen. Ich dachte damals, dass ich dieses Wunder in der Schweiz nie würde sehen können", sagte Marta.

„Und jetzt stehst du hier, mit mir!", rief Patrik und umarmte sie. „Das macht mich sehr glücklich."

Sie war so beeindruckt, dass sie kein Wort mehr herausbrachte. Als sie dann weiterliefen, schweiften Martas Gedanken plötzlich zu den Bukowskis. Marcins Sohn Konrad wollte die ganze Familie inklusive Mutter, Tomek und Marta bei seiner Hochzeit im September vereinigt sehen. Und hatte sie mit ihrem neuen Partner eingeladen. Nun musste sie an ihre Kindheit und die besondere Beziehung zu den Bukowskis denken. Sie hatten ihre Windeln gewechselt und sie von der Kinderkrippe abgeholt. Und dann versuchte sie, sich vorzustellen, wie aus dem kleinen Patrik der Mann geworden war, den sie liebte.

„Sag mal, bist du als Kind in den Kindergarten gegangen?", fragte sie ihn leise.

„Ja, ein Jahr vor der Einschulung", sagte er. „Warum fragst du?"

„Ich denke über etwas nach ... Warst du ein Wunschkind?"

„Angeblich. Ich kam acht Jahre nach dem jüngsten Bruder zur Welt." Er zwinkerte ihr zu. „Und erst vor etwa fünf Jahren hat sich Robert, mein zweitältester Bruder mal verplappert und gesagt, ich sei ein Unfall gewesen."
„Komm, egal, wie es wirklich war, meiner Meinung nach hast du sehr viel Zuwendung in einer wichtigen Entwicklungsphase erfahren. Aber es muss speziell gewesen sein, mit so viel Abstand der Jüngste zu sein."
„Es hatte Vor- und Nachteile, ja, und manchmal habe ich mich wie ein Einzelkind gefühlt."
„Das denk' ich mir."
„Meine Brüder mussten sich oft um mich kümmern und taten dies mehr oder weniger gut."
„Du meinst, Jugendliche möchten andere Dinge tun, als ein so viel jüngeres Kind zu betreuen."
„Sie waren sehr einfallsreich, zum Beispiel: Als ich zwei war, haben sie mich in einen geflochtenen Katzen-Korb gesteckt und an einem Seil von außen her zwei Stockwerke hinauf gehievt."
Marta schlug die Hände vor den Mund. „Das ist haarsträubend! Zum Glück hast du das damals nicht begriffen."
„Stimmt, es war auch mal lustig, wenn sie mich beispielsweise im Babywagen herumfuhren und Passanten sich ungläubig umgedreht hatten, weil ich, der Säugling, pfiff, nicht die Buben!", erzählte Patrik schmunzelnd. „Und klar, sie haben mich auch mal im dunklen Keller eingeschlossen."
„Deine Brüder lieben dich, das merkt man."
„Ja ... und dann kam alles anders."
„Ah ja?"

„Als ich acht war, haben sich meine Eltern scheiden lassen und mich als Jüngsten ins Internat gesteckt. Zwei Jahre später kam ich zur Mutter und deren zweitem Ehemann."
„Oh, das klingt nicht einfach."
„Mein Verhältnis zum Stiefvater war schwierig, obwohl wir beide uns bemüht haben, miteinander auszukommen."
„Gerade in der Pubertät ist es herausfordernd."
„Mit sechzehn bin ich dann zu meinem Vater gezogen, bei dem Robert noch wohnte. Das war eine schöne und wichtige Zeit. Übrigens, mein Vater ist wie deine Mutter in einem Waisenhaus aufgewachsen."
„Was für ein Zufall!", rief Marta und fragte: „Und ... ließ er dich auch alles machen?"
„Er hat mir eröffnet, dass er von Erziehung keine Ahnung habe und mich darum nicht kontrollieren werde. Ich sollte selbst die Verantwortung für mich übernehmen", sagte Patrik.
„Das war bei mir ähnlich, obwohl sie das so nie geäußert hat. Aber ich habe begriffen, dass es in jedem Fall mir zugutekommt, wenn ich gut in der Schule bin."
„Ja, das ist eine bedeutende Parallele, die wir haben."
„Mit dem Unterschied, dass Mutter mir nie auch nur angedeutet hat, wie sie mein Handeln findet. Ehrlich gesagt hätte ich mir so manches Mal mehr Zuwendung gewünscht", sagte Marta leise.
„Ich finde das ganz schön hart. Hat sie das dir gegenüber je begründet? Ich meine, es muss ja irgendwo herkommen."
Marta schüttelte den Kopf. „Es hört sich wahrscheinlich eigenartig an, aber ich weiß überhaupt nicht viel über meine eigene Mutter."
„Ich würde sie gern bald kennenlernen."

„Im September gibt es die beste Gelegenheit dazu, wenn Konrad heiratet, der jüngere Sohn von Marcin und Donata, du weißt schon, die Bukowskis. Auch wir beide sind eingeladen."
„Oh ja, ich komme sehr gerne mit, ich war ja noch nie in Polen!"

*

Das Jawort gaben sich Konrad und Jagoda auf einem Schiff, das gemächlich durch die verzweigten Flussarme der Oder in Breslau fuhr. Marta realisierte, wie groß die Bukowski-Familie war und hatte gern entferntere Verwandte nach sehr langer Zeit wieder gesehen. Wir sind nur zu dritt: Mutter, Tomek und ich. Schon seltsam. Aber schön, wie selbstverständlich wir zu den Bukowskis gehören, dachte sie, während sie Patrik den anderen vorstellte und ihm vom Schiff aus sichtbare Gebäude zeigte und die Geschichte der Breslauer Kathedralentürme mit den erst vor Kurzem aufgesetzten Helmdächern erzählte.
Das eigentliche Hochzeitsfest fand im Restaurant des Breslauer Zoos statt, weil Marcin als Tierarzt den Direktor kannte. Millionen von Menschen konnten besser tanzen als Patrik und Marta, aber dennoch, berauscht in ihrer Verliebtheit verließen die beiden die Tanzfläche nur, um etwas zu essen. Es gab den obligatorischen Barszcz, also die Rote-Beete-Suppe, Bigos und weitere traditionelle Speisen, die Marta sehr selten aß, seit sie im Westen lebte.
Als Marta sah, wie rasch Patrik sich in Gespräche mit anderen Gästen vertiefte, ging sie hinaus in die warme Sommernacht. Sie blickte hinauf zu den Sternen und genoss das schöne Gefühl

von Geborgenheit und Glück. Plötzlich hörte sie Marcins Stimme neben sich:
„Joanna bekommt schlecht Luft."
„Ja, trotzdem raucht sie weiter. Tomek sagte mir, dass sie kaum zum Arzt geht. Sie soll wohl ein Sauerstoffgerät für die Nacht benutzen, es aber nicht richtig hinbekommen."
„Sie ist bekanntlich ein Dickschädel."
„Ja, auf mich hört sich auch nicht, obwohl ich Ärztin bin. Vielleicht kann Patrik ihr gut zureden."
„Ja, das wäre doch `was. Hoffentlich. A apropos: Faszinierend, wie nah deine große Liebe an deine Beschreibung deines Traummannes reicht."
Marta drehte sich zu ihm, lächelte und fragte: „Du meinst, als ich euch damals die bevorzugten Eigenschaften geschildert habe?"
„Genau."
„Ich hab' es selbst noch nicht begriffen. Es grenzt an ein Wunder."
„Wir freuen uns für euch!"
„Schön, wie du es sagst. Wir sind sehr glücklich miteinander. Hoffentlich bleibt es so."
„Ich drück' dir alle Daumen", sagte Marcin, drückte seine warme Hand auf Martas linke Schulter und ließ sie allein. Reflexartig erinnerte sie sich an ihren Abschied, als sie das Land verlassen sollten. Damals ging es in eine unbekannte Zukunft, die jetzige Wende war hingegen eindeutig positiv.
Mit einer Wärme in der Brust betrat sie den Festsaal und steuerte auf ihren Tisch zu, wo sich Patrik angeregt mit Mutter unterhielt. Sie küsste ihn sanft auf den Nacken, drückte ihm einen lauten Schmatzer auf die Wange und setzte sich neben ihn. Das

Thema war, wie viel der Mensch von der Natur lernen könne, wenn er sie aufmerksam und respektvoll betrachtet. Mutter meinte:

„Genau das ist meine Leidenschaft. Seit ich zurückdenken kann, hatte ich ein Aquarium, Kanarienvögel, und unsere Joka."

„Hast du nicht auch einen Schrebergarten?", fragte Patrik.

„Ja, und früher habe ich das lange Rosenbeet in meinem Internat gepflegt."

Oha, Mutter schöpft aus dem Vollen.

„Du hast dich, glaube ich, sehr engagiert bei der Arbeit", sagte er anerkennend und schaute Marta kurz an.

„Natürlich! Ich war immer da für meine Kinder! Die Mädchen waren brav und haben mich sogar zuhause besucht, als sie schon aus dem Internat entlassen worden waren. Meine liebe Gruppe." Mutters Stimme klang wehmütig.

„Marta hat mir erzählt, dass du Frösche im Schrebergarten hast."

Gut, er wechselt das Thema!

„Ja, seit Tomek mir einen Teich ausgehoben hat, verbringe ich jeden Abend dort."

„Kann ich gut verstehen", sagte er.

„Mein Junge ist sooo lieb. Er macht alles für mich", schwärmte Mutter.

Na klar. Die Tochter hat sich abgesetzt. Und ihr erzählt man auch nicht so ausführlich von seinem Leben.

Patrik nahm unter dem Tisch Martas Hand.

„So wie Konrad für Donata. Jetzt ist er ein Ehemann, da wird er wohl nicht mehr zu mir nach Kiel kommen wie früher, als er noch in den Kindergarten und zur Schule ging. Jeden Sommer war er bei mir", sagte Mutter wehmütig.

„Stimmt es, dass du sogar deine Knieoperation wegen seiner Hochzeit verschoben hast?", fragte Patrik.

„Klar! Ich hatte mich immer so auf Konrad gefreut. Aber Tomek besucht mich oft, nachdem er ausgezogen ist. Mein liebster Junge."

Dass sie nicht merkt, dass es peinlich ist, es so offen zu sagen? Und zwar dem Partner ihrer Tochter?!

Patrik drückte Martas Hand noch etwas fester, und sie war froh um diese Geste, die nur ihr galt. Sie stand dennoch auf, weil es ihr zu viel zu werden drohte.

17. Das zweite JA (2011, Schweiz)

Es roch nach Desinfektionsmitteln, als Patrik und Marta den langen Flur der Rehabilitationsklinik bei Kiel entlangliefen und das richtige Zimmer suchten. Prompt erinnerte Marta sich daran, wie allein sie sich gefühlt hatte und wie schwer es für sie als Kind gewesen war, zu rechtfertigen, warum sie im Krankenhaus selten Besuch hatte. Aber jetzt war alles anders.
„Willst du klopfen? Mutter weiß nicht, dass du mitkommst", bot Marta an.
„Womöglich erschrickt sie?", fragte Patrik.
„Sie ist zäh, glaub' mir. Also los!"
Er klopfte an die Tür, aber sie hörten keine Antwort.
Zuerst schob er den Blumenstrauß in den Türschlitz, dann seinen Kopf, und lächelte breit.
„Oh! Besuch!", rief Mutter vom Bett aus und legte ihr Buch auf den Beistelltisch.
„Wir sind's!", sagte Marta lächelnd, als sie sich neben Patrik stellte und fortfuhr: „Raus aus den Federn, wir sind die mobile Lauftruppe."
Alle lachten, umarmten sich und er fragte: „Wie war die Operation?"
„Besser als bei der ersten Knieprothese", antwortete Mutter und schaute ihn lange an.
Sie guckt mich nie so an.
„Zeigst du uns, wie du schon laufen kannst?", fragte er.
„Na gut, ich versuch's", sagte Mutter und schickte sich an, langsam aufzustehen und sich auf den Krücken abzustützen.
Der Spaziergang auf dem Flur endete schon nach wenigen Metern, da Mutter erschöpft war. Hechelnd sank sie aufs Bett und

starrte die Wand an. Wie wird sie es allein zuhause meistern, fragte sich Marta, als sie in der Cafeteria Tee für alle holte.

Als sie mit den Getränken zurückkam, sah sie, dass Patrik Mutter Fotos vom Mountainbike-Fahren zeigte.

„Wir sind recht sportlich, wie Tomek", versuchte es Marta, als sie sich dazu setzte.

„Ja! Er ist wirklich gut, mein Sohn", sagte Mutter.

Na ja, das meinte ich gerade nicht.

„Konrad hingegen bewegt sich nur, wenn er muss", setzte Marta an, aber im selben Moment realisierte sie, dass es keine gute Idee war, ausgerechnet Mutters anderen Liebling schlecht zu machen.

„Er hat Jagoda, eine schöne und kluge Frau, geheiratet. Sie ist Ärztin." Mutters Stimme klang beinahe ehrfürchtig.

Ich bin auch Ärztin. Marta verschluckte sich an ihrem Tee.

„Es war ein tolles Hochzeitsfest in Breslau", sagte Patrik.

„Du hast die ganze Zeit getanzt", fügte Mutter hinzu und schaute ihn an.

„Na klar, ich konnte nicht anders, deine Tochter ist ein Wirbelwind", sagte er und blickte verliebt zu Marta herüber, die innerlich zitterte. „Johanna, ich habe dir etwas mitgebracht. Ich hab's selbst gemacht", flüsterte er, stand auf und holte einen größeren, flachen Karton, den er mit seinem Mantel verdeckt hatte. „Soll ich ihn öffnen?"

„Ja, bitte."

Blatt für Blatt schaute sich Mutter genüsslich schweigend Patriks ‚Steinsichten'-Kalender an. *Alles um sie herum scheint vergessen, sie wirkt wie beim Anblick ihres Aquariums.*

„Diese Farben! ... Zauberhaft! ... Und Muster! ... Was ist das?"

„Das sind Felsen, große Steine", erklärte er.

„Er hat die Fotos gemacht", sagte Marta stolz.
„Sind die echt? ... Das ist ja Kunst ... abstrakte Kunst!", rief Mutter, hielt kurz inne, klappte die letzte Seite um und legte den Kalender auf die Bettdecke. Marta öffnete ihren Mund vor Freude.
Mutter blickte abwechselnd Marta und Patrik mit ihren weit aufgerissenen, blauen Kulleraugen an und fragte in einem kindlichen Tonfall, als ob sie etwas sehr Wichtiges nicht begreifen könnte: „Warum habt ihr euch nicht früher kennengelernt?"
Sie hat noch nie etwas so Schönes zu mir gesagt, nicht ein einziges Mal! Marta räusperte sich, zog ihre verschränkten Hände an ihre Brust und eine Hand schnellte kurz zum Mund. Patrik umarmte sie fest und küsste sie, und alle drei schauten sich innig an.

Am nächsten Tag nahmen Patrik und Marta an Erikas und Christians großer Geburtstagsfeier in einem Restaurant teil – sie wurden siebzig.
Erika stellte die Gäste vor. „So, am nächsten Tisch sitzt Marta mit ihrem Schweizer Mann Patrik. Sie war 1984 einige Tage lang meine Schülerin in Felde, sie ist Ärztin."
Alle schauten sie interessiert an, es wurde still, Marta lächelte verlegen und atmete erst auf, als Christian die Runde übernahm.
„Ist dir bewusst, dass du die einzige ehemalige Schülerin bist, die eingeladen wurde? Das Geburtstagskind blickt immerhin auf über vierzig Jahre Berufserfahrung zurück. Ich bin stolz auf dich!", flüsterte Patrik aufgeregt.
Marta spürte, wie ihre Wangen sich erhitzten.

Später sagte Erika: „Entschuldige bitte, dass ich ihn als deinen Ehemann vorgestellt habe. So war es einfacher für mich. Zudem ist sonnenklar, dass ihr füreinander geschaffen seid."
Marta strahlte schweigend. Sie fühlte sich wie ein Familienmitglied. Es tat so gut. Und ihre große Liebe war bei ihr.

Vor der Abreise tranken die beiden noch einen Tee bei Christian und Erika. Patrik lobte den selbst gebackenen Zwetschgenkuchen, als Erika ihn fragte: „Wie hat Johanna dich aufgenommen?"
„Überaus positiv, schon in Breslau bei Konrads Hochzeit haben wir uns viel unterhalten, und ich glaube, dass sie sich besonders gefreut hat, dass wir sie jetzt in der Klinik besucht haben. Und ihr gefallen meine Steinsichten-Kalender. Na ja, vielleicht auch, dass ich ein Arzt bin", sagte Patrik.
„Ein echter Mediziner, kein Psychiater!", fügte Marta hinzu.
Alle schmunzelten, aber nur sie erinnerte sich an Mutters heftige Reaktion, als es um die Psychiatrie ging.
„Ihr seid beide Ärzte, das wissen wir. Apropos: Wolltest du das auch schon immer werden, wie Marta?", fragte Erika.
„Die Richtung wusste ich lange nicht. Weil mich die Unterwasserwelt interessierte, dachte ich an Meeresbiologie, dann fand ich Neurowissenschaften spannend. Als ich begriffen hatte, dass das Medizinstudium eine breite Grundlage für diverse Naturwissenschaften ist, entschied ich mich dafür", erklärte Patrik.
„Zum Glück für mich!" Marta strahlte.
„Ihr scheint wirklich gut zueinander zu passen. Schön!", sagte Christian.

Mit knapp 600 Mal unter Wasser war Patrik ein erfahrener Taucher, als Marta ihn kennengelernt hatte. Und nun nahte eine Spezialreise nach Galapagos, die er schon früher gebucht hatte. Trotz bevorstehender Trennung bestand Marta darauf, dass er fuhr. *Ich kann ihn doch nicht vom Paradies mit Walhaien, Walen, Haien, Mantas und Schildkröten abhalten.* Flüchtig kamen ihr unliebsame Gedanken in den Sinn: *Er hat's auch mit den Fischen, wie Mutter! Aber ihre Tierchen waren klein und langweilig. Wobei ...* Sie starrte sie trotzdem an, schien sich in ihnen zu verlieren. *Er interessiert sich ernsthaft dafür, wenn ich seine vielen farbigen Atlanten über Meeresbewohner anschaue.* Neugierig schaute sie ihrem Partner beim Packen zu: Neoprenanzug, Füßlinge, Flossen, Lungenautomat, Luftschläuche, Kompass ...

„Ich würde dich gern in dem Anzug sehen", sagte sie und er zog sich rasch um. „Das ist ja wie ein Ganzkörperkondom! Fremd, aber lustig." Sie wollte ihn umarmen, aber der Gummigeruch hielt sie davon ab. „Und diese imposante Uhr? Was ist das?"

„Ein Tauchcomputer. Er ist unheimlich wichtig, damit man nicht zu tief sinkt und nicht zu schnell aufsteigt."

„Das klingt nach einer ganzen Wissenschaft", meinte Marta beeindruckt.

„Du könntest einen Kurs machen."

„Oh, da hab' ich viel zu viel Angst. Und um dich sorge ich mich auch."

„Ich bin umsichtig und suche keine gefährlichen Abenteuer", sagte Patrik und warf sich mit seinem Gummianzug aufs Bett.

„Da bin ich erleichtert. Dennoch, so über Wasser gefällt es mir schon besser", rief Marta und sprang auf seinen schlanken, in blauem Gummi steckenden Körper. Der Geruch störte sie nicht mehr, sodass sie sich noch etwas vergnügen konnten vor der zweiwöchigen Trennung.

Sechs Wochen später zog Marta im Hallenbad ein Tauchjackett an und band sich eine Pressluftflasche um. Bei dieser Probestunde atmete sie hastig mit den Lungenautomaten im Mund und dem Gesicht knapp unter der Wasseroberfläche. *Das kann gar nicht funktionieren! Ich ersticke!* Sie starrte den Trainer an, der mit ruhigen und deutlichen Armbewegungen das Ein- und Ausatmen simulierte und sie zum Nachahmen ermunterte. *Über Wasser klappt es, jetzt konzentriere dich und mache dasselbe, wie die anderen auch. Ich stehe fest auf dem Boden, also wäre sogar Verschlucken nicht soooo schlimm.* Als sie merkte, dass sie immer noch Luft bekam, obwohl sie die ganze Zeit den Kopf unter Wasser hielt, entspannte sie sich. Der Trainer lenkte die Anfänger gekonnt mit Spielen ab und die Stunde verflog im Nu. Am Beckenrand sitzend fühlte sie sich eigenartig glücklich und angespannt. Plötzlich fingen sämtliche Muskeln an zu zittern – sie hatte noch nie in ihrem Leben so sehr gefroren. Schlotternd drehte sie das heiße Wasser in der Dusche auf und ließ sich lange davon aufwärmen. Patrik strahlte bei ihrem Anblick, als er sie abholte.

Vielleicht, weil es typisch für Marta war, keine halben Sachen zu machen, schrieb sie sich für den Tauchkurs im Frühling ein. Nach den Übungen in der Schwimmhalle folgte die Praxis im kalten Bergsee. Es regnete und die Wassertemperatur lag bei 8 °C. Marta fror schon an Land. Reto, der Tauchlehrer, eröffnete ihr:

„Es ist dunkel. Ich konnte die Übungsplattform nicht finden. Wenn du dich nicht wohlfühlst, können wir den Kurs jederzeit abbrechen."
Oje, klingt spannend und furchteinflößend! Aber ich werd' doch nicht schon jetzt aufgeben!
„Gehen wir!", beschloss Marta, ohne zu zögern.
Schon auf nur einem Meter Tiefe sah sie nur noch Retos Umrisse, sodass sie ganz nah an ihn heranschwamm und aufmerksam die Zeichen seiner hellblauen, aufgeplusterten Handschuhe verfolgte. Sie sanken tiefer und Marta wartete auf die angekündigte Dunkelheit. *Es ist milchig-trübes Schmelzwasser und man kann kaum etwas sehen, aber dunkel? Nein.* Sie führte die vereinbarten Übungen durch, unter anderem die Tauchmaske mit Wasser zu fluten und sie mit der Ausatemluft so auszublasen, dass wieder freie Sicht herrschte. *Ich kann das jetzt, ich muss das immer genau so machen. Und schön weiter atmen.*
Als sie aufgetaucht waren, rief Reto: „Tapfer, Marta! Ich dachte, du gibst bald auf."

Beim Abendessen sah Patrik Marta dann amüsiert zu, wie sie lebhaft gestikulierte und gar nicht mehr aufhören konnte, ihre Erlebnisse zu schildern. Danach gingen sie auf den Balkon und planten die Mountainbike-Tour am nächsten Tag.
Plötzlich fragte Patrik: „Wie heißt noch mal ‚Obstgarten' im Baumstalder Dialekt?"
„Bungert ... Aber wie kommst du jetzt ausgerechnet darauf?"
„Hast du dir nicht immer einen gewünscht?"
„Mal erwähnt, ja. Aber es war eher eine Erinnerung an alte Zeiten, als ein Wunsch." *Dass er sich solche Details merkt? Wir*

haben vor langer Zeit darüber gesprochen! Sie hatte ihm erzählt, wie sie es als Großstadtkind geliebt hatte, im Wald oder am Fluss zu spazieren. Oder wie wunderbar sie es fand, Pfifferlinge und Heidelbeeren hinter dem Zelt zu sammeln. Und dass sie im Sommer mit einer Bekannten der Mutter in ihren Schrebergarten am Stadtrand fuhr. Und dass Marta sie zwar nicht besonders mochte, aber dass diese Frau gut kochte und sich für die Kinder interessierte. Deshalb jätete Marta Unkraut für sie und trank anschließend auf einem wackeligen Plastikstuhl sitzend Tee. Am allerbesten schmeckten die frischen Früchte direkt vom Baum. Seit jener Zeit hegte Marta den vollkommen unrealistischen Traum vom eigenen Obstgarten.
Patrik nahm langsam einen Schluck Wasser und sagte:
„Nun ..., was würdest du davon halten, wenn du einen ‚Bungert' bekommen würdest?"
Sie schaute ihn ungläubig an. „Aber wie? Du hast ja keinen Platz für einen Obstbaum!?"
„Tja, vielleicht lässt sich da etwas tun ..." Er schmunzelte und widmete sich dem Gemüse auf seinem Teller.
Er scherzt wohl. Marta konnte an diesem Abend nur schwer an etwas anderes denken. Dann legte Patrik das Besteck neben den Teller, schaute sie lange und ernst an und fragte:
„Hm ... und was würdest du davon halten, meine Ehefrau zu werden?"
Martas Kehle zog sich zusammen und sie wurde nervös. Sie schaute ihren Partner genau an und sah einen ernsten Ausdruck in seinen Augen.
Fühlt Glück sich so an? Ist das wahr? Aber wir haben nie darüber gesprochen! Und das ist ja gar nicht nötig!

Als Marta wieder schlucken konnte, antwortete sie: „Ich, ich, ich ... Es kommt unerwartet ..."
Ihrer beider Augen wurden feucht. Sie räusperten sich gleichzeitig.
„Heißt das JA?", fragte Patrik ungeduldig.
„Ja ... Ja ... JA!", ertönte es aus ihrer trockenen Kehle. Ihr wurde schwindlig. *So muss es sich anfühlen, wenn es wirklich stimmt ...*

*

„Ja, ich will", sagte Marta mit einer etwas rauen Stimme. Der mit Arvenholz ausgekleidete, altehrwürdige Raum in Baumstaldens Hauptstadt Bonato ließ sie weich erklingen. Rebecca, ihre Trauzeugin, näherte sich dem Brautpaar und hielt Patrik ein herzförmiges Satin-Kissen hin. Er nahm den kleineren der beiden in Damast-Technik angefertigten Gold-Platin-Ringe, legte Martas linke Hand in die seine, schaute ihr in die Augen und streifte ihr den Ring auf den Finger. Es fühlte sich aufregend richtig an. Als käme nichts anderes infrage. Marta zitterte am ganzen Körper und als dies vorbeiging, wünschte sie sich, es würde länger dauern. Dann steckte sie ihrem Mann den Ring an und das Zittern kam noch einmal. Sie küssten sich innig.
Georg, Patriks Praxispartner, war sein Trauzeuge und wandte sich an Marta:
„Gratuliere von Herzen! So schön für euch beide! Ich weiß, du tust Patrik gut ..." Er stoppte beim Anblick der Tränen, die sie nicht mehr zurückhalten konnte und umarmte sie still und lange.

Während Marta Gratulationen entgegennahm, fühlte sie den Ring und dachte ununterbrochen: Mein BIG LOVE hat JA gesagt! Was für ein schmucker Mann! Und seine waldhonigfarbenen Augen, die grazilen Hände, die hohe Stirn, der starke Kiefer, ... Ach, welch ein Glück! Stimmt das alles? Passiert mir das? Ist es ein Film? Meinte Eichendorff das in seinem Gedicht: ‚Schläft ein Lied in allen Dingen, die da träumen fort und fort, und die Welt hebt an zu singen, triffst du nur das Zauberwort'? Es waren alle gekommen: Die Bukowskis, sogar die kranke Heike, Erika und Christian, Sven mit seiner Verlobten, und weitere Freunde. Nur Patriks Bruder Robert konnte dabei sein, die anderen waren verreist, Mutters Atemprobleme fesselten sie an ihre Wohnung und die dort stehenden Sauerstoffapparate. Sie hätte sich zum ersten Mal ehrlich gefreut, mich so glücklich zu sehen, dachte Marta. Tomek traute sich nicht, allein in die Schweiz zu kommen. Er hatte sein Leben inzwischen gut im Griff, nahm keine Drogen und brauchte nicht einmal Medikamente, aber außer Arbeit und Herumwerkeln in seiner Wohnung machte er nicht viel anderes.

Vor dem Standesamt stieß die Hochzeitsgesellschaft mit Champagner an – bei bestem Wetter, und das Anfang April! Die anschließende private Stadtführung brachte den Gästen die Baumstalder Hauptstadt näher. Es war ein bisschen Martas Stadt geworden. Heike konnte dabei leider nicht mitkommen: Nach ihrer vorzeitigen Pensionierung machte sich zunehmend eine schwere Krankheit bemerkbar. Sie hatte deutlich an Kraft abgenommen und konnte nur wenige Meter laufen. Wie gewöhnlich tat sie Martas Fragen schnell ab, sodass nicht klar wurde, was ihr fehlte. Aber Anlass zur Sorge bestand, denn so

manches Mal mussten sie wegen ihres sehr schlimmen Hustens Telefonate beenden.
Mitten in der Altstadt nahm Erika Marta beiseite und sagte: „Wenn du Zeit hast, mit Heike zu reden ..."
„Klar, ich motiviere sie, zum Arzt zu gehen." Marta kannte Erikas Anliegen natürlich. Es war ja auch ihre Absicht. Sie hatte ja selbst ihre dunkelviolett verfärbten Hände, Füße und Nase gesehen, die auf ungenügende Sauerstoffversorgung hinwiesen. Und die schlimmen Hustenanfälle blieben unvergessen.
„Sie hört nicht auf uns, aber vielleicht auf dich", sagte Christian mit besorgter Miene.
„Ich versuch's, aber das letzte Mal währten Heikes Versprechungen nicht lange", sagte Marta. *Heike hat schon immer ihren Willen gehabt, sie lässt sich keine Vorschriften machen.*
Nach dem Mittagessen in einem edlen Restaurant über den Dächern von Bonato brachten Rebecca und Livio mit ihrem geschmückten Auto das glückliche und erschöpfte Brautpaar nach Hause. Marta entdeckte bei sich lauter unbekannte romantische Gedanken und fühlte sich wie ein rohes Ei.
Am Abend speisten Patrik und Marta nur zu zweit, als Mann und Frau. Diesmal in einem anderen Restaurant in der Nähe des Polenweges im Bisinertal, wo sie öfter mit den Mountainbikes unterwegs waren. *Ich bin nun die Ehefrau meines Traummannes, meiner verwandten Seele, meines besten Freundes, der wichtigsten Person in meinem Leben.*

Patrik hatte es damals ernst gemeint mit einem Bungert für Marta. Der Obstgarten diente ihm als Aufhänger für die Idee, ein eigenes, gemeinsames Haus zu bauen. Marta freute sich über jede Ecke des modernen Gebäudes. Patriks riesige, farbige

Felsenbilder belebten die weiß gestrichenen Räume, die vielen Fenster erhellten sie. Sie stellte sich vor, wie sie von der Terrasse aus auf die wilde Wiese blicken würden, die sie statt eines gesitteten Rasens wachsen lassen wollten, und wie im Sommer die Grillen zirpten und über den Brennnesseln Schmetterlinge flogen. Marta würde jedoch länger auf die Früchte in ihrem Bungert warten müssen, weil die Obstbäume gerade erst gepflanzt wurden. Sie würde lange brauchen, um auch gefühlsmäßig nachzuvollziehen, dass das alles kein Traum war, sondern ihre eigene Wirklichkeit, das Glück zum Anfassen.

An Patriks Geburtstag im September 2012 bezogen die beiden ihr neues Haus in Gait in der Nähe von Bonato. Als sie auf ihn anstießen, küssten sie sich zuerst innig.

„Auf dich, auf uns, auf das Haus, auf unsere Zukunft. Auf uns!", hauchte Marta.

„Ohne dich wäre das alles nichts ... Oh, was sehe ich da?", fragte Patrik und wischte mit dem Daumen über ihre Tränen auf der Wange.

„Ich bin so glücklich. So unsagbar glücklich", flüsterte sie und zog ihn zu sich. „Als Erika uns das erste Mal zu einem Kaffee eingeladen hatte, du weißt schon, damals, als wir frisch aus Polen gekommen waren, als ich dabei auch Heike kennengelernt hatte ..."

„Ja?"

„Also, ihr Haus in Felde hat mich damals sehr beeindruckt. Das Strohdach, das riesige Frontfenster. Na ja, sie waren die ersten Personen, die ich persönlich kennengelernt hatte, die ein eigenes Haus bewohnten. Mir gefiel das alles außerordentlich. Gleichzeitig erschien mir Immobilienbesitz in solch weiter Ferne, dass ich weder bedauerte, so etwas nicht zu haben, noch

wünschte ich es mir für später. Verstehst du das?" Marta schaute gegen den samtigen, dunklen, wolkenlosen Himmel und seufzte.
„Hm, wenn ich darüber nachdenke, schon. Bisher habe ich mir keine solchen Fragen gestellt."

„Darf ich mit diesem Weißwein den Risotto ablöschen? Ist der nicht zu schade dafür?", fragte Marta, als sie einige Wochen später kochte und eine angebrochene Flasche im Kühlschrank erblickte. In wenigen Minuten sollten Georg, Patriks Praxispartner mit seiner Frau Christiane kommen.
„Erstens muss es ein Guter sein, damit das Gericht vorzüglich wird, zweitens ist für unsere Gäste nur das Beste gut genug", meinte Patrik.
„Das hast du schön gesagt. Ich freue mich schon auf sie. Mal sehen, was dein Praxispartner und seine Frau zu unserem Haus sagen." Marta goss reichlich Wein in die dickflüssige, nach Knoblauch und Parmesan duftende Reismasse.
„Du, wir müssen Gas geben. Das Rindsfilet gart bei Niedertemperatur. Da kann nichts schief gehen. Was kann ich sonst machen?"
„Rasple Bergkäse für den Gratin. Ah, die Teller sollten in die Wärme. Denk' dran, für die Vorspeise nehmen wir die tiefen, wegen der Soße", bestimmte sie.
„Okay, ich hole noch den Rotwein", sagte Patrik, als sie die Türglocke hörten.
Marta hieß die Gäste willkommen und ging in die Küche, Patrik zeigte den Gästen das Haus: Georg gefielen vor allem die Raumteilung und der Ausblick auf das Bonatoer Tal, aber auch die Idee, aus dem Rasen eine wilde Wiese entstehen zu lassen.

Christiane befürchtete, dass sie sich bei den vielen großen Fenstern ausgestellt fühlen würde. Als sie mit dem Aperitif begannen, empfand Marta wieder die innere Wärme, die sie immer fühlte, wenn sie mit den beiden zusammen war. Sie schätzte es immens, dass sie sich um Patrik gekümmert hatten, als er von seiner Frau verlassen wurde. Und es war nicht selbstverständlich, zwanzig Jahre lang ohne Probleme zu zweit eine Praxis zu führen, auf langjährige Mitarbeiter und Patienten zählen zu können.

Mitten beim Hauptgang, als Georg gerade den Risotto lobte, klingelte das Telefon. „Ich gehe ran", beschloss Marta spontan, obwohl sie normalerweise am nächsten Tag zurückrufen würde. Irgendwas sagte ihr, dass es sein musste.

„Heike wollte nicht mehr kämpfen. Sie lebt nicht mehr."

„Meine Heike!", rief sie und ließ sich wie ein schwerer Sack auf den Sessel fallen.

„Du bist die Erste, die davon erfährt."

„Ich habe schon seit zwei Wochen nichts mehr von ihr gehört. Ihre Atemnot wurde so schlimm und anstrengend für sie, dass wir nicht mehr richtig telefonieren konnten. Ich wollte ja in zwei Wochen Mutter im Heim besuchen, also hätte ich Heike auch gesehen."

„Ihr Zustand hat sich rapide verschlechtert ... Sie hat eine Herz- und Lungentransplantation abgelehnt."

„Ja, sie wollte nicht wie meine Mutter dauerhaft künstlich beatmet werden, das weiß ich."

„Und sich vor allem nicht mehr quälen. Sie schied freiwillig mit ärztlicher Unterstützung aus dem Leben", erklärte Erika in einem seltsamen Tonfall.

„Sie war eine starke Frau", sagte Marta und räusperte sich. Sie ahnte, dass Heikes schwere Lungenkrankheit mit der Zeit ihr Herz geschwächt hatte. „Darf ich zur Beerdigung kommen?" „Unbedingt. Du kannst natürlich bei uns wohnen."

Marta durfte als einzige nicht verwandte Person bei Heikes Trauerfeier mit ihrer Familie zusammen in die überfüllte Kirche schreiten. Viele ehemalige Lehrer aus der Bettina-von-Arnim-Schule und Dorfbewohner saßen in den Reihen. Marta hatte das Gefühl, am richtigen Ort zu sein, mit den richtigen Menschen und aus einem wichtigen Grund. Sie vermisste Heike sehr – ihre ältere Freundin, die sie stets akzeptiert, ernst genommen und gefördert hatte. Heike hatte sich immer zurückgenommen, war hilfsbereit und schenkte vielen ihr schönes Lächeln, wenn auch weniger oft in den letzten Jahren.
„Wir alle haben zusammen mit ihr einen Schluck Piccolo genommen. Den Letzten ... Dann kam der Arzt und hat Morphium in Heikes Infusion gespritzt ... Es war schrecklich, sie so zu sehen ... Sie war am Ersticken und war noch wach ... Und es schien sie zu ärgern, dass das Mittel ihr das Bewusstsein so langsam trübte. Entsetzlich ... Dann aber entspannte sie sich ... rang nicht mehr nach Luft und entschlief ...", erzählte Erika gefasst. Marta schauderte es. Sie fühlte sich sehr ins Vertrauen gezogen und fand es schön, wie offen Erika von den Einzelheiten von Heikes Todesmomenten berichtete. Und sie merkte, dass all ihre Erfahrung in der Krankenpflege und als Ärztin jetzt keine Hilfe war, denn es ging um eine ihr sehr nahestehende Person, nicht um eine unbekannte Patientin.

18. Die Lebenslüge (2013, Deutschland)

Ein lautes Klingeln riss Marta jäh aus dem Schlaf. Dabei wollte sie weiter fliegen in ihrem Traum, zwischen den Wolken kraulen und sich nicht an grünen Sauerstoffschläuchen stören. *Es ist doch noch dunkel! Oh, zwei Uhr! Wer ruft denn um diese Zeit an?* Blitzartig wusste sie: Mutters Heim! Sofort verkrampfte sie sich und fing an zu schwitzen. Wumm, wumm! Das Herz schlug hart in ihrer Brust, als sie den Hörer abnahm.
„Ja, bitte?"
„Ihre Mutter ist verstorben. Ich dachte, Sie möchten es sofort wissen", sagte eine Frauenstimme auf Hochdeutsch.
Marta atmete schwer. *Sie wird dauernd künstlich beatmet ... Rund um die Uhr betreut ... Wirklich gut umsorgt ...*
„Wie ist es passiert? ... Hat sie sich an ihrem Speichel verschluckt? Oder sich den Beatmungsschlauch herausgezogen? ... Hatte sie Schmerzen? Fieber? Juckreiz? Oder Durst? ..." Marta verschluckte sich beinahe, ihr Kopf drohte zu platzen, die Schläfen pulsierten.
„Sie ist friedlich eingeschlafen."
„Wie ist das möglich?", fragte sie, obwohl ihr im Grunde alles klar war.
„Sie ist erlöst worden."
Was soll dieser religiöse Spruch!
„Soll ich Ihren Bruder informieren?"
„Nein. Nein. Er ist psychisch labil. Ich mache das selbst – und bitte sorgen Sie dafür, dass es niemand anderes macht. Das ist sehr wichtig. Versprechen Sie mir das!"
„In Ordnung."

„Gut, ich melde mich später", sagte Marta mit Nachdruck und legte auf. Sie würde Tomek im Laufe des Tages anrufen.
Sonderbar: Noch vor zwei Stunden hab' ich den Bukowskis das Bild gemailt, auf dem Mutter im Rollstuhl an einem Tisch saß und löffelchenweise Kaffee schlürfte. Der Beatmungsschlauch war darauf nur wenig sichtbar und Marta bückte sich seitlich zu ihr hin und sie lächelten gemeinsam in die Kamera. *Ich habe vorher noch nie derartige Fotos gemacht oder solche E-Mails verschickt ...*
Ein stechender Schmerz bohrte beständig in ihren Eingeweiden, und sie versuchte vergeblich, ihn mit einem heißen Tee zu lösen. In ihr schrie es, und die Unruhe und die Krämpfe wollten und wollten nicht nachlassen. Auch der zweite Tee half nichts. Sie weinte laut oder leise, mal im Stehen im Flur, mal in der Küche, auf dem Sofa, auf dem Bett. Danach wurde sie still, wie betäubt. Zeitweise sah sie wie durch Milchglas, verschwommen. Dann kam die Leere.

Patrik war beruflich im Ausland. *Ich kann ihn nicht mitten in der Nacht stören, besser schicke ich ihm später eine SMS.*
Sie schaute sich im Internet Trauerverse für Kondolenzkarten an und hoffte, dass sie ihr Trost spenden würden. Aber es gab keine Wärmflasche gegen dieses furchtbare Seelenweh. Gegen acht Uhr sank Marta erschöpft aufs Bett und schlief kurz ein. Danach zog sie apathisch ihre Joggingkleidung an und trat hinaus. Aber es war unmöglich, mit Beinen wie aus Gummi zu laufen. Schluchzend kehrte sie nach wenigen Minuten zurück ins Haus und trank einen Kaffee, bevor sie Erika anrief. Christian nahm ab – seine sachliche Reaktion tat gut. Er kondolierte

Marta von Herzen und empfahl ein vertrauenswürdiges Bestattungsinstitut.

Tomek hat eine große Rolle in Mutters Leben gespielt. Schön, dass er in ihrer Nähe gewohnt hat und für sie da sein konnte. Ich hab' nur die Entscheidungen getroffen und Formalitäten und Finanzen erledigt. Das war keine schlechte Lösung.

Nach einer heißen Dusche fing Marta an, zu funktionieren. Sie nahm sich vor, so viel wie möglich von der Schweiz aus zu organisieren. Sie bat ihre Sekretärin, alle Praxistermine abzusagen und benachrichtigte Marcin, damit er alle Bukowskis informierte.

Es wurde Zeit, Tomek zu kontaktieren. Zunächst sprach sie mit seinem Vorgesetzten, danach ließ sie sich mit ihm verbinden.

„Tomek."

„Ja, hallo!"

„Mama ist heute in der Nacht friedlich eingeschlafen", brachte sie langsam über die Lippen.

Er schwieg, dann wiederholte er: „Eingeschlafen ... eingeschlafen, aha ..." Er hüstelte. „Eingeschlafen, so ..."

Sie räusperte sich und hauchte: „Ganz sanft. Ja."

„Aha", sagte er und holte tief Luft.

„Du darfst jetzt nach Hause gehen, wenn du möchtest."

„Ich arbeite noch bis zur Mittagspause."

„Gute Idee. Ich kümmere mich um alles. Du kannst mich jederzeit anrufen." *Hoffentlich macht er keine Dummheit.*

Nach diesem schwierigsten Telefonat von allen, die nötig waren, nahmen Abklärungen, Entscheidungen, Nachfragen, Bestätigungen ihren Lauf.

Die Bukowskis möchten sicher eine Sargbestattung. Der Genozid in den NS-Konzentrationslagern hatte sich in die polnische Seele eingebrannt, niemand wollte seine Toten verbrennen, so wie die Nazis es mit ihren Opfern getan hatten. Zudem wollte Marta Mutters eigene Auschwitz-Vergangenheit berücksichtigen. Aber die Zwillinge hatten nicht an diese Dinge gedacht, als sie sich ein Jahr zuvor für die Einäscherung entschieden hatten. *Wie kann man das Problem lösen? Die Totenmesse muss auf jeden Fall katholisch sein.*
Und tatsächlich: Das Bestattungsinstitut schlug vor, die Trauerfeier mit dem Leichnam im Sarg durchzuführen, und erst später die Einäscherung. Nachdem die Kirchgemeinde auch nach drei Tagen nicht erreichbar blieb, sagte die Beraterin: „Es eilt – man darf die Leiche maximal neun Tage aufbahren."
„Das wusste ich nicht. Und jetzt?"
„Wie wäre es mit einer protestantischen Abdankung?"
„Evangelisch?" Marta schluckte laut.
„Es ist kein Pfarrer da."
„Geht das überhaupt?"
„Ja, doch, und es wäre sogar vorteilhaft. Alles findet rechtzeitig statt und der besondere Lebenslauf Ihrer Mutter wird dargestellt. Eine katholische Messe wäre unpersönlich, weil dort das Ritual im Vordergrund steht, nicht der Verstorbene."
„Interessant!" *Willkommen im Absurdistan. Ich muss es Tomek beibringen.*

Patrik und Marta flogen nach Norddeutschland und bezogen Erika und Christians Gästezimmer. Von den Bukowskis kamen Marcin, Donata, Agata, Konrad und Helenka, um sich von ihrer Joanna zu verabschieden. Einen Tag vor dem Gottesdienst sprachen die Zwillinge mit dem Pastor über das Familienleben und Mutter.

„Sie liebte ihren Garten ... Hat immer alles für uns getan ... Sie war sehr krank", erzählte Tomek und kaute an seinen Fäusten. Mit seiner gebückten Haltung und unruhigem Blick wirkte er auf Marta ein wenig verloren, so wie damals, als Mutter ihnen eröffnet hatte, dass sie emigrieren würden.

„Und wie haben Sie Ihre Mutter erlebt?", wandte sich der Pastor an Marta.

„Ich konnte sie nie erreichen ...", fing sie an.

„Was, nicht erreichen? Was redest du denn da?", unterbrach Tomek sie. Sie machte eine Abwehrbewegung in seine Richtung.

„Ja ... gab es einen Grund?", hakte der Pastor nach.

„Sie war einfach so. Vielleicht hätte sie gern gezeigt, was sie für mich empfindet ... es war eine Art Unvermögen ... Ich hab's irgendwann akzeptiert ... Gut, dass ihre Qual beendet ist", fuhr Marta fort. *Verdammt, das ist so schwer ... und Tomek ist hier ... Ich kann nichts mehr ändern ... ob ich es je hätte können?*

In einer schön geschmückten Kapelle vor einer unerwartet großen Trauergemeinde gab der Pastor einen einfühlsamen Einblick in das Leben der Verstorbenen. Er begann mit der kleinen Johanna, die nach Auschwitz kam, deren Eltern in Lemberg Juden versteckt hatten und deswegen der Vater erschossen worden sei und Mutter mit Johanna ins Konzentrationslager überführt wurden. Wie durch ein Wunder kam sie dann nach Breslau, wo sie im Waisenhaus die Bukowskis kennenlernte, die Familie für sie und ihre Kinder wurden. Und unerklärlicherweise bekam sie ihre Zwillinge, obwohl dies gemäß den

Ärzten ausgeschlossen war. *Ja, und Vater wusste nichts davon. Boah, er konnte sich nicht einmal mehr erinnern, wie lange er mit Mutter zusammen gewesen war ... so eine schöne verkehrte Welt. Auch ihm hat sie nichts erzählt.*
Der Pastor fuhr fort mit den schwierigen Jahren im kommunistischen Polen, der illegalen Emigration und mit der fordernden ersten Zeit in Deutschland für die Danutowskis. Auf Martas expliziten Wunsch erwähnte er Joka. Und beschrieb die Zwillinge als fürsorglich, jeder im Rahmen seiner Möglichkeiten. *Es klingt so amtlich, so hochdeutsch, brrr, so sachlich ...* Und dann sagte er:
„Vielleicht gelang es ihr nicht immer, ihren geliebten Kindern zu zeigen, wie es um sie stand und was sie für sie empfand."
Zack. Bumm. Er hat es wirklich gesagt!
Tomek saß neben Marta, Patrik drückte die ganze Zeit ihre Hand. Nach der Segnung des Sarges stand sie auf und schritt von Blumenkranz zu Gesteck und berührte alle Rosen, eine nach der anderen. Aber sie roch nicht daran. Der Duft hätte sie wohl überwältigt. Es war ihr egal, nicht das zu tun, was man tun sollte, oder dass die anderen womöglich gelangweilt waren. Aber es störte sie, als sie plötzlich gewahr wurde, dass Tomek es ihr gleichtat. *Das ist ja die Höhe! Wie kann er nur! Das ist mein Bedürfnis und meine Idee!* Aber als sie ihre Runde allmählich beendet hatte, war es gut so, dass Tomek ihr folgte. *Wer weiß, was er fühlt? Es tut unendlich gut, Marcin, Donata, Agata, Konrad und Helenka dabei zu haben. Sie trauern auch, wir sind eine Familie.*
Auf Martas Bitten hin hatte der Pastor ausnahmsweise erlaubt, statt eines christlichen Orgelstückes die jüdische Hymne ‚Lecha Dodi' zur Begrüßung des Sabbats abspielen zu lassen. Das Lied

entließ die Verstorbene in den ‚ewigen Sabbat'. Sie wollte damit ihrer leiblichen Großeltern gedenken, der furchtbaren Juden- und Auschwitz-Geschichte. Nach der Abdankung fand ein Kaffeekränzchen in einem Restaurant statt. Mutters Freunde, ehemalige Nachbarn, Erika und Christian und die Bukowskis machten alles komplett. *Wie friedlich alle sind... Und niemand redet von schwierigen Dingen.*

Patrik hatte eine Fotoschau zusammengestellt mit Bildern aus Mutters Lebensstationen. Die wenigen Fotos, die in Polen entstanden waren, hatte Marcin als Familienfotograf aufgenommen. Auf dem einen war Mutter Pfadfinderin mit ihren langen, dicken, schwarzen Zöpfen. Auf einem anderen wiegte sie den kleinen, pausbackigen Tomek im Arm. Ein Bild machte Marta nachdenklich. Es schneite, und die mit einem leichten Pullover bekleidete Mutter hielt die winzigen, in Decken eingewickelten Zwillinge auf den Armen, so hoch, dass ihre befleckte Küchenschürze sichtbar war. *Wohl ein spontaner Einfall – zum Glück hat sie uns gegen Kälte geschützt.*
Die meisten Fotos waren schon aus Deutschland, als Polaroid-Kameras auf den Markt kamen und analoge Apparate erschwinglich wurden. Marta wollte die Präsentation mit Musik untermalen, Chopin erschien ihnen zu schwer für diesen Anlass, so einigten sie sich auf den Dichter und Sänger Marek Grechuta. Patrik sagte das Lied ‚Wichtig sind die Tage, die unbekannt sind' besonders zu, und Marta musste bei dessen Text an Mutter und an Timo denken. ‚Ließ Haus und Hof einfach hinter sich', kreiste es in ihrem Kopf. Das vertonte Gedicht von K. I. Gałczyński ‚Vor dem Vergessen bewahren' erinnerte sie an ‚Begegnung mit Mutter' von demselben Autor, dessen Text ihr

bester Freund Adam unbeschreiblich einfühlsam am Rezitationsabend in Polen vorgetragen hatte. Sie war damals sehr enttäuscht, dass Mutter nicht anwesend war. Aber nun war Mutter tot.

Als sich die Gäste zu verabschieden begannen, winkte Ruth, eine frühere Freundin von Mutter, Marta zu sich. Weil sie in der ersten Zeit nach der Emigration oft Kontakt mit den Danutowskis gehabt hatte, hatte Marta sie und ihren Mann zur Trauerfeier eingeladen. Ruth und Mutter hatten schon immer vertraut miteinander gewirkt, und Marta konnte es sich nicht erklären. Wenn sie Ruth besuchten, warf Mutter den Zwillingen manchmal einen Seitenblick zu und wechselte vom Polnischen ins Deutsche. Es war anfangs einfach, ihnen etwas vorzuenthalten, weil sie die Sprache noch nicht beherrschten. Marta fand es unhöflich, dass die beiden sich für sie unverständlich unterhielten, ja, aber dass sie etwas wirklich Bedeutsames vor ihnen verbargen? Sie hatte sie nie zu fragen gewagt.
„Oh, wollt ihr schon gehen?", fragte Marta.
„Ich muss dir dringend etwas sagen", sagte Ruth.
„Ich schicke euch die Fotos zu."
„Danke, aber darum geht es nicht." Ruth hakte sich bei ihr ein und führte sie zu einem einsamen Stehtisch in der Ecke.
„Ja?"
„Hör zu, Marta, es ist wichtig."
„Was musst du mir sagen?"
„Deine Mutter war in Wirklichkeit jemand anders." Ruths stahlgraue Augen starrten sie an, als wollten sie Nägel in Martas Nasenrücken hämmern.

Sie zuckte zusammen. *Wovon redet sie da? Kommen jetzt irgendwelche seltsamen Verschwörungstheorien?*
„Wie meinst du das, jemand anders?"
„Sie war in Wahrheit acht Jahre älter."
In Martas Magen bildete sich ein schwerer Klumpen. *Wenn das ein Witz ist, dann ist er ziemlich makaber.* „Wie bitte?" Sie stützte sich so fest auf den Tisch, dass dieser zu kippen drohte.
„Sie hat sich jünger gemacht."
Martas Beine wurden plötzlich schwer. „Das ist doch absurd!" *Ist das ein Missverständnis?* „Das kann doch nicht sein! Was heißt das ‚jünger gemacht', hat sie sich operieren lassen oder so?"
„Nein, nicht was du meinst." Ruth legte ihre Hand flach auf ihren Handrücken. „Ihr Geburtstag war nicht der 13. November, sondern der 13. März, im Jahre 1931, nicht 1939. Außerdem hieß sie Helga, nicht Joanna."
„Was erzählst du mir da?", fragte Marta argwöhnisch. *Das ist doch nicht der Zeitpunkt für sonderbare Geschichten!*
„Helga hört sich nicht gerade sehr slawisch an. Deine Großmutter hieß Johanna und dieser Name ließ sich sehr einfach in das polnische Joanna verwandeln."
Jetzt erst kam bei Marta an, was Ruth gesagt hatte, und sofort war sie wie versteinert. Mit zugeschnürtem Hals konnte sie sich nicht einmal räuspern. Sie spürte, wie es in den Adern an den Schläfen pulsierte. Für einen Moment sah sie gar nichts mehr, obwohl ihre Augen geöffnet waren. *Wieso erzählt Ruth mir das? ... Und wenn sie recht hat? Wenn das kein Unsinn ist? Also stimmte mein Eindruck, als ich mich im Kindergarten und in der Schule wegen meiner ‚alten' Mutter geschämt habe ... Und die vielen merkwürdigen Situationen, die unklar*

geblieben sind, und bei denen manchmal so ein Schimmer von einer Ahnung aufkam. Ja, wir kannten Großmutters Namen nicht. Also hatte Mutter etwas wirklich Bedeutsames vor allen verborgen! Aber warum? Und die Bukowskis? Hatten sie etwas gewusst!? Warum erfahre ich es erst jetzt? Wieso muss ich das plötzlich wissen? „Ist das wahr?" hauchte Marta matt und berührte mit dem Handrücken ihre erhitzte Stirn.
„Ja."
„Woher weißt du das?"
Ruth sah sie ernst an. „Unsere Familien waren Nachbarn, ich habe mit deiner Mutter auf der Straße gespielt. In Danzig."
„Danzig?!" *Das wird ja immer besser! Kommt jetzt eine ganze Lawine von Neuigkeiten?*
„Ja."
„Aber sie stammte doch aus Lemberg!"
„Nein, aus Danzig."
„In ihren Dokumenten steht Lemberg. Dort haben sich ja die schlimmen Dinge ereignet!" Marta vergrub ihr Gesicht in den Händen. *Nein, diese Story passt nicht zum Bühnenbild.*
„Davon weiß ich nichts. Unsere Mütter waren befreundet, und eine Zeit lang hat auch eure Großtante Elisabeth bei uns gewohnt."
„Ja, aber ..." *Weiß sie nichts von Lemberg? Und was ist mit Auschwitz?*
„Deine Oma hat zum zweiten Mal geheiratet und deine Mutter hatte Probleme mit ihrem Stiefvater."
Das geht mir alles zu schnell. Aber: Was, wenn es wahr ist?
„Was für Schwierigkeiten?"
„Ich weiß nichts Genaues, ich war jünger als sie. Deine Mutter hat mir erst in Kiel erzählt, dass er ihr etwas Schlimmes ange-

tan hätte, ich nehme an, es ging um sexuellen Missbrauch. Jedenfalls ist sie von Zuhause fortgelaufen. Sie hat ein anderes Geburtsdatum und Lemberg als Geburtsort angegeben und den Namen ‚Joanna' angenommen. Sie wirkte jünger als sie war, es war nicht aufgefallen."

„Aber das ist Betrug!"

„Nach dem Zweiten Weltkrieg kam das öfter vor."

„Wir haben ja in Breslau gelebt!"

„Ja, sie ist dort ins Waisenhaus gegangen."

„Warum ausgerechnet dorthin? Aber warte mal, freiwillig ins Heim?! Was, einfach so? Das macht doch kein Mensch!"

Statt darauf einzugehen, drückte Ruth kurz Martas Hand. „Großtante Elisabeth wollte immer, dass du die Wahrheit erfährst."

Marta wurde schwindlig und heiß. *Wieso hat sie es mir dann nicht gesagt? Wir haben sie bei uns aufgenommen und gepflegt!*

Ruth kramte ein zusammengefaltetes Blatt Papier aus ihrer Handtasche. „Hier. Ich habe dir das Geburtsdatum und den Namen deiner Mutter und deiner Oma aufgeschrieben. Meine Verwandten in Danzig könnten dir helfen, die Geburtsurkunden zu beschaffen." Sie lächelte ernst und winkte ihrem Mann, der an der Garderobe auf sie wartete. „Du kannst mich anrufen."

Dann ging sie hinaus.

Marta fühlte sich wie betäubt. *Lebenslüge. Das ist wohl das richtige Wort. Und wenn es stimmt? Hat Mutter wirklich alle betrogen? Sogar die Bukowskis? Aber warum? Wie konnte sie nur!? Vielleicht hab' ich Ruth nicht richtig verstanden.*

Zurück in der Schweiz versuchte Marta, sich in der Normalität wiederzufinden. Aber Patienten mit psychischen Krankheiten zu behandeln entpuppte sich als nahezu unmöglich in der ersten Zeit. In der merkwürdigen Trauer, eher einem Betäubtsein, das mit sonderbaren, unbekannten Gefühlen und diversen Fragen über Identität und Lüge vermischt war. In der Freizeit motivierte Patrik sie, sich wie er aufs Mountainbike zu schwingen, was genau die richtige Form von Ablenkung war. Eines Abends, bei der gewohnten Hausrunde, hielt Marta scheinbar grundlos an, setzte sich schweigend unter einen Baum, streifte den Helm und die Sportbrille ab und fing an, leise, aber intensiv zu weinen. Patrik kam zu ihr, nahm sie in den Arm und wiegte sie eine Weile, bis sie sich beruhigt hatte.

„Geht's wieder?", fragte er.

„Ich mag nicht mehr, ich will nach Hause."

„Du bist fit, aber wenn du meinst ..." Er schaute sie besorgt und ein wenig unverständig von der Seite an. „Was plagt dich denn so?"

„Es ist zu viel, die wegen der Beerdigung verschobenen Patiententermine sind dicht gedrängt, und ich fühle mich überfordert." Der Klumpen in ihrem Magen, der sich gebildet hatte, als Ruth die falsche Identität von Martas Mutter enthüllt hatte, fühlte sich sehr, sehr schwer an und zog alle Empfindungen nach unten. Es machte sie so behäbig, unflexibel und unfähig, sich mitzuteilen, dass sie nicht einmal Patrik von der Lebenslüge erzählen konnte. Und das tat am meisten weh.

„Verständlich. Vielleicht überlegst du dir, im Moment etwas kürzerzutreten ... Lass uns nach Hause gehen", sagte er, half ihr auf und sie fuhren los.

Er wird es mir schlicht nicht glauben. Ich kann es ihm nicht sagen. Noch nicht. Ich glaube es ja selbst noch nicht ganz.
Sie versuchte, sich möglichst normal zu geben, aber sie ahnte, dass die sehr unruhigen Nächte und ihre oftmals abwesenden Blicke ihm verrieten, dass die Normalität in weiter Ferne war.

Weil es noch zu früh wäre, sich unter Leute zu mischen, hatten Patrik und Marta zwei Wochen später eine Einladung bei Freunden abgesagt. Stattdessen hatten sie nach einem langen, schweigsamen Spaziergang Martas Lieblingsspeise Capuns zubereitet. Sie rührten Spätzleteig mit einer besonderen Kräutermischung an und hatten sie in Mangoldblätter eingewickelt. Als das Haus nach der im heißen Ofen gratinierten Leckerei zu duften begann, zündete Marta Kerzen auf dem Tisch an und Patrik schenkte Wein ein. Marta fühlte sich plötzlich unbeschwerter. Sie lächelte und prostete ihm zu:
„Auf uns. Auf die Zukunft. Ich liebe dich."
„Ich liebe dich", sagte Patrik und blickte sichtlich erleichtert. Sie umarmten sich innig.
Sie stellte den Radiosender von Klassik auf Popmusik um und deutete eine Bewegung zur Melodie an. Er nahm die Geste auf und sie machten ein paar Tanzschritte dazu. Beim Essen erinnerten sie sich dann an den Abend, als Patrik Marta nach dem Wort für den Obstgarten gefragt hatte und sie später ihr Haus mit einem Bungert gebaut hatten.
„Das war eine sehr schöne, intensive Zeit. Ich bereue keine Minute", sagte Patrik und schickte ihr einen Luftkuss von gegenüber des riesigen Esstisches.
„Ich auch nicht. Weißt du noch, wie gut wir bei der Planung zusammengearbeitet haben, praktisch immer dieselben Vor-

stellungen hatten und sich einer auf den anderen verlassen konnte? Hand in Hand, keine Geheimnisse."
„Ja, genau. Aber ... Wie kommst du auf Geheimnisse?"
„Na ja ..."
„Komm, wie meinst du das?"
„Also ..."
„Also?", fragte er ungeduldig.
Marta stand auf und stellte das Radio ab. *Jetzt oder nie.* „Ich muss dir etwas unheimlich Wichtiges sagen. Ich glaube es selbst nicht." Sie holte tief Luft und war dankbar für Patriks schweigende Aufmerksamkeit. „Bei der Trauerfeier hab ich die Gäste persönlich verabschiedet ... So auch Ruth. Du hast ja mitbekommen, dass sie mich unbedingt allein sprechen wollte ... Was sie sagte, ist echt unglaublich." Sie holte einmal tief Luft und seufzte. „Zusammengefasst: Sie behauptet, Mutter sei in Wahrheit acht Jahre älter gewesen und stamme nicht aus Lemberg, sondern aus Danzig. Aus einer deutschen Familie."
Uff.
Patrik schaute sie eindringlich an und schwieg. Dann senkte er den Blick, fingerte an seiner Serviette herum. Das verunsicherte Marta.
„Ich hab's ja selbst erst gar nicht geglaubt. Vor allem stellen sich jetzt weitere Fragen. Was war mit Auschwitz? Was war mit den pseudomedizinischen Operationen?", fuhr sie fort.
Patrik sagte weiterhin nichts. Er stand auf und ging zur Toilette. Marta fühlte sich allein gelassen mit Mutters Lebenslüge, die ihr so zusetzte. *Er verhält sich reichlich komisch.*
„Salat?", fragte Patrik, als er sich wieder an den Tisch gesetzt hatte.
„Nein danke", antwortete Marta. *Ist das jetzt wichtig?*

„Hm, das ist heftig", meinte er. Er wirkte konsterniert.
Ihr täte eine Aufmunterung oder eine Frage nach ihrem Wohlbefinden gut, keine sachliche Anmerkung. Sie suchte seinen Blick, aber er schaute die blaue Skulptur in der Ecke an. „Mehr hast du nicht zu sagen?"
„Das mit dem falschen Alter glaube ich am ehesten", sagte er, nachdem er sich geräuspert hatte. „Wenn ich daran denke, was du so erzählt hast und wie deine Johanna gewirkt hat, meine ich."
„Ja, kann sein ... Aber das mit Lemberg ... Mit Danzig ... das sind zwei ganz verschiedene Regionen, tausend Kilometer dazwischen ... Die Freie Stadt Danzig war ja vor dem Zweiten Weltkrieg von Deutschen besiedelt ..."
„Das würde mühelos erklären, dass Johanna fließend deutsch sprechen konnte."
„Das schon, ja ... Auf jeden Fall fühle ich mich so seltsam: Einerseits will mir das nicht in den Kopf, dass es so war, andererseits denke ich immerzu daran, Tag und Nacht."
„Ich habe alles auf die Trauer geschoben."
„Das ist auch so ein Thema – durch das Ganze weiß ich nicht, ob ich trauere oder einfach so baff bin, dass mich alles blockiert."
„Verständlich ... Du, wollen wir heute einen Film gucken?"
„Mir ist nicht gerade danach", sagte Marta und schaute Patrik verdutzt an. *Wie kann er jetzt an einen netten Abend denken!*
Nach einer Weile fragte er: „Wie kommt Ruth dazu, dir das zu sagen?"
„Sie ist als Mutters jüngere Nachbarin in Danzig aufgewachsen und die Familien waren miteinander befreundet."

„Du hast Ruth schon in den ersten Wochen in Norddeutschland kennengelernt. Und sie später anlässlich Großtante Elisabeths Beerdigung wieder gesehen. Wie haben die beiden es geschafft, euch alles zu verschweigen?"
„Na ja, Mutter konnte die Leute so weit bringen und wir stellten keine Fragen. So simpel."
„Oje, Marta, lass uns von etwas Erfreulicherem reden, okay?" Patrik und fing an, das Geschirr zusammen zu räumen.

Von da an vergewisserte Marta sich bei Patrik bei jedem Abendessen, beim Frühstück, bei der Joggingrunde, dass ihr Leben hier in der Schweiz Realität war und dass es nachvollziehbar war, dass sie verstörte, was sie über Mutters Identität gehört hatte. Das Gefühl, belogen worden zu sein, es geahnt zu haben und nicht den Mut gehabt zu haben, das Rätsel beizeiten zu lösen, war allgegenwärtig. Sie fragte sich, wie ihr Leben verlaufen wäre, wenn die Wahrheit viel früher ans Tageslicht gekommen wäre, ob es sie und ihren Bruder überhaupt gegeben hätte.
Eines Nachmittags, als Patrik gerade die Zutaten für eine Wähe auf der Küchenablage ausbreitete, begann Marta erneut, sich laut zu fragen, warum Mutter sich eine andere Identität zugelegt hatte.
„Vielleicht lässt du es eine Weile sein, wartest, bis es sich gesetzt hat", riet er ihr, als sie nach einem langen Monolog erschöpft aufhörte.
„Mich quält, dass das Bild, das ich von Mutter hatte, jetzt so massiv verändert ist. Als wäre sie eine andere Person gewesen. Das geht sogar so weit, dass ich zweifle, ob ich ihre Tochter bin."

„Äußerlich ganz klar, nur, dass du schlank und sportlich bist. Und viel schöner und klug", sagte Patrik und lächelte breit.

„Ja, ja, schon gut, es sind dumme Gedanken. Ich habe meinen Vater ja gesucht, um zu wissen, aus welchem Stall ich komme. Und jetzt ist in Bezug auf Mutter plötzlich gar nichts mehr klar, verstehst du?"

„Natürlich, nur: so, wie du sie erlebt hast, so war sie unabhängig von ihrer Vergangenheit. So gesehen keine andere Person."

„War sie tatsächlich acht Jahre älter? Waren ihre Eltern tapfere polnische Widerstandskämpfer? Oder Deutsche? Oder gar Kollaborateure? Und die pseudomedizinischen Experimente im Konzentrationslager? War sie überhaupt dort? Und die darauf basierenden Privilegien?" Marta schüttelte den Kopf. „Mir ist nichts mehr klar."

„Ich kann mir wohl nicht annähernd vorstellen, wie das ist."

„Es ist das Gefühl, gemein betrogen worden zu sein. Es bohrt beständig hässliche Löcher in meine Seele. Ich bin so verletzt, ich weiß ja nicht einmal, ob es Trauer ist oder Enttäuschung, was ich fühle. Es ist mit Abstand das Schlimmste, was ich je erlebt habe. Wie konnte sie uns Kindern das antun? Und vor allem den Bukowskis? Sie haben ihr und damit auch uns Zwillingen eine Familie geschenkt – die einzige und die beste von allen. Werden sie das je verkraften? Zum Glück leben Oma und Opa nicht mehr. Und dann hab' ich sogar die jüdische Komponente ins Spiel gebracht bei der Trauerfeier, das ist ja eine einzige Farce ..." Marta konnte kaum aufhören, obwohl sie ahnte, dass sie fast zu oft dieses Thema ansprach, denn Patrik beteiligte sich nicht gerade rege an diesem Gedankenaustausch. Eine lähmende Ohnmacht drang in alle ihre Poren, im Magen saß ein unverdaulicher Kloß. *Lüge, Lüge, Lüge. Lebenslüge. Lo-*

gisch. Deswegen hat Mutter ihren Mitmenschen nie direkt in die Augen geschaut!
Plötzlich löste sich etwas, und ein heftiger Weinkrampf begann Martas Körper zu schütteln.
„Komm zu mir!", sagte Patrik leise und umarmte sie. „So ist's gut." Er ging mit ihr ins Wohnzimmer, wo sie sich auf dem Sofa niederließen. Dann legte er ihren Kopf auf seinen Schoß, streichelte ihre Wange, als er mit seiner Handfläche ihr Ohr bedeckte, beruhigte sie sich. „Vielleicht solltest du versuchen, systematisch die Wahrheit zu recherchieren."

In den bleischweren Wochen nach Mutters Tod erinnerte Marta sich an vergessen geglaubte Begebenheiten, an Unstimmigkeiten, die endlich einen Sinn ergaben. Mutters Standardsatz: ‚Ich will dir deine Kindheit nicht verkürzen', als Marta beständig in die höhere Klasse versetzt werden wollte, erhielt nun eine andere Bedeutung. Es ging wohl nicht nur darum, Tomek nicht zu benachteiligen.
Und da war sie wieder, die quälende Frage bei ihrer Emigration, warum die Danutowskis ausgerechnet nach Deutschland ausgereist waren, wenn doch Faschisten Mutter unerklärbar schlimme Dinge angetan hatten? Litt sie nicht genug unter den Folgen der pseudomedizinischen Operationen in Auschwitz? Trotzdem diese riskante, illegale Ausreise? Klar, die Zwillinge sollten eine bessere Zukunft haben. So hatte Marta Mutter schon früh mit einem Heiligenschein bekränzt und sie innerlich auf ein Podest gestellt. Und zugleich machte ihre Mutter sie traurig und zornig, weil sie ihre eigenen Kinder eher wie aus einem Versteck heraus zu beobachten schien, statt sich um de-

ren Sorgen zu kümmern. Und jetzt? Anstelle der damaligen Ohnmacht machte sich in Marta neu eine gewaltige Wut breit.

Marta setzte sich ins Auto und ließ als Erstes alle Scheiben herunter. Nach diesem besonders intensiven Tag in der Praxis sollte die frische Luft helfen, ihre Gedanken von den Problemen ihrer Patienten wegzubringen. Seit Mutter gestorben war, gelang es ihr weniger gut, sich abzulenken. Hm, Herr Luzi ..., seine Oma erinnert sich zwar nicht mehr so genau daran, wie sie ihn auf der Terrasse vorgefunden hatte. Aber sie hat ihn gefunden, und den Abschiedsbrief, ging Marta durch den Kopf. Er war ihr Patient, und sie unterstützte ihn bei der Verarbeitung seiner Trauer und seiner Sprachlosigkeit, weil er nicht klar kam mit dem Suizid seines Großvaters. Und sie versuchte, ihn dazu zu animieren, diese schwierigen Gefühle mit seinen Angehörigen zu teilen, mit seiner Oma, die wohl die schwerste Last zu tragen hatte. *Ja, er muss sich dem stellen.* Marta bremste plötzlich grundlos mitten auf der Straße.

„Was machen Sie denn da!" Der Autofahrer hinter ihr schrie mit einer Zigarette zwischen den Lippen.

„Sorry!", sagte sie leise und fuhr weiter. *Das ist es! Ruth ist die einzige Person, die Mutter in Danzig gekannt hatte. Und die noch lebt. Jetzt oder nie.*

Zuhause angekommen war sie froh, dass Patrik noch nicht da war, denn dieses Vorhaben kostete Kraft und Konzentration. Martas Anspannung war ohnehin immens. Sie setzte sich zum Telefonieren an die kurze Kante des drei Meter langen, massiven Esstisches, auf dem ein langer Läufer lag und eine Kerze stand. *Ja nicht zu gemütlich machen.*

„Was du bei Mutters Beerdigung gesagt hast ..."

„Nur zu, Mädchen!"
„Hast du irgendwelche Dokumente von früher?"
„Nein, nur die Geburtsdaten von Großtante Elisabeth."
„Warum hat sie mir nicht selbst davon erzählt? Wir haben sie doch bis zu ihrem Tod gepflegt!"
„Sie wollte wohl den Frieden bewahren."
„Ja, toll! Und was ist mit uns?" *Mutter hat es meisterhaft geschafft, über Jahrzehnte alle zum Schweigen zu bringen.* Sie hörte auf mit dem Nesteln und bearbeitete stattdessen den Rand des Läufers.
„Jetzt weißt du es. Das zählt."
„Ja, die Sache lässt mich nicht mehr los."
„Glaub' ich dir."
„Ich werde Mutters Danziger Geburtsurkunde beantragen."
„Du wirst sehen: Es stimmt alles."
„Ich kann es immer noch kaum glauben ... Und hab' viele Fragen."
„Vergiss nicht: Ich war sieben Jahre jünger als deine Mutter. Und nach dem Krieg musste jeder irgendwie klarkommen."
„Ich bin für jede Information dankbar."
„Also schön. Ich tue, was ich kann. Ende März 1945 wurde Danzig von russischen und polnischen Militärs erobert und die Stadt damit polnisch. Die Danutowskis zogen erst danach in unsere Straße. Weil wir alle deutsch waren, hatten wir uns angefreundet, denn es brachen schwierige Zeiten an. Alle mussten Polnisch lernen – meine Schwestern und ich haben gute drei Jahre gebraucht, um es einigermaßen sprechen und schreiben zu können. Es ging um die Zukunft, wir sollten arbeiten können. Deine Mutter auch."
„Aha! Darum sprach sie ein wenig fehlerhaft!"

„Die Polen haben uns sehr unter Druck gesetzt, nicht einmal beten durften wir auf Deutsch!"
„Davon hat uns nie jemand erzählt ...", murmelte Marta.
„Ja, Mädchen, ja ..."
„Und wie ist die Verbindung zwischen Danzig und Kiel zu erklären?", fragte Marta.
„Weil wir Deutsche waren, musste mein Vater 1945 die polnische Staatsbürgerschaft annehmen, um arbeiten zu können. Als er einige Jahre später nach Deutschland ausreisen wollte, durfte er es nicht."
„Aber was hat das mit uns zu tun?" *Ich muss mir das notieren.*
„Hör' weiter zu: Erst in den 1970er Jahren ist es meiner Familie gelungen, nach Deutschland zu emigrieren und zwar nach Kiel, wo deine Großtante Elisabeth lebte.
„Aha. Und warum sind wir erst 1984 nach Deutschland gekommen?"
„Nachdem die Großtante euch über das Rote Kreuz in Polen gefunden hatte, hat sie über Jahre gezögert, euch zu helfen. Meine Mutter hat lange deswegen auf sie eingeredet. Denn eure Tante wollte keinen Kontakt."
„Tante? Hatte Mutter eine Schwester?"
„Ja, sie war knapp fünf Jahre älter als sie und ist aus Danzig geflohen, als die Russen kamen, das heißt bevor die Stadt polnisch wurde."
„Aber ..."
„Ihr Weg führte über Dänemark nach Deutschland, ins Ruhrgebiet. Aber eben, sie wollte nichts mit dem Rest der Familie zu tun haben."
„Uff, okay, wie ging's mit Großtante Elisabeth weiter?"

„Also, sie hat ihre Meinung geändert, nachdem in Polen der Kriegszustand ausgerufen wurde. Von da an hat sie sich bemüht, euch nach Kiel zu holen. 1984 hat es dann geklappt."
„Glück für sie, denn kurze Zeit später wurde sie pflegebedürftig, und da waren wir in Kiel zur Stelle ... Ruth, vielleicht sollte ich es auch beim Roten Kreuz versuchen?"
„Gute Idee, Mädchen."
„Wie nanntest du Mutter in Danzig?"
„Natürlich ‚Helga'. Erst in Kiel hat sie mir erzählt, dass sie in Polen als ‚Joanna' mit anderen Personalien gelebt hat."
„War das nicht seltsam für dich? Hat sie erklärt, warum?"
„Angeblich hatte sie von einem tapferen Lemberger Partisanen namens Danutowski gehört. Es war zufällig derselbe Familienname. Er und seine Angehörigen wurden getötet, und Johanna hat die Identität mitsamt Geburtsdatum von dessen Tochter übernommen."
„Hm, bei uns hieß es, ihre Eltern hätten in Lemberg Juden vor den Nazis versteckt. Mutters Vater sei deswegen erschossen und ihre Mutter zusammen mit ihr als Kleinkind ins Konzentrationslager gebracht worden."
„Immer diese Geschichten ..."
„Wäre es trotz allem möglich, dass Mutter im Krieg von Danzig in die Ukraine gekommen ist?"
„Keine Ahnung. Ich weiß nur, dass die Russen junge Frauen aus dieser Region geholt hatten, damit sie halfen, Warschau wieder aufzubauen. Stattdessen haben sie sie nach Sibirien oder in die Ukraine verschleppt und zur Arbeit gezwungen. Womöglich kam Johanna mit einem solchen Transport mit ..."
„Wusstest du von Mutters gesundheitlichen Problemen?"

„Sie galt als krank, angeblich wegen Komplikationen nach einer Blinddarmoperation."
„Und dass sie einen künstlichen Darmausgang hatte?"
„Nein."
„Und von pseudomedizinischen Experimenten in Auschwitz?"
„Auch nicht."
„Hast du bei ihr eine tätowierte Nummer gesehen?" Marta schwitzte vor Aufregung und der Telefonhörer drohte, ihr aus der Hand zu gleiten.
„Nein, schau' mal, es gab nichts zu Essen – uns interessierte nicht, ob jemand irgendwelche Narben hatte und woher", antwortete Ruth etwas ungeduldig.
„Ja, verständlich. Das war sicher sehr schlimm", sagte Marta eher aus Höflichkeit, denn sie war maßlos enttäuscht. *Da hab' ich gerade die einmalige Chance, mehr darüber zu erfahren und ... es heißt: keine Ahnung!*
„Niemand von deiner Familie hat je von irgendwelchen Konzentrationslagern erzählt."
„Aber Mutters ganze Geschichte baute darauf auf! Aber: Gab es das überhaupt, dass Deutsche von Danzig in Konzentrationslager gelangten und dann wieder zurückkamen?", dachte Marta laut und merkte plötzlich, dass sie eine lang geglaubte, vermeintlich unumstößliche Tatsache infrage stellte. „Ich muss dem nachgehen!", rief sie. Ihr wurde schwindlig.
„Mach' das, Mädchen."
Ruths Informationen förderten bei Marta weitere Erinnerungen zutage. Zum Beispiel diejenige an einen Besuch bei Mutters älterer Freundin in einer Villengegend in Breslau. Sie trafen sich einige Male pro Jahr. Marta fand ‚Tante' Jadwiga sympathisch und sie liebte ihren gepflegten Garten. An einem kühlen,

aber sonnigen Tag tranken sie draußen Tee zusammen. Während die Frauen plauderten, bewunderte die achtjährige Marta den üppig blühenden, prächtigen Kirschbaum. Geschäftige Bienen umschwirrten seine samtig-weißen Blüten. Als sie ein zweites Stück Kuchen nehmen wollte, entdeckte sie an Tante Jadwigas linkem Unterarm einen dunklen Verband.
„Was ist das?", fragte sie nichts ahnend.
„Darunter ist eine Nummer tätowiert."
„Ah ja?"
„Im Konzentrationslager, im Krieg. Willst du sie sehen?"
„Ja-a-a", stammelte Marta überrascht und spürte, wie ihre Wangen sich erhitzten.
Mutter schwieg.
Mehrere schwarze Ziffern waren es. Tante Jadwiga deckte die gealterte, pergamentdünne Haut rasch wieder zu.
„Ich habe auch so eine Nummer. Auf dem Oberschenkel", offenbarte Mutter plötzlich.
„Ah ja? ... Wieso nicht auf dem Handgelenk?"
„Weil ich damals ein Kind war."
„Warst du auch in diesem Lager?"
„Ja, aber das ist eine andere Geschichte."

Marta fiel es weiterhin schwer, sich auf die Arbeit mit ihren Patienten zu konzentrieren. Sogar beim Autofahren oder Kochen war sie unaufmerksam. Als sie einmal sowohl den Brokkoli als auch die Polenta massiv hatte anbrennen lassen, lächelte Patrik sie an, strich ihr eine Haarsträhne von der Stirn und sagte:
„Zum Glück ist das Fleisch genießbar."
„Weil du's gegrillt hast."

„Angebranntes Essen ist kein Weltuntergang. Wir haben noch gefrorene Bohnen."

„Sorry, ja, gut. Du. Ich muss dir `was erzählen."

„Okay." Patrik legte die Grillzange weg und verschränkte die Arme vor der Brust.

„Wusstest du, dass die Nationalsozialisten schon 1933 begonnen haben, Konzentrationslager zu errichten?"

„Ja, in etwa."

„Ich auch, und bisher ging man ja von siebentausend solcher Stätten aus, aber offenbar waren es bis 1945 mehr als 42 Tausend davon! Ich bin vollkommen perplex."

„Das ist ja unglaublich!", staunte er.

„Ja, aber Auschwitz war das größte reine Vernichtungslager. Es wurden dort ungefähr 1,5 Millionen Menschen in Gaskammern umgebracht, vorwiegend Juden, Sinti und Roma."

Sie schöpften das Essen auf die Teller und setzten sich an den Tisch. Dann sagte Patrik:

„So grausam."

„Ich muss ständig an die vielen Filme denken, die ich in Polen von der Schule aus regelmäßig anschauen musste."

„Ja, das hast du mir mal erzählt."

„Nur in Auschwitz tätowierten die Nazis den Gefangenen die Häftlingsnummern – bei Babys und Kleinkindern auf das Gesäß, bei Kindern auf den Oberschenkel, bei Erwachsenen auf den Unterarm. Aber falls Mutter je eine hatte, hat sie sie sich irgendwann entfernen lassen. Ich weiß noch, wie ich die breite Narbe außen an ihrem Bein für die Folge einer Hüftoperation gehalten hatte. Aber als ich ihr nach der Bypass-Operation geholfen habe, zur Toilette zu gehen, habe ich ihren Po gesehen, weil das Patientenhemd hinten offen war. Und habe auch kein Tattoo gesehen."

„Also kennst du Mutters Nummer nicht?"

Marta seufzte. „Eben, ohne sie kann ich die Recherche wohl vergessen."

Eine Weile aßen sie schweigend, während Marta von einer weiteren Lawine von Erinnerungen eingeholt wurde. Sie nahm einen Schluck Wasser und sagte zu ihm:

„Immerhin hab' ich einen kuriosen Zufall entdeckt: Sowohl Mutter als auch wir Zwillinge mussten mit fünfzehn eine neue Sprache lernen und uns in veränderten Lebensbedingungen zurechtfinden."

„Du meinst, sie wurde 1931 geboren und Danzig wurde 1945 polnisch?"

„Genau."

„So ein Zufall!"

Es wurde fast schon lästig, wie Marta immer häufiger vergangene Begebenheiten einfielen, denn sie flackerten manchmal in unpassenden Situationen auf. Eine Erinnerung wurde wachgerufen, als sie gut gelaunt beim Kochen Patrik über den Holzboden schlurfen hörte. Als die Zwillinge noch den Kindergarten besuchten, hatte Mutter Marta einmal in ein ehrwürdiges Kaffeehaus in der Altstadt mitgenommen. Sie gingen sonst nie aus. Jetzt sah Marta vor ihrem geistigen Auge, wie sie damals den geräumigen, schwach beleuchteten Saal betraten und lauter grauhaarige oder glatzköpfige Herren an den runden Tischen saßen. Das Parkett knarrte bedrohlich – einige gingen am Stock von Tisch zu Tisch, andere waren im Rollstuhl. Viele von ihnen drehten sich um und grüßten sie, gleichzeitig an zwei Tischen

machte man Platz für sie, sodass Mutter entscheiden musste, wo sie sich hinsetzen wollte. Marta nippte an ihrem Saft und kam sich vor wie in einem Film. Mutter unterhielt sich mit zwei Herren. Plötzlich beugte sie sich zu ihrer Tochter.
„Ich bin das jüngste Mitglied hier", sagte sie.
„Und was ist das?"
„ZBoWiD. Das ist die Vereinigung von Kämpfern gegen die Nazi-Deutschen im Krieg."
„Was bedeutet das?"
„Hier machen Menschen mit, die im Krieg waren."
„Du auch?"
„Nein, aber ich war Häftling im Konzentrationslager, da war ich noch jünger als du jetzt."

Marta hatte es damals nicht verstanden, aber jetzt begriff sie, dass diese Szene das wahre Ausmaß von Mutters Lüge zeigte. *Ich muss die Unterlagen sehen!*
Sie schrieb ZBoWiD an, den Verband der Kämpfer für Freiheit und Demokratie, dessen Mitglied einzig nachweisliche Kriegsopfer werden konnten. Mutters Dokumente beeindruckten sie: Mit ihrer unverwechselbaren Schrift hatte sie angegeben, 1942 in Lemberg festgenommen und nach Auschwitz überführt worden zu sein. Danach sei sie zusammen mit anderen Kindern nach Deutschland, Köln, gebracht und in ‚deutschem Geist' erzogen worden. 1950 sei sie nach Polen, Breslau, gekommen. So eine Lügnerin! Eine Frau schrieb, dass Mutters Vater 1941 im Krieg gefallen sei und ihre Mutter mit ihr ins KZ Auschwitz überstellt und dort ermordet worden sei. Marta schwitzte vor Aufregung. *Wenn es stimmt, was Ruth sagt, kann diese ‚Zeugin' Mutter als Kind nicht gekannt haben! Zu-*

dem ist Danzig viel zu weit von Lemberg entfernt! Wie bringt man andere dazu, Lügen zu bestätigen, und dazu noch schriftlich?

Mutter war im Jahre 1963 Mitglied dieses Verbandes geworden, als Europa sich dem Wiederaufbau nach dem Krieg widmete. Aber Gefangene und Gefolterte waren damals doch frei! Die Kommunisten verfolgten wohl keine Jugendlichen? Wovor ist Mutter weggelaufen? Warum brauchte sie eine neue Identität?

Als Psychiaterin beschäftigte Marta sich mit der Entwicklung von Menschen und den Faktoren, die innere Einheit und das Selbstbewusstsein beeinflussen. *An die selbst kreierte Legende zu glauben festigt die Psyche. Aber wohltätige Organisationen und vor allem die Bukowskis belügen?! Ich schäme mich unsäglich für sie. Sie hat uns zur Wahrheit und zu Aufrichtigkeit angehalten. Und sie selbst hat sich ihrer eigenen Verantwortung entzogen. Ihr über Jahrzehnte bemerkenswert stabiles Kartenhaus ist erst nach ihrem Tod zusammengebrochen.*

ZBoWiD hatte Mutter jahrelang unterstützt und die Verbindung zur Sue Ryder Foundation in England hergestellt. Im Glauben, dass die Darmprobleme Folge pseudomedizinischer Experimente in Auschwitz gewesen waren, hatte ihr diese Stiftung teure medizinische Behandlungen inklusive Operationen und Kuraufenthalte finanziert. Dabei hatte sie wahrscheinlich ‚nur' eine komplizierte Blinddarmentzündung als Kind gehabt und keine unmenschlichen Dinge im Konzentrationslager erlitten. Ich kann's immer noch nicht fassen. Wie soll ich zwei so unterschiedliche Seiten einer und derselben Geschichte und Person zusammenbringen? So, dass beide sich nicht bekämpfen oder ausschließen, sondern als Facetten begriffen werden können und mir erlauben, Mutter zu nehmen, so wie sie war? Und mit einer Erinnerung an sie zu leben, die in sich stimmig ist. So, dass es sich für mich akzeptabel anfühlt? Die moralische Problematik ist zweifellos verwerflich, aber das Ganze zu verurteilen und mich davon zu distanzieren, weil nicht ich die Lügnerin bin, wäre zwar naheliegend, aber doch sehr simpel. Es wäre nicht genug und auf eine Art feige. Ich möchte Mutters Beweggründe zwar nicht entschuldigen, aber verstehen können. Ich kann mir vorstellen, dass sich die erfundene Story irgendwann verselbständigt hatte und Mutter nicht mehr zurück konnte ohne befürchten zu müssen, von ihrem Umfeld verstoßen zu werden. Zu Beginn war es möglicherweise einfach attraktiv für sie, als die besondere, bemitleidenswerte Person zu gelten. Möglicherweise fühlt man sich einsam in einem Waisenhaus und zusätzliche Zuwendung tut gut. Vielleicht hat Mutter rasch einmal diese eine Rolle perfekt zu spielen gewusst und angenehme persönliche Vorteile dadurch gehabt und es wäre menschlich gewesen, nicht gern auf sie verzichten zu wollen. Zumal sie vorher offenbar alle Brücken hinter sich verbrannt hatte, als sie Danzig, also ihre Mutter und das bisherige Leben verlassen hatte. Ihre Mutter, eine, die nicht für ihre Tochter dagewesen war. Oder nicht sein konnte. Wer weiß? Vielleicht wollte Mutter nicht mehr herausfinden, ob sie möglicherweise schon allein aufgrund des künstlichen Darmausgangs Mitleid der Erzieher geweckt und Hilfe erhalten hätte ohne eine außergewöhnliche Geschichte dahinter? Und für mich, für Tomek, für die Bukowskis und alle anderen Menschen, die sie kannten, war sie ohnehin diese eine, unverwechselbare Person, die ein Jeder ist, und zwar nicht in jedem Moment mit dem Stempel der Vergangenheit.

19. Die Nachforschungen (2014, Schweiz)

Marta hoffte, sich im nordnorwegischen Tromsø zu entspannen und die Gedanken an Mutters Vergangenheit ausblenden zu können, während Patrik und sie das Polarlicht fotografierten und lange Wanderungen unternahmen.
Die eisige Kälte in der dunklen, schneebedeckten Landschaft hielt magische Eindrücke für sie parat. Jede Nacht, die im hohen Norden schon mittags begann, warteten sie draußen stundenlang, um das dynamische, zumeist grünlich-grelle Licht am Himmel zu bewundern. Das unwirkliche und unberechenbare Spektakel katapultierte Marta weit weg von all den zermürbenden Fragen nach Mutters Identität. Patrik zeigte ihr die besonderen Einstellungen der Kamera für diese Art von Aufnahmen, und sie erlebten viele innige Momente in dieser furchtbaren Kälte. Es fühlte sich magisch an in diese Welt einzutauchen.
Kameras fangen ja das ein, was vor der Linse ist, die sichtbare Wahrheit, obwohl noch nicht so perfekt wie das menschliche Auge. Heutzutage kann man ein Foto mühelos wesentlich verändern und das Resultat beeinflusst die Wahrnehmung des Betrachters, die zusätzlich von seiner Erwartung abhängt. Mutter hat ihre Lüge erfunden und mit ihr gelebt – und hat damit ihr Umfeld geprägt. Dieses Wissen ist jetzt fort, für immer. Was für ein Mensch ist sie wirklich gewesen? Ich hoffe so sehr, dass ihre Schwester noch lebt.
Nach Stunden in der unwirklichen und unwirtlichen Natur tat es gut, über die steinharten Butterbrote aus dem Rucksack zu lachen, die sie im Hotel in der Bratpfanne erwärmen mussten, um in sie hinein beißen zu können. Die kalte Fotoausrüstung

durften sie lange nicht auspacken, da das in der Wärme des Zimmers entstehende Kondenswasser sie beschädigen könnte.

Nach einer knappen Woche in der Kälte und Dunkelheit kehrten sie zurück in die Schweiz. In der Zwischenzeit kam eine Mitteilung aus Auschwitz, wonach Mutters Name nicht in den Katalogen verzeichnet war.
Aber meine eigene Mutter kann doch nicht etwas so unglaublich Schlimmes erfunden haben! Sie hätte damit das entsetzliche Schicksal von Millionen von Opfern mit Füßen getreten. Egal, aus welchen persönlichen Gründen. Am meisten setzte Marta die Scham zu, obwohl sie sich fünfhundert Mal täglich sagte, dass nicht sie die Lügnerin war.
Missmutig schlug sie Mutters Studienbüchlein aus dem Jahre 1958 auf. Auf dem Foto wirkte sie ernst und unschuldig zugleich. Ihre Personalien waren in schwarzer Tinte unverkennbar mit Mutters Handschrift eingetragen. Plötzlich stieg Marta das Blut in den Kopf und pulsierte, denn sie sah, dass beim Geburtsdatum der Monat deutlich korrigiert worden war: Offensichtlich stand dort zuerst römisch ‚III' für März und wurde in ‚XI', also November, verändert. *Mutter muss kurz unaufmerksam gewesen sein.* Das Jahr ‚stimmte' – 1939. *Ruth hat recht!*

Bald darauf telefonierte sie mit der besorgten Erika, die ihr vom neuesten Hobby ihrer Enkelin erzählte. Die Dreizehnjährige interessierte sich für Astrologie und hielt diese für eine unumstößliche Wissenschaft. Marta riet Erika, sich wohlwollend zu verhalten und keinen Druck auszuüben, um nicht das Gegenteil bei der Enkelin zu erreichen. Dieses Telefonat beschäftigte Marta aber noch länger und dann erinnerte sie sich an eine

weitere Mutter-Situation: Die Danutowskis sahen selten gemeinsam einen Film im Fernsehen an. Danach lasen sie eines Tages noch das eingeblendete Horoskop – zunächst das für Sternzeichen ‚Zwillinge' und ‚Skorpion' für Mutter. Aber sie wollte das Gerät auf keinen Fall gleich abschalten, sondern wartete unerklärlicherweise bis zu den Fischen. Marta dachte damals, dass vielleicht ihr Vater in diesem Sternzeichen geboren worden war. Nun wusste sie es – es ging um Mutters tatsächliches Geburtsdatum: den 13. März und nicht den 13. November!
Also Sternzeichen Fische, wie passend, wo sie doch schweigsam war wie ihre geliebten Aquariumsbewohner.

Als endlich Mutters Geburtsurkunde kam, bewies sie, dass Ruths Angaben stimmten: Der Nachname lautete ‚Danutow-ski', da Mutter nie geheiratet hatte, der Vorname: ‚Helga', und geboren wurde sie am 13. März 1931 in Danzig. Eine ‚Joanna' mit dem Geburtsdatum 13. November 1939 in Lemberg gab es nicht. Sie war Fiktion.
Jetzt ist klar, warum Mutter sich im Gegensatz zu mir im Kieler Klima pudelwohl gefühlt hat: Es war wie in Danzig!
Marta fiel der Umzug in den ‚Dolarowiec' ein, die neue Wohnung in Breslau, als die Zwillinge zehn gewesen waren. Joka hatte aufgehört, an den im Abfall befindlichen Monatsbinden von Mutter zu schnuppern – diese Orgien gehörten von da an der Vergangenheit an, weil Mutter keine Menstruation mehr hatte und Marta noch keine bekam. Aber nun war klar, mit achtundvierzig hätte Mutter gut in die Wechseljahre gekommen sein können.
Es war seltsam unbehaglich, die Beweise für Ruths Angaben so vor sich zu haben.

Eines Morgens hoffte Marta, den Rest der Müdigkeit mit einer kalten Dusche zu vertreiben, als ihr eine Begebenheit aus der Zeit einfiel, als sie etwa die zweite Klasse besuchte. Sie hatte gerade ihren Schulranzen gepackt und rief missmutig zu Mutter: „Ich hab' keine Lust auf Schule. Ich muss sicher wieder den verwöhnten Sohn meiner doofen Lehrerin betreuen."
„Du kannst morgen mit mir zur Arbeit kommen", bot Mutter ihr zu ihrer Überraschung an.
„Ich kenne die Mädchen aus deiner Gruppe." Marta schäumte nicht gerade über vor Begeisterung.
„Nicht ins Internat, sondern in den Kindergarten."
„Kindergarten?"
„Kommst du mit?"
„Ja, klar!"
Dort angekommen, ließ Mutter Marta in eine Art Lager für Musikinstrumente hinein, wo sie still sein musste, aber durch einen Schlitz zuschauen durfte. Zu Ihrer Verwunderung sah sie, wie sich Mutter in dem geräumigen Korridor ans Klavier setzte und sich an die etwa fünfjährigen Kinder, allesamt in Strumpfhosen und Schürzen gekleidet, in einer fremden Sprache richtete! Offensichtlich konnten sie alles verstehen, denn sie führten ihre Aufgaben einheitlich aus. Mutter spielte eine rhythmische Melodie und stimmte ein Lied an. Es fing an mit: ‚ABC, die Katze lief im Schnee …'. Ihre Schützlinge liefen im Kreis herum, bewegten sich im Takt und sangen mit. Abwechselnd setzten sie sich auf den Boden und Mutter führte einfache Dialoge mit ihnen.
Danach verteilten sich die Kinder auf ihre Gruppen. Wenig später kamen Neue an die Reihe. Auch diese Lektion lief ähnlich ab, aber diesmal schien es eine andere Sprache zu sein. Mutter

stimmte: ‚Pussy-Cat, Pussy-Cat ...' an und wieder marschierten die Kinder im Kreis, klatschten rhythmisch und sangen. Das nächste Lied hatte Marta sich besonders gemerkt, weil die Kleinen alles mit glücklichen Gesichtern nachmachten. Zu: ‚Sunshine, sunshine, is today!' streckten sie die Arme nach oben und zeichneten mit ihren Händchen kleine Sonnen.
Nach dieser Lektion kam Mutter zu Marta ins Zimmer.
„Hat es dir gefallen?"
„Das waren ja Fremdsprachen!", rief sie erstaunt.
„Die Erste war Deutsch, die Zweite Englisch." Mutter schien amüsiert, was Marta verwirrte und ärgerte.
„Du arbeitest doch im Internat."
„Vormittags bin ich hier und in einem anderen Kindergarten."
„Und wo hast du Klavier spielen gelernt?"
„Ich habe es mir selbst beigebracht."
„Und die Sprachen?"
„Ich war früher öfter in einem Sanatorium. In England. Dort wurden Schallplatten mit Kinderliedern und Volksmusik aufgelegt."
„Ah, stimmt, die Postkarten von deinen Freunden!"
Die Erklärung hatte Marta dermaßen fasziniert, dass sie vergaß, Mutter nach ihren Deutschkenntnissen zu fragen. Jetzt wurde es Marta endgültig klar: *Mutter ist als Deutsche aufgewachsen. Natürlich kannte sie deutsche Kinderlieder!*

Nahtlos an diese Erinnerung anschließend erschien Marta vor ihrem geistigen Auge die eine besondere Weihnachtskarte, die mit gezackten Rändern mit einem aufwendig aufgeprägten Bild des Jesuskindes. Da waren die Zwillinge aber erst vielleicht fünf.

Mutter übersetzte den Text laut: „Dorothy, James sowie Mary und Joan wünschen uns ein frohes Fest."
„Wer ist das?", fragte Marta und hörte auf, mit Bauklötzen zu spielen.
„Meine Freunde aus England."
„Aus England? Woher kennst du sie?"
„Vor eurer Geburt habe ich mich nach mehreren Bauchoperationen in einem Kurhaus in Cavendish, in England erholt. Dort haben wir uns angefreundet."
„War es dort so wie in deinem Sanatorium?"
„Nicht ganz, damals lagen dreißig Patienten in einem riesigen Zimmer. Zwischen den Betten hingen von der hohen Decke weiße Vorhänge herab. In der Mitte stand der Schreibtisch der Pflegerin, auf dem nachts eine Lampe brannte."
„Sind deine Freundinnen auch krank gewesen?"
„Nein, sie haben dort als Pflegerinnen gearbeitet. Ich war einige Male in Cavendish. Das Heim gehörte zur wohltätigen Sue Ryder Foundation."
„Wohltätig?"
„Sie haben immer anderen geholfen."
„Und deine Freundinnen schicken dir bis heute noch Karten?"
„Wir haben schöne Zeiten zusammen verlebt. Das Personal hat im Laufe der Zeit sogar Polnisch von den Patienten gelernt."
„Aber das ist ganz schön schwierig."
„Sie wollten aber einander verstehen können. Und so wurden wir Freundinnen."
„Toll."
„Nach meinen Behandlungen habe ich ein halbes Jahr lang ehrenamtlich in Cavendish als Pflegerin gearbeitet."
„Was bedeutet ehrenamtlich?"

„Statt eines Lohnes bekam ich ein Zimmer und das Essen. Ich wollte Dankbarkeit zeigen und habe mitgemacht. Und darum besuche ich noch heute für diese Stiftung behinderte Kriegsopfer, verteile Geld und Kleidung unter ihnen oder helfe bei Behördengängen."
Es war damals noch eine weitere Erklärung dafür, dass Mutter immerzu arbeitete.

Im Zuge ihrer Nachforschungen schrieb Marta die englische Stiftung an, die Mutters Operationen finanziert hatte. Sie erfuhr, dass die Sue Ryder Foundation sich auf die Angaben der Betroffen verließ und keine amtlichen Nachweise verlangte. *Mutter muss dermaßen überzeugend von sehr schlimmen Dingen berichtet haben, die ihr zugestoßen seien, dass sogar ausländische Geldgeber geholfen hatten. Und sicher hatte ihr dies die Mitgliedschaft beim Verband der Kämpfer für Freiheit und Demokratie gebracht.* Mutters Korrespondenz mit der Stiftung stammte aus den 1960er und 1970er Jahren. Manche Briefe erwähnten ihre kränklichen Zwillinge, die meisten jedoch Schicksale konkreter Kriegsopfer, denen medizinische Behandlung oder Geld zugesprochen wurde. Leider gab es keine Dokumente über Mutters Therapien, was Marta als Ärztin besonders interessierte.

Einige Wochen später mochte Marta nach einer ganztägigen Weiterbildung nicht auch noch den Abend sitzend verbringen und fuhr in die Schwimmhalle. Diesmal ließen sich die Wassermassen nicht so kraftvoll bewältigen wie sonst und der Kopf fühlte sich schwer an, also gab sie das Bahnenzählen auf. Irgendwann hörte sie auch damit auf, und setzte sich mit einem

Nussriegel an den Beckenrand. Langsam kauend musste sie plötzlich an die Berlinerin Gaby denken, die nach der Wende mit Widrigkeiten zu kämpfen hatte. Als Bibliothekarin verlor sie sehr rasch ihre Stelle, und die tiefe Verunsicherung vieler Ostdeutschen in dieser Zeit hatte auch sie geprägt. Mutter hatte Marta zu ihr geschickt, als sie ihr Studium begann. Die einzige Erklärung war damals gewesen, dass die beiden seit den 1950er Jahren eine gemeinsame Geschichte verband. Und dass Mutter sie als Einzige Gabriele nannte. Noch beim Umziehen nach dem Schwimmen beschloss Marta, Gaby anzurufen. Wie damals stellte sich sofort ein warmes Gefühl ein, als die beiden am Telefon Erinnerungen an Mutter austauschten. Unter dem Vorwand, sie würde eine Familienchronik schreiben, bat Marta sie, ihre Erfahrungen von früher schriftlich zusammenzufassen. Obwohl sie es nicht richtig fand, verschwieg sie ihr Mutters Lüge. Sie wusste, dass alles, was die beiden Frauen verband, einzig auf dem kolportierten, unwahren Schicksal basierte. Schon nach wenigen Tagen kam Gabys Brief:

„Liebe Marta,
Du hast mich gebeten, Dir meine Erinnerungen an Deine Mutter aufzuschreiben. Unvergessen blieb, als Du mit einem Blumenstrauß das erste Mal vor meiner Tür standest. Du warst gerade dabei, Dir Berlin als Deine Studienstadt zu erobern. Es war keine Fremdheit zwischen uns, obwohl wir uns noch nie gesehen hatten. Es war schön, zusammen zu essen und uns auszutauschen.
Nach Deinem Besuch musste ich oft an Johannas besondere Geschichte denken. Sie begann 1954, als wir noch in Leipzig wohnten und meine Mutter zusammen mit anderen früheren

Widerstandskämpferinnen sich für ehemalige Nazi-Opfer einsetzte. In freundschaftlicher Absicht besuchten sie in Polen ehemalige Konzentrationslager sowie Kinderheime. In einem Breslauer Waisenhaus lernten sie ‚Joanna' kennen, die die Frauen herumführte, da sie als Einzige Deutsch konnte. Nach der Rückkehr erzählte meine Mutti mir von dem Waisenkind, das unter den Folgen von Versuchsoperationen im Konzentrationslager in Auschwitz litt.

Kurz vor Weihnachten 1956 besuchte uns die achtzehnjährige Joanna aus Polen. Wir haben sie liebevoll bei uns aufgenommen und sie übrigens ‚Johanna' genannt, was sie aber nicht störte. Ich ging damals in die achte Klasse und sie kam meistens mit mir mit während der vielen Wochen, die sie bei uns weilte. Wir besuchten auch Musik-Aufführungen und ich staunte, wie viele Komponisten und deren Werke sie kannte. Es hatte uns sehr ergriffen, dass das berühmte Leipziger Gewandhaus gegen Ende des Krieges dermaßen zerstört wurde, dass die Konzerte in der Kongreßhalle am Zoo stattfinden mussten.

Es zog sich lange hin, bis wir einen Zugang zu unserem sehr verschlossenen Gast bekamen. Johanna wurde zu diversen Ärzten geschickt. Später zeigte mir Mutti ein Röntgenbild mit dem mit Kontrastmittel gefüllten Darm. Man sah eine Verengung im Mittelteil, die dadurch entstanden war, dass der vierjährigen Johanna im Konzentrationslager der After in die Bauchdecke verlegt worden war. Endlich wusste ich, warum jeder ihrer Toilettenbesuche lange dauerte.

Es hieß, dass Johanna aus dem früher polnischen Lemberg stammte, ihr Vater bei den Kämpfen auf der Westerplatte gefallen, die Mutter in Auschwitz gestorben wäre. Johanna sei in einem Kölner Kinderheim versteckt gehalten worden, was erklärte, warum sie deutsch sprach. Nachdem man dort eine Gruppe polnischer Kinder entdeckt hatte, seien diese in ein Breslauer Waisenhaus geschickt worden. Ein Gericht hätte ihnen eine neue Identität gegeben.

Als sie zu uns kam, hatte Johanna gerade nach dem Abitur das Heim verlassen und mietete ein Zimmer. Um ihr den Start ins Leben zu erleichtern, kaufte bzw. sammelte meine Mutti für sie Haushaltswäsche, nähte ihr Einiges, darunter ein festliches Perlonkleid. Wir haben uns köstlich amüsiert, als Deine Mutter kurzerhand den Kragen mit einer Schere herausgeschnitten hatte, weil sie ihn zu bieder fand. Wenn ich als Vierzehnjährige meiner Mutti gegenüber manchmal pubertär frech geantwortet hatte, wies Johanna mich hinterher zurecht, weil ich ihrer Meinung nach nicht ermessen könnte, wie wertvoll es sei, eine Mutter zu haben. Einmal beobachtete ich, wie sie aus Muttis Kamm die Haare entnahm, sie in ein Kuvert steckte und es zu ihren persönlichen Dingen legte. Das hatte mich sehr beeindruckt.

Zu Weihnachten 1962 besuchte Johanna uns erneut. Später erfuhr ich in unserem spärlichen Briefwechsel von Operationen in England und 1969 von der sensationellen Geburt der Zwillinge. Von Eurer Übersiedlung nach Deutschland im Jahre 1984 habe ich erst 1990 von Dir erfahren. Danach besuchte ich Johanna zweimal in Kiel. Uns verband vor allem die liebevolle Erinnerung an meine Mutti, persönlichen Fragen wich sie stets aus. Sie erzählte mir, dass sie früher, als jüngstes Mitglied des ZBoWiD, speziell umsorgt wurde und sogar nach England zu Kuren fahren durfte. Einmal erwähnte sie Depressionen nach der Emigration, denn es hatte ihr schwer zuge-

setzt, dass sie ihren geliebten Beruf – mit Kindern zu arbeiten – nicht wieder ausüben konnte.
1999 fuhren wir gemeinsam in die Schweiz zu ‚unserer' Marta. Du hast aus unserer Reise ein wunderbares Abenteuer für uns gemacht. Zurück in Berlin, begann ich, mit Johanna einen Antrag auf Entschädigung im Rahmen der europaweiten Kampagne für Naziopfer auszufüllen. Nachdem sie angegeben hatte, dass sie 1950 mit einem ‚Anus praeter' aus Deutschland nach Polen gekommen war, gab sie auf und erklärte, sie wolle die Vergangenheit ruhen lassen. Ich musste es akzeptieren. Danach telefonierten wir von Zeit zu Zeit miteinander. Johannas Bild ist Teil meiner Collage mit Fotos von Menschen, die meinen Lebensweg gekreuzt haben und die ich besonders liebgewonnen habe.
Ich grüße Dich, liebe Marta und Tomek, ganz herzlich.
Deine Gaby."

Der Brief löste in Marta ein schwer zu beschreibendes, verwirrendes Gefühl aus. *Die beiden verband eine Geschichte, die sich ohne Mutters Lüge nie entwickelt hätte. Offenbar stellte man nicht infrage, warum sie, angeblich Polin, in einem deutschen Heim versteckt gewesen sein sollte, obwohl das nach dem Krieg keinen Sinn ergab. Und wieso hat man nicht gestutzt, dass ihr Vater angeblich auf der Westerplatte, also in der Nähe von Danzig umgekommen war, obwohl die Familie in Lemberg lebte? Fragen über Fragen. Woher wusste Mutter als Jugendliche, dass die Lemberger Geschichte für ihre neue Identität passen könnte? Es gab damals doch kein Internet. Die Bukowskis stammten von dort, aber sie lernte sie erst kurz vor dem Abitur kennen.* Marta wusste von Opa, dass Lemberg zwischen den Weltkriegen zu Polen gehörte und es 1944 die Sowjets übernahmen. Die von dort Vertriebenen siedelten sich dann in Niederschlesien an, vor allem in Breslau, weil die dort ansässigen Deutschen weiter westlich ziehen mussten. Die Massenwanderungen betrafen Millionen von elternlosen Kindern, die in Waisenhäuser oder Pflegefamilien gelangten. Da kaum jemand Dokumente besaß, wurden die Personalien richterlich festgelegt, wie bei Mutter. Nach dem Abitur in Breslau im August 1956 erhielt sie offiziell ihre neue, polnische Identität: ‚Joanna' zum Vornamen und acht Jahre jünger.

Auch Erika und eine andere Freundin aus dem Roten Kreuz hatten früher versucht, mit Mutter Formulare zwecks einer Entschädigung auszufüllen. Es gab sehr gute Gründe für Mutter, diese Bemühungen jeweils abzubrechen, das begriff Marta immer besser.

Soll ich Gaby die Wahrheit sagen? Als Tochter einer Widerstandskämpferin müsste sie die Wahrheit als das höchste Gut ansehen.

Als Marta es dann doch versuchte, wurde es am Telefon sehr schnell ungeheuer schwierig, da half es nichts, die Geburtsurkunden und die noch lebende Zeugin zu erwähnen. Gaby widersprach Marta so vehement, dass sie schließlich verstummte.

Vielleicht sollte ich nicht allen Menschen, die Mutter kannten, ihr lieb gewonnenes Bild zerstören? Und was mach' ich mit den Bukowskis?

Angenehm hier, hell, modern eingerichtet und geräumig, und vor allem riecht es hier nicht nach Arzt, dachte Marta, während sie auf Patrik wartete. Sie holte ihn in seiner Praxis ab, weil sie anschließend zusammen einen Anzug für ihn kaufen wollten.

Im Laden gefiel ihr aber auch gar nichts, obwohl es so einfach war, für Patrik etwas auszusuchen, weil ihm alles einfach so von der Stange weg passte.

„Sonst macht's dir doch Spaß, mich zu beraten", sagte er konsterniert.

„Ja, aber heute weiß ich nicht so recht." Sie versuchte mit aller Kraft, sich abzulenken von der neuesten Erkenntnis, die sie ins Mark getroffen hatte.

„So führt das zu nichts. Lass uns nächste Woche noch mal losgehen."

„Oh ja, gute Idee." Marta gab ihrem Mann einen dicken Schmatzer und schon machten sie sich auf den Weg.

Zuhause fingen sie an, Reste für das Abendessen aufzuwärmen. Da legte Patrik seine Arme auf ihre Schultern, blickte aufmerksam in Martas Augen und sagte:

„Erzähl schon."

„Ähm. Sorry für vorhin. Es ist nur ... sieh mal", sagte sie und holte einen amtlich wirkenden Brief von der Telefonablage.

Er las den kurzen Text durch, ließ die Arme sinken, warf sein Gesicht in Falten und meinte: „Oh nein."

„Meine Mutter hatte tatsächlich eine Schwester. Und diese ist drei Monate vor ihr gestorben. Fertig. Schluss. Die letzte echte Verwandte lebt nicht mehr. Sie hatte keine Kinder. Es ist zu spät." Eine lähmende Ohnmacht beschlich sie und sie begann, zu schluchzen.

Patrik nahm an einem mehrtägigen Kongress in Bern teil, und Marta konnte ihn wegen anderer Verpflichtungen nicht begleiten. Als sie nach einer Joggingrunde im Wald duschte, klingelte das Telefon. *Ich rufe zurück, solange ich aufs Essen warte.* Sie

trocknete sich ab, schlüpfte in ihren gemütlichen Hausanzug und schob den Auflauf vom Vortag in den Ofen. Auf dem Display sah sie ‚Marcin'. Sie zögerte kurz und sagte sich: *Jetzt oder nie.*
„Lange nichts mehr gehört seit der Beerdigung. Wie geht's dir, Marcin?", fragte sie.
„Inzwischen gut, sogar sehr gut, seit es Neuigkeiten gibt", antwortete er.
„Was für Neuigkeiten?"
„Konrad wird Vater! Damit werden wir Großeltern."
„Gratuliere von Herzen! Wann ist es soweit?"
„In sieben Monaten!"
„Ach was, wirklich? Das ist ja toll!" Marta lachte auf. *Vielleicht einen Zacken zu ironisch. So, aber jetzt nicht ablenken lassen.*
„Mutter hätte sich auch sehr darüber gefreut."
„Ja, klar."
„Du, da wir gerade von ihr sprechen ..." Marta holte tief Luft.
„Ich muss dir etwas Wichtiges sagen."
„Schieß los."
„Also ... Ich sag's direkt: Ich habe erfahren, dass Mutter in Wirklichkeit eine Deutsche aus Danzig war und acht Jahre älter als wir dachten." *Uff! So!*
„..."
„Hallo? ... Hörst du mich?", fragte Marta. „Marcin? Bist du noch dran?", rief sie lauter. *Komisch, kein Besetztzeichen. Hat er den Stecker rausgezogen?* Marta schritt durchs Haus, schüttelte den Telefonhörer und legte ihn wieder ans Ohr. Aber die Leitung blieb unterbrochen. Sie ließ sich aufs Sofa fallen.
Wieso muss ich andere unglücklich machen? Warum hat Ruth das Ganze ins Rollen gebracht?

Am nächsten Abend rief Marta Marcin noch einmal an. Er erklärte: „Ich habe nie mehr wissen wollen, als das allgemein Bekannte. Warum auch? Ich respektiere aber dein Bedürfnis nach Aufklärung. Deine Mutter hat uns kennengelernt, als ich zwei Jahre alt war."
„Hast du nie gefragt?"
„Niemand sprach sie auf ihre Vergangenheit an. Meine Tante ist schon lange tot – als ihre Erzieherin im Waisenhaus wusste sie vermutlich am meisten."
„Gab es keine Verdachtsmomente?"
„Nicht konkret. Aber ich suchte einmal vergeblich im Krankenhausarchiv nach Operationsakten oder Ähnlichem."
Aha! Also doch! „Wo soll ich sonst noch recherchieren?"
„Frag' mal meine Schwester. Helenka hatte die engste Beziehung zu ihr und sie ist vier Jahre älter als ich."
„Gute Idee ... Marcin, es tut mir so leid."
„Lassen wir das."

Marta ging hinaus in den Bungert, hielt sich Rosenblätter unter die Nase und streichelte damit ihre Wangen. *Ich habe ‚a' gesagt, also ist jetzt das ‚b' dran.* Sie schnupperte an den intensiv duftenden Tomatenpflanzen und betrat das Haus. Mit dem Telefonhörer in der Hand setzte sie sich an die kurze Kante des Esstisches und wählte Helenkas Nummer. Sie tauschten Erinnerungen an Mutter aus, viele davon waren amüsant, Marta erwähnte die Recherche aber nicht. Sie ahnte, dass die üble Wahrheit, Mutters Lebenslüge, gerade der Person, die ihr am nächsten stand, sehr wehtun würde. Das wohlige Gefühl, zur Familie zu gehören, verstärkte Martas Bedenken umso mehr. Einige Tage später schrieb Helenka in einer E-Mail:

„Für mich war Joanna schon immer da. Wir interessierten uns nicht, wann und warum sie ins Waisenhaus gekommen ist. Sie mietete ein Zimmer schräg gegenüber von uns und besuchte uns häufig. Man wusste irgendwie, aber nicht von ihr, dass sie eine Waise und Opfer pseudomedizinischer Experimente war und dass sie deswegen mehrfach operiert wurde. Man redete nicht darüber. Du weißt ja, solche Dinge gehörten zu den großen Tabus. Sie trug einen Beutel am Bauch und irgendwann ist sie ihn losgeworden. In den 1960er Jahren hatte Deine Mutter ihre Tante Elisabeth in Deutschland besucht. Von ihr hat sie ein Foto ihrer Mutter mitgebracht. Die Person auf dem Bild trug eine Perlenkette und ähnelte Joanna sehr. Aber ich fragte nicht weiter. Ich meine, dass ihre Mutter Krankenschwester war und ihr zweiter Mann Arzt, Psychiater. Deine Mutter hat jeweils unterschiedlich und vor allem äußerst selten von ihrer Verwandtschaft erzählt. Sie wollte immer in Polen leben, obwohl sie in Deutschland und in England Leute kannte."

Der Text lieferte keine Neuigkeiten außer den Berufen der Mutter und des Vaters. Marta erinnerte sich an ein vergilbtes Porträt einer Frau, die Mutter ähnelte und eine schöne Perlenkette trug. Das Foto existierte nicht mehr, aber Marta hatte diese Kette nach ihrem Tod behalten. *Jetzt ist immerhin klar, warum Mutter Psychiatrie noch schlimmer fand als die mögliche Strahlenbelastung in der Radiologie!* Plötzlich entschlossen, tiefer zu graben, rief sie Helenka noch mal an.

„Hat Mutter jemals von Auschwitz erzählt?"

„Nein, sie nicht, aber in unserer Familie hieß es, dass die Experimente in einem Kinderheim bei Berlin oder Köln durchgeführt wurden."
„Nicht im KZ, wie es in allen Unterlagen heißt? Mutter hat es mir selbst einmal gesagt, als ich klein war."
„Unterlagen? ... Forschst du über sie?"
„Ja. Ich habe gewisse Informationen erhalten ... und begonnen, mich damit zu befassen ..." *Uff, jetzt ist es raus.*
„Was hast du erfahren?"
„Etwas Unglaubliches."
„Von Auschwitz?"
„Nein, halt' dich fest: Mutter stammte in Wahrheit aus Danzig und war Deutsche ... Und du hattest recht: Sie war tatsächlich älter, ganze acht Jahre!"
Am anderen Ende wurde es still. Sehr still. Nicht schon wieder, dachte Marta.
„Das ist absoluter Nonsens!!! Das kann nicht sein!", rief Helenka massiv empört.
„Ich kenne persönlich eine Zeugin, die mit ihr als Kind zusammen gespielt hat ..."
„Sie lügt, das kann nicht sein! Ich wurde 1949 geboren – deine Mutter war zehn, höchstens zwölf, aber unmöglich achtzehn Jahre älter als ich! Ausgeschlossen!", schnaubte sie.
„Helenka, auch ich konnte es zuerst nicht fassen. Das ist für mich immer noch unaussprechlich schlimm und unglaublich. Schließlich bin ich ihre Tochter. Darum forsche ich nach."
„Das glaub' ich nie und nimmer! Meine Eltern hätten es gemerkt!"
„Du hast doch selbst so etwas vermutet. Weißt du noch, als ich euch das erste Mal nach der Ausreise besucht habe, hast du

solche Fragen gestellt. Damals war ich verstört, aber jetzt hab' ich Beweise, Geburtsurkunden, die Richtige aus Danzig und die Spätere aus Breslau."

„Das alles ist unmöglich!" Helenka klang noch immer sehr verärgert.

„Es tut mir so leid ..." *Womöglich hat Marcin recht, wozu nachforschen?*

Das Ganze begann ihr über den Kopf zu wachsen, sodass sie dankbar war für Patriks liebevolle Ablenkungsmanöver. An diesem Abend kochten sie besonders aufwendig, es gab Ratatouille mit selbst gemachten Spätzle und Koteletts, wobei Marta es nicht mehr aushielt und ihrem Mann schon bei der Vorspeise von dem furchtbaren Telefonat mit Helenka erzählen musste.

„Ich will meine liebsten Leute doch nicht unglücklich machen."

„Klar. Ich verstehe auch, dass du ihnen dennoch die Wahrheit sagen wolltest, gerade, weil es die Bukowskis sind."

„Das ist ein widerliches Dilemma. So, wie sie reagiert haben, denke ich, ich hätte es ihnen nicht sagen dürfen."

„Man muss nicht jedes Geheimnis lüften, da hat Marcin schon recht. Aber es wäre dir nicht wohl damit und du würdest Mutters Lüge quasi akzeptieren." Patrik schenkte Wasser nach.

„Eben."

„Vielleicht solltest du das Thema nicht mehr von dir aus berühren. Behalte die Ergebnisse der Nachforschungen eher für dich."

Marta runzelte die Stirn. „Ist wohl besser. In einem hat Helenka aber recht: Mutter hat ihre Nische in Polen gefunden. Ich kann mich aber erinnern, dass als unser Nachname bei der Einbür-

gerung in Kiel eingedeutscht wurde, Mutter klaglos ihren polnischen Vornamen ‚Joanna' in ‚Johanna' ändern ließ. Das hat mich damals gewundert, ist mir jetzt aber klar. Ich war ja unendlich froh, dass sie mir mein ‚Marta' ohne ‚h' gelassen haben."
„Das ist spannend, ich habe nie darüber nachgedacht."
„Ich hab's erst jetzt begriffen."
„Gibt's sonst etwas Neues?"
„Nein. Aber ich mach' weiter mit den Nachforschungen."
„Vielleicht erinnerst du dich wieder an etwas, das dich weiterbringt?"
„Hoffentlich."
„Siehst du!" Er streckte seine Arme über dem Tisch, nahm Martas Hände in die seinen und drückte sie fest.

Nach dem Essen vertiefte Patrik sich in die Arbeit über seinen Fotos und Marta nahm sich zum wiederholen Mal den Rechercheordner vor und schlug ‚Diverses' auf. Nachdenklich betrachtete sie eine vergilbte Karte aus dickem Papier. Es handelte sich um einen Termin für eine Konsultation im Juni 1968 bei einem Chirurgen in London. *Hm ... Kurze Zeit später wurde Mutter schwanger! Vielleicht weiß mein Vater mehr. Wo war noch gleich seine Telefonnummer?* Obwohl sie seit Jahren keinen Kontakt miteinander hatten, informierte ihr Vater Marcin jeweils über die neueste Adresse, der ihr wiederum alles weiterleitete. Und sie aktualisierte die Daten dann unmotiviert, so ein wenig für alle Fälle. Es schmeichelte ihr, dass von seiner Seite der Wunsch nach Kontakt bestand.
Nun rief sie ihren Vater an, für Informationen, und nicht um die Beziehung zu ihm ernsthaft aufzufrischen. Sie hatte keine

Lust auf Small Talk und wollte nicht heucheln. So sagte sie ohne Umschweife, dass sie ihn einiges fragen wollte.

„Nur zu, was möchtest du wissen?", ermunterte er sie und sie atmete auf, weil er sich unerwartet rasch auf ihr Anliegen einzulassen schien.

„Wie habt Mutter und du euch kennengelernt?"

„Wir verbrachten Urlaub an der Ostsee, in einer Ferienanlage für Lehrer und Verwaltungsangestellte."

„Wie lange wart ihr zusammen?"

„Etwa ein oder zwei Jahre lang ..."

„Das weißt du nicht?", unterbrach Marta ihn verärgert.

„Mensch, es ist fünfundvierzig Jahre her!"

„Ja schon, aber ... Was wusstest du von ihrer Kindheit?"

„Wir trafen uns im Lehrerklub und spazierten an der Oder, aber sie hat kaum von früher erzählt."

„Hat sie vom Heimleben erzählt?"

„Heim?"

„Bis zum Abitur hat sie im Waisenhaus gelebt."

„Das wusste ich nicht."

Was war denn das für eine Beziehung? „Wie erklärte sie ihre Narben auf dem Bauch?", versuchte Marta es mit etwas Offensichtlichem.

„Keine Ahnung mehr."

„Und als sie schwanger wurde?"

„Schau mal: Ich war jung und wollte keine Familie."

„War es ein 'Unfall'? Oder hat sie gesagt, dass sie keine Kinder bekommen kann?"

„Ich erinnere mich nicht mehr. Wir haben uns ja getrennt."

Das kann's nicht sein. Vater war bei unserer Geburt schon zweiunddreißig. Und Mutter war, für niemanden fassbar,

womöglich beziehungsunfähig. Hauptsache Kinder? ... Nein, man darf andere nicht mit eigenen Maßstäben messen.
„Ja, danke fürs Erste. Ich melde mich", sagte sie enttäuscht.
„Schön, dass du angerufen hast."
„Ja." *Das hat ja gar nichts gebracht. Ich hab' im Grunde nicht mehr erfahren als beim ersten Treffen. Mutter war nie direkt, bestimmend, streng. Aber mit ihrem Schweigen hat sie vieles bestimmt. Wer weiß, vielleicht hätte unser Vater sich mehr um uns bemüht? Früher, wenn er gewollt hätte.*

*

Als Patrik und Marta erschöpft vom Schneeschuhlaufen nach Hause kamen, läutete das Telefon. Marta nahm ab und flüsterte beunruhigt zu ihrem Mann: „Es ist Tomek." Er rief selten an.
„Na, wie geht's?", fragte sie und setzte sich noch in Wintersportkleidung aufs Sofa.
„Gut. Gut. Aber: Heute Mittag bin ich aufgestanden und hatte das Gefühl, dass etwas in meiner Wohnung fehlt", sagte er.
„Und dann?" *Ist er bekifft? Oder psychotisch?*
„Na ja, nichts weiter."
„Wieso erzählst du mir überhaupt davon?"
„Später dachte ich wieder, dass etwas fehlt."
„Und?"
„Ich hab' gemerkt, dass mein Kater nicht da war."
„Hast du ihn gerufen?"
„Nein, er ist ja taub."
„Ah, stimmt, deswegen hat er ja keinen Namen. O. k. Wann hast du ihn das letzte Mal gesehen?"
„Gestern Nachmittag."

„Das ist ja schrecklich!", rief sie und ergriff ihren Fuß, um ihn zu wärmen.

„Ich wollte auf dem Balkon eine rauchen, und da ist mir der Kater schon entgegengesprungen."

„Der Arme! Es ist ja Winter!"

„Ja, am besten lege ich ihn in den Kühlschrank." Tomek klang ernst.

„Wie wär's mit der Waschmaschine oder dem Geschirrspüler?", suggerierte Marta ironisch, denn sie merkte, dass ihr Bruder in guter Verfassung war.

„Okay, okay, ich kuschele mit ihm unter meiner Decke. Er schnurrt zufrieden und sieht weniger tiefgekühlt aus als vorher."

„Mach' das."

Er schafft es genau wie Mutter, einen farbigen Klecks in den Alltag zu bringen. Es war der erste gute Gedanke an sie seit Monaten. *Tomek ist so, wie er ist.* Und auch wenn er Marta oft schlimme Dinge angetan hatte, als sie jung waren, war er nicht böse. Und: Er hatte sich seine Schwester nicht ausgesucht. In Mutters letzten, sehr schwierigen Jahren war er für sie da – in seiner sonderbaren, aber liebevollen Art. Marta hatte sich eingeredet, dass er es auch stellvertretend für sie tat und war ihm dankbar dafür. In seinem Leben schien nicht dauernd die Sonne. Er könnte auch ein wenig teilhaben an ihrem Glück!

„Du, `was ganz anderes: Komm doch im Sommer zu uns, du hast unser Haus ja noch gar nicht gesehen!"

„Oh ja, gerne!"

„Wann hast du Urlaub?"

„Keine Ahnung, aber vielleicht schon morgen?"

„Ich meine, in den warmen Monaten."

„Hm, diese oder nächste Woche."
„Du weißt nicht, ob du morgen freihast?"
„Nein, aber ich gehe zur Frühschicht, und sie sagen es mir."
„Ja, mach das. Und dann planen wir konkret." Marta legte auf und hatte das unbändige Bedürfnis, ihren Mann zu umarmen und ihn gar nicht mehr loszulassen.

Der ‚Mutter-Ordner' ist ganz schön dick geworden, dachte Marta, als sie ihn einige Wochen später beim Aufräumen in die Hände nahm. *Oh, was ist das?* Sie hob ein winziges Schwarz-Weiß-Foto vom Boden auf. *Hab' ich es vorher übersehen?* Sie betrachtete es genauer. Es zeigte einen Grabstein mit der Inschrift:
Johanna Mostanik, geborene Danutowski, 03.09.1904 – 03.05.1975.
Das muss meine Oma gewesen sein! Na klar, Mutters Vorname ‚Helga' klingt wahrhaftig nicht polnisch, verständlich, dass Johanna besser ist für ein Leben in Polen. Hatte nicht Ruth davon erzählt, dass sie mit ihrem zweiten Mann, also Mutters Stiefvater, nach Kolberg gezogen war, nachdem Mutter aus Danzig spurlos weggelaufen war? Marta erinnerte sich, dass Mutter einmal für zwei Nächte weggefahren war. Das tat sie sonst nie.
Sie gingen damals in den Kindergarten, und Mutters ältere Freundin, die sie manchmal in ihren Schrebergarten mitgenommen hatte, zog deswegen kurz bei ihnen ein. Etwas in ihr hatte Marta schon in diesem Moment vermuten lassen, dass Mutter zur Beerdigung ihrer leiblichen Mutter fuhr. *Obwohl ich wusste, dass das nicht sein konnte, weil sie im Waisenhaus aufgewachsen war!* Aufgeregt lief Marta im ganzen Haus hin

und her. *Das wird das Foto sein! Was musste das für ein Gefühl gewesen sein, freiwillig in ein Waisenhaus zu gehen, die eigene Herkunftsfamilie zu verleugnen und dreißig Jahre später zur Beerdigung seiner Mutter zu fahren? Abschied? Versöhnung? Vergebung? Bestätigung, es richtig gemacht zu haben? Oder es ihr mit dem Weglaufen heimgezahlt zu haben, dass sie sich nicht um ihre Tochter gekümmert hatte?*

Beim ersten Frühlingsspaziergang liefen Patrik und Marta Händchen haltend, aber schweigend im Wald, und genossen die Vögel, die nach Nestplätzen Ausschau hielten, die frischen Blätter an den Bäumen und die grellen aber kühlen Sonnenstrahlen. Nach einer Weile fragte Patrik:
„Na, wieder komplizierte Gedanken?"
„Viele, aber diesmal klare."
„Erzählst du mir davon?"
„Na ja, einerseits finde ich, Mutter hatte nicht das Recht, die Wahrheit für sich zu behalten, andererseits verstehe ich, dass sie ab einem gewissen Moment ihr Geheimnis um jeden Preis schützen musste. Darauf basierte ihr besonderer Status im Heim, vor allem aber das Vertrauen, das die Bukowskis ihr entgegenbrachten. Und die Sue-Ryder-Stiftung hätte die Operationen nicht finanziert und es hätte keine Privilegien in Polen gegeben, sondern vielleicht schlimme Konsequenzen. Ich begreife jetzt, dass Mutter im Grunde ein Mädchen ohne häusliche Zuflucht war. Falls sie wirklich von zuhause abgehauen ist, weil sie sich nicht anders gegen den bösen Stiefvater wehren konnte, ist es ja auch ein Hammer. Und dass sie in einer Art Fantasiewelt lebte, könnte eine Folge davon sein. Und auch, dass Mutter keinen Wert auf ihr Äußeres gelegt hat, sich wie ein

Neutrum gegeben hat. Das ist aus der Traumaforschung bekannt und ich kenne so etwas von manchen Patienten. Man erschafft sich eine Art eigene Realität, die vor schlimmen Erinnerungen schützt." Marta holte tief Luft.

„Gut möglich. Das werden wir nie erfahren. Als Psychiaterin kratzt du vermutlich an der Wahrheit wie kein anderer."

„Hm. Es hat mich immer belastet, eine merkwürdige Mutter zu haben. Eine, die ihr eigenes Kind nicht nach seinen Sorgen, Erlebnissen, Wünschen fragt."

„Sie hatte auch etwas Liebenswertes an sich", befand Patrik.

Marta zuckte die Achseln. „Kann ich nicht einschätzen. Ich war ihr wohl zu nah, obwohl nie so nah, wie ich sie als Tochter gebraucht hätte."

„Vielleicht konnte sie nicht anders. Du gehst hart ins Gericht mit ihr."

„Ja, ich weiß es ja jetzt. Möglich, dass sie manchmal schlicht überfordert war ... Mittlerweile kann ich besser damit umgehen. Und es wird jetzt klar, warum Mutter so allergisch darauf reagiert hat, als ich ihr sagte, dass ich Psychiaterin werden will. Ihr Stiefvater war ja Psychiater. ... Und hat ihr trotzdem Schreckliches angetan. Umso weniger begreife ich, dass sie mich nicht unterstützt hat, als ich Zeugin des sexuellen Missbrauchs meiner Nachhilfeschülerin wurde und vor Gericht aussagen musste. Und, was am schlimmsten ist: Ich kann ihr absolut nicht verzeihen, dass sie sich als Opfer pseudomedizinischer Experimente ausgegeben hat. Womöglich urteile ich zu Unrecht, aber ich finde, dass sie damit die echten Nazi-Opfer verunglimpft hat. Und dass sie von entsprechenden Vorteilen profitiert hat, ist für mich ein schlimmer Betrug."

„Das ist sehr subjektiv. Und nicht hundertprozentig sicher."

„Aber fast sicher. Und klar, es steht mir nicht zu, mit Mutter so hart ins Gericht zu gehen. Schließlich ist es mutig, mit dreiundfünfzig allein und dazu illegal, mit den Kindern in ein anderes Land zu emigrieren und enorm stark, immer, wirklich immer ein so großes Geheimnis zu bewahren, und mutig, von zuhause wegzulaufen und in ein Heim zu gehen, von da an immer mit der Lüge zu leben. Oder war das Schweigen eine Art Gewohnheit, ein stabiles Kartenhaus, wobei es keinen Anlass gab, alles zu ändern?" Marta holte hörbar Luft, warf Patrik einen schnellen Seitenblick zu, bevor sie sagte: „Zumal ich zu feige war, zu fragen, zu bohren, die Pseudoharmonie aufs Spiel zu setzen. Und ihren Heiligennimbus zu zerstören. Zu feige, um so lange Widersprüche aufzuzeigen, bis sie weich wurde. Ich habe es nicht geschafft. Ich hatte zu viel Angst, dass das Minimum an Zuwendung, die es von ihr gab, sich in eine unzerstörbare Betonwand verwandeln würde." Ihr Gesicht errötete.

„Jetzt bist du aber hart mit dir selbst. Ich find's wichtiger, die ganze Geschichte in den Alltag, als Teil deiner Geschichte zu integrieren, als sie zu bewerten."

„Vielleicht. Ich brauche wohl noch Zeit", sagte Marta und beschleunigte das Tempo, bis es zu einem atemlosen Rennen nach Hause wurde.

20. Die Erkenntnisse (2015, Schweiz)

An einem lauen Sommerabend besuchten Patrik und Marta ihren Lieblingsschwager Robert, den zweitältesten Bruder ihres Mannes. Als Polizist stellte er ihr gern die eine oder andere Fachfrage betreffend Forensische Psychiatrie und rasch vertieften sich die beiden in endlose Gespräche. Da Mutters Geschichte bekannt war, wurden diesmal gleich beim Aperitif die neuesten Erkenntnisse diskutiert.

Marta nahm eine Scheibe Rohschinken und berichtete: „Nun hab' ich erfahren, dass Mutter in Danzig woanders wohnte als ihre Mutter. Das weist auf familiäre Probleme hin. Ich vermute, dass ihr Stiefvater sie sexuell missbraucht hat. Aber wirklich warum und wann und wie sie nach Breslau gegangen ist, ist offen."

„Ich sage es ungern, aber du musst damit rechnen, dass gewisse Dinge unbekannt bleiben", sagte Patrik ernst.

„Hm. Ich möchte aber alles aufklären, versteht ihr das?", fragte Marta.

„Wenn ich soweit wäre wie du, könnte ich auch nicht mehr aufgeben", meinte Robert.

„Sicher ist, dass sie es nicht einfach hatte im Leben", sagte Patrik.

„Das stimmt natürlich."

„Halte uns auf dem Laufenden. Ich wünsche dir viel Geduld. Und was machen die Gutachten?", fragte Robert.

„Momentan nicht viel."

„Warum?"

„Schwere Jungs zu beurteilen braucht einen dicken Panzer. Die ganze Sache mit Mutters Lebenslüge macht mir immer noch sehr zu schaffen."

„Verstehe. Etwas anderes: Wie war das eigentlich für dich, Patrik, als du von der Schwiegermutter erfahren hast?", fragte Robert.

„Ich bin bis heute konsterniert, aber sicher ist es für Marta am schwierigsten."

„Ja klar. Es gibt Dinge, die kann man nicht so einfach verdauen. Weißt du noch, als die Sache damals passiert ist?", wandte Robert sich an seinen Bruder.

„Was denn?", fragte Marta neugierig. Aus dem Augenwinkel sah sie, wie ihr Mann den Kopf leicht schüttelte.

„Ah! Nichts weiter", versuchte Patrik zu relativieren und schaute Robert mit schwerem Blick an.

„Aber da war doch `was!", rief Marta ärgerlich. *Es scheint die Familie zu betreffen!*

„Nichts von Bedeutung", sagte ihr Schwager und nahm zwei Oliven.

Marta hob die Stimme. „Ihr verschweigt mir da was!" *Ich bin doch vertrauenswürdig!*

Patrik stand auf, nahm sie bei der Hand und führte sie auf die Terrasse. Er schaute ihr in die Augen und sagte langsam: „Das stimmt, es gab ein Ereignis, das das Leben unserer ganzen Familie verändert hat. Von heute auf morgen."

„Hab' ich ja gespürt! Hat das mit der Scheidung eurer Eltern zu tun?"

„Sie war eine der Folgen davon."

„Also?"

„Ärgere dich nicht, aber für den Moment ist es genug."

„Was heißt das, genug?! Du kannst doch nicht etwas andeuten und sofort einen Rückzieher machen!" Martas Gesicht errötete.

„Ich will und werde es dir ganz sicher eines Tages erzählen. Versprochen."

„Wieso nicht jetzt?", fragte sie verstört.

„Du sagst es ja selbst, deine Mutter-Story belastet dich immer noch, und sie ist noch nicht ganz aufgeklärt und verarbeitet. Ich merke doch, wie unruhig du nachts bist, ungeduldig und nicht immer nett zu mir. Das zeigt mir, dass für dich noch lange nicht alles Alltag ist. Wenn du irgendwann weiter bist, dann widmen wir uns meiner Geschichte. Okay?", sagte er und breitete seine Arme aus.

Marta war sprachlos. *Nicht schon wieder ein Geheimnis!* Sie konnte jetzt keine Umarmung vertragen.

„Ich will, dass es dir gut geht", betonte er.

Ha!, dachte Marta bitter. Sie atmete tief durch. Nein. Patrik war nicht Mutter. Er hatte ihr unzählige Male gesagt, dass er sie liebte. Und sie spürte es. *Aber ich fühle mich ausgesperrt.* „Mir geht's am besten, wenn ich alles weiß", hauchte sie mit brüchiger Stimme.

„Später. Ich hab's dir erklärt und versprochen", sagte er und schaute ihr in die Augen.

Marta konnte nur noch verärgert schweigen. Sie ließ sich etwas widerwillig umarmen. *Ich bin belastbar genug. Das kann er nicht für mich entscheiden. Wieso unterstützt mich Robert nicht? Hat Patrik deshalb so merkwürdig reagiert, als ich ihm das erste Mal von Mutters Lebenslüge erzählt habe?*

Einige Tage später kam Marta früher als Patrik von der Praxis nach Hause. Sie setzte sich an den Esstisch, der sich als ein gu-

ter Ort für wichtige Telefonate herausgestellt hatte, und rief Ruth an. Diesmal war sie bereit, sich auch auf Spekulationen einzulassen, statt nur Fakten gelten zu lassen. Mittlerweile hat es sich bei ihnen beiden eingebürgert, gleich auf den Punkt zu kommen, statt zuerst lange Höflichkeiten auszutauschen.
„Na, Mädchen, was willst du wissen?", fragte Ruth.
„Warum lebte Mutter nicht zuhause?"
„Vermutlich wurde sie von ihrem Stiefvater sexuell missbraucht."
„Ja, das dachte ich mir auch. Hat sie es dir selbst erzählt?"
„Nein, aber es wurde gemunkelt."
„Hat sie also ihre Mutter besucht?"
„Ja, sie kam oft und wir spielten zusammen. Aber eines Tages, etwa 1949, verschwand sie spurlos."
„Wie bitte?!"
„Ja, es hieß, sie wäre mit einer Freundin nach Berlin gefahren."
„Das ist ja spannend! Nun ist logisch, dass sie in keinem Kölner oder Lemberger Archiv verzeichnet ist!"
„Ja, mein Mädchen."
„Hat man nach ihr gesucht?"
„Ich weiß es nicht genau. Auf jeden Fall hat man das Ganze selten diskutiert. Wenigstens mit uns Nachbarn."
„Glaubst du, dass sie im Waisenhaus in Breslau gleich die falsche Identität angegeben hat?"
„Ja, Mädchen."
„Hast du `ne Ahnung, warum sie ausgerechnet nach Breslau gegangen ist?"
„Nein, das werden wir wohl nie erfahren."
„Vielleicht hat sie davon gehört, dass halb Lemberg, das vor dem Krieg polnisch war, nach Breslau umgezogen ist ... Und

wenn sie sich den fiktiven Lebenslauf zurechtgelegt hat mit Lemberg als Geburtsort, wäre Breslau die richtige Stadt, um dorthin zu gehen. Wie siehst du das?"

„Möglich, Mädchen, aber nicht sicher."

„Ruth, ich danke dir für deine Geduld mit mir, Ich lass' dich mal in Ruhe für heute. Schönen Abend noch", sagte Marta und legte auf.

Als sie sich Notizen machte, kam Patrik nach Hause. Sie küsste ihn und berichtete von ihrem Telefonat.

„Jetzt können wir nicht mehr an Ruths Informationen zweifeln", sagte er.

„Ja, und das macht mich fertig."

„Siehst du, dieses Problem genügt im Moment. Du darfst nicht zulassen, dass das alles dein Leben negativ beeinflusst."

„Wenn es nicht schon geschehen ist ...", murmelte Marta.

„Komm, wir schwingen uns aufs Bike, den Kopf auslüften."

„Gute Idee."

*

Kurz vor seiner Reise in die Schweiz rief Tomek an, um anzugeben, wann genau er am Bahnhof ankommen würde. Marta bedeutete gleich Patrik, auch mit ihm zu telefonieren, also stellte sie die Mithören-Funktion ein.

„Hast du alles? Jeans, etwas für oben, Sportsachen, Pyjama, Unterwäsche, Necessaire", zählte ihr Mann auf.

„Ness.... Was?", fragte Tomek.

„Zivilisationsbeutel!", sagte Patrik das Fremdwort auf Hochdeutsch.

„Waaas?"
„Na so ein Sack für den Kamm, Deo, Zahnbürste usw."
„Behälter?"
„Beutel meine ich."
„Ah! Du meinst den Kulturbeutel!"
„Ja, genau." Patrik grinste Marta an, die sich vor unterdrücktem Lachen kugelte.
„Gut, dann packe ich noch Arbeitsklamotten ein."
„Wofür denn?"
„Damit ich euch im Garten helfen kann!"
„Tomek, du kommst in die Ferien zu uns, du musst hier nichts tun!"
„Aber es ist kein Problem, hab' ich ja oft für Mutter gemacht!"
Ganz mein Bruder. Die Kehrseite der Medaille ist, dass andere ihn ausnützen.
„Das ist ja ein echter Obstgarten! Weißt du noch? Als wir in den Schrebergärten Früchte stibitzt haben?", rief Tomek bei seiner ersten Runde ums Haus herum.
„Natürlich! Deswegen hat Patrik ja den Garten für mich pflanzen lassen, im Dialekt heißt er ‚Bungert'", sagte Marta gerührt. Ihr Bruder erinnerte sich an dieselben Dinge, die beiden damals wichtig gewesen waren.
„Wenn du willst, fahren wir morgen nach der Praxis Mountainbike, du kannst mein Altes nehmen", schlug Patrik Tomek vor, als sie bei der Garage standen.
„Oh ja, gerne!"
„So, Jungs, fangt mit dem Grillen an, ich mache den Rest", rief Marta und ging in die Küche.
„Du bist sicher hungrig nach der langen Reise. Lasst uns loslegen", sagte Patrik und legte seine Hand auf Tomeks Schulter.

Toll, wie die beiden miteinander umgehen. Ich bin immer so angespannt, wenn er um mich herum ist.

Spätabends im Bett lehnten Marta und Patrik die Kissen an die Wand und setzten sich aufrecht. Schweigend schauten sie das an der gegenüberliegenden Wand hängende riesige Steinsichten-Bild an, dessen warme Farben und abstrakte Muster Marta liebte. Tomeks Besuch forderte sie heraus, denn sie wollte ihren Bruder verwöhnen, hatte sich vorgenommen, ruhig und heiter mit ihm umzugehen, obwohl ihr nicht gefiel, wenn er sich zuweilen merkwürdig verhielt. Vorläufig wollte sie Mutters Lebenslüge nicht preisgeben. Es störte sie derweil, dass Patrik sich entspannt gab und nie mehr sein Familiengeheimnis erwähnte. Sie war einige Male kurz davor, ihn noch mal darauf anzusprechen. Dennoch wollte sie sich nicht aufdrängen, weil sie sich erinnerte, mit welcher Wärme, aber auch Bestimmtheit ihr Mann alles auf später verschieben wollte. Und sie konnte ihm vertrauen.
Patrik legte seine Hand auf Martas Unterarm und sagte:
„Schön, dass dein Bruder da ist."
„Ja."

Am nächsten Tag verließ Marta mittags eilig die Praxis. Sie hatte sich für den Rest des Tages freigenommen, um Tomek nicht zu lange allein zu lassen. Zum Glück war er gerade erst aufgestanden. So aßen sie selbst gebackenes Brot und Zopf, wunderbaren Schweizer Käse, Joghurt, Schinken und ... Nutella. Tomek stürzte sich darauf wie in alten Tagen und erklärte, dass er nicht anders könne und sich darum keines kaufe. *Ich hätte auch gern so simple Probleme ...*

Beim Mountainbike fahren bewies ihr Bruder eindrucksvoll sein Gleichgewicht, das er bei jahrelangem Tae-Kwon-Do trainiert hatte. Er fuhr so flink über Steine und Wurzeln, als würde er seit zwanzig Jahren nichts anderes tun. Und Marta staunte, wie er auf dem Sattel sitzend, die Hände vom Lenker nahm, eine Packung Zigarettenblättchen aus der Hosentasche holte, ein Stück entnahm, den Rest in die Tasche stopfte. Anschließend drehte er sich aus losem Tabak eine Zigarette. Auf dem sandigen Forstweg lagen Steine und Zweige, die ihn aber nicht aus der Balance zu bringen vermochten. Dann zündete er sich die Selbstgedrehte an und rauchte genüsslich. Erst, als sie seinen Namen rief, griff er wieder zum Lenker und drehte den Kopf in ihre Richtung. *Schön, dass er nicht mehr kifft.* Unterwegs stibitzten sie mit schelmischem Lächeln Himbeeren am Waldrand, wie vierzig Jahre zuvor. Es war so vertraut. Und Marta fühlte eine noch nie da gewesene Nähe zu ihrem Zwillingsbruder.

Patrik verwöhnte Tomek, indem er an den Abenden verschiedene Fleischsorten grillte, wie zum Beispiel Strauß, Lamm und Kalb. Am Telefon erzählte Tomek den Bukowskis, dass er gerade das erste Mal in seinem Leben Pferdefleisch aß, und sie lachten, als es am anderen Ende laut wieherte. Auch sie waren glücklich, dass die Zwillinge sich gut verstanden, besonders nach Mutters Tod.
Nach dem Telefonat sagte Patrik zu ihm: „Toll, dass du dich gern bewegst und mit uns Bike fährst."
„Ja ... ja. Das ist gut."
„Nimmst du noch etwas Wähe?"
„Oh, nein, danke."

„Wir haben genug, nimm'!"
„Ich darf nicht so viel essen."
„Ah, klar, du musst auf die Linie achten!", bestätigte Patrik mit ernster Miene und sie mussten laut lachen, denn Tomeks schlanker, muskulöser Figur hätten mehr Kalorien nicht geschadet.
„Ich begreife nicht, dass Marta viel vertilgt und trotzdem grazil ist", sagte Tomek.
„Ja, ihre Portionen sind erstaunlich üppig, obwohl sie einiges leichter ist als ich", pflichtete Patrik ihm bei.
„Müsste es nicht so sein wie bei den Autos? Ein Kleinwagen verbraucht weniger Benzin als ein großer mit mehr PS?", wunderte sich Tomek. Sie prusteten vor Lachen. *Die Art von Humor hat er von Mutter.*

Vor Tomeks Rückreise saßen sie zu dritt auf der Terrasse und Tomek bemerkte, dass er in Kiel kein Zirpen der Grillen höre, dass es ihm erstaunlich gut gefalle in einem kleinen Dorf, denn er sei schon immer ein überzeugter Stadtmensch gewesen.
„Also mittlerweile wollte ich gar nicht mehr in einer Stadt leben", sagte Marta.
„Ich genieße es, dass wir hier den Wald fast vor der Nase haben. So macht das Biken Spaß", meinte Patrik und wandte sich zu Tomek: „Übrigens danke, dass du geholfen hast, mein altes Bike zu verstauen."
„Nicht dafür!"
„Was würdest du davon halten, wenn du diese Tasche nach Kiel nehmen würdest?"
Tomeks braune Augen drohten, herauszufallen. Er hüpfte auf seinem Stuhl und antwortete: „Wirklich? Ja, sehr gerne!"

„Logischerweise die Tasche ohne Inhalt." Genüsslich verwirrte Marta ihren Bruder, der sofort verunsichert dreinblickte.
Da schmunzelte Patrik und präzisierte: „Hör' nicht auf sie: Natürlich mit dem Mountainbike."
Sie lachten.

Am nächsten Morgen bugsierte Tomek stolz das Geschenk in den Zug und winkte ihnen zum Abschied. Auf dem Heimweg dachte Marta, dass Patrik ein guter Mensch war und sie ihm vertrauen konnte. Sie sagte zu ihm: „Mir gefällt es, wie du mit Tomek umgehst."
„Er ist manchmal so ulkig, dass es geradezu erfrischend ist, mit ihm zusammen zu sein."
„Erst jetzt finde ich seine Art spaßig und nicht nur störend und doof."
„Unsere Sicht auf die Dinge ändert sich mit der Zeit."
„Ja, das beobachte ich in der Praxis, meine Patienten machen oft lang dauernde innere Prozesse durch."
„Klar. Tomek ist und bleibt dein Bruder."
Marta nahm einen tiefen Atemzug, bevor sie sagte: „Ja. Du, ich wollte nochmal auf die Sache mit eurem Familiengeheimnis zurückkommen."
„Ja?" Patrik blieb stehen und schaute sie angespannt an.
„Vielleicht hast du recht, es läuft nicht weg."
Er schwieg.
„Auch wenn ich es lieber jetzt wüsste. Ich brauche noch Zeit, um mit Mutters Lüge klar zu kommen und brauche momentan keine weiteren folgenschweren Geheimnisse. Klar, du willst das Beste für mich."

„Ich bin froh, wenn auch ein wenig erstaunt, dass du so gelassen klingst. Aber glaub mir, ich werde dich nicht enttäuschen. Ich verspreche es. Ich liebe dich ja!" Er umarmte sie fest.

Sie fühlte sich dennoch unbehaglich. „Im Grunde mach' ich es mit Tomek nicht anders. Ich hab' ihm immer noch nichts von Mutters Identität oder von unserem Vater erzählt", sagte Marta.

„Na, das ist zwar nicht ganz dasselbe, aber ..."

„Ich will ihn nicht überfordern. Und er hat nie von sich aus nach diesen Dingen gefragt."

„Hm, wer weiß, wie er so etwas aufnehmen würde. Auch wenn es ihm psychisch mittlerweile gut geht."

„Genau. Er lebt allein, äußerst zurückgezogen, hat keine Hobbys ..."

„Eben. Letztendlich ist es deine Entscheidung ... Du, wollen wir heute eine besondere Flasche Wein öffnen? Einfach so? Auf uns anstoßen?"

„Oh ja!", rief Marta und hakte sich bei ihrem Mann ein. *Ich sollte genau das tun, nämlich auf die Vernunft hören. Die Informationen laufen nicht weg und die früheren Ereignisse, so geheimnisvoll sie sein mögen, sind in der Vergangenheit passiert, ich brauche wirklich noch Zeit für Mutters Lebenslüge.*

Zwei Wochen später sahen die beiden sich Patriks alte Familienfotos an und aßen selbst gebackene Aprikosenwähe.

„Wie wäre es, wenn wir zum Relaxen und Fotografieren wegfahren würden? Zum Beispiel in die Wüste, sagen wir nach Namibia?", fragte Patrik Marta.

„Wie kommst du darauf?" Marta war in erster Linie überrascht.

„Meine Mutter hatte nach der Pensionierung begonnen, mehr zu reisen. Ihr letztes Reiseziel sollte Namibia sein, doch dann kam der schnelle Krebstod."
„Ich hätte sie gern kennengelernt. Wir könnten quasi stellvertretend für sie dorthin fahren."
„Gute Idee. Und auch, damit du mir etwas mehr zur Ruhe kommst, deine Gedanken ordnen kannst. An einem wunderschönen Ort, der ruhig ist und magisch. Was hältst du davon?"
Patrik strich ihr zärtlich über die Haare.
„Als könntest du meine Gedanken lesen. Wie damals die Reise nach Tromsø. Das wäre toll."
Er küsste sie auf die Nasenspitze und strich ihr noch mal über die Haare. „Ich kümmere mich darum."

Marta war bezaubert von den orangen Sanddünen, die je nach Tageszeit und damit Licht und Schatten-Spiel unterschiedlich wirkten. *Es ist magisch, hier in Namibia.* So weit das Auge reichte, sah sie schlängelnde Dünenrücken, ausgetrocknete Flussbetten und die merkwürdigen Welwitschien, die bis zu 2000 Jahre alt sein können. Die Landschaft verwirrte ihre Gedanken zunächst, um sie danach wieder neu ordnen zu helfen. Sie vertiefte sich in Überlegungen, die weit über die reinen Tatsachen über das Leben ihrer Mutter hinausgingen. Jetzt rückte die eigene Haltung zu den Erkenntnissen und Erinnerungen, zu dem ganzen Puzzle aus Gefühlen in den Vordergrund. *Es kann nicht um Groll und Zorn gehen.* In den vielen stillen Momenten gewann Marta innere Stärke, eine fast noch festere, als vor dem Tod ihrer Mutter und bevor sie von deren Lebenslüge erfahren hatte. Ihre Verstörung, Anklagen und Wut begannen einer sanften Einsicht zu weichen, und der wohltuenden Feststellung, dass sie es im Grunde gut meisterte und sich nicht verloren hatte in der aufwühlenden Zeit der Recherche. Und dass letztlich die Gegenwart und Zukunft zählen, weil man allenfalls diese beeinflussen kann. Und weil genau das von Bedeutung ist.

Im Spätherbst kamen Marcin und Donata in die Schweiz. Endlich konnten Patrik und Marta ihnen ihr neues Haus mit dem Bungert zeigen, und Bonato, Zürich und Bern besuchen. Allabendlich amüsierten sie sich über frühere Bukowski-Danutowski-Geschichten, die Patrik noch mehr Einblick in Zeiten gewährten, die seine Frau geprägt hatten. Also über zuweilen skurrile oder schlicht unglaubliche Begebenheiten im kommunistischen Polen oder Anekdoten aus dem Alltag.
„Ihr könnt euch vorstellen, dass Joannas Behausung nicht gerade den ersten Preis in Sachen Sauberkeit und Ordnung belegte", fing Marcin an, als sie alle nach dem Abendessen gemeinsam die Küche aufgeräumt hatten und sich auf das Sofa setzten.
„Dauerthema. Ich habe mich ja ständig darüber geärgert", warf Marta ein und runzelte die Stirn.
„Als ihr geboren wurdet, wurde es schlimmer", sagte Marcin.
„Na ja, zwei Schreihälse auf einmal", sagte Patrik.
„Joanna war überfordert, aber einfallsreich", meinte Donata und schmunzelte.
„Also, ich weiß noch, wie Mutter mich in den Laden um die Ecke schickte, um eine neue Tischdecke zu kaufen, um damit die schmutzige zu ersetzen", sagte Marta.
„Der bekannteste Trick." Donata zwinkerte mit einem Auge.
„Aber eines Tages kam unsere Mama von einem Kontrollgang bei euch zurück, legte sich einen Stapel Küchentücher auf den

Arm und nahm uns gleich mit, um Joanna zu helfen", entsann sich Marcin.

„Wobei?" Patriks Stimme tönte neugierig.

„Im Haushalt. Wir haben gebrauchte Teller und anderes Geschirr in die Badewanne gelegt, und heißes Wasser einlaufen lassen. Auf dem leeren Küchentisch haben wir frische Tücher ausgebreitet für die gespülten Sachen. Dann ging das Abwaschen im Akkord los."

„Das ist ja irre! Und Mutter?", fragte Marta.

„Sie sollte in dieser Zeit das Zimmer putzen."

„Ich wäre im Boden versunken vor Scham", rief Marta und hielt sich die Hände vor dem Mund.

„Nicht so Joanna. Sie hat sich bedankt und Tee gebrüht. Und uns hat das alles eher amüsiert als belastet. Ich fühlte mich, als wäre ich Teil einer Maschinerie", erinnerte sich Marcin.

Alle schmunzelten und sahen amüsiert aus. Marta dachte für sich: Die Stimmung ist gut, da kann ich ja ein schwierigeres Thema anschneiden. Sie fragte: „Und wie hat Mutter es überhaupt geschafft, mit uns zu fliehen?"

„Logisch, nicht ohne Hilfe", sagte Donata.

„Ah! Ich hab's! Ihr habt geholfen!", rief Patrik triumphierend.

„Ja. Das war ganz schön aufregend. Ich habe meinen Brillantring verkauft und das Geld eurer Mutter gegeben, damit sie damit die Leute beim Amt schmieren und die gefälschten Pässe und den Fahrer bezahlen konnte. Dafür sollten wir nach eurer Ausreise eure Wohnung übernehmen. Wir haben euch umgemeldet auf unsere damalige Adresse, die dann in die Einladung eingetragen wurde", begann Donata.

„Einladung?", fragte Patrik.

„Ja, es ging nicht ohne. Ein in der Bundesrepublik Deutschland lebender Pole hat euch ‚eingeladen', damit ihr die Grenze passieren konntet", erklärte sie weiter.

Ah, der `Drache`, erinnerte sich Marta in Gedanken und öffnete den Mund vor lauter Aufregung.

„Ich habe einem zwielichtigen Mann ein Viertel des Geldes für die Ausreisegenehmigung gegeben", erzählte Marcin.

„Und ich sollte einem anderen Mann den Rest der Summe überbringen. Ich war damals schwanger mit Konrad und hatte ziemliche Angst, als wir uns auf einem menschenleeren Parkplatz getroffen haben."

Das erklärt den komplikationslosen Grenzübertritt. „Und dann?" Marta schwitzte.

„Ich habe ihm aber nur die Hälfte gegeben und gesagt, dass es den Rest erst gibt, wenn eure Mutter telefonisch bestätigt, dass ihr in Deutschland seid."

„Und?", fragte Patrik.

„Er musste es akzeptieren. Aber mir war noch einige Tage lang ziemlich bange und ich malte mir die schlimmsten Sachen aus", sagte Donata.

„Als dann tatsächlich der Fahrer mit seinem Mercedes kam, waren wir erleichtert, nervös, angespannt, alles zugleich. Und ihr habt erst nach fünf Tagen angerufen", übernahm Marcin.

„Ich kann mich erinnern, wie wir gedrängt in der engen Telefonzelle standen und Mutter die Tasten drückte. Sie hat nur einen Satz in den Hörer geflüstert und sofort aufgelegt. Dabei hätte ich so gern mit Oma gesprochen." Martas Augen brannten. Patrik drückte liebevoll ihre Hand.

„Das war alles der helle Wahnsinn", sagte Marcin.

„Schwierige Zeit. ... Du, wegen des Geldes ..." Marta rutschte auf ihrem Stuhl hin und her.

„Was denn?"

„Wovon hat Mutter unsere schöne ‚Dolarowiec'-Wohnung' überhaupt bezahlt?"

„Großtante Elisabeth hat ihr das Geld gegeben", sagte Donata.

„Ach so! Dass ich nicht selbst draufgekommen bin!", rief Marta erleichtert. Sie hatte jahrelang die Bukowskis im Verdacht, doch sie waren ja auch nicht reich, wie alle Angehörigen der Intelligenz im Ostblock.

„Joanna hat wenig verdient und war alleinstehend, also Null Chance", fügte Marcin hinzu.

„Mutter, nein, wir alle hatten ein Riesenglück, euch kennenzulernen. Wie hätte unser Schicksal ausgesehen ohne euch!", sagte Marta ernst und schüttelte den Kopf.

„Unsere Familien gehören zusammen. Punkt. Und: Ohne die Erlebnisse mit Joanna wären wir um vieles ärmer. Ich denke, meine Eltern schätzten an ihr, dass sie einfallsreich und anspruchslos war. Irgendwie pfiffig. Und dass sie sich mit Helenka gut verstand", sagte Marcin.

„Ja. Sie hat sich ihr Leben lang nicht geöffnet", meinte Marta nachdenklich.

„Wir lieben die vielen Geschichten über sie. Kennst du diejenige über den Ausflug nach Sylt?", fragte Marcin.

„Als ihr Mutter in Kiel besucht habt und ich in Berlin studierte?"

„Genau."

„Ja, die kenne ich, aber Patrik nicht."

„Okay, also: Wir spazierten auf Sylt am Wattenmeer-Strand. Der Sand ist dort ausnehmend fein und nass, sodass man am besten barfuß läuft. Als wir gerade unsere Schuhe auszogen, fragte Joanna nach einer Schere", erzählte Donata und fing an zu lachen.

„Eine Schere am Strand?", fragte Patrik ungläubig.

„Natürlich hatten wir keine dabei. Sie verschwand also im nah gelegenen Café und kam wenig später zurück", erzählte Marcin.

„Und?"

„Nur Mutter konnte sich so etwas ausdenken", sagte Marta schmunzelnd.

„Sie strahlte und rief triumphierend: ‚Ich kann jetzt barfuß laufen, ich habe meine Strumpfhosen über dem Knöchel abgeschnitten."

Marta lachte so lebhaft, wie schon sehr lange nicht mehr und sagte: „Sie war manchmal recht unkonventionell und pfiffig."

Patrik wurde aber schnell wieder ernst und fragte Marcin: „Du, wie ist das: In welcher Rolle fühlst du dich gegenüber Marta?"

„Als ihr Ersatzvater", hieß es prompt.

„Dachte ich mir", sagte Patrik und küsste Marta sanft auf die Wange.

„Ist doch klar, ich habe ihre Windeln gewechselt, ihnen das Milchpulver geklaut, sie im Kinderwagen herumspaziert, in den Hort gebracht oder bei uns unter dem Mahagonitisch spielen lassen", erklärte er.

„Und du hast mich immer gefragt, wie mein Tag war!", fügte Marta hinzu.

„Natürlich! Du hast lebhaft und interessant erzählt."

„Und Helenka hat an meinem Pulli gezupft", sagte Marta und hob ihr Teeglas zum Anstoßen. „Na zdrowie! Auf unsere Familien!"

„Auf unsere Joanna! Wir vermissen dich!", prostete Marcin.

Plötzlich überkam Marta ein ungeahnt friedliches Gefühl. Sie spürte deutlich, was ihr die Vernunft schon lange sagte: Nämlich, dass egal, was sie über Mutter herausgefunden hatte oder noch aufdecken würde, Mutter deswegen keine andere Person war. Sie war immer noch ihre und Tomeks Mutter. Und sicher hatte sie gewichtige Gründe für ihre Flucht aus Danzig, die ihr Leben gänzlich verändert hatte. Bestimmt war es nie einfach für Mutter, mit ihrer schlechten Gesundheit und den Alltagsproblemen umzugehen, vor allem als Alleinerziehende. Vermutlich hatte sie immer mit einem schlechten Gewissen gelebt. Marta hatte realisiert, dass Mutter ihr geliebtes Polen verlassen hatte und nach Deutschland emigriert war, um den Zwillingen eine bessere Zukunft zu ermöglichen. Obwohl sie dabei riskiert hatte, dass ihr großes Geheimnis auffliegen würde. Letztendlich war Marta dankbar für die Flucht, obwohl die erste Zeit in der neuen Heimat schwierig war. Für alle drei. Entscheidend blieb, dass sie beide Mutter und Tochter waren mit all ihren Schwächen und Stärken.

***

Über die Autorin

Monika Hürlimann (Jg. 1969) wuchs im kommunistischen Polen auf, wo sie das Kriegsrecht, die Zeit der Gewerkschaftsbewegung Solidarność sowie u.a. auch die für Polen typische Nahrungsmittelrationierung in den 1980er Jahren erlebte. 1984 emigrierte sie mit ihrer Familie illegal nach Westdeutschland. Nach dem Abitur in Kiel (1989) und Medizinstudium in Berlin ging sie in die Schweiz, wo sie bis heute lebt und in eigener psychiatrisch-psychotherapeutischer Praxis arbeitet.

Bisher kann sie auf die Veröffentlichung eines Beitrags in einer Anthologie, eines Essays in einem Wochenmagazin, sowie Publikationen im beruflichen Kontext verweisen.

Weitere Informationen zur Autorin:
www.monikahuerlimann.ch

Aus dem aktuellen Verlagsprogramm

www.anthea-verlag.de

Margarete Hoffend & Mark Denemark
Der betörende Schmerz der Sehnsucht
Roman
Broschur, 14,8 x 21,0 cm, 140 Seiten, 14,90 €
ISBN 978-3-89998-297-8

In ihrer großen Liebe Anthony scheint die junge Autorin Stella ihr perfektes Glück gefunden zu haben. Doch Anthony, von einer rätselhaften, destruktiven Unruhe beherrscht, zwingt Stella schließlich zu der schmerzlichen Entscheidung, sich von ihm zu trennen.

Dann, auf wundersame Weise, erlebt sie ein Wiedersehen mit einem Gefährten aus ihrer Kindheit, der sich ihrer Verzweiflung annimmt und ihr etwas erzählt, das ihre Welt neu bewertet und ihr die Kraft gibt, sich ihrem Verlust zu stellen.

Der Roman erzählt über eine Frau, die mittels ihrer dichterischen Gabe ihre Einsamkeit bekämpft.

Pavol Rankov
MÜTTER
Der Weg der Wölfin durch den Gulag
Roman
Broschur, 14,8 x 21,0 cm, 334 Seiten, 16,90 €
ISBN 978-3-89998-350-0

Der Gulag ist eines der großen Dramen der Menschheit im 20. Jahrhundert! Besonders traumatisierend war im Gulag-System der ehemaligen sozialistischen Staaten das Schicksal der Frauen, insbesondere der Mütter und ihrer Kinder. In einer Welt voller Krankheit und Tod durchlebten sie ihre ganz eigene Geschichte der Liebe, Leidenschaft, Mutterschaft und kleinen Alltagsfreuden unter schwierigsten Bedingungen. In diesem Roman wird das Thema Gulag weniger beschrieben, sondern die Mutterschaft, die Beziehung zwischen Mutter und Kind in Extremsituationen.
Der Roman beginnt in den letzten Monaten am Ende des Zweiten Weltkrieges. In einem kleinen slowakischen Dorf wird eine junge Frau, die schwanger von einem russischen Partisan zurückgelassen wurde zu einem Verhör der sowjetischen Besatzungsmacht gebracht und wegen angeblichen Verrat in ein Lager in die UdSSR unschuldig deportiert. In diesem Lager wird sie ihren Sohn zur Welt bringen – der viele Jahre später 1953, nachdem Tod von Stalin als Sowjetbürger – ein Pioniertuch um den Hals trägt ... Das Buch war in der Slowakei ein Bestseller, über den wochenlang in den Medien berichtet wurde.

Paul Rehfeld
Grenzbahnhof
Roman
Broschur, 14,8 x 21,0 cm, 714 Seiten, 19,90 €
ISBN 978-3-89998-345-6

Dieser Roman begleitet die Lebensstationen von Menschen aus der brandenburgischen Provinz und erzählt von ihrer Heimat, dem Oderbruch. Von den fünfziger Jahren in der jungen DDR bis in die deutsche Nachwendezeit der Neunziger spannt sich der geschichtliche Bogen.
Die alliierten Beschlüsse des Potsdamer Abkommens von 1945 haben die Oder in einen Grenzfluss verwandelt und den ehemaligen Vorortbahnhof Kamnitz zum Grenzbahnhof gemacht. Seitdem unterhält die Sowjetarmee auf einer Oderinsel eine bedeutende Garnison mit modernster Militärtechnik. Wegen der zahlreichen internationalen Gütertransporte und der Präsenz der sowjetischen Truppen geraten der Grenzbahnhof sowie das Dorf und seine Bewohner in das Visier von östlichen und westlichen Geheimdiensten.
Kalter Krieg, Mauerbau, Prager Frühling, Perestroika und Mauerfall prägen auch dieses abgeschiedene Dorf und seine Menschen. Den politischen und geschichtlichen Hintergrund der Story bildet unter anderem ein fiktionaler Spionagefall im Zusammenhang mit den Ereignissen des Prager Frühlings. Es geht jedoch nicht nur um Spionage und Politik, sondern auch um das Beziehungsgeflecht in den Familien und in der dörflichen Gemeinschaft.

Lothar Berg
MIGRANT ... und nun?
Das Leben des Alexander "Sascha" D.
Broschur, 14,8 x 21,0 cm, 510 Seiten, 19,90 €
ISBN 978-3-89998-332-6

Die Biographie von Alexander D. ist eine in Fakten und Sprache ungeschönte Geschichte darüber, was man sich unter einem Migrantenschicksal tatsächlich vorzustellen hat.
Alexander ist Russlanddeutscher, der 1992 als achtjähriges Kind aus Kasachstan nach Deutschland gekommen ist. Der Lebenslauf des Protagonisten lässt nichts aus, was es an Klischees über Aussiedler gibt. Er deckt parallel dazu auch das Verschulden in der neuen Gesellschaft schonungslos auf, das ihn fast zwingt, diese Klischees erfüllen zu müssen.
Mit dieser Geschichte, die Jahre der Kindheit in Kasachstan umfasst, das jahrelange Einleben in Deutschland und die Gratwanderung zwischen Gefängnis und Integration, das Leben als Gangmitglied in Berlin-Marzahn, Kampfsportler und Weltmeister im Taekwondo und auch das „Happy End" als Familienvater und erfolgreicher Unternehmer, möchte der Autor ein Beispiel dafür geben, dass ein friedliches Zusammenleben keine Utopie sein muss. Es ist eine Gelegenheit nachzufragen, wie viel es wert ist, eine Heimat zu haben und diese zu erhalten.

Rüdiger Stüwe
"Ich hatte Ellenbogen"
Eine streitbare Frau aus Ostpreußen
Autobiographische Erzählung.
Broschur, 14,8 x 21,0 cm, 180 Seiten, 14,90 €
ISBN 978-3-89998-321-0

18. Februar 1945 an einem Gleis des Warnemünder Bahnhofs. Eine junge Frau will mit ihren beiden kleinen Kindern in den Richtung Hamburg zur Abfahrt bereitstehenden Zug einsteigen. Der Zug scheint voll zu sein. Man will ihr anscheinend den Einstieg verwehren. Doch irgendwie gelingt es ihr, unter der wütend ausgestoßenen Aufforderung, einer Kriegerwitwe mit Kindern Platz zu machen, sich in den Zug hineinzukämpfen.

„Ich hatte Ellenbogen" wird sie 30 Jahre später ihren erwachsenen Söhnen sagen, als sie ihnen von diesem Erlebnis berichtet. Sie musste ihre „Ellenbogen" noch oft gebrauchen.

„Der Reiz besteht darin, dass es nicht nur eine Kriegs-, sondern auch eine Familiengeschichte ist, die nach Ostpreußen zurückführt, wo die Familie bis zum Ende des Zweiten Weltkrieges gelebt hat. Das Buch schildert viel Persönliches, wie es in den Familien vorgekommen ist, aber immer schimmert die furchtbare Weltgeschichte durch, in der sich das Familiäre abspielen musste."

Arno Surminski in seinem Nachwort

Ira Loh
Auf doppeltem Boden
Roman
Gebunden, 14,8 x 21,0 cm, 382 Seiten, 19,90 €
ISBN 978-3-89998-295-4

Ein Badeunfall im Spätsommer führt Katharina und Jens zusammen – und mit ihnen auch ihre polnischen und deutschen Familiengeschichten. Ein Paar voller Gegensätze, das sich zu Beginn gut ergänzt. Als den beiden im Urlaub ein schutzbedürftiger Hund zuläuft, gibt Katharina ihm einen polnischen Namen ... Eine Liebesgeschichte zwischen den Enkeln ehemaliger Feinde, die auch das geschichtliche Verhältnis zwischen Deutschland und Polen in den Blick nimmt.

Unsere BÜCHERSTUBE im LESSINGHAUS

Nikolaikirchplatz 7, 10178 Berlin
(Nähe S-Bf. Alexanderplatz)
Öffnungszeiten: Mo–Fr 12.00–17.00 Uhr
Tel.: 030/ 993 9316
Email: info@anthea-verlag.de

In der Altstadt von Berlin befindet sich unser Ladengeschäft. Hier im Lessinghaus können Sie gern unsere Bücher der ANTHEA VERLAGSGRUPPE kennenlernen und mit einem Mitarbeiter ins Gespräch kommen.

www.anthea-verlagsgruppe.de

Weiterhin können Sie gern die Wohn- und Arbeitsräume von Gotthold Ephraim Lessing (1729–1781) ansehen.
Eine kleine Ausstellung gibt über die Berliner Salonkultur um 1800 Auskunft.

www.lessinghaus.eu